EUROPAVERLAG

SKARABÄUS

von

Hubertus von Prittwitz

EUROPAVERLAG

»It's a strange world. Some people get rich and others eat shit and die.«

– *Hunter S. Thompson, Generation of Swine: Tales of Shame and Degradation in the '80s*

»I had only one desire: to leave, to walk, to die, whatever. I wanted to get away, never come back, disappear, melt away into the forest, the clouds, no longer have memories, forget, forget.«

– *Ágota Kristóf, Yesterday*

Die Personen in diesem Roman sind frei erfunden. Ähnlichkeiten mit lebenden Figuren sind nicht beabsichtigt.

1

Friedrich war auf einem Kreuzzug, wie schon der Erste seiner Familie vor 1000 Jahren. Er saß im Zeugenstand, um gegen Amalia, seine Mutter, auszusagen. Er musste seinen Vater und seine Schwester retten. Praetorius hatte ihn gut vorbereitet, er wusste nun, wie man sich unter Folter verhält und dass die Männer der Familie Rittersgruen Soldaten in der Armee Gottes waren, echte Tempelritter. Obwohl er erst acht Jahre alt war, siezte ihn die Richterin. Neben ihm saß in sich eingefallen seine kleine Schwester Beatrix. Sie war ein Jahr jünger als er und lebte seit der Trennung der Eltern bei der Mutter. Ihnen gegenüber, erhöht und im Abstand von fünf Metern thronte die Richterin, links von ihr die vom Gericht einbestellte Verfahrensbeiständin für die Kinder und an der rechten Seite ein Protokollant. Friedrich konnte ihre Beine nicht sehen. Sie saßen hinter einem Tresen aus gemasertem, dunklem Pressholz. Hinter ihnen hing ein großer Bundesadler aus Falschgold an der Wand und darüber ein Ziffernblatt und zwei Zeiger, auch aus Falschgold, er hatte ein Auge dafür. Er sammelte Seeigel und Seesterne, Muscheln, Münzen und Falschgold, wie die Erwachsenen Einhörner, den heiligen Gral oder schwarze Sklavinnen. Praetorius hatte ihm das genau erklärt. Er kannte sich aus. In einem kleinen Kasten neben der Uhr war das Datum zu sehen. Es war 15:37 Uhr, der 23.08.1978. Die Richterin hatte eine schwarze Robe übergeworfen, die anderen hatten weiße Hemden an. Friedrich spürte hinter sich den großen menschenleeren Raum mit der Zuschauertribüne und den Stühlen aus Holz und Metall. Der gebohnerte Linoleumboden roch penetrant. Die langen Vorhänge waren zugezogen, das Licht fiel wie durch einen Nebel von der Decke.

Friedrich bildete sich ein, in einer unterirdischen, von Fackeln erleuchteten Kammer zu sein, gefangen von den drei Weisen aus dem Morgenland, allerdings mit einer schwarzen Anführerin – das war die Richterin. Er würde sie verschleppen, ihr die Arme abhacken, nachdem er sie im Schach besiegt hatte. Der Prozess war ein Spiel, wie Schach, es ging um Strategien und darum, recht zu haben. Die Wahrheit ist die beste Lüge.

»Ihre Mutter sagt, Sie werden von Ihrem Vater manipuliert«, sagte die Familienrichterin.

»Ich lebe bei meinem Vater, da lässt sich das kaum vermeiden. Der Mensch lernt durch Nachahmung.«

Die Richterin steckte sich die langen, blondierten Haare hinter die Ohren, beugte sich nach vorne und zog ihre schwarzen Augenbrauen hoch: »Du bist mir aber ein kluges Kind!«

Friedrich schwieg.

Die Richterin griff nervös nach dem kleinen Holzhammer, der vor ihr lag. Friedrich dachte zunächst an die Notfallhämmer in öffentlichen Verkehrsmitteln, mit denen man die Scheiben einschlagen konnte, aber dieser Hammer hatte eine flache Kopfseite. Er hatte das Gefühl, das Falsche gesagt zu haben, er war Holub Rittersgruen, der die geschlagene Armee der Kreuzritter gerettet hatte, er war ein Soldat in der Armee Gottes, es ging um die Familie, seinen geliebten Vater. Friedrich deutete mit der Hand auf den Hammer. Die Richterin lächelte einschmeichelnd.

»Willst du damit etwas spielen?«

»Ja, und ich will auch mal so eine Robe ausprobieren!« Friedrich stand auf und ging zur Richterbank.

»Ich wollte einen kleinen Verhandlungsraum bekommen, aber es war nur noch der große Saal frei. Wir machen es uns jetzt erst mal ein bisschen gemütlich.« Die Richterin trug Lippenstift und roten Nagellack wie die Beiständin, aber die Beiständin war älter und fülliger als die Richterin. Beatrix hatte einen bunten Rucksack dabei. Sie holte eine Polaroid F-70 heraus und folgte Friedrich.

»Was ist denn das?«

»Irgend so ein technischer Schnickschnack vom Babysitter, der steht auf alles Neue, am besten aus Japan.«

Friedrich schüttelte den Kopf. Er hasste es, wenn sie so sprach wie ihre Mutter.

Die Richterin winkte Beatrix näher an sich heran und setzte sie auf ihren Schoß: »Und damit kann man Fotos sofort entwickeln, ja? Das ist doch super! Seit wann gibt es denn so etwas?«

Beatrix hielt den Apparat in ihren kleinen Händen. Friedrich durfte noch nicht einmal fernsehen, das war nicht gut für die Augen, sagte Praetorius immer zu ihm. »Der ist gar nicht neu. Den hat sich der Babysitter vor drei Jahren aus Amerika geholt, als er die Mami kennengelernt hat.« Beatrix sprach wieder mit ihrer schüchternen Kleinkindstimme. Friedrich kannte das schon und verdrehte die Augen.

»Wer ist denn dieser Babysitter? Ist er da, damit eure Mutter wieder arbeiten kann?«

Friedrich und seine Schwester lachten. Friedrich ging zu Beatrix, die weiterhin auf dem Schoß der Richterin saß, beugte sich zu ihr hinunter, und die beiden umarmten sich umständlich. Während er erzählte, nestelte Beatrix an ihrem Apparat herum: »Nein, der war wirklich unser Babysitter.« Die Richterin lachte kurz auf, unterdrückte den Laut aber, indem sie sich auf die Unterlippe biss: »Eure Mutter ist mit dem Babysitter durchgebrannt?«

»Das sagt Praetorius auch immer.«

»Und wie kommt er damit klar, was ist euer Eindruck?«

»Nicht gut, glaube ich.«

»Die Mami hat darauf bestanden, dass der Papi die Tür zum Esszimmer aushängt, weil er dann bis zur nächsten Tür schon wieder genug Dampf abgelassen hat.« Friedrich sah seine Schwester mit großen Augen an. Dieses Mal lachte nur sie.

Die Richterin wollte wissen, ob der Papi dann nicht mehr die Türen habe knallen lassen und ob es dann leiser gewesen sei. Die Befragung fand ihr erstes Ende. Die Richterin atmete tief ein und aus und reichte Friedrich ihre Robe zum Verkleiden. Die Kinder durften darin Fotos von sich machen. Acht Minuten später waren die Bilder entwickelt.

Friedrich sah sein Abbild, unter dem sensationellen Umhang die Gurte seiner grauen Lederhose, für die er in der Schule gehänselt wurde. Er musste sie tragen, wie ihm seine Stiefmutter immer wieder wütend erklärte, denn er schürfte sich zu oft die Knie auf, beim Fahrradfahren und Fußballspielen hatte er seine Stoffhosen zerschlissen, und das kostete alles ein Vermögen. Friedrich liebte das aus einem Geweih geschnitzte Edelweiß, das ihm auf der Brust prangte, dahinter ein blauer Rollkragenpullover. Er lächelte schmal, seine großen Hasenzähne waren deutlich sichtbar, auch deswegen wurde er gehänselt. Es war ihm egal. Seine großen Ohren glichen einer Fledermaus, nur war das obere Drittel nicht spitz, sondern gebrochen rund. Die braunen Locken waren lieblos kurz geschnitten, die blauen Augen weit geöffnet. Im Gegensatz zu seiner kleinen, verwöhnten Schwester fühlte er sich erwachsen. Er musste groß und stark sein, sagte sein Vater oft zu ihm.

Friedrichs Schwester trug eine pinke Schlaghose und ein weißes Hemd mit roten Blumen darauf und ausladendem Kragen. Praetorius hatte recht, sie sah aus wie eine Kleinkindpuppe, mit Stupsnase, grünen Augen, langem mittelgescheiteltem Haar, ganz die abtrünnige Mutter. Friedrich und Beatrix tauschten ihre Fotos aus, Friedrich hatte nun das Abbild seiner Schwester in der Tasche.

Die Richterin sammelte sich, warf sich die Robe wieder über und raffte den Stoff. Friedrich und seine Schwester nahmen erneut im Zeugenstand Platz. Dann erläuterte sie für das Protokoll, dass sie für den weiteren Verlauf des Gesprächs die Zusammenstellung der Top-Tipps des englischen Family Justice Board in deutscher Übersetzung als Leitfaden nehmen würde. Der erste Punkt beträfe das sichere Zuhause.

»Es ist jetzt nicht so, dass wir zu Hause geschlagen werden. Es ist eher so, dass man Druck hat«, sagte Friedrich. Er fühlte sich wie zu Hause beim Abendessen, gezwungen, sich auf einen geraden Rücken zu konzentrieren. Jede falsche Antwort führte zu einer gerechten Strafe.

»Ein sicheres Zuhause ist, wo man alles sagen kann und dafür nicht verurteilt wird. Wo man Druck nicht kennt«, sagte Beatrix.

»Meine Mutter hat vor ein paar Jahren angefangen, böse Sachen über meinen Vater zu sagen. Praetorius hat dann mit mir darüber gesprochen. Meine Mutter hat gesagt, sie will meinen Vater verletzen. Unsere Eltern reden beide mit uns beiden. Praetorius will häufig meinen Rat haben, aber ich weiß auch nicht, was er tun soll. Meine Mutter bedrückt ihn.« Friedrich wischte seine kaltschweißigen Hände an der Hose ab, dann den Schweiß von der Stirn. Seine Ohren glühten.

»Gibt es neue Partner?«

»Praetorius hat sich eine neue Frau geholt, aus dem Adelsblatt, das hat ihm seine Mutter vorgeschlagen, damit er uns behalten kann. Es ist gut, dass sie da ist.«

»Ist sie nett?«

»Und unsere Mutter hat schon viel länger diesen neuen Mann. Die haben sofort geheiratet. Er ist hochsensibel und er verbreitet Lügen über unseren Vater …«

»Der lügt, wenn er den Mund aufmacht. Praetorius sagt, er sei ein Lügenbaron«, fuhr Friedrich seiner Schwester ins Wort.

»Ist der neue Ehemann eurer Mutter etwa auch adelig?« Die Richterin blätterte in den Unterlagen. »Stimmt. Von Norweger.«

Sie schüttelte den Kopf. »Und die neue Ehefrau eures Vaters auch?«

»Hoch-ur-adelig. Das ist wichtig, wegen der Geschichte. Kennen Sie unser Wappen? Da ist eine schwarze Frau mit verbundenen Augen und abgehackten Armen auf einem Schachbrett. Wir, also die von Rittersgruen, sind gewitzte Brettspieler. Das ist die Legende vom ersten Rittersgruen, Holub, das heißt ›Mann mit den Tauben‹: Er hat die Brieftauben mitgenommen, er war Nachrichtenoffizier und hat die Maurenkönigin im Schach besiegt und so das geschlagene Heer der Kreuzritter befreit.«

»Sprechen eure Eltern noch miteinander?«

»Wir bekommen nicht mit, dass sie miteinander sprechen.«

»Mami sagt, dass sie das Gespräch sucht, aber Papi will nicht sprechen«, ergänzte Beatrix ihren Bruder.

»Du drückst dich aber auch sehr gut aus, für dein Alter!« Die Richterin wandte sich an die Beiständin: »Also, ich mache das jetzt schon ein paar Jahre, aber so etwas habe ich noch nicht erlebt.«

»Ich bin seit fünfundzwanzig Jahren dabei, und mir ist so etwas auch noch nie untergekommen«, sagte die Beiständin. »Das ist wirklich nicht adäquat! Ich habe mit allen Beteiligten in ihrem derzeitigen Zuhause intensiv gesprochen. Mit Friedrich bin ich spazieren gegangen, um ihn aus seiner Situation zu holen, das ist dort wie bei einem Kartell oder einer Sekte. Als ob jemand denen eine Pistole an den Kopf hält. Nur der Vater ist frei, der spricht gar nicht.«

Friedrich verstand jedes Wort, obwohl sich die Beiständin sichtlich angestrengt hatte, so leise wie möglich zu sprechen. Sie wandte sich wieder nach vorne: »Wart ihr beide eigentlich in die Paartherapie der Eltern einbezogen?«

Weder Friedrich noch seine Schwester wussten etwas von einer Therapie. Friedrich atmete auf, es lief perfekt. In Wirklichkeit verstanden sie sich erst besser, seit ihre Mutter Hals über

Kopf getürmt war, Beatrix mitgenommen und Friedrich zurückgelassen hatte. Zuvor hatte Friedrich im Auftrag seines Vaters versucht, Beatrix auf Linie zu bringen, aber Beatrix hatte Widerstand geleistet, sie wollte dem strengen Vater nicht folgen. Praetorius hatte zerknirscht eingestanden, ihm sei die Hand ausgerutscht, aber er habe auch viel um die Ohren: »Die Zeiten sind hart. Die Welt ist hart, mein Sohn.« Dann war Amalia mit Beatrix verschwunden. Friedrich war zuvor sogar mit zwei großen Küchenmessern zu Beatrix ins Zimmer gegangen, um ihr zu zeigen, wie man sich gegen Amalia zur Wehr setzt. Kaum als er in ihrem Zimmer stand, hatte Friedrich sein Vorhaben vergessen und seine Schwester mit den Messern gekitzelt. Beatrix hatte übertrieben geschrien und wie auf Knopfdruck geweint. Das konnte sie so gut wie ihre Mutter. Er hatte sich aufgeregt und gedroht, dass er ihr ein Auge ausstechen würde, nur zum Spaß, aber Beatrix hatte ernsthaft Angst bekommen, und das durfte hier auf keinen Fall zur Sprache kommen. Bisher schlug sich Holub ganz ordentlich. Friedrich hatte einen Kampf erwartet, aber der fand nicht statt. Es war so einfach wie in der Schule. Er hörte das Rauschen in seinen Ohren.

»Ihr habt ja vorhin schon ein bisschen dazu gesagt. Reden eure Eltern immer noch schlecht übereinander?«

»Wir stimmen den Eltern immer in allem zu, dann hören sie vielleicht schneller auf zu reden. Ich will nur weg, verschwinden, wenn sie übereinander sprechen«, sagte Friedrich.

»Der Papi hat sich verteidigt. Er wollte nicht, dass wir schlecht über ihn denken.« Beatrix sprach schnell und aufgeregt.

»Praetorius will unschuldig bleiben, weil er unschuldig ist«, sagte Friedrich.

»Er hat sich gerechtfertigt.« Beatrix presste ihre Lippen aufeinander.

»Wenn meine Mutter sagt, Praetorius schlägt mich, obwohl es nicht so ist, dann weiß ich das wohl am besten! Ich zittere richtig. Schau dir das an.« Friedrich zeigte seiner Schwester seine vor Aufregung geröteten Hände. Er deutete auf das Gesicht seiner Schwester und sagte, dass sie aussähe wie eine Tomate.

Beatrix sagte: »Echt?«

Die Richterin ließ die Fenster öffnen und die Vorhänge beiseiteschieben. Es wurde strahlend, blendend hell.

Die Beiständin fragte nach Haustieren. Die Mutter habe eine Tierhaarallergie bei Friedrich festgestellt, es bestehe die Gefahr von Asthma. Praetorius' neue Frau hatte einen roten Langhaardackel mitgebracht: Poldi.

»Wenigstens *ein* nichtadeliges Familienmitglied!«, sagte die Richterin und lachte der Beiständin zu.

»Wieso?«, fragten Beatrix und Friedrich im Chor.

»Na ja: Poldi?«

»Der heißt Leopold von Bismarck, weil er vom Landgut derer von Bismarck in Oberbayern kommt. Da hat die Neue von Praetorius immer Urlaub gemacht.«

»Leopold von Bismarck, natürlich! Wie sollte ein deutscher Dackel auch sonst heißen? Man kann doch wohl mit Fug und Recht sagen: Ein Dackel, der nicht Leopold von Bismarck heißt, kann kein deutscher Dackel sein!« Die Richterin verschluckte ihr Lachen, ihre Tränen konnte sie nicht unterdrücken.

Friedrich fragte sich, ob die sich gerade über die Familie lustig machte. Die Bürgerlichen hatten eben keine Ahnung. Sie erhob sich und bedankte sich, Friedrich und Beatrix blickten sich fragend an. Beatrix sollte vorgehen, damit Friedrich seiner Mutter nicht begegnete. Friedrich schüttelte die Hand seiner Schwester und beugte sich höflich nach vorn. Er deutete einen Handkuss an. Beatrix nahm ihren Rucksack und verließ den Raum. Friedrich hörte die Stimme seiner Mutter, hell und samtig. Sie fragte, wie es gewesen war, wie es ihm ging. Beatrix sagte etwas, das er aber nicht mehr verstand.

2

Als Friedrich vor den Saal trat, waren seine Mutter und Beatrix längst verschwunden. Niemand erwartete ihn. Er ging in das geschwungene Treppenhaus, seine Schritte hallten, schnell durchquerte er die Sicherheitsschleuse und betrat die Straße. Sofort hörte er seine Stiefmutter Iris, oder besser ihr Auto, eine Ente. Der Motor heulte laut auf und knatterte. Friedrich atmete erleichtert auf, als er die rundliche, zitronengelbe Blechbüchse mit aufgerolltem Gummidach sah. Iris parkte mit quietschenden Reifen, der Motor stotterte. Es knackte, als der Gang eingelegt wurde. Friedrich roch das Kerosingemisch. Iris kurbelte mit hohem Körpereinsatz am Lenkrad, wie ein roter Drache mit ihren langen hellroten Locken, die wie Comicblitze von ihrem Kopf abstanden.

Friedrich sah seinen Aufkleber von der Aktion Sorgenkind auf dem hinteren Kotflügel, ein großes rotes Herz mit einem Spruch, der für mehr Mitmenschlichkeit warb: »EIN HERZ FÜR KINDER«. Er hatte einen Buchstaben herausgeschnitten und in der ersten Zeile angeklebt. Jetzt stand da: »KEIN HERZ FÜR INDER«. Iris rannte um die Ente herum, auf ihn zu. Sie war groß und schlank. Friedrich hatte sich die technischen Daten genau gemerkt: Mit siebenundzwanzig Jahren war sie fünfzehn Jahre jünger als sein Vater. Ihre Beine waren 1,10 Meter lang, »Modelmaß« hatte sie mal gesagt. Damit überragten ihre Beine gerade so den Lamborghini Countach, der mit 107 Zentimetern Höhe als einziges straßentaugliches Auto der Welt einen c_W-Wert von unter 1 hatte. Iris war ausgebildete Bühnentänzerin, Modern Dance, und dann hatte sie angefangen, Latein auf Lehramt zu studieren.

Sie warf ihre Arme in die Luft und rief: »Da bist du ja! Du kannst dir gar nicht vorstellen, wie die hier alle fahren. Willst du ein Eis oder sollen wir direkt nach Hause?«

Friedrich hörte nicht hin. Er duckte sich, als sie ihm über den Kopf streichen wollte. Er stieg ein und spielte an der Lüftung, drehte an einer Schraube, die daraufhin eine Klappe nach außen drückte: Luft kam hinein. So simpel, dachte Friedrich.

»Schnall dich an!«, sagte Iris und legte wieder knackend den Gang ein. Der Motor jaulte auf. Kaum waren sie aus der Parklücke raus, schob sich die Tachonadel auf 30 km/h, dann zitternd bis auf fast 50. Iris streichelte sein Knie und den Oberschenkel, dabei sprach sie endlos weiter. Friedrich kannte das schon, er wand sich, aber sagte nichts. Sie bemerkte sein Unbehagen nicht, sie streichelte unermüdlich weiter. Als er auf ihre Frage, wie der Prozess gelaufen sei, antworten wollte, erhob sie die Stimme, wurde lauter, bis er nicht mehr sprach.

Iris ruckelte röhrend über den Ring, es fiel ihr schwer, die Spur zu halten. Mehrmals wurden sie von der Seite angehupt. Sie entschuldigte sich nicht, stattdessen fluchte sie: »Schau mal, wie der guckt! Manche Menschen können aber auch böse sein! Der soll erst selbst mal die Spur halten, der kann doch einfach vorbeifahren in seinem Luxusschlitten! Scheiß Mercedes-Fahrer!« Sie gab unmissverständliche Handzeichen, dann Luftküsse mit ihrer Schnute. Friedrich versank vor Scham auf dem Beifahrersitz. Er spreizte seine Finger an die Schläfen, fuhr in seinen Haaransatz. Iris' weit aufgerissene Augen, die große Nase und die vollen Lippen, überhaupt dieser unablässig geöffnete breite Mund und dieser starke Kiefer ängstigten ihn wie eine Holzmaske. Sie bogen ab auf eine unerträglich lange Ausfallstraße mit Blick auf das Alpenpanorama in Grau, Dunkelgrün und Weiß, darüber der hellblaue Himmel. Friedrich hatte das Gefühl, sie hätten aufgehört, sich zu bewegen, nichts kam näher.

Bis zur Stadtgrenze bei Fürstenried West fluchte Iris unaufhörlich. Dann verfiel sie in Erzählungen zum Adel und zu Deutschland und stellte Fragen zur Schule, die sie mit lateinischen Ausdrücken selbst beantwortete, wie »Quo vadis, Deutschland?« oder »Wie ist es in der Primarstufe?«. Ein paar Felder und viel Wald zogen über ein paar Hundert Meter vorbei, dann kam das beschauliche Neuried, links ab auf der Gautinger Straße, vorbei an der 800 Jahre alten Kirche St. Nikolaus mit den dicken Mauern und den Schießschartenfenstern, bis zu einer Doppelhaushälfte in einem kleinen Neubaugebiet, das die Bauern ihren Feldern abgerungen hatten. Friedrich sah hinter der Mauer und der Hecke die Tanne, daneben die Garage. Iris parkte davor und blockierte den Zugang. Später würde sie vermutlich wieder einmal umparken müssen. Die Garage war für Praetorius' Auto reserviert, einen orangefarbenen Audi 80, 55 PS, 9,4 Liter Benzin auf 100 Kilometer, Spitzengeschwindigkeit: satte 145! Eine Mittelklasselimousine für die ganze Familie mit vier Türen. Poldi hatte die Ente gehört, kläffend und ungelenk sprang er an der weiß lackierten Stahltür zum Garten hoch. Poldi war alt.

Friedrich öffnete das Tor und begrüßte den aufgeregten Dackel, das Fell war so weich, buschig die Ohren und der Schweif. Der Hund leckte sein Gesicht ab. Gemeinsam gingen sie an der Garage und dem Rasen, einem Beet und dann an der Veranda unter dem breiten Balkon vor dem Elternschlafzimmer vorbei an die weniger gut einsehbare Hausseite nahe der Hecke. Im offenen Eingang stand Praetorius. Hinter ihm so deutlich sichtbar, als wäre sein Vater ein Teil eines Fotos, das Bildnis eines berühmten Rittersgruen: Terror Tartar. Terror hatte im tiefen Mittelalter die Tataren fertiggemacht. Irgendjemand hatte ein »r« hinzugefügt, aber wo hatte dieser Jemand das »r« weggenommen? Terror sah grimmig drein, Friedrich hatte Angst vor ihm, fühlte sich von den starren Augen verfolgt, er fürchtete die tiefe Narbe auf der Stirn und den schwarzen Fellumhang, in dem mit Sicherheit Flöhe und anderes Ungeziefer hausten, ebenso den

Degen und Pfeil und Bogen. Und davor stand schmal und verhutzelt: Praetorius.

Er lächelte mit dürren Lippen, die fast wimpernlosen Augen feucht und aufgerissen hinter der klobigen Brille, darüber die Glatze, das Haar von einem Ohr zum anderen übergekämmt. Seine Haut war grau. Friedrich wollte seinen Vater an der Taille umarmen, seinen Kopf an dessen Bauch legen, aber Praetorius streckte steif die Hand aus. Friedrich schüttelte sie widerwillig.

»Hallo, mein kleiner Prinz! Da müssen wir wohl eine Extrarunde drehen.«

»Was habe ich falsch gemacht?«

»Wir müssen die freie Rede üben.«

»Gehen wir wieder auf den Friedhof?«

Friedrich entdeckte einige Umzugskartons hinter Praetorius. Er umkurvte seinen Vater, suchte mit Poldi das Erdgeschoss ab, vom Flur nach rechts ins Esszimmer und wieder zurück. Bilder fehlten. Friedrich rannte kreuz und quer um die Kartons, Poldi wedelte mit dem Schweif und bellte. Glücklicherweise waren die Bilder von Terror und Holub und das Denkmal von Friedrich dem Großen geblieben. Er rannte weiter durch den Flur ins Wohnzimmer auf die andere Seite mit der breiten Fensterfront zum Garten und der einsamen Tanne. Die Perserteppiche waren noch da, das war ganz wichtig, und die Kommode mit dem Familiensilberbesteck, der englische Teetisch mit den hochklappbaren Rändern, darauf das Scrabblebrett mit einigen zu Wörtern zusammengefügten Buchstabensteinen und auf einem Beistelltischchen das Schachbrett aus Holz und das aus Marmor und der Holzschreibtisch von Praetorius mit dem Briefbeschwerer und dem goldenen Briefmesser. Iris erwischte Friedrich, gab ihm schnell zwei Ohrfeigen. Es klatschte laut. Friedrich erstarrte, dann wurde er leichenblass. Er fing an zu weinen. Seine Haut brannte, das Herz schlug ihm bis in den Hals. Iris hockte sich vor ihn.

»Das ist mein Hund! Kapiert?«

Friedrich nickte schweigend. Er kauerte sich an ein weiß lackiertes Ikea-Regal, das bis zur Decke mit Büchern gefüllt war, wippte rhythmisch vor und zurück und murmelte Wörter, die er selbst nicht verstand. Er strich sich den Rotz von der Nase und leckte den Rest mit der Zungenspitze ab. Die Linien auf dem Perserteppich fingen seinen Blick ein, er folgte ihnen, bis er wieder ganz ruhig war.

»Deine Augen sind ganz rot, was ist denn los?«, fragte Praetorius, der auf einmal vor ihm im Wohnzimmer stand.

»Er hat wieder mit dem Hund gespielt.«

»Du weißt doch, dass du das nicht darfst. – Wir müssen!« Praetorius warf sich in seinen dunklen Lodenmantel. Er zog einen Filzhut mit Federn in der Krempe an, dazu original Haferlschuhe. Er sah aus, als ginge es auf die Jagd.

Friedrich folgte seinem Vater. Sie gingen zu Fuß, da das Auto eingeparkt war. Der Friedhof befand sich neben der alten Kirche, ein verwitterter, stiller Ort. Ein paar Gießkannen hingen, mit Fahrradschlössern abgesperrt, an Metallringen. Friedrich roch vermoderndes Laub und Moos. Er fühlte sich wohl. Und nur hier, auf dem Dorffriedhof, hatte er seinen Vater für sich allein.

Es war die Familienehre, die Vater und Sohn auf den Friedhof trieb. Es galt, die Gefallenen in gutem Gedenken zu bewahren. Die männlichen Nachkommen derer von Rittersgruen hielten die Familientradition in Ehren und führten sie fort. Vorbild für jeden dieser Friedhöfe war der Invalidenfriedhof in Berlin. Stadt und Friedhof waren verwüstet und von der Mauer geteilt. Der Invalidenfriedhof beherbergte die Gefallenen aus über 250 Jahren Kriegsgeschichte Deutschlands, daneben lag das Invalidenheim, in welchem der Halbwaise aus dem Ersten Weltkrieg, Heinrich von Rittersgruen, aufwachsen musste, Vater von Praetorius und Großvater von Friedrich. Friedrichs Großvater hatte auf dem Friedhof Fußball gespielt, die Grabsteine waren die Torpfosten gewesen.

Friedrich stellte sich vor das Grab der Bachmaiers. Auf dem grauen Stein stand unter einem schlanken Metallkreuz: Alois Bachmaier 1903–1945, und darunter: Rosa Bachmaier 1908–1971. Er faltete die Hände, senkte den Kopf und sprach mit getragener Stimme:

»Alois war kein großer Mann und dennoch ein Held. Mit einfacher, ehrlicher Arbeit auf den Feldern versorgte er seine Frau. Klaglos marschierte er in den Krieg für ein Deutschland, dem er alles verdankte. Er kehrte als gebrochener Mann aus Russland in sein geliebtes Bayern zurück, nahm die glückliche Rosa in den Arm, sah zum ersten Mal seinen Sohn und blickte ihm in die Augen. Er wusste, er konnte ihm die Familie anvertrauen, wenn es wieder um alles ginge, wenn wieder harte Arbeit und Strenge gegen sich selbst gefordert sein würden. Der Herr nahm ihn in der Blüte seines Lebens zu sich. Amen.«

Friedrich blinzelte flatternd, um seine tiefe Rührung anzudeuten. Dann sah er zu seinem Vater, der statt zu ihm die ganze Zeit in die *Frankfurter Allgemeine Zeitung* gestarrt hatte. Praetorius blickte auf. Friedrich lächelte und nickte. Er ging auf seinen Vater zu, der mit erhobenem Zeigefinger verneinte: »Nicht doch, jetzt die Frau.«

»Rosa war eine unermüdliche Mutter, die pflichtergeben in Demut den Haushalt führte und sich ganz allein um den Kleinen kümmerte. War sie eben noch im Hühnerstall, so war sie doch schon in der Küche, sie schürte das Feuer und kochte die Suppe. Als ihr Ein und Alles so plötzlich verstarb, sah sie sich nicht nach anderen um, sie kümmerte sich um ihren Sohn, bis er eine anständige Ausbildung genossen hatte. Dann hauchte sie ihren letzten Seufzer. Amen.«

Friedrich und Praetorius schlenderten danach schweigend über den Friedhof. Sein Vater sog tief die frische Luft ein und warf die ordentlich zusammengelegte Zeitung in den Friedhofsmüll.

Als sie wieder nach Hause kamen, waren die Umzugskartons verschwunden. Praetorius stand vor Terror Tartar und atmete auf.

»Ich glaube, wir hatten ungebetene Gäste.« Er drehte sich zu Friedrich um. »Siehst du, das habe ich dir ersparen wollen: Beatrix und deine Mutter, die uns die Wohnung ausräumen.« Praetorius drückte die Türklinke herunter, um die Tür zum Esszimmer zu öffnen. Dabei verzerrte sich sein Gesicht zur Grimasse. Friedrich kannte diese Angstfratze, die aufblitzende Maske eines inneren Dämons, die ihn jedes Mal erschreckte, immer beim Herunterdrücken einer Türklinke oder wenn Praetorius seinen Arm in einen Ärmel steckte. Sein Vater fletschte dann die Zähne und riss die Augen auf, als müsse er einen spitzen Schmerz aushalten, wie ihn Friedrich nachfühlen konnte, wenn ein Pflaster ruckartig von der Wunde gerissen wurde.

Friedrich hatte Tischdienst, in Porzellanschüsseln trug er die Speisen aus der schmalen Küche ins Esszimmer. Es gab Würstchen mit Kartoffelbrei und Karotten und Erbsen. Sie setzten sich an den langen Familientisch. Iris fragte unermüdlich nach:

»Das habe ich doch mal wieder sehr gut gemacht. Das habe ich doch wirklich wieder sehr, sehr gut gemacht, oder?«

Friedrich ordnete das Essen nach Farben, das Schönste zum Schluss, das Hässlichste zuerst, also zunächst die grünen Erbsen, dann die braunen, fettigen Würstchen, danach den Kartoffelbrei und die orangefarbenen Karotten ganz zum Schluss, genau in dieser Reihenfolge. Praetorius aß tief über seinen Teller gebeugt.

»Jetzt sagt doch auch mal was! Das habe ich doch sehr gut gemacht, oder?«

Praetorius zog die gerollte Serviette aus dem dicken silbernen Serviettenring mit seinem eingravierten Vornamen und dem Wappen der Familie von Rittersgruen – ein Schachbrett mit Hellebarde obendrauf – und tupfte seinen Mund ab: »Ja. Es mundet wieder köstlich. Vielen Dank!«

Friedrich saß neben Iris. Sie pickte die Karotten von seinem Teller, die er sich extra aufgespart hatte, weil sie ihm am besten schmeckten.

»Du bist zu dick. Du bist fett, vor allem diese Schenkel, das ist doch nicht normal.« Wieder streichelte sie seine Oberschenkel. »Praetorius, du musst deine Gefühle besser zeigen. Der Junge braucht Nähe.«

Hinter Friedrich stand der Holzschrank mit dem feinen Geschirr, ihm gegenüber eine Chagall-Kopie, ein riesiger roter Hecht im Karpfenteich, neben dem Bild ein Regal mit Iris' Büchern, die Simenon-Ausgabe war ihr ganzer Stolz. Die Fensterscheiben im Esszimmer gaben den Blick bis zur immergrünen Hecke frei. Während Iris monoton seine Sünden des Tages vortrug, konzentrierte sich Friedrich auf eine korrekte Sitzhaltung. Seine Stiefmutter durfte nicht bemerken, dass er nicht zuhörte. Die Anspannung trieb ihm Schweißperlen auf die Stirn. Er biss sich in die von Iris abgewandte Backe, damit sie die entstandene Kuhle darin nicht sehen konnte. Er durfte die Rückenlehne seines Stuhles nicht berühren, seine Hände hatten auf dem Tisch zu liegen, aber nicht zu weit, alles war genau bemessen. Auf sein Augenmaß konnte er sich verlassen. Immer wieder hatte er es geübt. Sprechen war ihm nur erlaubt, wenn er gefragt wurde. Auch daran hielt er sich. Wenn er gehorchte, musste er nicht fühlen. Solange der Abstand der Hände zur Tischkante stimmte, hatte er nichts zu befürchten.

»Der Junge hat mich heute mal wieder ü-ber-haupt-nicht wahrgenommen! Er hat seine Hausaufgaben nur schludrig erledigt.«

»Heute war ein harter Tag, Iris. Für uns alle«, sagte Praetorius, der für einen kurzen Moment aufsah.

»Du stehst nicht zu mir! Was haben wir ausgemacht? Wir ziehen an einem Strang. Irgendwas muss mit dem Jungen passieren!«

»Zwei Monate Hausarrest und kein Fußball auf der Straße, keine Freunde.« Praetorius sprach das Urteil gleichmütig aus.

Iris war noch nicht fertig: »Da siehst du, was dir dein dickbramsiges Verhalten einbringt. Du Nassauer vom Stamme Nimm!«

Praetorius musste Friedrich ins Bett bringen. Doch zunächst trennten sich ihre Wege. Während Friedrich sich umzog und die Zähne putzte, schauten sein Vater und Iris im verbotenen Kellerraum die *Tagesschau*. Niemand außerhalb der Familie durfte diesen Raum betreten. Praetorius hatte es kurz erwähnt, irgendwo hatten die Kommunisten 600 Geiseln genommen, darunter Politiker, und Atomkraftgegner mussten auch ihre Stromrechnung bezahlen, wie Atomkraftbefürworter. Als Friedrich fertig war, ging er in den Keller, so konnte er wenigstens kurz etwas fernsehen, und sei es auch nur den Wetterbericht für Gesamtdeutschland. Friedrich beäugte die Wetterkarte. Deutschland war groß, es reichte von den Alpen bis halb um die Ostsee.

Praetorius geleitete seinen Sohn die enge, knarzende Kellertreppe hoch ans Licht und in das Treppenhaus, wo die Treppe – nun aus edlem hellen Stein – wie eine Hüfte um das Denkmal von Friedrich dem Großen nach oben führte. Das Treppenhaus beherbergte in Petersburger Hängung unzählige große und kleine Gemälde zur deutschen und zur Familiengeschichte, alle mit Blick auf Friedrich den Großen und die Elite der damaligen Zeit. Das Denkmal war ein Originalabguss des Künstlers und sehr wertvoll. Friedrich betrachtete im Hochsteigen die fein gearbeiteten Figuren aller Großen Preußens aus Metall, zu Füßen des Pferdes und des darauf sitzenden Königs Friedrich II. mit Dreispitz auf dem Kopf: Kant, Lessing, Moltke, und als einziger ihm zugewandt: Rittersgruen. Der Großvater mütterlicherseits hatte seinen Eltern dieses Denkmal zur Hochzeit geschenkt und an Friedrich, den ältesten Spross, würde es übergehen.

»Rittersgruen hat dem König das Leben gerettet und ein

Schloss dafür bekommen, aber unsere Schlösser haben die Russen gestohlen, die wirst du leider nicht erben. Außer, wir kriegen die wieder. Von den Russen.« Praetorius hielt Friedrich an der Hand fest, während er wie immer dieselbe Geschichte erzählte.

Friedrich hatte Angst, denn er selbst war der viel wichtigere Thronfolger, wichtiger als der Preußenkönig, nämlich im Geheimbund der Tempelritter.

»Friedrich II. dachte, er ist schwul, er ist mit seinem Liebhaber durchgebrannt. Der König hat die beiden gefangen genommen und den Liebhaber zum Tode verurteilt.«

»Katte?«

»Genau. So hieß der. Der König hat seinen Sohn gezwungen, bei der Vollstreckung des Urteils zuzusehen.«

»Wenn ich verschwinde, machst du das dann auch mit mir?«

»Nein, du wirst nicht schwul.«

Im ersten Stock, neben dem Badezimmer der Eltern mit Badewanne und zwei Waschbecken, lag Friedrichs Kinderzimmer.

»Ich würde nicht deinen Gefährten töten, sondern dich, mein Lieber.« Praetorius zwinkerte Friedrich liebevoll zu und gab ihm einen Klaps auf den Kopf.

In Friedrichs Zimmer ragten die von den Großvätern gejagten Tiere präpariert von der Wand, ein Auerhahn in der Balz – den liebte Friedrich wegen der aufgestellten Schwanzfedern – sowie ein Sechzehnender und einige Gehörne von Rehen, aus dem gleichen Material wie sein Edelweiß auf der Lederhose.

Im Dunkel streichelte Friedrich die stoppeligen Backen seines Vaters. Er musste sichergehen, dass sein geliebter Vater ihn ins Bett brachte, das war seit der Trennung ihr Ritual. Zum Ritual gehörte auch: »Ceausescu!« Friedrich wusste, was er darauf sagen musste: »Du bist aber echt witzig!«

»Ja, mir sitzt der Schalk im Nacken!«

»Habe ich heute versagt?«

»Ist nicht so schlimm.«

»Es hat kein Urteil gegeben?«

»Das war heute nur eine Anhörung.«

»Und der Prozess?«

»Der war am Freitag. Ich konnte Beatrix nicht retten. Da steht man immer zu den Müttern. Deine Mutter kann auf Knopfdruck weinen. Ich bin laut geworden, meine Stirnader ist fast geplatzt. Siehst du, wir sind alle nicht ohne Fehler, mein kleiner Prinz.«

»Was ist mit Beatrix?«

»Beatrix bleibt bei ihrer Mutter, du bleibst hier. Aber ich verspreche dir, niemand hat die Absicht, den Kontakt zwischen euch abreißen zu lassen.«

»Da bin ich aber froh.«

Mitten in der Nacht wachte er auf, er hatte sich schon wieder eingenässt. Das passierte seit der Trennung vor zwei Jahren immer wieder. Er versteckte die feuchte Schlafanzughose hinter dem Kleiderschrank und zog eine frische an. Langsam schlich er nach unten, ihm gefiel es, blind die Treppenstufen zu treffen. Im Wohnzimmer machte er das Licht an. Die Rollläden aus grauem Kunststoff spiegelten silbrig hinter den Scheiben. Er spürte den Perserteppich unter seinen Fußsohlen, während er das Schachbrett aus weißem und dunkelrotem Marmor hervorholte, das neben Praetorius' Schreibtisch stand. Die Figuren glänzten und waren angenehm kühl. Er schob sie auf dem Brett zusammen und balancierte zurück in sein Zimmer, wo er das Brett auf seinem grün lackierten, schmalen Schreibtisch mit der verschließbaren Schublade abstellte. Die Arbeitsplatte war mit Aufklebern verziert. Da war ein Totenkopf mit dem Spruch »Rauchen hält jung!« oder die Rolling-Stones-Zunge, die zu Albert Einstein und Mick Jagger und Iris gehörte, und natürlich »KEIN HERZ FÜR INDER«.

Friedrich platzierte die Figuren akkurat in die Mitte ihrer Felder, dann eröffnete er das Spiel. Sanft glitt der Bauer auf seiner

Filzunterlage über das Feld. Er besiegte die schwarze Frau und befreite die Christen. Er hackte der Frau die Arme ab. Das Blut spritzte, wie aus einem Springbrunnen. Dann legte er sich auf die trockene Hälfte seiner Matratze und schlief den Schlaf des Gerechten.

3

Friedrich stieg aus der Ente, Iris ließ den Motor laufen, sie beugte sich über den Beifahrersitz und hielt ihre rote Mähne hinter dem Kopf fest: »Du kennst ja den Weg. Du musst zum Schalter der Lufthansa. Der Flug nach Frankfurt.«

Es tröpfelte bei 5 Grad Celsius. Düsentriebwerke waren zu hören. Die Ente heulte auf und fuhr ab. Friedrich eilte mit seiner Tasche in die klimatisierte Halle des Flughafens München-Riem. Eine Stewardess erwartete Friedrich bereits am Schalter, er musste sich nicht anstellen. Sie trug einen knielangen weißen Rock, eine blau-gelbe Bluse und ein Halstuch in den Farben der Airline. Sie drückte Friedrich den orangen Umhänger für unbegleitete Kinder in die Hand mit seinen Flugdaten und Angaben zur Person hinter einer durchsichtigen Plastikfolie. Dann übergab sie ihm die Vielfliegerprämie für Kinder: eine bunt bedruckte Schachtel mit dem Bastelkit des Flugzeugs von Manfred von Richthofen, genannt »Der Rote Baron«.

»Weißt du, wer das ist?«

Friedrich sagte nichts. Natürlich wusste er, wer Manfred von Richthofen war. Von Richthofen war sein Urgroßonkel väterlicherseits. Der Rote Baron war ein deutscher Held, er war als waghalsiger Kampfflieger im Ersten Weltkrieg gewesen und hatte viele Menschen getötet. Von Richthofen hatte Tagebuch geschrieben und Fotos von den brennenden und abstürzenden Maschinen seiner Feinde geschossen. Das war sehr großartig, fand Friedrich. Mit dem nach seinem Tod veröffentlichten Buch hatte Friedrich das Lesen gelernt. Friedrichs Exemplar roch nach altem Papier, und die Hochglanzseiten mit den Fotodrucken waren besonders glatt. Sein Vater hatte ihm daraus vorgelesen, bis er selbst lesen konnte. Das Buch war wie ein Fotoroman. Die Schwarz-Weiß-Bilder waren von faszinierender Grausamkeit. Von Richthofen lag auf dem Invalidenfriedhof, neben Friedrichs anderem Urgroßonkel aus dem Zweiten Weltkrieg, dem Kampfflieger Mölders. Auf von Richthofen und den Ersten Weltkrieg durfte man stolz sein, für Mölders und den Zweiten Weltkrieg musste man sich schämen. Der Rote Baron stammte aus der Familie seines Vaters, Werner Mölders aus der Familie seiner Mutter. Das hatte die Lufthansa sehr gut erkannt. Friedrich war Fan des FC Bayern München mit Uli Hoeneß, Karl-Heinz Rummenigge und Gerd Müller, dem »Bomber der Nation«. Die Farben des Vereins waren rot und weiß, und Friedrich nannte sich Roter Baron. Er übertrug die Familientradition auf den Verein. Am Anfang war es der Kreuzzügler und Namensstifter Täuber mit den Brieftauben gewesen, dann Terror Tartar mit der Reiterei und schließlich der Rote Baron mit der Maschine, die den Feind richtete, die den gerechten Tod brachte. Es war ein Kampf, Mann gegen Mann in den Maschinen.

Im Flugzeug saß Friedrich wie immer am Fenster. Über den Wolken war er in seiner eigenen, hellen Welt. Ab Nürnberg riss die Wolkendecke auf, und er sah die gleichförmige Landschaft: Waldflecken, ausgedehnte Felder, dicht befahrene Autobahnen, dampfende Kühltürme von Atomkraftwerken.

Er war in den letzten beiden Jahren 16-mal geflogen, er liebte es und er dachte dabei an die Entführung der Landshut und an seine Mutter. Die Landshut war eine Lufthansa-Maschine der Marke Boeing 737-200, wie jene, in welcher er gerade saß, mit einer Reichweite von 4899 Kilometern, Flügelspannweite 28,35 Meter bei einer Länge von 30,48 Metern, maximale Passagierzahl: 136. Friedrich hatte sie alle, die Autos wie die Flugzeuge, alle diese Maschinen, und zwar im Karten-Quartett.

Vor einem Jahr war die Maschine von Terroristen entführt worden. Sie waren damit bis Mogadischu geflogen, wo sie von der GSG-9, einer neu gebildeten Elite-Antiterroreinheit am 18. Oktober 1977 gestürmt worden war. Friedrich hatte sogar die *Tagesschau* sehen dürfen. Sein Vater hatte ihm ruhig und gelassen erklärt, wie es dazu gekommen war. Er wusste nahezu jedes Detail. Friedrich hatte sich genau gemerkt, was sein Vater ihm erzählt hatte. Es waren deutsche Terroristen der RAF – Praetorius hatte von Brunnenvergiftern gesprochen –, die von arabischen Terroristen der PLO freigepresst hatten werden sollen. Der arabische Raum hatte den europäischen Fortschritt verschlafen. Dafür stand das Schachspiel des Kreuzritters Täuber. Arabische Terroristen wollten das Pferd überwinden, indem sie ihm Flügel verliehen, und mussten deshalb ein Flugzeug entführen. Das war es also, was man im Äußersten tun musste, und das war es, was einem im Äußersten zustoßen konnte.

Die Haut der Maschine war aus dickem Stahl, am Fenster bildeten sich ein paar Eiskristalle. Friedrich klappte die Essensablage vor sich herunter, packte die Einzelteile des roten Dreideckers des Barons aus und klebte sie ordentlich zusammen. Ihm gefielen die deutschen Kreuze, schwarz in weißem Kreis auf den Flügeln und den roten Seitenwänden. Er nahm den Flieger in eine Hand, mit der anderen drehte er den Propeller, dank genialer deutscher Technik so getaktet, dass das Maschinengewehr schießen konnte, ohne die Rotoren zu verletzen. Leise imitierte er das Brummen des Motors, das hohe Singen der abstürzenden Feindesmaschinen. Jetzt flog er in diesem Gefährt aus dem Ersten Weltkrieg seiner Mutter hinterher, siegreich und gnadenlos im Luftkampf, ohne Fehl und Tadel.

Nach der Landung spielte er im Flugzeug noch ein bisschen Roter Baron, er flog von Sitzreihe zu Sitzreihe, bis ihn die zuständige Stewardess entdeckte, ihren Schützling einfing und Friedrich an der Gepäckausgabe vorbei bis zum Ausgang geleitete.

Dort erwartete Friedrich eine Erscheinung wie aus einem Hochglanzmagazin, ein Starschnitt. Die Menschen drehten sich zu dem Dreiergrüppchen von Amalia, Beatrix und dem Neuen, Victor, um und tuschelten. Amalia wartete im dunkelblauen, knielangen Mantel mit englischem Halstuch, daneben Victor mit seiner orangefarbenen Haut und den auftoupierten, gelbblond gefärbten Haaren. Der graue Haaransatz blieb dennoch nicht verborgen. Victor galt noch vor nicht allzu langer Zeit als der begehrteste Junggeselle Deutschlands, aus einem stinkreichen Adelsgeschlecht mit riesigen Ländereien und Burgen und Schlössern mit vielen Türmen. Er hatte Amalia das Leben einer Prinzessin versprochen, welches Praetorius ihr nicht hatte bieten können. Zumindest hatte sein Vater das so zu Friedrich gesagt. Victor war eine Erscheinung wie ein monströser Schmetterling, der nicht mehr fliegen konnte. In seinem helllila Anzug von Yves Saint Laurent und seinem lachsfarbenen Hemd mit riesigen Kragenspitzen umgab ihn die Aura eines unstillbaren Lebenshungers. Die Boulevardpresse war andauernd auf der Jagd nach seinen geheimen Leidenschaften, seiner verwegenen Lust. Nichts davon, was Friedrich in den bunten Blättchen gelesen hatte, war in diesem Moment zu sehen. Victor blickte traurig und eingeschüchtert, ein Prinz zum Wachküssen. Das Hemd stand weit offen, damit die breite Brust auch Platz hatte, um in dieser engen stickigen Welt zu atmen. Überall war sein weiches wallendes Haar, vom Kopf bis zu den Schultern und auf der Brust und den Handoberseiten, die Augen groß und tief und zugleich leuchtend. Der gigantische Strauß mit langstieligen Rosen und Lilien in Weiß, Orange, Rosa sowie Weiß mit rosa Einsprengseln übertünchte Victors vulgären Eigengeruch. Victor war vom Familienpatriarchen enterbt worden, nachdem er auf einer Luxusinsel einen Menschen geschlagen hatte, weil dieser zu laut Musik gehört hatte. Außerdem hatte er auf einer Weltausstellung gegen den türkischen Pavillon gepinkelt. Er war ein schrecklicher

Großkotz, sagte Praetorius. Davon hatte die Boulevardpresse schließlich nicht berichtet.

Friedrich entdeckte seine Schwester. Beatrix versteckte sich hinter Amalias Bein und hielt sich fest, bis Amalia wie in Zeitlupe in die Knie ging, langsam die Arme ausbreitete und strahlte: »Da ist ja mein Großer! Komm her!«

Friedrich blieb stehen, senkte den Kopf. Er suchte das Flugzeug und trieb den Propeller an, ahmte das Brummen nach und das Tak-Tak-Tak des Maschinengewehrs. Amalia löste sich von Beatrix und ging rasch auf Friedrich zu. Sie gab ihm einen Kuss auf die Backe. Friedrich wischte sich angewidert ab: »Wenn du das noch einmal machst, haue ich dich!« Friedrich sah die Tränen seiner Mutter, Amalias zitterndes Kinn und dachte, dass er zu viel weinte, genau wie seine Mutter.

Victor war ein großer, weichlicher Mann mit breiten Schultern und breiten Hüften. Er überreichte Amalia endlich die Blumen, nahm Friedrich sanft am Arm und führte ihn zum Mercedes. Das Auto stand im Halteverbot vor den Automatiktüren der Flughafenhalle. Es handelte sich um den 450er SEL mit Diplomatenvorhängen an den hinteren Fenstern, dunkelblau. Für Friedrich eine Wahnsinns-Karre: 6,9 Liter Hubraum, 286 PS, 225 km/h, bei 22,4 Litern Benzinverbrauch auf 100 Kilometer. Das Tolle: Dieser Autotyp war der Dienstwagen von Hanns-Martin Schleyer gewesen. Damals hatte die RAF bei der Schleyer-Entführung ihn in einem Kugelhagel vollständig durchlöchert. Ein Terrorist war auf die Motorhaube gesprungen und hatte geballert, aber der Tank war, anders als in den Filmen, nicht explodiert. Friedrich stellte sich vor, wie er auf die Motorhaube sprang und feuerte. Weil sie die PLO-Terroristen hatten freipressen wollen und die Landshut entführt hatten, waren die Terroristen nach Stammheim gekommen, in Einzelhaft. Das drohte auch ihm.

»Schlag bitte die Tür nicht so fest zu, da ist für über tausend

Mark Technik drin!«, ermahnte Victor ihn. Amalia kicherte peinlich berührt.

Sie fuhren an Hattersheim vorbei. Amalia, Victor und Beatrix hatten bei Friedrichs letztem Besuch noch in einem Hochhaus Am Südring 3a gewohnt. Friedrich wurde nervös, schon wieder eine neue Wohnung. Aber sie fuhren nicht viel weiter als bis Frankfurt-Höchst. Beim Aussteigen in der ländlichen Gegend hörte man das leise Rauschen der Autobahn. Friedrich fielen kahl gemähte Äcker auf, und mitten im Nebel eine große Villa mit geschwungenem Dach und einem Kamin auf der Terrasse. Der gepflegte Rasen umrahmt von riesigen Rhododendren, ein paar Dalmatiner-Welpen balgten drollig davor. Friedrich rannte auf sie zu, schnappte sich einen davon und rannte weiter ums Haus, wo sich ein Zwinger mit zwei weißen, schwarz gepunkteten Hunden befand. Im Nebel verschwimmend erkannte er in der Ferne stehende Pferde, Strom- und Holzzäune.

Victor war ihm gefolgt: »Asthma hast du jedenfalls nicht.« Er deutete in den Nebel. »Das ist ein Gestüt. Die züchten Pferde. Jetzt im Herbst lassen sich die Schmeißfliegen bei uns im Haus nieder, es ist die Hölle. Aber deine Mutter liebt Tiere. Deshalb habe ich ihr diese Dalmatiner geschenkt. Da hat sie eine Aufgabe. Wir verkaufen die Babys für 500 D-Mark pro Stück, kann man das glauben?«

Friedrich rannte zurück ums Haus zu seiner Mutter, die lächelte wie immer, dasselbe Lächeln, ohne Zähne zu zeigen. Sie streckte ruhig wie immer, als habe sie einen Schlaganfall erlitten, der auch für das Lächeln verantwortlich war, ihre Hand aus und führte ihn ins Haus. Friedrich bedrückte dieses Lächeln und diese Ruhe, dazu der aufgedrehte, bunte Neue und seine Schwester, die sich versteckte.

Die Fliegen waren überall. Sie rührten sich nicht. Sie klebten an den Wänden, sie hingen an den Decken und sie saßen auf den Lampenschirmen. Friedrich nahm den Flieger und rannte los. Er brummte wie ein Motor und schrie das Tak-Tak-Tak des Maschinengewehrs. Er schlug auf die Wände, verfehlte und schlug wieder, bis er eine hatte. Ein roter Fleck mit gelber und weißer Schmiere zierte den Ort des tödlichen Treffers.

»Ich kann dir eine Fliegenklatsche geben?«, bot Beatrix an, die sich wieder ein wenig hinter Amalias Bein versteckt hatte.

Amalia ging in die Küche, wo das Radio lief. »Wenn du denkst, du denkst, dann denkst du nur, du denkst …«, sang sie mit, während Friedrich im großen Wohnzimmer wartete. Er blickte durch die Panoramafenster und Schiebetüren über die Terrasse, den Rasen und die weiten Felder in den Nebel. Er ließ die Augen schweifen, suchte nach den Bildern aus dem Haus in Neuried, aber da war nichts. Ölgemälde der Familie von Norweger, einige ovale Porträts jeweils von Paaren hingen im Goldrahmen nebeneinander, auf dem Schrank und im Regal befanden sich unzählige Enten aus Holz und Porzellan, Postkarten mit Bildern von Enten sowie einige Bücher. Der Adelsführer fiel ihm auf, den hatte Praetorius auch. Und er erkannte die Romane seines Großvaters, Heinrich von Rittersgruen und Täuber, die hatte seine Mutter aufbewahrt, insbesondere *Das Ass der Asse* über den Jagdflieger des Ersten Weltkrieges von Richthofen, der, der neben Mölders auf dem von der Mauer geteilten Invalidenfriedhof in Berlin beerdigt war. Mölders lag im Westen, Richthofen im Osten. Friedrich hatte bereits einige Male Totenreden auf die beiden Helden gehalten.

Beatrix, die kurz mit ihrer Mutter in der Küche verschwunden war, gab Friedrich die Fliegenklatsche: »Mami sagt, wir kriegen für jede einen Pfennig.« Sie rannten los. Beatrix brummte für den Motor und rief das Tak-Tak-Tak, und Friedrich flog das Flugzeug und schlug die Fliegen tot.

In der Küche lief das Autoradio, das Victor unter den Hängeschränken angebracht hatte: »Ein Bett im Kornfeld, das ist immer frei …« Die Küchenzeile sah aus wie eine Weltraumstation aus einem Science-Fiction-Film. Die Geräte hingen an der Wand, alle aus Plastik und Metall, grellgelb oder orange: Messer, Handmixer mit Aufsätzen, eine rote Waage zum Ausklappen, ein Küchenwecker. Amalia holte zwei große Löffel und stellte eine Zwei-Liter-Packung Eis auf den Resopaltisch, den man auf beiden Seiten ausziehen konnte. Sie setzten sich. An der Wand hingen vier Bilder von Enten und einige Aquarelle von Amalias Vater, Großvater Fritz von Aal. Amalia nahm sich ein gelbes Schneidebrett und begann Gemüse zu schnippeln. Wie immer bereitete sie die Speisen für die nächsten Tage vor und für Notfälle, wie etwa Lasagne und einen Kartoffelauflauf, die in der Tiefkühltruhe im Keller eingefroren wurden. Sie hakte die Gerichte in einem Wochenplan, der an der Wand hing, ab.

»Dein Vater und ich, wir waren schwer ineinander verliebt, als wir uns kennenlernten. Das war 1962. Wir wollten Kinder, viele Kinder. Adrett gekleidet, anständig und sie würden auf gute Schulen gehen. Mir fiel damals siedend heiß ein, dass ich überhaupt nicht wusste, wie man einen Haushalt führt, also begann ich, Hauswirtschaftslehre auf der Höheren Töchterschule St. Anton zu studieren.« Amalia deutete auf ein gerahmtes Diplom mit goldenem Prägestempel. Ihr Sohn hörte längst nicht mehr zu. »Ich langweile dich?«

Friedrich fragte sich, ob seine Mutter krank sei. Ihre Stimme klang belegt. Sie sah blass aus. Statt einer Antwort nahm er den roten Flieger und die Fliegenklatsche und rannte wie besessen los, kurvte wild durchs Haus, konnte nicht mehr aufhören, allein, nie wieder würde er Beatrix, diese Verräterin, mitnehmen. Im Haus rasten die Fliegen in wirren Wolken, wie Schwarz-Weiß-Bilder vom Luftkampf im Ersten Weltkrieg. Er rannte tagelang, zwischendurch fuhr er mit einem Rennrad auf gut befestigten Wegen durch den Nebel, dann tötete er wieder Fliegen.

Am Abend musste er in die Badewanne. Sein Gästezimmer

hatte ein eigenes Bad, gekachelt, mit einem Handwaschbecken, in der Wand waren Halter für Zahnputzbecher eingelassen. Die Toilette befand sich direkt neben der Wanne, auf dem Rand stand ein grün angelaufener Faun aus Metall, und an der Wand über dem Bad hing ein Acrylbild, gemalt von seiner Mutter. Es war hinter Glas gerahmt: ein Schwimmer im Hallenbad. Amalia ließ das Wasser ein, gab Schaumflüssigkeit hinzu. Sie prüfte die Wassertemperatur mit einem schwimmenden Thermometer und gab Friedrich einen Handlappen, dann verließ sie das Bad.

Es dampfte. Friedrich rieb ein Guckloch in einen der beschlagenen Spiegel, stieg in die Wanne, tauchte unter und stand sofort wieder auf. Im Spiegel sah er einen Spargeltarzan mit großem Kopf und nass daran geklebten Haaren. Er warf den Lappen mit einem spitzen Schrei nach seinem Ebenbild. Der nasse, zusammengeknüllte Stoff klatschte auf das Glas, der Spiegel löste sich aus der Halterung und zerschellte auf dem Handwaschbecken in tausend Stücke. »Alles machst du falsch!«, schimpfte er. Als er gerade wieder unter Wasser getaucht war, klopfte es an der Tür.

»Kann ich hereinkommen?«, hörte er dumpf seine Mutter fragen. Er hielt unter Wasser die Luft an, hörte, wie sie vorsichtig die Tür öffnete, und tauchte auf. Amalia stakste mit erhobenen Armen um die Glassplitter: »Was ist denn hier passiert?« Friedrich tauchte wieder ab.

Seine Mutter setzte sich auf den Toilettendeckel und wartete, bis Friedrich wieder aufgetaucht war. Schaum krönte seinen Kopf: »Was würde Praetorius dazu sagen?«, fragte sie.

»Nichts. Der kriegt nichts mit.«

»Und Iris?«

»Du willst mir wohl die Fotze lecken.« Friedrich lachte und wischte sich über den Kopf. Er schloss die Augen, spuckte ein wenig Wasser aus.

»Wie bitte?«

Friedrich zog die Augenbrauen zusammen, seine Miene zeichnete ein Gewitter auf seiner Stirn. Er spuckte die Worte scharf aus: »Du willst mir wohl die Fotze lecken!«

Amalia riss die Augen auf. Sie starrte ihren Sohn an.

»Mami, was ist eigentlich eine Fotze?«

Amalia stützte den Kopf auf ihre geballte Faust und wandte den Kopf ab. Ihr Blick endete im Nirgendwo. Sie wiegte den Kopf hin und her.

»Sitzt Iris auch manchmal so da, wenn du badest?«

»Immer.«

»Und was macht sie dann?«

»Sie redet viel. Und dann singen wir ein Lied.« Friedrich wischte sich wieder die Haare aus dem Gesicht. Er begann zu singen: »Alle meine Entlein schwimmen auf dem See. Schwimmen auf dem See.« Amalia fiel mit ein: »Köpfchen in das Wasser – Schwänzchen in die Höh.«

»Bitte sag Victor nichts, der fängt doch sofort wieder einen Prozess an.«

»Wegen eines kaputten Spiegels?«

»Zum Beispiel.«

»Das bleibt unter uns. Keine Sorge.«

4

Der Aufenthalt bei seiner Mutter dauerte sieben Tage, und Friedrich wurde ruhiger. Die Kinder schauten fern, Beatrix auf dem Schoß von Amalia, Friedrich auf dem Boden sitzend, eine Schale Chips und zwei große Teller mit geschmierten Broten mit Leberwurst und Gouda vor sich. Amalia machte gerne Stullen. Beatrix kuschelte sich bei ihrer Mutter ein wie ein Kätzchen und blickte unnachgiebig auf ihren Bruder.

Friedrich war eifersüchtig auf seine Schwester. Stellvertretend für seinen Vater nahm er es auf sich, seiner Mutter lieblos zu begegnen. Bei seiner Mutter durfte er tun und lassen, was er wollte, er wurde nicht beschimpft und belästigt, es gab keine komischen Erwartungen. Seine Mutter ging auf ihn ein und sie roch gut. Sie schaute ihn beim Essen lange liebevoll an, und er tat so, als bemerke er das nicht, aber es tat ihm gut. Trotzdem war Friedrich froh, bei seinem Vater geblieben zu sein, aber er fand es auch gut, bei seiner Mutter zu sein, und er musste sich eingestehen, dass Beatrix trotz ihrer Heulanfälle ein anständiger Mensch war. Egal was sein Vater sagte: Die beiden waren zu ertragen.

Gemeinsam sahen sie *Die Biene Maja* und *Nils Holgersons Reise in den Norden*. Kinderkram, vielleicht gut genug für seine Schwester, aber nicht für Friedrich. Doch sie sahen auch richtige Filme mit echten Menschen und Tieren, *Flipper* zum Beispiel – ein Junge hat einen Delfin zum Freund – und *Lassie* – eine Familie hat einen Hund zum Freund. Die Erwachsenen in diesen Serien waren respektvoll und aufmerksam. Friedrich interessierten nicht nur die Serien, sondern auch der Fernsehapparat der

Marke Braun, dieses schwarze Viereck auf einem langen, unglaublich dünnen weißen Plastikfuß.

Vor dem Zubettgehen las Amalia bei ein paar Keksen aus der Kinderbibel vor. Die Arche Noah war genial. Gott war Liebe und Liebe war seine Mutter. Friedrich ging das Herz auf, allmählich fasste er Vertrauen, er wurde lauter und er brachte unglaublich viele Fliegen zur Strecke.

Der Abschied nahte, und Friedrich hatte kein einziges Mal Quartett mit Beatrix gespielt. Sie hatten sich aus Orangensaft Eis gemacht, am Plastikstiel in der Gefriertruhe. Friedrich hatte keine Lust auf das Ende der Herbstferien und auf die Schule, denn er würde seine Mutter und Beatrix erst in den Frühlingsferien wiedersehen. Diese Besuchsregelung gefiel ihm nicht. Vielleicht könnten die Familien irgendwann sogar Weihnachten gemeinsam feiern? Andererseits freute er sich auf zu Hause und auf das Schachspiel. Friedrich hatte mehrfach nachgezählt, er und Beatrix hatten 1006 Fliegen getötet. Bei seinem nächsten Besuch würde er 994 Fliegen töten müssen, um die Zahl rund zu machen.

Amalia rief Beatrix und Friedrich ins Wohnzimmer. Sie saß auf dem gelb bezogenen Sofa, rechts und links standen runde Tischchen und darauf zwei identische große Porzellanvasen, aus welchen ein Lampenschirm ragte. Hinter ihr hing ein großer Kunstdruck eines Stilllebens mit Blumen, Früchten, einem kleinen Hund. Victor stand auf einem dicken, weißen Teppich. Das Bücherregal war noch da, aber die Enten waren verschwunden. Friedrich hatte sie noch genau vor Augen. Er setzte sich rittlings auf den Schoß seiner Mutter und schlang seine Arme um ihren Hals. Er fühlte sich überwältigt von seiner Liebe zu ihr. Es fühlte sich gut an, und nicht böse. Beatrix kuschelte sich zu den beiden auf die Couch. Die Kinder bekamen beide zehn D-Mark, einen blauen Schein.

Friedrich hatte auf Münzen gehofft, aber der Schein ließ sich besser verstecken. Dennoch bestand Friedrich auf sechs Pfennig, ein Fünfer und ein Einer, ein Goldstück und ein Bronzestück, das Gewicht bemaß den Wert, logisch.

Victor zog ein schmales, silbern schimmerndes Gerät aus der Hosentasche und warf es mit einem Golferschwung zu Friedrich rüber. »Warte, du brauchst auch noch die Filme!« Er kramte wieder in seiner Hose, dieses Mal in beiden Taschen, und heraus kamen einige schmale, schwarze Filmrollen in der Form einer Acht für das Format 8x11. Er warf die Filmrollen der Reihe nach zu Friedrich. »Jetzt hast du auch eine Fotokamera, wie Beatrix. Das ist eine Minox LX, mit Blitz und Spezialfilm für 36 Bilder, ultraleicht, ultraklein, die berühmte Geheimkamera. Ich habe sie in der Schweiz gestohlen, und dein Vater hat mich deswegen angezeigt.«

»Victor, lass das, bitte!« Friedrich spürte, wie Amalia ihre Oberschenkel anspannte. Plötzlich fühlte er sich unwohl, er wollte weg, aber er wollte auch den Platz auf dem Schoß seiner Mutter nicht freiwillig für Beatrix räumen. Er nahm die Kamera. Sie sah aus wie ein silbernes Brillenetui für eine schmale Lesebrille mit flachen Knöpfen darauf. Wenn man es aufschob, sah man das kleine Objektiv.

Währenddessen erzählte Amalia wirres Zeug. Er hörte weg, dennoch schnappte er einzelne Wörter auf. Er hatte ihre Augen ganz nah vor sich, rot entzündet und wässrig, aber Amalia weinte nicht, wie er erwartet hatte, sie hatte vielmehr das Lächeln eines Delfins.

»Wir verlieren die Kinder.«

»Du verlierst die Kinder, meine Liebe. Du willst nur von der Wahrheit ablenken.« Victor trat näher an Amalia und Friedrich heran: »Dein schöner Herr Vater hat mich angezeigt, weil ich diese Kamera gestohlen haben soll. Er hat meine Arbeitgeber kontaktiert, und ich wurde gefeuert. Er hat mich bei der Steuer angezeigt, Kassettenrekorder unter unserem Ehebett aufgestellt.

Er hat mir nachgestellt, meinen Schreibtisch durchsucht, alles verwanzt.«

»Es gibt keinen Zusammenhang mit Praetorius«, sagte Amalia ruhig.

Victor schaute sie fragend an.

»Praetorius hat uns nicht überwachen lassen oder dafür gesorgt, dass du deine Jobs verlierst. Das war ich. Ich war misstrauisch, konnte das alles nicht fassen. Plötzlich sollte ich die Post öffnen, Verantwortung übernehmen. Dann plötzlich nicht mehr. Ich habe eine Detektei beauftragt. Und dann hast du Sicherheitsschlösser in die Türschlösser einsetzen lassen und ich habe einen Dietrich gekauft.«

»Und alle meine Entlein hast du auch mit ihm gespielt?« Victor deutete auf Friedrich. »Der Junge wird missbraucht.«

»Frauen machen so etwas nicht. Frauen fahren auch nicht Motorrad.«

»Doch, Frauen fahren Motorrad«, sagte Friedrich. Er wusste auch, dass Frauen sehr wohl böse sein konnten.

Amalia gab Friedrich einen Kuss. Friedrich konterte reflexhaft und erwiderte ihn mit einer Ohrfeige. Er schrie auf und sprang vom Schoß seiner Mutter, rannte aus dem Zimmer, rannte bis in sein Badezimmer und sperrte die Tür ab. Er lehnte sich an die Wand, wimmerte und stieß spitze Schreie aus.

Victor hämmerte mit der flachen Hand gegen die Tür.

»Dein Vater ist ein Spion. Ein mieser Spion. Sag ihm das. Das musst du ihm sagen.«

Amalia flüsterte beruhigend auf Victor ein. Dann klopfte sie an die Tür: »Hast du dir wehgetan?«

Friedrich schwieg. Er saß in der Hocke und schlug sich sieben Mal mit der Hand gegen die Stirn.

»Friedrich? Sag doch was?«

In München-Riem herrschte Schneegestöber. Niemand erwartete Friedrich. Nach einigen vergeblichen Anrufen zu Hause geleitete ihn eine Stewardess aus der Flughafenhalle. Er zitterte und schlang sich die Arme um die Schultern. Iris kam angetuckert, parkte in der ersten Reihe am Taxistand. Sie winkte Friedrich aufgeregt zu sich, als stünde sie unter einem mitten im Schneesturm startenden Flugzeug.

»Du kannst dir ja nicht vorstellen, was für ein Chaos gerade herrscht. Die Straßen sind dicht. Da fällt einmal ein bisschen Schnee, und schon vergessen die Leute, wie man Auto fährt. Sollen wir direkt nach Hause oder willst du noch ein Eis?«

Friedrich schnallte sich an. Er spielte mit der Lüftung. Iris schlug ihm auf die Hand.

»Wir holen uns ja den Tod!« Sie legte die Hand wieder an den Schaltknüppel, drehte und schob, traf aber nicht richtig, der Gang wollte nicht einrasten. »Hast du gesehen, wie die Stewardess geguckt hat?« Der Motor heulte auf. Drei Versuche später fuhren sie los. »Wie war es bei deiner Mutter? Ich habe Toast Hawaii gemacht. Und mal wieder waschkörbeweise Essen im Krone-Center eingekauft. Ihr Männer könnt nichts als fressen und scheißen. Die Sickergrube musste auch schon wieder geleert werden. Du kannst dir nicht vorstellen, wie ich mich für euch Testosteronmonster abrackern muss.« Sie verwuschelte sein Haar mit der freien Hand.

Er beugte sich nach vorne, drehte sich weg. Sie lachte und tätschelte seinen Oberschenkel. Ihre Hand wanderte nach oben. »Ihr Rittersgruen-Männer seid schon komische Käuze. Ihr könnt eure Gefühle nicht zeigen.«

Nach einer halben Stunde befanden sie sich auf der schier endlosen Ausfallstraße in Richtung Fürstenried, die Ente wanderte von der rechten Spur langsam bis auf die Überholspur. Iris hupte und regte sich über die »Scheiß Mercedesfahrer« auf. »Hast du gesehen, wie der guckt? Ich glaube, der muss mal wieder einen geblasen kriegen.« Ein flaches, schwarzes Fahrzeug, ein Lamborghini Countach, schob sich durch den

Schneematsch rechts an ihnen vorbei. »Diese eingebildeten Kapitalisten.«

»Fahr schneller. Das ist mein Glückstag«, forderte Friedrich seine Stiefmutter auf. »Wie die schwarze Maske des Vaters aus *Krieg der Sterne*, der unfassbare c_w-Wert.«

Iris drückte aufs Gaspedal.

»Jaaa«, rief Friedrich lachend. »C_w steht für Strömungswiderstandskoeffizient.«

»Du hältst dich wohl für besonders schlau? Weißt du, was du bist?«

Friedrich behielt das fremde Auto im Blick. Sie waren ganz dicht dran.

»Du bist ein Nazi. Du bist ein gottverdammter Nazi.«

Friedrich machte einen langen Hals. Er schlug sich auf die Schenkel und wippte aufgeregt vor und zurück.

»309 Stundenkilometer Spitzengeschwindigkeit. Lässt jeden Ferrari stehen. Scherentüren. 12 Zylinder. Von 0 auf 100 in 5,4 Sekunden. Das erste Modell war sogar noch schneller in der Beschleunigung.«

Poldi und Praetorius warteten im Haus. Poldi wedelte mit dem Schwanz, aber ansonsten standen sie wie versteinert da, hinter ihnen das Ölgemälde mit dem grimmigen Vorfahr Terror. Iris warf ihren Lodenmantel in die Arme ihres Mannes, zog ihre kniehohen Reitstiefel aus und tänzelte auf Zehenspitzen durch die Tür zum Treppenhaus, wo ein tibetanischer Gong mit rotem Drachen darauf an einem Hirschgeweih hing. Sie nahm einen großen Schlägel mit wattiertem Ende und schlug auf den Gong: »Essen ist fertig.«

Praetorius ging voraus, bevor er Iris und Friedrich theatralisch ins Esszimmer bat. Iris zog sich einen dicken rot-weißen Ofenhandschuh an, holte das Backblech aus der Röhre und verteilte die Toasts auf die Teller. Friedrich liebte Toast Hawaii: Toastbrot, eine Scheibe Kochschinken, eine Scheibe Dosenananas, darauf Schmelzkäse und in die Vertiefung in der Mitte eine Cocktailkirsche. Sie alle wussten, dass Iris nicht kochen konnte, das erledigte die Putzkraft.

Sie setzten sich. Iris zog Friedrich den Stuhl unter dem Hintern zehn Zentimeter weit weg. »Du musst lernen, dich nicht anzulehnen und gerade zu sitzen. Wir sind keine Affen. Praetorius! Der Junge ist total aufgedreht, wir müssen wieder bei null anfangen. Er hat mich bisher ü-ber-haupt nicht wahrgenommen. Die Mutter und ihr Lügenbaron haben ihm nicht gutgetan.«

»Friedrich! Die Arme auf den Tisch, aber nicht zu weit, und die Gabel geht zum Mund und nicht umgekehrt.«

Iris lachte. »Du hast gut reden, mein lieber Praetorius. Immer mit gutem Beispiel voran.«

»Ich nehme alles zurück und behaupte das Gegenteil. Außerdem erkläre ich mein Verhalten für unweiblich und roh.« Jetzt lachte auch er, spitz und schrill gackernd, beugte sich über den Tisch und kniff Friedrich in die Wange.

Iris strich über Friedrichs Oberschenkel: »Du bist dicker geworden, geradezu fett!« Sie fuhr noch einmal seinen Oberschenkel vom Knie an hoch und wieder runter, und noch ein drittes und viertes Mal. »Du frisst zu viel, und dann muss die Sickergrube wieder geleert werden.« Friedrich spannte seine Beinmuskeln an, bis sie zitterten. Iris nahm es nicht wahr. Ihre Hand suchte seine Hosentasche und fuhr schließlich wie eine flinke Schlange hinein.

Friedrich hatte begriffen, dass er das Verhalten seiner Stiefmutter zu ertragen hatte, um für seinen Vater gegen die abtrünnige Mutter zu kämpfen, aber Iris verhielt sich nicht nur ihm gegenüber garstig, sie war eine Hexe. Und Praetorius mahnte stets zur Stärke, aber er war selbst ein Schwächling.

»Victor sagt, dass du ein mieser Spion bist.« Friedrich duckte sich und nahm kurz die Hände hoch wie ein Boxer. Jetzt sollte Praetorius endlich mal Stellung beziehen.

Praetorius schloss seinen Mund, als müsse er ein lebendiges, soeben verschlucktes Tier davon abhalten, seiner Kehle zu entweichen. Sein Hals und Kopf schwollen dunkelrot an. Er rülpste. Friedrich zitterte angespannt. Ein böser Dämon schien in seinen Vater gefahren zu sein. Iris betrachtete das sich vor ihren Augen entfaltende Spektakel ungläubig und mit weit geöffnetem Mund. Sie griff auf Friedrichs Teller und nahm sich einen Toast Hawaii, ohne ihren Blick von Praetorius abzuwenden.

»Hast du eine Allergie gegen Partykirschen?«

Praetorius schüttelte würgend mit dem Kopf. Er stieß wieder auf. Iris nahm sich den nächsten Toast von Friedrichs Teller.

»Du musst mehr essen, mein lieber Friedrich. Du willst doch groß und stark werden.«

Friedrich schwitzte. Die Ader auf Praetorius' Stirn schwoll bedrohlich an, dicker als ein Finger, ein wachsendes Einhorn. Die klobige Kassengestell-Brille und das übergekämmte Haar verrutschten, der Hals war marmoriert, das Gesicht lief rot an. Die Glatze reflektierte weiß und gelb das Deckenlicht. Die Augen quollen aus ihren Höhlen. Praetorius sah aus wie ein riesiger Laubfrosch, der eine viel größere Kröte gefressen hatte. Iris nahm den letzten Toast von Friedrichs Teller, eilte in die Küche und kam mit Eiswürfeln zurück. Poldi hüpfte kläffend um sie herum. Iris eilte hinter Praetorius' Rücken, drückte ihm zwei Eiswürfel in die Hände und fuhr mit einem über seine Stirn. Sie wickelte die restlichen Eiswürfel in seine Serviette und legte sie in sein Genick. Langsam wechselte Praetorius' Gesichtsfarbe wieder in das normale Grau. Aus dem Rülpsen wurde ein hartnäckiger Schluckauf, das konnte tagelang so gehen, kein Grund zur Sorge. Praetorius hatte das öfter.

»Ich geh jetzt in die Badewanne, damit ich den Krampf in meiner Wade banne«, sagte Praetorius und forderte seinen Sohn, wie üblich mit einem Augenzwinkern, zum Lachen auf.

Aber Friedrich fand seinen Vater nicht mehr witzig.

Iris beugte sich über den Tisch und nahm ihren Teller, setzte sich gegenüber von Friedrich neben Praetorius. »Atmen!«

Praetorius drückte sich die Brille auf die Nase, hob die Arme über den Kopf und atmete tief ein und aus, unterbrochen vom Schluckauf. Er konnte gerade so ein paar Worte hervorwürgen:

»Landesverrat. Ich muss dir etwas sagen, mein Sohn, was du eigentlich nicht wissen darfst. Ich bin ein Spion. Ein echter Spion, kein Detektiv oder Polizist. Ich arbeite für den BND, um den Weltkrieg zu verhindern und Schaden von Deutschland abzuwenden.«

Iris rollte mit den Augen. Praetorius atmete tief durch.

»Ich bin Analyst. Ich arbeite für die Abteilung Hauptaufklärung Ost II, Unterabteilung DDR. Ich bin ein Schreibtischtäter.«

»Das interessiert Friedrich doch null Komma null. Oder hast du etwa eine Lizenz zum Töten?«

»Was fragst du da? Wir haben keine ›nasse Abteilung‹.«

»Und die Feinde?« Friedrich fuhr Iris, die weitersprechen wollte, über den Mund. Er rutschte aufgeregt hin und her, achtete nicht mehr auf die korrekte Haltung.

»Von der Stasi wissen wir es nicht genau. Aber der KGB hat seine Leute hier in München. Die haben Giftkapseln in der Spitze ihrer Regenschirme, die tun dann so, als hätten sie dich aus Versehen gepikt. Sechs Stunden später: Herzstillstand, und keiner weiß wieso. Ich gebe meine Fälle immer an die Leute von *Aktenzeichen XY ungelöst*, das macht so ein alter Ossi, der die DDR-Diktatur hasst.«

»Und Mama und der Lügenbaron sind also auf der Seite der Bösen?« Friedrich hielt den Atem an und beugte sich nach vorne. Bis eben noch hatte er gedacht, sein Vater hätte seiner Mutter hinterherspioniert, aber Praetorius war ein echter Spion, und was das war, wusste nun wirklich jeder. Ein Spion für den Westen, also die Guten. Sein Vater war ein Superheld! Er durfte kostenlos Eisenbahn fahren, das hatte Praetorius sogar einmal erzählt. Friedrich schlug sich drei Mal gegen die Stirn. Jetzt verstand er. Sein Vater war viel witziger, als er je angenommen hatte, und er hatte unerhörten Mut. Victor aber wollte seinen Vater fertigmachen und setzte damit das Schicksal der freien Welt aufs Spiel. Und Praetorius ließ sich die Unverschämtheiten von Iris gefallen, weil er so seine heldenhafte Rolle im Kampf um die Freiheit der Welt aufrechterhalten konnte. Praetorius kämpfte den Kampf Mann gegen Mann gegen Victor, und er würde gewinnen, wenn Friedrich das richtig verstanden hatte. Aber so richtig brachte er die losen Enden seiner Gedanken nicht zusammen. Um sich zu beruhigen, sagte er heimlich im Kopf die Zahl Pi auf.

»Gut, dass du es ansprichst. Du bist jetzt im Kalten Krieg, mein Sohn. Wir brauchen einen Schlachtplan.«

Iris nickte und setzte sich wie eine Nachrichtensprecherin im Fernsehen straff und frontal zu Friedrich. Praetorius wischte seine Brillengläser mit seiner Serviette sauber und strich sein Haar glatt: »Zunächst einmal arbeite ich nicht für den BND. Ich arbeite für die BVV, die Bayerische Vermögensverwaltung. Falls dich jemand fragt.«

Friedrich schüttelte den Kopf. Niemand fragte in der Grundschule nach dem Arbeitgeber des Vaters, die Mütter waren Hausfrauen und Mütter und die Väter hielten den Laden am Laufen.

»Weißt du, was die beste Lüge ist?«

»Die Wahrheit?«

»Sehr gut. Ich will zum Beispiel langweilig und uninteressant wirken. Was tue ich also? Ich lebe ein langweiliges Leben. Sterbenslangweilig. So, dass es jeder sehen kann.« Praetorius zwinkerte Friedrich zu. »Niemand schöpft Verdacht. Du erzählst also die Wahrheit, wenn dich jemand fragt. Was ich wirklich mache, interessiert nicht. Verstanden?«

»Verstanden.« Wenn er Teil dieses langweiligen Lebens war und das kaum aushielt, war Amalia deshalb mit Victor, dem Babysitter Baron Münchhausen, durchgebrannt?

»Wir haben Weihnachten vor der Tür. Iris wird den Weihnachtsbrief an deine Mutter überwachen, hörst du, Friedrich? Sie wird dein Zimmer nach Gegenständen vom Feind durchsuchen. Du gehst nicht mehr ans Telefon, nur noch Iris. Und du fährst nicht mit Fremden mit.«

Iris nickte nach jeder Durchsage. Friedrich schwieg, da sich nicht viel änderte. Mit Fremden durfte er ohnehin nicht mitfahren, schon gar nicht Tollkirschen essen oder an der Hauptstraße auf dem viel zu engen Bürgersteig zur Schule gehen. Vor dem Weihnachtsbrief hatte er Angst. Er musste schon den letzten am Schreibtisch von Iris schreiben. Der Schreibtisch war ein Zarenmodell von David Roentgen aus dem Jahr 1787 und das Hochzeitsgeschenk von Praetorius. Friedrich musste hier sonst die Monatsabrechnungen für Iris erledigen, die sie Praetorius vorzulegen hatte. Friedrich wusste, dass Iris nicht rechnen konnte, besonders große Beträge überforderten sie. Nun der gefürchtete Weihnachtsbrief. Iris ging hinter Friedrichs Rücken auf und ab und beschimpfte ihn und seine Mutter. Wenn er schrieb, was er fühlte, dass er Amalia vermisste, nahm Iris das Papier und zerriss es, oder sie ging auf den Balkon und zündete den Brief vor seinen Augen an, bis er einfach nur eine Wunschliste schrieb. Iris war auch das nicht recht, sie beschimpfte Friedrich als »Scheißkapitalist«, und seine Mutter als »gottverdammte Nazischlampe aus einer großkapitalistischen Nazifamilie«.

»Liebe kann man nicht kaufen!« Damit endete jede ihrer Weihnachtstiraden.

Friedrich lächelte bitter. »Fahren Frauen eigentlich Motorrad?« Er musste die Frage einfach stellen.

»Nein!« Iris riss die Augen auf.

»Nein. Nein. Nein.« Praetorius wedelte mit dem Zeigefinger.

»Ich habe aber mal eine Frau auf einem Motorrad gesehen.«

»Auf einem Pirelli-Kalender, vielleicht.« Iris lachte und klatschte in die Hände. »Und jetzt ab in die Heia. Matratzenhorchdienst.«

Friedrich wusste ganz genau, dass Frauen auch Motorrad fuhren, er hatte es selbst gesehen. Seine Eltern fochten einen Kampf in einer gemeinsamen Welt, die es nicht gab, die sie sich teilten. Er war verloren. Er hatte in den Ferien eine Woche lang nicht ins Bett gemacht, doch in Neuried ging es sofort wieder los. Er stopfte seine nassen Sachen schlaftrunken hinter den dunkelbraunen Kleiderschrank, zog sich einen frischen Pyjama falsch herum an, und plötzlich war er hellwach. Er musste seine Schätze verstecken. Die verschließbare Schublade in seinem Schreibtisch war zu offensichtlich. Er nahm die Papiertüte mit Süßigkeiten, die ihm Beatrix mitgegeben hatte, und die Minox und schlich auf den Flur. In völliger Dunkelheit tastete er nach der Tür des Nachbarzimmers, trat ein, schloss die Tür und machte das Licht an. Das war Beatrix' Zimmer, seit zwei Jahren wurde der Raum nur betreten, wenn seine Schwester zu Besuch kam. Vorher wurde sauber gemacht und aufgeräumt. Da war die leicht eingestaubte Kiste mit dem Maulwurf, einem Teddybären und einer bunt gestrickten Schlange, ein paar Kinderbücher, eine Rötelzeichnung von Beatrix im Profil, gemalt vom Opi von Aal, ein paar kleinere Rehgeweihe, ein Bett mit hohem Fuß- und Kopfteil. Er legte die Süßigkeiten unter die Bettdecke – falls Iris doch suchen sollte, hätte sie einen Erfolg – und klemmte die silberne Minox zwischen Lattenrost und Matratze. Iris kümmerte sich ohnehin nicht um den Haushalt, das machte die alte Frau Brüller aus dem Dorf, mit der sie Kaffee trank und die den Hund ausführen musste. Sie war es auch, die die leckeren Abendessen mit Toast Hawaii, falschem Hasen und russischem Ei mit Lachsersatz zubereitete.

Friedrich holte das Schachbrett aus Marmor aus dem Wohnzimmer und brachte es in sein Schlafzimmer, die fein geschliffenen Figuren mit Filzuntersetzern. Er träumte von einer Tür. Die Tür hatte innen keine Klinke, sie konnte nur von außen geöffnet werden. Amalia brachte eine Klinke an und flüsterte ihm beruhigend zu: »Alles wird gut, ich habe dich nie verlassen.« Noch durchschaute Friedrich das Spiel nicht vollständig, aber er hatte in dieser Nacht seine Züge gemacht, flüssig und elegant.

5

Nachts hatte es geschneit, aber Anfang November blieb der Schnee noch nicht liegen. Friedrich schlenderte mit Sören, einem Jungen aus seiner Straße, zur Schule. Die Luft war klar, jeder ihrer Atemzüge hinterließ eine kleine Nebelwolke. Sie gingen hintenherum bis zur neu gebauten Unterführung unter der großen Kreuzung. Auf der anderen Seite der Kreuzung befand sich die Feuerwehrwache und die Grundschule, ein flacher Bau mit viel Glas und schwarzen Raubvogelaufklebern. Poldi trottete hinter ihnen durch den Schneematsch, er hatte sich nicht verscheuchen lassen, und Iris verfolgte die Gruppe im Abstand von 200 Metern in ihrem zitronengelben Citroën 2CV, sie war nicht zu überhören und übersehen. Hinter einer alten Eiche und einem darunter befindlichen Kruzifix mit weißem Jesus und rotem Blut hielt sie an.

Sören drehte sich um: »Was macht deine Mutter da?«

»Das ist nicht meine Mutter.«

»Die ist komisch.«

Friedrich durfte nicht sagen, dass sie aufpasste, damit er nicht von seiner echten Mutter entführt würde. Der Geheimdienst passte wiederum auf seinen Vater und die Familie auf, ein Team hatte Victor und Amalia im Mercedes am Pflanzencenter Ries, kurz vor dem Wald, gesichtet. Es konnte aber auch sein, dass sie nur überprüfte, ob sie tatsächlich den sicheren Weg durch die ruhigen Straßen nahmen, oder sie wollte Poldi wiederhaben. Wahrscheinlich war es eine Mischung aus allem.

»Ja, die nervt.«

»Weißt du was? Komm doch mal mit zu uns.«

»Ich darf nicht einfach so mit Fremden mit.«

»Nein, ich meine zu unserem Geheimklub.«

»Hast du eine Adresse?«

»Nein.«

»Wie soll ich das dann finden?«

»Ich zeig's dir nach der Schule.«

Friedrich war skeptisch, aber weshalb sollte er sich das nicht anschauen? Sören war schlecht in der Schule, er war erst vor einem halben Jahr nach Neuried gekommen. Die Familie hatte vorher in der Schweiz gelebt und war wahrscheinlich nicht besonders streng. Sören hatte sofort mit ein paar anderen Jungen Fußball auf der Straße gespielt. Er wälzte sich gerne auf dem Boden und verlangte nach einer Roten Karte für seinen Gegenspieler. Er gehörte zu den normalen Kindern, die reichen Kinder spielten Tennis am anderen Ende der Straße.

Friedrich ging gerne zur Schule. Dank Hausarrest und Pauk-Drill hatte er sehr gute Noten. Vor allem war er dort nicht zu Hause. Die Lehrer machten keine Witze über ihn, sie verbreiteten keine Lügen, fassten ihn nicht an. Friedrich sah, ob es jemand ernst meinte, ob jemand Angst hatte oder sich einschleimte, er hatte zu Hause feine Sensoren entwickelt und spürte die Stimmung seiner Mitschüler und wann sie zu kippen drohte.

Um 13 Uhr schrillte die Klingel, die Schule war aus. Poldi hatte zwar den Unterricht gestört, aber auch die Lehrer hatten ihn sehr süß gefunden. Sören und Friedrich packten ihre Federmäppchen und die Bücher und Hefte für die Hausaufgaben in ihre Schulranzen, die anderen Bücher steckten sie in die Ablage unter ihrem Tisch.

Sie gingen direkt zu Sörens Haus in einem großen, verwilderten Grundstück mit drei langen Gemüsebeeten, einem steinernen Kräutergarten und Obstbäumen. In einer hinteren Ecke, bei der Hecke, stand ein weißer Campinganhänger mit rostbraunen Altersspuren auf Ziegelsteinen. Das Haus war ein windschiefer

Bungalow mit einem geknickten Schornsteinrohr, aus dem Rauch aufstieg. Ein kleines Zelt stand vor der neuen Terrasse aus hellem Holz, über die sie in die Küche gelangten. Sörens Mutter war gerade dabei, Salzgebäck zuzubereiten. Sie wischte ihre Hände an ihrer Schürze ab. »Ja, wen haben wir denn da?«

Friedrich nahm ihre Hand, verbeugte sich kurz.

»Ich bin Friedrich Ludwig Christian von Rittersgruen und Täuber.«

Sörens Mutter lachte auf. »Ich meinte eigentlich den Hund.«

»Das ist Poldi – Leopold von Bismarck.«

»Ich hoffe, er hat keine Angst vor Katzen. Ich bin Anette. Willst du mitessen?«

»Ich darf nicht bei Fremden sein. Ich laufe kurz rüber und frage, ob ich darf.«

»Wir haben ein Telefon.«

Friedrich zögerte, er blickte sich um. Sie sah, dass er sich nicht traute, also ging sie ins Wohnzimmer, Friedrich und Sören folgten. Auf dem Holzboden und auf den Holzstühlen lagen Schaffelle. Fotografien von schneebedeckten Bergen und den drei Kindern hingen an der Wand. Es gab viele Grünpflanzen und einige Orchideen. An den Fenstern hingen Windspiele. In drei Regalen entdeckte Friedrich Bildbände von Reinold Messner und seinen Touren auf die Achttausender im Himalaja und Karakorum-Gebirge. Auf einem Beistelltischchen neben einem Notenständer und einer Gitarre stand das Telefon. Frau Lichter nahm die beiden dicken gelben Telefonbücher zur Hand und fragte nach dem richtigen Nachnamen, von Rittersgruen wurde unter »R« geführt. Sie wählte, hielt sich den Hörer ans Ohr, wünschte einen guten Tag, sagte: »Lichter, mein Name«, dann lange nichts mehr, und dann, dass Friedrich hier essen dürfe und am Nachmittag vielleicht mit Sören spielen würde. Dann sagte sie sehr lange nichts mehr. Sie nickte, blickte fragend und stirnrunzelnd zu Friedrich. Mehrfach holte sie Luft, um etwas zu sagen, aber Iris' Stimme am anderen Ende der Leitung ließ sich nicht unterbrechen. Sörens Mutter legte auf und schüttelte den Kopf.

»Deine Mutter hat gerade ganz komische Sachen über dich gesagt.«

»Das ist nicht meine Mutter.«

»Sören, holst du noch ein Gedeck für deinen Freund und rufst du bitte deinen Vater?«

Sörens große und kleine Schwester kamen und begannen gleich mit dem Essen. Vater Lothar war mittags zu Hause, er hatte sein Büro im Haus. Er kam erst an den Tisch, als die fünf schon fast fertig gegessen hatten. Er war leicht gebräunt, hager und sehnig. Sein volles dunkelgraues Haar lag in einem sich aufbäumendem, tollkühnen Seitenscheitel auf seinem Kopf. Friedrich bewunderte diesen Mann, das Natürliche, die Nähe zur Familie, das volle Haar. Es wurde wild durcheinandergesprochen. Sören erzählte, dass er die Religionslehrerin nicht mochte.

»Das solltest du nicht zu laut sagen«, sagte Friedrich erschrocken, aber hier gab es für so etwas keine Strafen, zumindest jetzt nicht. Vielleicht wurde das später besprochen.

Die Kleine lachte und versteckte sich unter dem Tisch, um mit den Katzen zu spielen, die Große schwieg. Friedrich hoffte, das Gespräch ginge weiter. Er kannte es nicht, so frei und ungestraft zu erzählen. Alles war so unanständig – Sören durfte sogar mit den Händen essen.

»Muss ich wieder in die Schule?« Sören blickte seine Eltern bettelnd an. Lothar war Professor für Physik und musste Arbeiten für Studenten korrigieren. Aber eigentlich arbeitete er für ein großes Unternehmen, Linde in München hatte er gesagt.

»Geht ihr nachher noch zum Kommando Hoeneß?«

»Was ist das Kommando Hoeneß?«, wollte Friedrich wissen.

»Na, dieser Geheimklub, von dem ich dir erzählt habe.«

»Ich muss leider heute meinen Weihnachtsbrief schreiben.«

»Dann kommst du eben morgen mit, aber du brauchst ein Trikot vom F.C.B. Jetzt im Winter sitzen wir immer in dem alten Wohnwagen im Garten und spielen. Das ist geil!«

Die Eltern saßen nebeneinander und blickten sich an.

»Friedrich, du kannst ab jetzt immer bei uns essen. Ich stelle einen Teller für dich bereit.«

»Meine Stiefmutter kocht bestimmt für mich.«

»Eine Mutter, die so über ihr Kind spricht, kocht nicht gerne. Das kriegen wir hin. Sören soll Freunde haben. Wir sind frisch hierhergezogen in dieses Dorf. Ich gelte hier als Kräuterhexe. Lothar ist Physiker und Heilpraktiker. Uns halten sie für verrückt. Dabei sind die anderen die Irren. Hier hilft dir niemand, nur ich.«

»Das ist meine Stiefmutter. Nicht meine Mutter.«

»Wir müssen zunächst ein paar Fakten klären, Friedrich«, unterbrach Lothar unbekümmert. »Meine Frau hat Angst vor der totalen Überwachung, und ich bringe sie ausgerechnet nach Bayern, in dieses Dorf. Was macht dein Vater beruflich?«

»Er arbeitet für die BVV, die Bayerische Vermögensverwaltung.«

Anette wandte sich an ihren Mann: »Gibt es die wirklich?«

»Ja, die gibt es meines Wissens. Die verwalten zum Beispiel das gesamte Vermögen der Familie Thurn und Taxis. Das ist altes Geld. Und wie arbeitet dein Vater?«

»Keine Ahnung.«

»Sieben Tage die Woche?«

»Er arbeitet von Montag bis Freitag. Er lebt ein langweiliges, ruhiges Leben. Er steht auch am Wochenende um 6 Uhr auf, um nicht aus dem Takt zu kommen. Er sammelt Sportabzeichen und den Brockhaus. Jedes Jahr kommt ein neuer Band heraus, der zwei bis drei Buchstaben umfasst, und nach zwölf Jahren ist das Lexikon fertig, dann fängt es wieder bei »A« bis »B« an. Mein Vater hat schon fast zwei Ausgaben.«

»Also ist dein Vater kein Spion?«

»Wie kommen Sie denn darauf?«

»Du darfst mich duzen. Das hier ist das Dorf der Spione. Noch nie gehört?«

»Was ist ein Spion?« Sören rutschte auf seinem Stuhl herum, als müsste er auf die Toilette.

»Das Dorf der Spione besteht aus den Mitarbeitern des westdeutschen Geheimdienstes, weil man gut durch den Forstenrieder Park zur Arbeit in Pullach kommt«, erläuterte Lothar emotionslos.

»Und das hat uns keiner gesagt,« seufzte Anette.

»Tut mir leid, Anette. Vielleicht ist das nur ein Gerücht. Sein Vater ist jedenfalls kein Spion.«

»Woher wissen wir das?«

»Anette, der Russe greift nur wochentags an? Frag mal deinen Vater.« Lothar wendete sich wieder an Friedrich. Er zwinkerte ihm übertrieben zu, machte mit der Hand eine Drehbewegung neben seiner Schläfe und deutete zugleich in Richtung seiner Frau. Friedrich stand der Mund vor Staunen offen. Lothar machte sich über seine Frau lustig! Sören und Anette lachten, Friedrich fiel gelöst ein.

»Ihr Vater hockt ohne Strom und fließend Wasser in einem Naturschutzgebiet am Chiemsee. Er stellt interessante Tinkturen her. Früher war er Lehrer für Malerei in Wien. Er hat Hitler durch die Aufnahmeprüfung rasseln lassen, das kann er sich bis heute nicht verzeihen. Er wartet auf den Weltuntergang.«

»Und er hat Schafe. Ich liebe die Schafe.« Sören sprang auf und rannte ins Wohnzimmer zu den Schaffellen und Katzen.

»Das sind alles nur Gerüchte. Jedenfalls soll die andere Hälfte von Neuried aus Spionen des KGB und der Stasi bestehen, die versuchen, sich an die Schlapphüte vom BND heranzumachen. Und dann sind da noch die Aufpasser vom Staatsschutz, der Polizei, die schwarzen Sheriffs.«

Friedrich nickte.

»Für meine Frau ist das ein Albtraum.«

»Die BNDler leben betont unauffällig und wenig kapitalistisch, ganz anders die KGBler und die Spione aus Ostberlin. Die müssen viel Geld ausgeben, um nicht aufzufallen.« Anette lachte. »Was machen die eigentlich, wenn sie mit ihren Kindern wieder nach Hause zurückbeordert werden? Dürfen die dann ihre Formel-1-Autos behalten?«

»Ich glaube ja nicht, dass es dieses Dorf der Spione gibt. Die Leute hier finden noch nicht einmal die Dicke Berta«, sagte Friedrich.

Allgemeines Gesprächsthema in Neuried war die Flucht der Dicken Berta, einer Milchkuh. Sogar im Lokalteil der *Süddeutschen Zeitung* wurde gefordert, die Kuh vom Eis zu holen, obwohl der Winter nicht besonders kalt war.

Während der 200 Meter nach Hause kniff Friedrich die Augen zusammen, falls jemand versuchen sollte, mit einem Fernglas darin zu lesen. Was hatte Sörens Mutter damit gemeint, niemand würde ihm helfen? Eine Hexe war Frau Lichter nicht, da kannte er sich aus. Sie war nett. Aber sie hatte nicht recht, denn irgendwann käme seine richtige Mutter, und Amalia würde ihm helfen. Sie würde eine Klinke an der Innenseite der Tür anbringen, und er würde wieder mit Beatrix spielen und sie ärgern.

Das Essen bei den Lichters hatte richtig gut geschmeckt. Und wie süß waren erst die Katzen!

6

Friedrich saß an seinem grünen Holzschreibtisch mit den Aufklebern und arbeitete am Weihnachtsbrief. Er schrieb, dass er Amalia über alles lieb hatte, und Beatrix auch. Er grüßte Victor, wünschte nur das Beste und dass man sich bald wiedersehen möge, er schrieb, wie einsam es in Neuried ohne Beatrix war und dass er sich für das neue Jahr Frieden wünschte und häufigere Besuche untereinander. Vielleicht könnten irgendwann beide Familien miteinander Weihnachten feiern? Mit seinem Geha-Füller schrieb er in Schönschrift, die er beim Schreiben von Namenskarten für Abendeinladungen des Familienverbandes Rittersgruen geübt hatte, wo Praetorius Eröffnungsreden hielt und über Kreuzritter, preußische Tugenden und die Befreiung Europas sprach.

Dieser Brief an Amalia war wichtig. Friedrich träumte davon, dass sie ihn mit Victor in dem Mercedes 450 SEL abholen würde. Er zerknüllte das Papier und schrieb einen neuen Brief, dieses Mal mit Bleistift, sodass er notfalls ausradieren konnte. Er fragte, ob die Wände schon neu gestrichen waren. Iris stürmte ins Zimmer. Friedrich zerknüllte schnell auch den zweiten Versuch. Sie nahm den Brief aus seinen Händen und auch die Blätter aus dem Papierkorb.

»Scheiß auf den Weihnachtsbrief an deine Mutter, bringt eh nichts. Wir müssen Silvester planen.« Sie beugte sich über ihn und strich das Papier auf seinem Schreibtisch glatt. »Was hat es mit den Wänden auf sich?«

»Ich habe die Farbe kaputt gemacht. Ich habe 1006 Fliegen getötet, weil die neben einem Gestüt leben.«

»Sehr gut, gut, gut, gut.« Iris jauchzte und klatschte in die Hände. »Du hast ja doch Eier in der Hose. Richtige Cojones.«

»Ich habe zehn Mark und sechs Pfennig dafür gekriegt.«

Iris Mienenspiel wechselte von einer Sekunde zur anderen: »Wieso hast du das verheimlicht? Wo ist das Geld jetzt? Her damit, aber dalli!« Sie streckte eine flache Hand zu ihm hin und hob das Kinn.

»Ich habe mir zwei *Asterix und Obelix* davon gekauft.«

»Der Herr liest also Comics? Das verdirbt den Charakter. Das mit der Liebe und dass du deine Mutter vermisst und so, das kannst du nicht schreiben. Praetorius hat es mir zwar verboten, aber ich muss dir etwas sagen. Die andere Partei hat Strafanzeige gegen deinen Vater erstattet, sie wollen, dass er ins Gefängnis kommt. Und sie behaupten auch, dass ich dich missbrauche. So ein Nonsens. Frauen machen so etwas nicht. Sie wollen, dass Beatrix und du zusammen seid, völlig inakzeptabel, du darfst also nichts über deine Gefühle schreiben, weil alles gegen uns verwendet wird. Wie bei der Polizei: Alles, was Sie sagen, kann später vor Gericht gegen Sie verwendet werden. In unserem besonderen Fall heißt das: Alles, was wir sagen, *wird* gegen uns verwendet werden. Die andere Partei ist schon beim Gartencenter Ries gesichtet worden, die wollen dich entführen. Am besten, du schreibst gar keinen Brief. Wir planen Silvester, da machen wir alles offiziell. Hic Rhodus, hic salta!«

Friedrich nickte. Wenigstens wusste er jetzt, wo seine Mutter in dem Mercedes Benz auf ihn wartete. Er bekam Bauchschmerzen, als wütete ein Tier in seinem Magen. Er bemühte sich, sich nichts anmerken zu lassen, und biss sich auf die Unterlippe. Nie wieder wollte er essen.

»Aber der Weihnachtsbrief muss sein, hat Praetorius gesagt«, sagte Friedrich.

»Ich verrate dir noch etwas: Der Weihnachtsmann ist tot. Er

wurde ermordet.« Iris sprach mit Nachdruck, als sei dies eine unumstößliche Wahrheit.

»Ich weiß, dass es den Weihnachtsmann nicht gibt.« Friedrich runzelte die Stirn und vergaß seinen Schmerz. Er wollte weg, seine echte Mutter wartete auf ihn.

»Nicht *mehr* gibt, Freundchen, die Betonung liegt auf *nicht mehr*. Ich habe es gesehen. Er ist aus dem Bus gestiegen, ein stinknormaler Linienbus, und dann hat ihn ein verwirrter Mann erschossen. Einfach so.«

Friedrich sagte nichts, was sollte er auch sagen. Dass sie wahnsinnig war? Stromlinienförmig bleiben, hieß die Devise, mitkriegen, woher der Wind wehte, in welchen er sein Fähnlein zu hängen hatte. Er brauchte einen c_w-Wert von unter 1, so viel war klar. Ansonsten war gar nichts klar. Die Bauchschmerzen meldeten sich zurück. Friedrich wollte seinen Vater nicht im Stich lassen, aber das Leben hier hielt er nicht aus. Weshalb hatte Praetorius ihm nur diese Stiefmutter vorgesetzt und gesagt, dass sie eine viel bessere Mutter sei? Bei den Lichters war das Leben normal, die waren nicht wahnsinnig. Friedrichs Unterlippe blutete leicht. Er leckte das Blut auf, es schmeckte süß.

»Ich habe Sören, deinen neuen Freund, besucht. Ich habe ihn zum Silvester-Schwoof eingeladen, dann hast du auch jemanden.«

Iris bemerkte nichts, wenigstens das, aber seine Bedrückung nahm jetzt noch zu. Friedrich war sauer, er hatte gehofft, Sörens Familie als geheimen Rückzugsort behalten zu können, aber natürlich konnte Iris das nicht zulassen. Blieb noch das Kommando Hoeneß. Friedrich ließ die Schultern fallen. Die jetzt einsetzende Traurigkeit entspannte ihn, die Schmerzen im Bauch verschwanden. In der Traurigkeit fühlte er sich wieder wohl.

Der 31. Dezember hatte eine Tageslänge von acht Stunden und vierundzwanzig Minuten. Erst am 7. Januar würde die Sonne wieder früher aufgehen, das lag an der Schräglage der

Erdkugel, relativ zur Umlaufbahn um die Sonne, während die Sonnenuntergänge bereits jetzt jeden Tag ein wenig später stattfanden. Es waren dunkle, stille Tage, ungewöhnlich warm, 10 Grad plus. Friedrich ging schon nachmittags zu den Lichters.

Anette stach im Garten eine Knolle aus dem Boden und begutachtete sie von unten.

»Was machen Sie da?«

»Du kannst mich duzen«, sagte Anette und schaute sich die kleinen Wurzeln der erdigen Knolle an. »Da kommt etwas auf uns zu, das sage ich dir. Willst du drinnen Bescheid geben, wir müssen uns verbarrikadieren.«

Sie verriegelten die Fenster von außen mit vorgefertigten Holzpaneelen und überprüften im Garten die Wasserrohre, wofür sie dicke, geriffelte Metallplatten anhoben, um in Betongruben zu steigen, an deren Boden sich Ventile befanden. Friedrich durfte in eine Grube steigen und ein rostiges Ventil weit aufdrehen. Das Wasser sollte nicht einfrieren, musste also die Nacht lang fließen. Friedrich schwitzte in seinem T-Shirt und fragte sich, ob die noch alle Tassen im Schrank hatten, aber er fand es lustig, er fühlte sich wohl und er war nicht traurig. Die kleine Veronika rannte zwischen den Beinen der anderen umher, es gab Tee und Salzgebäck, Sören deckte die Felder mit Plastikplanen ab. Lothar erklärte, dass die Hütte zu alt sei, sie war mal ein Arbeiterhäuschen für eine Apfelplantage gewesen. Sie würden ein schönes, großes Haus errichten, dort, wo jetzt noch die Gemüsefelder waren, und dann das alte Haus und die Schuppen abreißen.

Sören bat Friedrich, seine kleine Schwester festzuhalten. Er nahm Veronika auf den Arm, sie war federleicht. Sie folgten Sören durch die Küche in den nicht renovierten Teil des Hauses. Es roch nach feuchtem Holz und es zog. In Sörens winzigem Zimmer stand ein kleiner Schreibtisch unter einem Hochbett. Ein Poster von der »schwarzen Perle« Pelé und eine signierte

Autogrammkarte von Uli Hoeneß, dem »blonden Engel«, hingen an der Wand. Sören griff nach einem Metallring im Teppich und klappte eine Tür auf. Eine Geheimtür, dachte Friedrich. Veronika wand sich und drückte gegen seine Schultern, aber er hielt sie fest, und sie gab schnell auf. »Mein Bruder ist aber stärker als du.« Sören war schon auf halbem Weg durch die Luke nach unten, in den Vorratskeller, und hörte nicht mehr, was seine Schwester gesagt hatte. Friedrich lächelte in sich hinein.

Die Familie Lichter würde den Atomkrieg überleben, so viel wusste Friedrich, nachdem er den Vorratskeller und das Matratzenlager im Wohnzimmer gesehen hatte. Sie hatten alle Stirntaschenlampen und Ersatzbatterien. Anette hatte die Gartenhandschuhe ausgezogen und trug ein einfaches bedrucktes Kleid. Sie holte eine Flasche Sekt mit einer Schleife um den Hals und ein großes Blech dampfender Quiche Lorraine. Sie verabschiedeten sich von Sörens Schwestern, hüllten sich in ihre Jacken und Mäntel und gingen los.

Praetorius stand im schwarzen Zweireiher vor dem Ölgemälde von Terror. Er trug eine Krawatte in den Farben Schwarz, Rot und Gold sowie eine Anstecknadel mit dem Wappenschild der Familie von Rittersgruen, das Schachbrett in Schwarz und Gold.

»Ja, hallo-oo-oo-oo! Da seid ihr ja. Wie schön«, rief Iris laut und übertrieben freundlich, während sie auf hohen Absätzen die Treppe herunterbalancierte und sich goldene Ohrringe mit Elfenbein an die Ohrläppchen klippte. Ihre hochgesteckte Frisur wippte. »Aber das wäre doch nicht nötig gewesen.« Sie nahm den Schaumwein und die Quiche, rief Frau Brüller und reichte die Mitbringsel an sie weiter. Friedrich nahm der Familie Lichter die Mäntel ab und trug sie in sein Zimmer, wo er sie aufs Bett legte. Das Ehebett war nicht sicher, denn das bewachte Poldi, der auf die fremden Kleidungsstücke pinkeln und sie wie Beute zerfetzen würde. Sören kam mit, während seine Eltern einen Aperitif tranken. Nur Praetorius trank keinen Alkohol, er ließ sich heimlich ein Glas Tee mit Tonic von Frau Brüller aus der Küche bringen.

Friedrich zog sich schnell um: weiße Socken, schwarze Hose und Jackett, ein rotes Bändchen aus Samt mit großer Schleife um den Hals gebunden, weißes Hemd, Anstecknadel der Familie von Rittersgruen, glänzende, schwarze Lederslipper. Er kämmte seine Korkenzieherlocken mit einer Bürste.

»Du hast aber viele tote Tiere.«

»Warte, bis du unser Wohnzimmer siehst.« Friedrich verdrehte die Augen und gähnte. »Lass uns runtergehen.«

Die Eltern der beiden Jungen warteten mit Sektgläsern in der Hand unten im Flur vor dem Bronze-Nachguss des Denkmals Friedrichs des Großen neben dem Ölgemälde von Terror. Friedrich durfte das Wohnzimmer eigentlich nicht betreten, da er als Kind noch zu ungeschickt war und kostbare Gegenstände beschädigen konnte, aber heute sollte er die Führung übernehmen. Praetorius öffnete die Tür und bat zuerst die Familie Lichter einzutreten, dann Friedrich. Der Salon sah aus wie die Abstellkammer eines Museums, es roch alt, aber nicht feucht wie bei den Lichters. Für Friedrich zählten nur der riesige Perserteppich mit seinen verschlungenen Motiven und die beiden Schachbretter, eines aus Holz und eines aus Marmor. Und es war sehr wichtig, dass die Vielzahl von nicht zueinander passenden Gegenständen einfach da war, lauter mit Bedeutung überladene Dinge. Gerahmte Fotos, kleinere Gemälde und Hunderte von toten Tieren bedeckten die zwei Wände ohne Bücherregal. Singvögel auf Zweigen, Birkhühner, einige Köpfe von Rehen, in Gold gefasste Hauer von Wildschweinen. Die Lichters staunten mit aufgerissenen Augen.

»Und was ist das da?« Anette deutete auf ein riesiges ausgestopftes Pferd mit einem langen Horn, das ihm aus der Stirn wuchs.

»Was?« Friedrich drehte sich um.

»Na das!«

»Ach so, das. Das ist ein Einhorn.«

»Das sehe ich. Ist das echt?«

»Ist es. Das hat unser Vorfahr Terror dem Mufti von Istanbul geklaut.«

»Aber es gibt keine Einhörner.«

»Es hat sie aber gegeben.« Friedrich schlug sich schnell sieben Mal gegen die Stirn. Dinge zu sagen, wie »ein Einhorn« oder die Mehrzahl von etwas Einmaligem, bereitete ihm beinahe körperliche Schmerzen. Er hatte Schwierigkeiten, sich zu konzentrieren. »Die Tatsache, dass hier ein echtes Einhorn steht, bedeutet nur, dass wir unsere Gewissheiten hinterfragen müssen.«

Sören rannte aus dem Zimmer. »Ich hole Veronika. Sie würde mir das nie verzeihen.«

Friedrich sprach weiter wie ein Automat: »Das Horn ist zwei Meter und dreißig Zentimeter lang. Es handelt sich um das Horn eines Narwals, welches aus zwei wie ein Docht miteinander verdrehten Vorderzähnen besteht. Das Einhorn ist im Mittelalter aus dem Meer in den Wald gewandert, es wurde in vielen Mythen, auf Teppichen und in Gemälden verewigt, ihm wurden Wunderkräfte und ein friedliches Wesen zugeschrieben. Terror befehligte um 1512 eine berittene Horde von 300 blutrünstigen Söldnern. Er gründete einige Siedlungen vom heutigen Polen bis hinab zur Krim, nachdem er die dortige Bevölkerung abgeschlachtet und versklavt hatte. Er galt als so grausam und schrecklich, dass Mütter ihre Kinder bis in unser Jahrhundert hinein mit den Worten ›sonst kommt der Terror‹ ermahnten, brav zu sein. Er galt als ›Mauer Polens‹, weil er der Tatarenplage Herr wurde, die wiederum mit dem Spruch ›Wir haben einen ungebetenen Gast‹ bedacht worden waren. Ihm wurde deshalb der Ehrenname Terror Tartar verliehen. Aus den Tataren war der römische Begriff West-West geworden: Die Angst und der Schrecken wandern westwärts. Nachdem Terror die Türken angegriffen und geschlagen hatte, vermachte er das Einhorn der Königin von Polen zum Geschenk, aber der König war eifersüchtig und verbannte sowohl den Kriegsherrn als auch das Einhorn. Seither sind wir die Wächter des stolzen Ainkhürns. Das kann man alles im Großen Brockhaus nachlesen, wenn man es nicht glaubt.«

»Und was ist das?« Lothar deutete auf eine Glasvitrine auf der anderen Seite der Tür, in der eine große Schale auf einem Podest stand. Die Schale und ihre Halterung waren aus einem einzigen rosafarbenen Edelstein geschliffen.

»Das ist der Heilige Gral. Den hat der Namensgeber unserer Familie an Ostern im Jahr 1147 vom Zweiten Kreuzzug mitgebracht.«

Veronika und Sören betraten den Raum. Veronika blickte gebannt auf das Pferd, dann weiter nach oben. Ihr Blick folgte dem riesigen grauen Horn, das bis über den Türrahmen und die beleuchtete Vitrine auf der anderen Seite reichte. Sören hob sie hoch und setzte sie auf den Rücken des Pferdes, wo sie sich an der Mähne festhielt und an den Hals des Tieres kuschelte. Friedrich hatte das nie gedurft, wegen seines Asthmas, aber Beatrix sehr wohl. Die Erwachsenen lachten. Lothar zückte eine Kamera.

Praetorius winkte ab: »Keine Fotos.«

»Also, das hier ist der Heilige Gral, in welchen das Blut Jesu geflossen ist. Vermutlich lässt sich auch das im Großen Brockhaus nachlesen.« Lothar und Anette schauten sich in lustiger Verzweiflung an.

»Wir haben das überprüfen lassen. Der Stein ist im Jahr 600 nach Christus mit einer unbekannten Maschine bearbeitet worden. Die Schale hat einen Durchmesser von 1 Meter und 50 Zentimetern. Unser Namensgeber hat auf der Alhambra für die Freiheit der Tempelritter gegen die schwarze Anführerin der Muslime Schach gespielt und gewonnen. Er hat ihr die Arme abgehackt, das Blut dieser Frau ist in diese Schale geflossen. Unser

Vorfahr war als Täuber für die Übermittlung von Nachrichten zuständig, er war ein Genie und beherrschte Schach, das Spiel der Könige. Im Jahr 1147 gab es 273 Heilige Grale, aber dieser wurde vom Papst anerkannt.«

»Aber die Tempelritter sind ein Geheimbund«, sagte Lothar.

»Es gibt da ein Missverständnis. Geheimbünde sind hochoffiziell, nur die Mitgliedschaft kann geheim bleiben. Dies dient zum Schutz der Mitglieder, um eine unbestechliche politische Kontrollinstanz der Macht zu gewährleisten. Insbesondere Familien organisieren sich in Geheimbünden, gerade in Deutschland. Wir organisieren zum Beispiel die Bilderberger-Konferenz. Wir arbeiten mit der Kirche und dem Papst zusammen und wir beschützen die heiligen Orte des Christentums und die heiligen Reliquien der Deutschen.«

»Und wenn jemand das stiehlt? Das muss doch unheimlich viel wert sein«, fragte Anette.

»Hier kommt nichts weg.«

Die geladenen Gäste kamen gleichzeitig an. Es handelte sich um fünf Paare aus verschiedenen Adelshäusern, die Damen in Pelzmänteln und mit Hut, Fuchsstola, Reiterstiefeln, langen Abendkleidern, dezentem Goldschmuck, weißen Perlen und vielen kleinen bunten Edelsteinen. Die Herren trugen Schwarz und eine kleine Anstecknadel mit ihrem Wappenschild. Friedrich gab den Damen einen Handkuss, nahm die Mäntel und Hüte ab, trug sie nach oben. Praetorius gab den Damen einen Handkuss mit tiefer Verbeugung, jeder Herr tat desgleichen bei Frau Lichter. Man war erstaunt und erfreut, eine bürgerliche Familie zu treffen. Die Herren deuteten jeweils auf ihre Anstecknadel und stellten sich vor. Das oblag den Herren, die Damen waren nur eingeheiratet.

Die Gruppe versammelte sich im Wohnzimmer, mit Sektglas in der Hand, für Praetorius und Friedrich nur Orangensaft mit Selters. Friedrich saß mit den Lichters auf dem weinroten Sofa vor dem englischen Teetisch. Die Adelsgruppe Erwachsener hatte sich vor dem Fernseher versammelt, der für den heutigen Abend aus dem Keller geholt worden war. Praetorius klopfte mit einem Silberlöffel gegen sein Glas.

»Liebe Vettern und Cousinen von Wahlstatt. Liebe Familie Lichter. Wir sind heute zusammengekommen, um einen Schwur zu erneuern. Im Jahr 1241 haben wir, das Heer der Tempelritter, gegen die barbarischen Horden aus dem Osten verloren. Einer der Söhne von Dschingis Khan kam mit 100 000 Reitern direkt aus dem Tartaros, der Hölle.« Es klingelte. Praetorius hob das leere Glas und lächelte: »Wenn man vom Teufel spricht.«

Ein schlanker, kleiner Mann mit rundem Gesicht und Augen ohne doppelte Lidfalte betrat in Begleitung eines Dolmetschers den Raum. Er verbeugte sich und sagte etwas Unverständliches, der Dolmetscher übersetzte: »Guten Abend, ich bin ein Nachfahre von Dschingis Khan, und wir müssen Freundschaft schließen.«

Die Gesellschaft klatschte. Die Herren traten auf den Mann zu und schüttelten überschwänglich seine Hand.

»Kann man das auch im Brockhaus nachlesen?«, fragte Anette Friedrich.

Praetorius klopfte wieder mit dem Silberlöffel an sein Glas. »Herr Khan lebt im Exil in Köln. Er will – wie wir alle – den Kommunismus besiegen. Wir haben gerade über unsere Niederlage gegen die Goldene Horde gesprochen, 15 000 Mann tot. Alle tot. Nur fünf haben überlebt. Alle Männer der Familie Rothkirch waren tot, bis auf einen kleinen Jungen, den wir als Patensohn adoptiert haben. Seither sind wir die Vettern von Wahlstatt, der Bund ist mit heiligem Schwur besiegelt und gilt als der erste europäische Friedensvertrag. Wir treffen uns seither alle acht Jahre.«

Es wurde geklatscht, Praetorius hob eine Hand: »Wir sind heute hier versammelt, um ein weiteres Findelkind vom Acker der Toten zu adoptieren. Mein Sohn heißt Friedrich, weil wir an seine Großväter und deren Heldentaten im Ersten und Zweiten Weltkrieg erinnern wollten. Beim Veteranentreffen des 5. Jagdbataillons zu Breslau haben unsere Väter beschlossen, seine Mutter und mich zu verkuppeln.«

Die Adeligen und Herr Khan lachten, husteten und verschluckten sich heiter. Friedrich blickte stolz auf die Familie Lichter. Wer konnte schon von sich sagen, dass sich die eigene Familie zu Ehren eines Kampfes vor tausend Jahren alle acht Jahre traf?

Anette und Lothar Lichter waren nicht vergnügt, klopften sich nicht auf die Schenkel vor Lachen, sie waren still, hatten die Augen aufgerissen und blickten sich fassungslos an. Eine seltsame Ernsthaftigkeit hatte sie befallen. Es war nur eine Sekunde, aber Friedrich brannte sich der Eindruck ein, dass sie seine Familie, diese uralten Traditionen, die ganze Veranstaltung und Praetorius wahnsinnig fanden. Nicht sie waren die Irren, es war die Familie Rittersgruen und Täuber. Es war Praetorius.

»Nun hat die Mutter ihren Sohn verstoßen. Sie will ihn nicht mehr sehen. Und das bedeutet, dass Friedrich nicht nur eine neue Mutter braucht, er soll auch neue Paten haben, die nicht aus der Familie der Mutter kommen oder mit dieser zu tun haben.« Praetorius schüttelte den Kopf und verzog dann den Mund zu seinem dünnen Lächeln. »Drei von euch Vätern hier haben sich erboten, die Patenschaft für Friedrich zu übernehmen: Pit, Ottokar und Bernd.«

Drei Männer hoben ihre Hand. Die anderen klatschten. Zwei Frauen drehten sich zu Friedrich um, dessen Gesicht eisgrau war. Es konnte nicht sein, dass Amalia ihn verstoßen hatte, dann hätten sie nicht die Geschenke nach Weihnachten zunächst für ihn präsentieren und dann zurückschicken müssen. Das war fünf Tage her, er bildete sich das doch nicht ein! Der Wert der Geschenke wurde diskutiert und für zu hoch befunden, oder der

Gegenstand als nicht angemessen für sein Alter. Es war jedes Weihnachten dasselbe, Friedrich fürchtete diesen Tag, immer endete es mit dem Spruch: »Liebe kann man nicht kaufen!« Aber wenn Amalia seine Liebe kaufen wollte, dann konnte sie ihn nicht zugleich verstoßen.

Die drei Männer stellten sich Friedrich vor. »Ich bin Ottokar. Ich bin Minister im Saarland und vergebe Kredite nach Osteuropa. Dafür spreche ich auch mit dem Honecker, der kommt schließlich auch aus dem Saarland. Wenn du Probleme mit deinem Vater hast, meldest du dich bei mir.« Ottokar zwinkerte mit einem Auge. Er hatte einen sehr breiten Oberkörper, trug eine rote Fliege und er war Mitglied der SPD. Pit stellte sich als Peter vor. Er arbeitete als Vermögensverwalter der Familie Thurn und Taxis. Friedrich dachte an den offiziellen Job seines Vaters und was Herr Lichter dazu gesagt hatte. Pit würde in den nächsten Tagen in die Nachbarhaushälfte ziehen, er wäre immer zu erreichen, war aber meistens nicht da. Bernhard hatte eine gut laufende Anwaltskanzlei. Die Kanzlei machte die Verträge mit der UdSSR, wenn es etwa um eine Pipeline mit dem Namen Druschba ging. Das hieß Freundschaft. Die Onkels betrieben eine Politik unter dem Motto »Wandel durch Handel«. Sie nickten bei diesen Ausführungen bedeutungsschwanger und gingen offensichtlich davon aus, dass Friedrich im Thema zu Hause war. Sie stellten die Energiesouveränität Europas sicher. Bernhard nahm Praetorius und die beiden anderen neuen Onkels in einer Armbewegung mit, sie waren früher das »Rat-Pack« gewesen, wie Frank Sinatra und Co. Sie hatten die erste APO in Deutschland gegründet, um für die Freiheit von Ungarn zu werben, sie waren ein verschworener Haufen. Sie hatten 1956 stolze 75 000 Menschen über die Grenze zu Österreich gerettet. Praetorius war der »Rote Baron« gewesen, ein unfassbarer Draufgänger. Er war mit seinem Messerschmitt-Kabinenroller bis nach Budapest gefahren, wo die Aufständischen gerade einen Guerillakrieg gegen die

Panzer der Sowjets führten. Er hatte dort verbreitet, dass das Rat-Pack die Grenze am Einser Kanal bei Pamhagen eigenhändig geöffnet hatte. Es gab zwei Dokumentarfilme darüber, die drei Onkels hatten schon längst das Bundesverdienstkreuz dafür erhalten, nur Praetorius wollte die Aufmerksamkeit nicht. Hatte er das noch nie erzählt? Hatte er nicht.

Er stand neben Herrn Lichter, den er gerade gefragt hatte, wie dieser die Zukunft Deutschlands einschätzte. Herr Lichter antwortete, dass er glaube, die Schere zwischen Arm und Reich würde immer weiter auseinandergehen, wie in den letzten Jahren schon. Praetorius dachte nicht in diesen Kategorien. Er blickte misstrauisch zu den drei Onkels und Friedrich herüber, hob dann sein Glas: »Ab heute nennst du Iris Mutter. Die andere Mutter und ihre Familie heißen ab sofort ›die andere Partei‹.«

»Das kannst du nicht machen!« Iris hatte ihre Augen aufgerissen. Sie trat vor die restliche Gesellschaft und bewegte den Oberkörper langsam und angespannt seitlich hin und her.

»Ich dachte, wir ziehen an einem Strang. Der kleine Mann braucht eine Mutter.« Praetorius blieb ruhig, seine Augenbrauen zogen sich kurz zusammen.

Friedrich hatte eine Mutter, das war Amalia, die roch gut und würde irgendwann mit dem Weihnachtsmann auf einem Schlitten und mit vielen goldenen Geschenken kommen, um ihn in eine bessere Welt zu bringen, wo man beim Essen nicht betatscht und gedemütigt wurde. Niemals hatte sie ihn aufgegeben, da ging selbst Iris nicht mit. Das war bescheuert.

»Ich werde ab jetzt Mami zu ihr sagen, kein Problem.« Friedrich träumte vom Kalten Krieg, davon, dass er jetzt stark sein müsse. Es ging gegen die Männer mit den vergifteten Regenschirmen. Praetorius hatte ihn lange und gründlich vorbereitet für den Kampf gegen seine Mutter. Wenn das ein Kampf gegen das Böse in Form seiner echten Mutter war, wie hatte dann Amalia ihn aufgeben können, das ergab doch keinen Sinn. Aber Familie war eben mehr als nur Vater, Mutter, Sohn, es war etwas, das sich über Raum und Zeit spannte, dafür stand der Kampf der Tempelritter für Gott und Vaterland, der Kalte Krieg. Ein Mann musste sich entscheiden und hier, vor versammelter Runde, hatte er seine Loyalität und seine Bereitschaft, sich zu opfern, auch ganz klar zu bekennen. Das verstanden Bürgerliche wie die Lichters natürlich nicht. In Wirklichkeit würde er zu Iris nie Mutter sagen. Das wollte sie selbst nicht. Sie hatten ein Geheimnis.

»Wir haben noch etwas für dich. Du magst doch Maschinen? Die hier wird dir helfen, die verdammte Nazischlampe zu vergessen.« Iris zischte die Worte aufgeregt und trat an die Seite von Praetorius und drückte ihm etwas in die Hand.

Praetorius hielt es hoch, wie einen toten Tintenfisch: »Das ist ein Klingelgurt. Die sechs Strapse bindest du dir vor dem Einschlafen um, und wenn du nachts einnässt, weckt dich die Maschine sofort. Ich bringe dich dann auf die Toilette. Bald ist alles gut.«

Friedrich widerstand dem Impuls, wegzurennen und sich im Bad einzusperren. Irgendwann würde er heimlich im Wohnwagen bei den Lichters hausen oder im Wald auf den Bäumen, das musste er vorbereiten, wie ein Mann in Gefangenschaft. Er musste bereit sein für den Kampf.

Frau Brüller brachte die erste Schale mit der berühmt-berüchtigten Rittersgruenbowle, die in den Offizierscasinos im Russlandfeldzug 1942 entwickelt worden war. Sie bestand aus Weißwein, Sekt und Wodka, dazu Fruchtcocktail aus der Dose. Letzteres war der Nachkriegsteil der Bowle. Während des Krieges hatten sie Pervitin-Tabletten genommen – ein hoch wirksames Metamphetamin der Nazis. Die Fruchtstückchen hatten sich mit schmackhaftem Alkohol vollgesogen und wirkten wie Watteböllchen mit Betäubungsmittel beim Zahnarzt. Die Schale mit Schenklöffel, beides aus durchsichtigem Plexiglas, stand auf der Kommode aus Schildpatt für das Familiensilber. Getrunken wurde aus Tassen. Der Zuspruch war groß. Praetorius erzählte Anekdoten seines Vaters aus dem Zweiten Weltkrieg.

Anette bat ihren Mann, Veronika nach Hause zu bringen, die aber beim Einhorn schlafen wollte. Das ging leider nicht. Sören legte einen Arm um Friedrichs Schultern und blickte ihm in die Augen, wie um zu sagen, schaffst du das auch ohne mich? Friedrich nickte. In Wirklichkeit spürte er nichts. Dass sein Vater allen erzählt hatte, dass er Bettnässer war, hatte ihn schwer getroffen. Er saß mit stark gekrümmtem Rücken nach vorne gebeugt. Sein Knie zuckte nervös. In dem Versuch, seine Ticks zu unterdrücken, vertiefte er sich in die Linien auf dem Perserteppich und sagte innerlich die Zahl Pi auf, aber er beruhigte sich nicht. Der Fernseher wurde angeschaltet, es lief *Dinner for One*, wie jedes Jahr. Die Gäste im Hause Rittersgruen fanden es köstlich und sie betranken sich in Windeseile, ohne die Haltung zu verlieren. Niemand beachtete Friedrich. Nach dem Theaterstück zeigte der Bildschirm eine alte englische Standuhr, die Kamera fokussierte in Zeitlupe auf das Ziffernblatt, bis es 0 Uhr war. Die Gäste bestellten Taxis, und die Lichters gingen eilig über die Straße nach Hause.

Praetorius brachte Friedrich nach der Verabschiedung der Gäste ins Bett. Endlich hatte Friedrich seinen Vater ganz für sich. Er putzte sich schnell die Zähne, zog sich um, während unten Iris Frau Brüller ungehalten Befehle erteilte.

Praetorius saß am Bettrand. Friedrich lag auf dem Rücken. Licht fiel durch den geöffneten Türspalt ins Zimmer. Er spürte, wie sein Vater wegwollte und nur darauf wartete, dass er seine Bartstoppeln streichelte, aber er tat ihm den Gefallen nicht.

»Die Mami hat mich nicht ausgestoßen.«

»Sie hat dich verstoßen.«

»Das kann nicht sein.« Friedrichs Lippen zitterten, und er war froh, dass Praetorius sein Gesicht nicht sah. Er zog die Nase hoch. »Wir kämpfen doch gemeinsam dafür, dass Beatrix und ich wieder zusammen sind, hier bei uns. Die Mami würde mich nie verstoßen. Du hast mich trainiert, du hast mir gesagt, worum es geht. Ich habe meinen Teil geleistet.«

»Jetzt ist es auch gut. Deine Mutter hat dich im Stich gelassen. Sie hat uns verlassen und Beatrix mitgenommen. Da konnte ich nichts machen.«

»Heißt das, dass ich die Mami nie wieder sehe?«

»Ja. Dafür habe ich die Beatrix aufgegeben.«

»Ich sehe die Beatrix auch nie wieder?«

»Wo gehobelt wird, da fallen Späne.«

Friedrich drehte sich abrupt auf den Bauch und drückte sein Gesicht ins Kopfkissen. Er schluchzte.

Praetorius stand auf.

»Du musst kämpfen, dass ich meine Mutter wiedersehen kann. Ich will Beatrix wiederhaben.«

»Sie will, dass ich ins Gefängnis komme.«

»Und du willst, dass ich Mami zu Iris sage. Jetzt sage ich dir was: Du bringst mich nicht mehr ins Bett. Ich muss dein Gesicht nicht mehr berühren. Ich bin groß, ich brauche dich nicht mehr. Du bist sowieso nie da.«

»Dann bringt dich Iris eben immer auf die Toilette, wenn der Gurt klingelt.«

»Ab wann muss ich den tragen?«

»Ab morgen. Schlaf jetzt, morgen fallen die Temperaturen.«

7

In den frühen Morgenstunden des 1. Januar 1979 erreichte ein noch nie da gewesener Ausbruch polarer Kaltluft Bayern und prallte auf die Alpen. Die Luft hatte sich über der vollständig zugefrorenen Ostsee weiter abgekühlt; die Temperatur war von plus 10 Grad Celsius auf minus 27 Grad gefallen. Es gab einen Blizzard, der eine dünne Schneeschicht hinterließ und die Welt mit einer glasklaren Eishülle überzog. Friedrich wachte von einem Knall auf, der so laut war, als hätte ein Flugzeug der US Air Force direkt über dem Haus der Familie Rittersgruen die Schallmauer durchbrochen. Es klirrte wie die Splitter des Spiegels damals in der Villa von Amalia und ihrem Neuen. Jetzt war das Klirren allerdings lauter und anhaltender, da war wohl viel Glas kaputtgegangen.

Friedrich rannte zum Fenster. Die Häuser und Gärten, die Teppichstangen und dahinter die Kartoffeläcker und Weizenfelder bis zum neu errichteten Fußballplatz und der fernen Bauminsel glitzerten und glänzten märchenhaft unter einem graugrünen Himmel. Er ging neugierig die Treppe hinunter und klopfte an die Wohnzimmertür. Iris und Praetorius stritten:

»Nein! Auf gar keinen Fall!«

Friedrich verließ das Haus, ging in den Garten bis zur Terrasse und sah das Unheil. Die Fenster und die Tür zum Wohnzimmer waren nach innen implodiert. Jetzt herrschte eine bezaubernde Stille. Eis und Schnee schluckten jeden Schall. Der Knall musste noch viel lauter gewesen sein, als er für Friedrich geklungen hatte. Seine Eltern trugen Mäntel und Handschuhe über ihren Pyjamas. Iris wollte die Splitter mit einem Besen vom Teppich kehren, sie jammerte, an Neujahr fände doch niemand einen Fensterdienst, vermutlich sei ganz Neuried kaputt, die Autos nicht zu vergessen. Praetorius hatte den Telefonhörer in der Hand und betätigte die Wählscheibe.

»Ich rufe in der Arbeit an. Das ist gleich erledigt.«

Friedrich ging lautlos weiter, bis zum Gartentor, er wusste nicht, weshalb. Er öffnete das weiße schmiedeeiserne Tor und trat auf die Einfahrt vor der Garage. Er musste weg, einfach nur weg. Er blickte auf die grüne Briefkastenröhre für die *Süddeutsche Zeitung*. Praetorius las täglich fünf Zeitungen, bis auf die *SZ* war der Postbote angewiesen, die *FAZ*, die Münchener *tz*, *BILD* und *Das Neue Deutschland* aus Ostdeutschland direkt vor der schwer einsehbaren Eingangstür abzulegen, damit die Nachbarn sich nicht wunderten. Weshalb sollte ein vernünftiger Mensch alle diese Zeitungen lesen, und weshalb war kein Hochglanzmagazin dabei, wenigstens eine Fernsehzeitschrift? Friedrich weinte beim Anblick der grünen Zeitungsröhre. Er ging einen Schritt weiter. Sein Blickfeld verschwamm. Er sah den mit Eisblumen bedeckten Citroën 2CV in der Einfahrt, dahinter war eine undefinierte, weite Welt. Wo sollte er hin? Wo wollte er hin, außer nur weit weg? Er tat einen Schritt und noch einen auf die Straße. Bis zum Flughafen und zu seiner Mutter würde er es unmöglich schaffen. Sie konnte ihn nicht verstoßen haben. Sie war stark, sie wartete auf ihn. Sie hatte seinen Vater angezeigt, was bedeutete, dass sie den Zustand nicht akzeptierte und Praetorius ihn nur glauben machen wollte, er würde hier vor der bösen Mutter beschützt. In Wirklichkeit war er Praetorius ausgeliefert, der ihm eiskalt eine neue Mutter aufzwingen wollte.

Friedrich trug noch seinen Schlafanzug und Filzpantoffeln und plötzlich spürte er die Kälte. Er beschloss, umzukehren und seine Flucht wie eine Südpolarexpedition durchzuplanen und es dann wieder zu versuchen. Seine Füße waren nass. Seine Zehen schmerzten vor Kälte. Was hatte er da gerade getan, fragte er sich. Niemals würde er dieses Haus verlassen, seine Tiere in seinem Zimmer, die Schachbretter, den Perserteppich. Zurück im Haus, schlich er nach oben und ließ sich eine Badewanne ein. Aus dem Wohnzimmer hörte er nur noch das Klirren der Scherben, die Iris zusammenfegte. Er goss Latschenkiefer-Schaumöl ins Badewasser, das eigentlich seinem Vater vorbehalten war, um den Krampf in seiner Wade zu bannen. Der Geruch von Tannennadeln erfüllte den Raum. Er atmete tief ein, sein dürrer Brustkorb weitete sich. Er war allein, seine Eltern waren beschäftigt, er hatte seine Ruhe. Bei seinen Großeltern hatte er zwei Filme über Polarexpeditionen gesehen, das faszinierende Schwarz des Wassers, wenn das Eis brach, Shackleton während des Ersten Weltkriegs und zuvor das Wettrennen von Amundsen mit Pferden gegen Scott mit Hunden. Amundsen hatte gewonnen, aber alle interessierten sich nur für die erfrorenen Verlierer. Er brauchte Proviant und warme Kleidung, aber er durfte nicht schwitzen. Wenn der Schweiß gefror, war er geliefert. Er musste endlich mit dem Weinen aufhören, er war doch kein kleines Mädchen. »Tränen können auch gefrieren, und dann ist man erst recht geliefert«, sagte Friedrich entschlossen vor sich hin. Das Badewasser kühlte ab. Friedrich rutschte vom Kopfende weg, zog den Gummistöpsel mit dem großen Zeh nach oben und ließ heißes Wasser nach. Nach einer Weile drückte er den Stöpsel wieder in den Abfluss und tauchte unter.

Es war schon fast Mittag, als Friedrich in die Küche ging, um seinen Proviant zuzubereiten. Seine Eltern verhandelten mit den Handwerkern im Wohnzimmer. Er wollte Stullen nach dem Vorbild von Amalia machen. Normalerweise war er nur in der Küche, wenn er Tischdienst hatte, dann musste er das Abendbrot machen, den Tisch decken und den Fressnapf von Poldi mit Hundekeksen füllen.

Er stieg auf einen Hocker, holte das Brot aus dem Schrank, legte es auf die Brotschneidemaschine und schnitt mitteldicke

Scheiben ab, dann streckte er seinen linken Zeigefinger aus und schob ihn tief in die sich drehende Klinge, die sich mühelos durch seinen Fingernagel und das darunter liegende Fleisch fraß. Den Schmerz hielt er locker aus, er war bereit. Dunkles Blut quoll in Strömen. Er stieg wieder auf den Hocker und holte Heftpflaster, dann hielt er den Finger unter fließendes, kaltes Wasser und trocknete die Wunde sorgfältig. Er spielte kurz mit dem kleinen, abstehenden Fleisch-Lappen mit dem Fünftel des Fingernagels obendrauf, bevor er die Wunde zusammendrückte und mit einem Pflaster umwickelte. Die liebevoll geschmierten Stullen und ein Glas mit Gewürzgurken nahm er mit in sein Zimmer. Wie ein Roboter – er war ein Roboter, er musste nur noch einen großartigen Namen finden. Er zog seinen Schneeanzug an, seine neuen Moonboots, die »Bankräubermütze«, die das ganze Gesicht bedeckte und nur Sehschlitze offen ließ. Dann holte er die Süßigkeiten und die Kamera aus Beatrix' Zimmer, steckte alles in eine Plastiktüte und wollte gerade seine Zimmertür schließen, da drehte er noch mal um und schrieb auf ein Blatt Papier: »Ihr müsst ab jetzt ohne mich auskommen. Meine echte Mutter wartet auf mich. Oder der Tod.«

Das war der Anfang vom Ende. Friedrich ging erneut seelenruhig bis zum Gartentor. Ab hier wurde es spiegelglatt. Langsam wie ein Pinguin mit den Schultern hin und her pendelnd lief er weiter, denn er durfte auf keinen Fall schwitzen. Er hatte seine Handschuhe vergessen, aber es gab kein Zurück mehr. Friedrich ging nach rechts am Grundstück der Lichters vorbei. Alle Autos waren kaputt, die Scheiben gesplittert, von der Fahrbahn gerutscht, als hätte ein seltsamer Strahl von Außerirdischen die Maschinen und das Glas getroffen. In vielen Häusern waren die Fenster geborsten, die Spione des KGB und der Stasi hatten sich in gut beheizbare Räume zurückgezogen, niemand beobachtete ihn. Ein Reparaturservice stand vor der Doppelhaushälfte der Familie Rittersgruen und nur der Citroën, diese wunderliche

Ente, hatte überlebt. Nach der Grundstraße bog er nicht in Richtung des Ortskerns ab, sondern lief nach links auf den Wald zu. Hier sah man im Sommer Traktoren und Pferde und weiter hinter den Feldern die dunklen Bäume. Das Eis glänzte und spiegelte den grüngrauen Himmel. Das Weiß der Felder, von grober schwarzer Erde gesprenkelt, wirkte wie Milcheis mit Schokoladenstückchen. Friedrich aß einen Keks. Seine Hände waren rot und blau vor Kälte. Er zog die Ärmel seines Schneeanzugs über seine Hände, die er zu kleinen Fäusten ballte, und watschelte weiter, es waren nur 500 Meter, aber es dauerte ewig, und er war völlig aus der Puste, als er beim Pflanzencenter Ries ankam. Friedrich war zum ersten Mal hier, es war eine neue Welt, sein Elternhaus war nicht mehr zu sehen. Er hatte geschwitzt, aber plötzlich war es ihm egal, denn er hatte es geschafft. Er war weg. Das Pflanzencenter war ein ultramoderner Bau aus Stahl und dickem, immer noch intaktem Glas. Vorsichtig berührte er die Scheiben mit der flachen Hand. Das Glas war warm, innen sah er einige Aquarien und tropische Pflanzen. Friedrich legte auch die andere Hand auf die Scheibe und wärmte seine schmerzenden Finger. Vielleicht eine ganze Stunde lang starrte er auf die Zierfische im Aquarium direkt hinter der Scheibe. Seine Mutter war nicht da, aber vielleicht würde sie noch kommen. Er wollte warten und aß erst sämtliche Süßigkeiten, dann die Stullen. Als er in seinen Fingern neues Leben spürte, lehnte er sich mit dem Rücken ans Glas und blickte starr auf den leeren Parkplatz. Irgendwann begann er zu hüpfen, bis er quälenden Durst spürte. An seine Trinkflasche hatte er nicht gedacht. Trotzdem musste er pinkeln, aber er hatte Angst, den Anzug auszuziehen. Er stellte sich vor, wie der Urin gefror, noch bevor er aufkam, und wie Glas klirrend zersplitterte. Beim Pissen erfroren, wie der alte Rick in den Rockies, als der Blizzard kam und die Wölfe. Friedrich heulte wie ein Wolf und lachte. Er klatschte in die Hände und hüpfte weiter. Schließlich pinkelte er in die Hose, erst angenehm warm, aber danach eklig. Seine Mutter war nicht gekommen. Der Geheimdienst sorgte eben nicht immer für verlässliche Informationen. Er machte sich auf den Heimweg, aber nach fünfzig Metern sah er zu seiner Rechten inmitten der Felder eine im Sonnenuntergang glitzernde, fette Milchkuh. Er stellte sich vor, auf dem Mond zu sein, mit seinen Moonboots, und er versuchte, über den Acker zu gehen wie ein Mensch bei geringer Schwerkraft, aber es gelang nicht. Friedrich stürzte und schnitt sich beide Hände an der gefrorenen Erde auf. Das frische Blut wärmte seine Hände. Er erreichte die Kuh, das konnte nur die Dicke Berta sein, vollkommen durchgefroren. Sie stand wie tot da, war im Schlaf überrascht worden. Friedrich versuchte, sie umzustoßen, was mit schlafenden Kühen ein Riesenspaß war, aber er schaffte es nicht. Er nahm die Minox und schoss ein Foto. Die Sonne ging unter, zeigte sich kurz unter den schweren Wolken, das Bild einer grünblau glänzenden Kuh mit blutunterlaufenen Augen sah im Sucher klasse aus. Dann wurde es endlich wärmer, und dicke Schneeflocken fielen vom Himmel. Friedrich sah nur noch einen Meter weit, jetzt wurde es wirklich gefährlich, er rannte stolpernd und mit pochendem Herzen nach Hause. Zunächst stieß er auf den Stahlgitterzaun um den Fußballplatz, den er auch von seinem Fenster aus sehen konnte. Er wanderte über den weichen Schnee auf dem Versorgungsweg, bis er wieder auf den Teer der Grundstraße traf.

Bevor er in den Garten ging, klingelte er, doch niemand machte auf. Die Fenster waren wieder heil. Er ging rechts ums Haus zur schwer einsehbaren Eingangstür. Praetorius stand vor Terror, sagte kein Wort, nur Iris schrie Friedrich an wie so oft.

»So ein Arschloch kann ich ja gar nicht sein. Ab jetzt werden andere Seiten aufgezogen. Deine Göttermutter hat ganze Arbeit geleistet. Ab jetzt bringt dich eine richtige Mutter ins Bett.«

Sie trat schnatternd und fluchend an Praetorius vorbei und riss die Augen auf: »Wie siehst du denn aus?« Sie streifte Friedrich hektisch die Mütze vom Kopf, sein Gesicht war blau, der Blick glasig.

Er bildete sich ein, in eine warme Decke gehüllt zu sein, aber sein Blut war kalt. Iris umarmte und drückte ihn.

»Du brauchst jetzt ganz viel Liebe. Und ein heißes Bad.«

Sie ließ Friedrich nicht mehr los, trug ihn die Treppe hoch in sein Zimmer und zog ihn vollständig aus. Er war am ganzen Körper blau und steif wie ein Brett, aber er konnte zittern und mit den Zähnen klappern.

»Mein Gott, hast du einen kleinen Pullermann, wie eine winzige ausgelutschte Zigarre. Und der Hoden ist wie eine ganz, ganz kleine Walnuss.« Sie lachte und gab ihm ein Handtuch, nahm ihn an der Hand ins Bad.

Das heiße Wasser, das Praetorius eingelassen hatte, tat weh. Er stützte sich mit den geschundenen Händen auf dem Rand der Wanne ab, stemmte sich kraftlos dagegen und ließ sich schließlich mit einem verbissenen Grinsen ins Nass gleiten. Das Latschenkiefernöl von Praetorius brannte sich in seine Haut.

»Komm, wir singen unser Lied.«

»Nein.« Friedrich teilte den weißen Schaum und betrachtete das Schwarz des Wassers. Als er aus der Badewanne gestiegen war, frottierte ihn Iris ab.

»Ich hätte erwartet, dass dein Pullermann etwas größer wird.« Sie kitzelte Friedrich, und er lachte. »Ich ziehe dir den Klingelgurt an.«

Es handelte sich um eine Windel mit Sensoren. Die sechs Gurte, die er für die Tentakel eines toten Tintenfischs gehalten hatte, waren zu seiner Überraschung mit sperrigem Draht verstärkt. Iris führte die Gurte über die Schultern. Friedrich fühlte sich wie in einem mittelalterlichen Folterwerkzeug. Die Maschine der Firma Schreber, Modell Moritz, war wohl noch nicht ganz ausgereift. An einem der Gurte befand sich die batteriebetriebene giftgrüne Klingel in Form eines lachenden Froschs. Friedrich musste wie auf einer Streckbank unter der Bettdecke liegen, um sich nicht wehzutun. Iris stellte noch eine Tasse Tee neben sein Bett, machte das Licht aus, ließ aber die Tür offen, um ja den großen Augenblick nicht zu verpassen. Friedrich lag wie ein Soldat in Habtachtstellung und rührte den Tee nicht an. Er spürte den Druck an den Schulterknochen und im Schritt und konnte nicht schlafen. Irgendwann musste er weggedämmert sein, denn die Klingel schreckte ihn auf. Iris war sofort da, er hatte nichts bemerkt. Sie fand nur einen kleinen Tropfen in der Windel, trieb ihn schlaftrunken zum Bad. Friedrich weinte und hasste sich dafür. Er ging gebeugt. Im Bad sollte er sich ausziehen. Er setzte sich auf die Toilette, und Poldi leckte seine kaltschweißigen Füße. Er musste lachen, und der Strahl ging hoch über den Plastiksitzring. Iris griff zwischen seine Beine und hielt fest. Er zog sich die Windel wieder an, aber er schaffte es nicht allein, Iris half fluchend. Friedrich wollte schnell wieder ins Bett.

»Ich mach das hier nicht sauber.« Iris drückte Friedrich ein langes Stück Toilettenpapier in die Hand.

Er weinte und wischte auf den Knien. Zurück im Bett, schlief er schnell ein und träumte von einem weiten Schachbrett mit milchweißen Feldern und schwarzen Schokoladenfeldern und sprechenden Figuren mit beweglichen Oberkörpern, die festgefroren auf ihren Positionen standen. Die Dicke Berta hatte das Gesicht von Amalia und brach die Figuren ab, zunächst die böse Königin, dann auch den langweiligen König, der auf einem Feld hinter der Königin nicht zu sehen gewesen war.

Es schneite ohne Unterlass, dicke, weiche Flocken, die träge zu Boden glitten. In der nächsten Nacht nässte Friedrich nicht ein, stattdessen träumte er davon, wie er seine Stiefmutter tötete. Er drückte auf den roten Knopf der weißen Brotschneidemaschine, die Klinge drehte sich kreischend, und er schnitt ihren Kopf in Scheiben. Ihr Kopf ließ sich verformen wie eine leere Gummimaske. Sie wehrte sich kaum, blickte ihn nur fassungslos aus hervorquellenden Augen an und war endlich still. Friedrich wollte ihren Kehlkopf zerteilen, Blut sprudelte heraus. Überdimensional groß sah er seine Hände. Das Blut floss in den Heiligen Grals und er legte sich hinein. Er badete im roten Traubensaft. Als er aufwachte, war es morgen.

8

»Heute ist Kommando Hoeneß«, sagte Sören vier Wochen später auf dem Nachhauseweg. Es schneite und schneite. Der Schnee lag bereits vier Meter hoch, die unteren zwei Meter waren von der auf ihnen liegenden Last festgedrückt worden. An den Straßen hatte man lange Holzstangen in den Boden gerammt, unten schwarz, oben orange, um Orientierung zu gewährleisten, aber der Winter hatte darauf keine Rücksicht genommen, sie waren verschwunden, wie die ganze Welt.

In den Nachrichten war vom »Jahrhundertwinter 1978/79« und der »Schneekatastrophe« die Rede, weite Teile Deutschlands seien von der Außenwelt abgeschnitten, das Militär käme nicht durch, man müsse die Menschen von der Luft aus mit dem Nötigsten versorgen. Sören und Friedrich sahen nur Weiß. Nur Friedrich sah noch mehr, er sah überall Blut. Es schoss den Menschen aus den Nasenlöchern und lag wie Himbeermarmelade auf dem Milchspeiseeis der Schneeberge und lief in süßen Bahnen herunter. Friedrich fühlte sich wohl, er war ein Wonneproppen, ständig am Lachen. Iris ordnete nicht nur den Tischdienst an, sie zwang ihn immer noch, in seiner Windel, dieser Wundermaschine, die den Mutterfluch gebrochen habe, zu schlafen, obwohl er nicht mehr einnässte. Praetorius aber meinte, sein Sohn habe zu lernen, dass man einen Weg stets zu Ende geht. »Dienst ist Dienst.«

Friedrich wusste, dass es sich um einen weiteren Witz über preußische Tugenden und den Geheimdienst – auch »Der Dienst« genannt – handelte. »Dir sitzt der Schalk im Nacken«, sagte er dann zu seinem Vater, um ihm zu zeigen, dass er den Witz verstanden hatte. Praetorius ordnete ihn zum Schneedienst ab, jeden Morgen räumte Friedrich den Gehweg vor dem Haus und die Garageneinfahrt und nachmittags den ganzen Garten, auch die Rasenflächen. Er erledigte diese Fronarbeit fröhlich pfeifend, die sich wiederholenden Bewegungen gefielen ihm. Er träumte davon, einen muskulösen Körper zu erlangen. Er musste stark werden, um Iris zu erwürgen und der Polizei zu entkommen. Vielleicht musste er ein paar Türen eintreten.

Die Flocken waren überall, tauten auf den Augen und der Nase. Unter seinen Schneeschuhen knirschte das Streusalz. Friedrich fing an ausgelassen zu hüpfen. Räumfahrzeuge, Schneeschieber und Schaufeln hatten die sanften Berge Neurieds in schroffe Mauern verwandelt. Die Menschen lebten wie in den Kalksteinruinen einer untergegangenen Zivilisation.

Im Garten der Familie Lichter lagen die Schneeberge genauso hoch wie auf den Feldern, dem Fußballplatz und im Wald. Frei zugänglich waren enge Schneisen um die Hütte. Hier sah Friedrich kein Blut. Das Toilettenwasser war gefroren und hatte die Keramikschüsseln gesprengt, die Duschen waren auch kaputtgegangen. Aufgeschnittene Plastikflaschen steckten vor dem Haus in den Schneehaufen, die Herr Lichter wegen der Einsturzgefahr der ganzen Hütte alle zwei Tage vom Dach schaufelte. Die Flaschen schützten Kerzen, die abends angezündet wurden. Die Herren des Haushaltes hatten zwei gelbe Eisstellen im Schnee hinterlassen, die Frauen pinkelten in einen Eimer im Haus oder tagsüber in eine Biotoilette im Schuppen. Lange Eiszapfen hingen vom Dach. Sören ging in einen schmalen, dunklen Gang wie eine Gletscherspalte, Friedrich folgte ihm bis zu einer weißen Plastiktür. Ein schwarzes Kabel führte aus dem festgetrampelten Schnee in die Wand. Sören öffnete die Tür, und sie betraten den Campingwagen, den Friedrich einen Monat zuvor in einer Ecke des Gartens gesehen hatte. Das Deckenlicht brannte, um den Tisch an einem Ende des Wagens saßen vier Jungen in dicken

Jacken, die auch in die Grundschule von Neuried gingen: Jan, Tommi, Robert und Harald. Mit ihnen hatte Friedrich bisher nie ein Wort gewechselt. Ihr Atem kondensierte zu dünnen Wolken vor ihren Gesichtern. An den Scheiben und der Decke hingen Wassertropfen. Ein Radiator lief, aber es war noch kühl, die anderen konnten noch nicht lange hier sein. Jan knackte mit seinen Fingergelenken, die anderen beiden zuckten nervös mit den Knien. Sören setzte sich neben sie, Friedrich blieb stehen. Die Jungen schauten ihn erwartungsvoll an. Plötzlich ging die Tür des Campingwagens auf und Eckhart und Günter kamen herein. Friedrich wich zur Seite. Sie waren Brüder, sechzehn und achtzehn Jahre alt, richtige Halbstarke, groß und kräftig. Friedrich konnte ihren Schweiß riechen. Sie brüllten sich an. Es ging um ein Mädchen. Eckhart, der Schlanke mit Überbiss und goldenen Locken, zückte ein Messer und rammte es seinem Bruder in den Bauch. Die vier Jungen zuckten zusammen und hielten einander fest. Günter würgte gurgelnd und sackte zu Boden. Eckhart hielt das Messer in der Hand – kein Blut.

Friedrich hatte schon viel Härteres gesehen. Die Jungen starrten ihn immer noch an. Er beugte sich zu Günter, zog ihm Jacke und Hemd hoch, da waren Muskelpakete unter marmorweißer Haut.

»Kein Blut«, sagte Friedrich ruhig.

Günter grinste, drückte seine große Metallgestellbrille mit dem Zeigefinger bis zur Nasenwurzel und rappelte sich auf.

»Frauen bluten. Männer wollen Blut sehen.« Eckhart lachte, den Körper weit nach vorne gebeugt, als müsse er sich übergeben, riesiger Mund mit sinnlicher Unterlippe, Augen weit geöffnet.

»Und, seid ihr dafür, dass Friedrich dabei ist?« Die Jungen nickten.

Frau Lichter kam mit einem Tablett voller Tassen mit heißer Schokolade herein. Sie ließ die Tür offen, der Dampf zog ab.

Günter entledigte sich seiner Jacke. »Es taut bald, das muss man genießen.« Er nickte Friedrich und Eckhart zu. Auf seinem eng anliegenden weißen Tanktop war eine große rote 88. Mit seiner Jeans und seinen Turnschuhen sah er aus wie ein American-Football-Spieler, sehr muskulös, ein mächtiger Kiefer, schulterlange, glatte Haare. Eine Packung Zigaretten klemmte unter dem Tanktop auf seiner Brust. Er folgte Frau Lichter unbeeindruckt von der Kälte. Eckhart legte eine Schallplatte von Alan Parsons Projekt auf: »I Robot«. Friedrich drehte das Cover mit beiden Händen. Da war ein Roboter, der aussah wie eine Glühbirne, dahinter einige Rolltreppen in Glasröhren, aus denen vorbeifahrende Menschen auf den Roboter guckten. Eckhart holte eine Spielesammlung in einem bunten Karton hinter einer Rückenlehne hervor. In Plastikbeuteln steckten Figuren und Würfel.

»Was spielst du gerne?«

»Doppelkopf, Skat, Bridge. Den Rest kenne ich nicht. Mein Vater hat mich fit gemacht für ein Offizierscasino. Und Schach habe ich mir selbst beigebracht, das kann ich aber nicht gut«, antwortete Friedrich.

»Schach? Echt? Dann wollen wir mal sehen, wie gut du wirklich bist.« Sie setzten sich, bauten die Figuren auf, die anderen schauten zu.

»Kennst du dich mit Schlachten aus?« Eckhart zog einen Bauern auf den Königsflügel, um Raum für seinen Läufer zu schaffen.

»Luftkampf Erster und Zweiter Weltkrieg. Kreuzzüge. Zwei Kessel in Russland. Meine Großväter sind entkommen, ihre Adjutanten auch. Die Schlacht meiner Vorfahren gegen die Mongolen 1241 kann ich in- und auswendig.« Friedrich zog einen Bauern am Damenflügel, um dort die Diagonale des gegnerischen Läufers vorsorglich zu unterbrechen und zugleich einen Durchbruch für seinen eigenen Springer vorzubereiten. Er war vertieft ins Spiel und merkte nicht, wie die anderen sich leise über seine

Kriegsbegeisterung lustig machten. »Die haben dem Mufti von Istanbul ein Einhorn geklaut.« Sören zeigte mit dem Finger auf Friedrich. Die anderen lachten.

»Wie geil! Wir nehmen das hier auf Kassette auf. Vielleicht kannst du deine Großväter interviewen.«

»Interviewen?«

»Unsere Väter sind alle beim BND, wenn man von Professor Lichter absieht. Wir vom Kommando Hoeneß müssen immer bereit sein. Wir arbeiten die Geschichte auf und versuchen herauszufinden, was unsere Väter machen. Was macht dein Vater?«

»Das habe ich ihn noch nie gefragt«, antwortete Friedrich.

Er hatte sich diese Antwort zurechtgelegt.

»Das mit den Geheimdiensten hat nämlich einen Haken. Du weißt nie, was die Wahrheit ist. Nie. Also wissen wir auch nicht, was wir tun sollen, und deshalb spielen wir Spiele.« Anette Lichter und Günter brachten einige Platten mit Gemüse und Dips, Edelsalami und Schinken, Käse, frisch gepressten Orangensaft, Eistee, das berühmte Salzgebäck und Kuchen. Friedrich hatte gehofft, Amalia würde die Tür öffnen. Das Kommando Hoeneß war nun auf einem Weltraumflug in einer Raumkapsel, alle halb nackt und trotzdem glühend. Sie sprachen wild durcheinander und spielten Quartett oder Monopoly und die anderen Brettspiele oder sie stützten sich auf der Tischplatte ab, um Friedrich und Eckhart beim Spielen zuzusehen. Eckhart lobte Friedrich, er spiele überragend für sein Alter. Friedrich grinste breit. Er freute sich über das Lob. Der musste es wissen, schließlich spielte er in einem Schachklub bei den Herren am zweiten Brett. Eckhart konnte das beurteilen. Friedrich war selig, er aß und trank und lachte viel.

Günter blieb still. Ab und an ging er nach draußen, um eine Kippe zu rauchen. Beim Monopoly versteckte er sein Geld unter dem Brett. Später sollte Friedrich seinen Bizeps fühlen, steinhart und geformt wie ein Frühstücksbrötchen. »Soll ich anspannen?«

Günter lachte, und die anderen Jungen wollten auch fühlen, und er machte jedes Mal denselben Witz. Er sang: »Ole, ole, ole, super Bayern, ole«, oder »So was hat man lange nicht gesehn, so schön, so schön«.

»Wir haben auch noch das Sadistenheft.« Eckhart holte ein liniertes Schulheft unter ein paar Schallplatten neben dem Plattenspieler hervor und reichte es Friedrich. Er blätterte es durch, das Kommando Hoeneß fasste seine Erkenntnisse mit aus Zeitschriften ausgeschnittenen Texten und Bildern zusammen. Da ging es um die legendären Augenringe von Schauspieler Horst Tappert in der TV-Serie Derrick. Die Bilder waren sehr aussagekräftig. Auch die, die das Fallen der Atombomben auf Hiroshima und Nagasaki und das Schicksal der Bomberbesatzungen zeigten. Davon wusste Friedrich nichts: »Big Boy« und »Fat Boy« hießen die Bomben. Ihre Zerstörungskraft war gewaltig. Im Kalten Krieg hatte man die Atombomben verbessert. Es gab die UdSSR und die USA, beide Seiten verfügten über Abertausende von Sprengköpfen, die die Erde zerstören konnten. Das war vollkommen unvorstellbar.

»Den Kampf Mann gegen Mann gibt es nicht mehr. Das kann nicht sein«, murmelte Friedrich kopfschüttelnd, während er weiterblätterte und die Bilder der Bomben, der zerstörten Städte und menschlicher Leichen betrachtete. Stattdessen gab es einen Atompilz, einen nuklearen Blitz und einen Sturm, der alles hinwegfegte. Friedrich sah die explodierende Erdkugel vor seinem geistigen Auge. Er wurde grau im Gesicht und zitterte. Praetorius kämpfte im Kalten Krieg dafür, dass er nicht heiß wurde. Er musste herausfinden, woran sein Vater arbeitete. Praetorius hatte ihm nur erzählt, wie böse und hinterlistig seine Mutter war, dass sie ihn zerstören und die ganze Familie auf die Straße setzen wolle. Beatrix hatte es einfach, die lebte in Saus und Braus und machte sich keinen Kopf. Er wünschte ihr die Pest an den Hals, weil das die größte Massenvernichtungswaffe aller Zeiten war, größer als alle Atombomben, da war er sicher. Die Tataren hatten mit dem Virus verseuchte Leichen mitgeführt, über die Mauern der widerspenstigen Städte geschleudert und eine Pandemie ausgelöst. Das hatten sie in der Grundschule gelernt.

Günter sah Friedrich mitleidig an. Er schlug ihn unvermittelt mit der Faust auf den Oberarm. Friedrich jaulte vor Schmerz auf. Er fand sich in der Gegenwart einer von Schneemassen begrabenen Raumkapsel wieder. Er blätterte weiter in dem Schulheft. Es ging auch um doofe Lehrer und einen selbst ernannten Konsul Weyer, der in Rio de Janeiro mit einem britischen Zugräuber lebte und gegen die Ehe war. Er sagte: »Wieso soll ich mir eine Kuh kaufen, wenn ich nur ein Glas Milch will?« Friedrich lachte, er fand das witzig. Für ihn war alles neu, und er war verwirrt. Man lästerte doch nicht über Lehrer oder die Ehe. Fernsehen war verboten, und von Atombomben wusste er nichts, er war im Mittelalter zu Hause, hoch zu Ross mit Bogen und Schwert. Er musste mehr herausfinden. Weshalb hatten die Bomberbesatzungen Selbstmord begangen? Wie kämpfte Praetorius den Kampf gegen Amalia, damit sein Sohn in Frieden leben konnte? Friedrich wünschte Beatrix die Pest an den Hals. Sein Feind hieß Mutter. Er verscheuchte den Gedanken, der wie ein Automatismus aufgetaucht war. Sowohl Praetorius als auch Amalia dachten, dass Frauen nicht Motorrad fuhren, beide waren auf der Flucht vor der Realität, und er, Friedrich, wollte nicht zwischen ihnen stehen. Hier, in dieser Weltraumkapsel, leugnete niemand die echte Welt.

»Versteh mich nicht falsch – ich respektiere Frauen. Als Gegner!«, sagte Eckhart. Die anderen lachten.

»Im Gesetz steht, die Frauen müssen ihren ehelichen Pflichten nachkommen«, sagte Günter.

»Nicht nur die Frauen, auch die Männer.« Friedrich hielt sich die Hand vor den Mund, das hätte er nicht sagen dürfen, da konnte er noch nicht mitreden.

»Woher weißt du das?«, fragte Eckhart.

»Meine Stiefmutter hat meinen Vater von den ehelichen Pflichten entbunden.«

»Und das haben sie dir gesagt?«

»Ich hab das zufällig gehört. Meine Stiefmutter hat gesagt, dass sie nicht mehr mit meinem Vater schlafen möchte, und er hat gesagt, aber die ehelichen Pflichten, und dann hat sie ihn hoch und heilig davon entbunden, und dann war er ganz erleichtert. Ich auch, weil ich dachte, sie würde ansonsten bei mir schlafen.«

»Du hast gelauscht.«

»Nein. Ich habe das mitbekommen. Ich schleiche nachts durch das Haus und spiele Schach. Da habe ich meine Ruhe.«

»Hört, hört. Was sagt man dazu?« Günter klopfte Friedrich auf die Schulter: »Wir sollten uns mal treffen, wenn der Schnee geschmolzen ist.« Eckhart blickte Günter verschworen an und nickte.

»Wieso, wenn der Schnee geschmolzen ist?«

»Weil man dann sieht, wo die Scheiße liegt.« Die beiden lachten laut.

9

Die Schneemassen schmolzen schnell ab, aber der Frühling ließ auf sich warten. Die weißen Möwen kamen vom Starnberger und Ammersee herübergeflogen und kreisten mit den schwarzen Krähen über den Äckern und dem Fußballplatz, um die Nager nach dem Winterschlaf zu erwischen. Friedrich ging mit Poldi Gassi und beobachtete die verfeindeten Schwärme. Neben ihnen hielt eine rote Sportlimousine, ein Alfa Romeo Giulia Super 1600. Eckhart sprang auf der Beifahrerseite aus dem Wagen. Am Steuer saß Günter, eine Kippe auf dem Zahn, einen Arm aus dem Seitenfenster gehängt.

»Steig ein!« Er nickte kurz zur Seite und klopfte zwei Mal auf das Türblech.

»104 PS, über 170 km/h. Eine Sportlimousine, vier Türen, sensationeller c_w-Wert bei kantiger Optik«, sagte Eckhart, während er sich auf die Rückbank setzte. Friedrich und Poldi durften vorne sitzen. Friedrich staunte über das Lenkrad aus Nussbaumholz.

»Aber anfällig für Rost, italienische Grandezza ohne teutonische Perfektion. Es geht um Liebe. Deshalb habe ich die Lady auch billig geschossen. Schau mal auf den Boden.«

Auf dem Boden stapelte sich der Müll, Verpackungen von McDonald's, aber auch Schokoladenpapiere und natürlich Zigarettenpackungen. Dazwischen sah er den feuchten Teer, so groß waren die Rostlöcher.

»Anschnallen.«

Friedrich musste den Gurt festhalten, damit er ihm nicht den Hals abschnürte. Er war 1,36 Meter groß, nahm alle drei Monate mit Lineal und Bleistift am Türrahmen Maß. Günter drückte auf den Zigarettenanzünder. Friedrich kurbelte vorsorglich die Scheibe herunter und Poldi stützte sich auf dem Fensterrahmen ab und hielt seine Schnauze in den Wind. Sie fuhren nach Fürstenried West auf die Autobahn in die Richtung der Seen im Alpenvorland. Friedrich fühlte sich befreit, niemand fluchte und schimpfte, er hatte keine Angst. Sie gehörten zu den schnellsten Fahrzeugen auf der Straße, fast schienen sie abzuheben.

»Ich habe für heute einen Weltklassemix aufgenommen.« Eckhart reichte eine Kassette nach vorne, die Günter in das Kassettenradio von Blaupunkt steckte. Es liefen Songs von Deep Purple, Black Sabbath, Pink Floyd und Janis Joplin, die Friedrich schon vom Spielen im Campingwagen her kannte. Sie fuhren auf die Berge zu, am Starnberger See entlang.

»Zigarette?«

Friedrich winkte ab.

»Ich gönn mir aber eine.« Eckhart nahm eine Fluppe aus der Schachtel. Günter zog und blies den Rauch durch die Nasenlöcher. Dann steckte er die Packung wieder an ihren Platz unter dem viel zu engen T-Shirt. Sie hielten an der Raststädte Höhenrain West, kurz vor der Auffahrt auf die A95, zwischen zwei fetten Lkw. Friedrich nahm Poldi auf den Arm und rannte zur Tankstelle, um nach einer Schüssel Wasser für den Hund zu fragen. Als er zurückkam, stand Günter neben der Fahrertür und hielt einige Eisenteile in der Hand. Eckhart kniete daneben, steckte den Kopf unter das Lenkrad.

»Wir bauen einen Käfig für dich, wie aus Rallye-Autos. Wir haben das Zeug noch aus der Zeit, als der Ecki kleiner war. Ist eigentlich für kleine Frauen gemacht, aber die sind auch mindestens 1,50. Wir haben uns einfach als Käufer von Sportwagen ausgegeben und uns die heißesten Schlitten unter den Nagel gerissen. Wir wollten nur vor dem Kauf noch eine kleine Spritztour machen, verstehst du?«

»Fragen die nicht nach einem Führerschein?«

»Nicht immer.«

»Fertig. Mal sehen, ob es passt.«

Friedrich sollte sich auf den Fahrersitz setzen. Vorher steckte ihm Günter ein hohes, festes Sitzkissen mit zwei Mulden unter. Friedrich blickte knapp über das Lenkrad.

»Kannst du die Pedalverlängerungen treten?« Friedrich streckte die Zehenspitzen aus.

»Ja.«

Günter drehte die Sitzlehne so weit nach vorne, wie es eben ging. Er zog den Gurt vollständig heraus und befestigte einen Gurtkrümmer, sodass dieser vorschriftsmäßig über Friedrichs Brustkorb lief.

»Jetzt der Rückspiegel.«

»Ich fahre nicht rückwärts.«

»Du siehst damit, was hinter dir liegt, und was von hinten kommt. Es gibt einen zentralen Rückspiegel und einen links.«

»Ich werde da nie im Leben reingucken.«

Eckhart setzte sich wieder nach hinten, Günter auf den Beifahrersitz. Die Kassette leierte und Janis Joplin klang, als würde sie bayerisch jodeln. Poldi steckte wieder die Schnauze aus dem Fenster.

»Wir fahren zuerst nur auf der Autobahn, schneller als die anderen. Das ist leicht. Du trittst, ich schalte.« Günter legte eine Hand auf den Schaltknüppel. »Wie fühlst du dich?«

Friedrich wusste nicht, was er sagen sollte. Es war das erste Mal, dass er gefragt wurde, wie er sich fühlte. Er dachte, dass dieser schreckliche Klingelgurt doch zu etwas gut gewesen war, er war vorbereitet, fühlte sich gut, er war bereit. Er drehte den Zündschlüssel, Ecki und Günter lachten. Friedrich fuhr stotternd aus der Parklücke und setzte dann die Anweisungen perfekt um. Das Auto fuhr gleichmäßig. Er drückte die Kupplung und das Gaspedal, er fuhr lieber zu schnell als zu langsam, fädelte ein und zog auf die linke, die Überholspur. Günter hielt das Lenkrad mit fest, wenn er nicht schaltete. Er sagte wenig, Eckhart schrie irgendetwas gegen den Wind, den Motor und den Hardrock und lachte. Der Fahrtwind brauste in Friedrichs Ohren und um Poldis Schnauze, die Berge rasten näher, die Landschaft war braun, blau und weiß und weit, immer weiter. Es war, als ob Friedrich auf einer sich aufrollenden Landkarte fuhr, immer nur abwärts auf eine steile Wand zu, die Alpen, dick mit glänzendem Schnee bedeckt. Er hatte die Augen aufgerissen, vergaß beinahe zu atmen.

Der Klingelgurt war weg, dafür hatte Friedrich einen Schachcomputer bekommen. Er hatte seinen Vater gefragt, ob der mal mit ihm spielen wolle. Er hatte erwartungsvoll gelächelt, gespannt, bereit, die Figuren aufzubauen. Der Vater hatte abgelehnt. Und dann war Iris in sein Zimmer gestürmt. Sie hatte sich auf sein Bett gesetzt und hatte ihn gebeten, zu ihr zu treten, seine Hose und Unterhose herunterzulassen.

»Praetorius hat gesagt, die Mutter muss die Manneskraft testen. Du willst doch auch mal kleine Königstiger? Oh – wie putzig, ist der klein, und der Hodensack, wie eine Walnuss.«

Praetorius war nicht da gewesen. Er war nicht da für ihn, obwohl er das bei der Scheidung und der Vorbereitung auf den Gerichtstermin versprochen hatte. Praetorius hatte über ihn wachen wollen, ihn beschützen. Amalia war verantwortungslos. Sie achtete die heiligen Gesetze der Ehe nicht. Iris hatte seine Hoden gestreichelt und seine Vorhaut nach hinten gezogen und er hatte sie angeschaut, ihre großen Augen, wie die der Dicken Berta, ihre vier kurzen Leidensfalten auf der Stirn, sie litt, und er hatte daran gedacht, wie er ihren Kopf in die Brotschneidemaschine stopfte – aber das hier war besser. Viel besser. Sie schienen zu fliegen. Friedrich war weit weg. Die Tachonadel näherte sich der 190. Er war viel schneller, als es sein Vater jemals gewesen war. »Man muss einen Weg immer bis zu Ende gehen.

Bis zum bitteren Ende.« Sein Körper verkrampfte, und er beugte sich unwillkürlich nach vorne, bis er fast ins Lenkrad biss. Er krümmte sich wie Plastik über dem Feuer.

Eckhart und Günter sahen ihn an und lachten ihn gutmütig aus. »Man muss einen Weg immer bis zu Ende gehen, soso ... Ich glaube, für heute reicht's.« Günter ließ das Lenkrad los.

»Zunächst bremst du, indem du den Fuß vom Gas nimmst, schön langsam. Ja, genau so. Zwischengas machen wir später. Du lernst jetzt, durch Schalten zu bremsen, runterschalten. Also, du trittst jetzt die Kupplung, das hatten wir schon, das Pedal ganz links.« Günter schaltete. »Jetzt fährst du auf die mittlere Spur, locker.«

Sie hielten auf einem kleinen Parkplatz mit gemauertem Klohäuschen. Um sie herum waren Weidewiesen. Friedrich hatte es genau gemessen: Er war neun Kilometer gefahren, drei Minuten und sechsunddreißig Sekunden für die Ewigkeit. Günter und Eckhart lobten ihn, er hätte sich sehr gut geschlagen. Mit seinem zehnten Lebensjahr und der Möglichkeit, das Gymnasium zu schwänzen, würde er für zwei verrückte Vögel arbeiten können, er hätte das Zeug dazu. Die Namen fand Friedrich spitze: Tripper-Toni und Titten-Billy. Es würde sich lohnen. Eckhart und Günter hatten früher auch für die beiden gearbeitet. Sie sagten nicht, wer die waren, was sie taten. Günter würde anrufen, und wenn er es dann am nächsten Tag in die 10-Uhr-Vorstellung im James-Bond-Kino am Stachus schaffte, wäre alles gebongt.

Als er in sein Zimmer kam, trug Friedrich Poldi auf dem Arm. Sein Herz raste immer noch, zum ersten Mal in seinem Leben fühlte er sich gut und groß. Plötzlich sah er sich selbst als eine reale Figur, die wie ein Hologramm auf ihn wartete. Er ließ Poldi auf den Boden gleiten und setzte sich aufs Bett. Poldi legte den Kopf schräg und schaute die beiden an. Der eine Friedrich war genauso wie er, klein, mit vorstehenden, großen oberen Vorderzähnen und lieblos geschnittenem Haar. Er steckte in einer weiten Jeanshose, rot-weiß kariertem Hemd, die Augen glänzten, er hatte geweint, und wieder flossen ihm die Tränen. Der andere Friedrich trug den blau-weißen Rollkragenpulli, Lederhose mit Edelweiß. Beide trugen zu enge, unmoderne Halbschuhe. Ihre Füße bluteten. Sie sprachen miteinander, ohne den Mund zu bewegen.

»Das Leben kann auch Spaß machen.«

»Macht es aber nicht. Ich habe immer Angst, das merkst du bloß nicht.« Das stimmte, Friedrich musste seine Tränen immer unterdrücken, denn dafür wurde er von Iris geschlagen. »Nachts kommt eine schwarze Wolke und ich zieh die Bettdecke hoch. Ich will nicht mehr leben. Ich will aber auch nicht sterben. Ich kann mich nicht mehr bewegen.« Er legte sich auf den Boden und wimmerte.

»Und wenn ich Iris töte?«

Friedrich blickte ruckartig auf. »Nicht jetzt. Ich bin noch zu schwach. Der Verdacht würde auf mich fallen. Ich muss warten, bis ich groß und stark bin und ein Auto habe.«

»Aber du lässt mich nicht im Stich. Das Schwein hat den Tod eintausendfach verdient.«

»Versprochen.«

»Ich kann mich auf dich verlassen?«

»Praetorius wird traurig sein.«

»Der spürt nichts.«

Der andere verschwand. Friedrich dachte sich nichts dabei. Er wollte seinen Wahnfantasien mit dem Blut, dem Aufschlitzen und dem Zerteilen ein Ende bereiten. Ohne diese Fantasien ging es ihm viel besser. Er wollte am liebsten nie wieder vom Kommando Hoeneß und dem Wohnwagen weg und nie wieder in sein Zuhause zurückkehren. Er musste sich vom Leben in diesem Horrorhaus endgültig verabschieden, dieses Versprechen gab er sich jetzt. Er tigerte in seinem Zimmer auf und ab, betrachtete die Aufkleber an seinem grünen Holzschreibtisch, die toten Tiere, die aus der Wand zu ragen schienen, das winzige Kommando Hoeneß auf dem Fußballplatz hinter den Feldern. Der Brief musste eindeutig sein, ein Schwur der Treue. Er durfte den kleinen, geschundenen Jungen nicht verraten. Die Schuld musste irgendwann gesühnt werden. Und er musste Iris töten. Aber es durfte kein Verdacht auf ihn fallen. Heute noch würde er sofort gestehen. Außerdem wäre sein Vater vielleicht traurig. Friedrich wog sorgfältig ab, aber es war wie mit der Zahl Pi, es machte keinen Sinn, ewig weiter zu rechnen.

Friedrich setzte sich, schrieb auf ein DIN-A4-Blatt: »Du musst sie töten.« In elf Jahren würde er sie einfach umbringen. Dann wäre er zwanzig Jahre alt, er hätte ein Auto und wäre stark. Er würde ihr mit einem Brotmesser die Kehle aufschlitzen. Friedrich unterdrückte seine Tränen. Dies hier war sein heiliger Schwur. Er hatte genug gelitten. Er ließ das Blatt Papier liegen, es war eine simple Botschaft, völlig unverständlich für Außenstehende wie seine Eltern.

Und im Schach räumte er ab, marschierte mit dem Bauern durch und wandelte sich selbst zur Königin um, die anderen waren tatsächlich im Abseits. Er beherrschte das Feld, kickte die anderen raus. Die anderen, das waren Iris und Praetorius. Er spielte mit seinem jungen Ich, das auf ewig in der Lederhose steckte, und sie beide waren still darin übereingekommen, so viele Figuren wie möglich neben das Brett zu stellen. Wer einmal schlug, durfte noch mal schlagen. Zum Schluss drückte er mit dem Zeigefinger auf den König und kippte ihn unbarmherzig zur Seite.

10

Ein Jahr später, im Sommer 1980, fing Poldi an, ungewöhnliche Geräusche von sich zu geben, er fiepte wie ein lautes Insekt. Er rollte sich zusammen und zitterte wie Iris, wenn sie Friedrichs »Vorsteherdrüse« – wie sie das nannte – überprüft hatte. Sie machte das jeden Tag, manchmal auch zweimal, als hätte sie das erste Mal vergessen, und danach rannte sie aus dem Zimmer, ließ die Tür zum elterlichen Schlafzimmer offen und fiel wie erschossen aufs Ehebett und schlief. Friedrich folgte ihr neugierig. Ihre Beine ragten knapp unter den Knien über die Bettkante, und sie schnarchte leise. Sie war wie von einem Dämon besessen. Friedrich träumte, er könne fliegen, über die Äcker und Wälder und Seen auf die wunderbaren Alpen zu, und er bekam Mitleid mit ihr.

Am 5. Juni fand Friedrich Iris zusammengekauert und wippend im Esszimmer, wie eine traurige Wolke. Poldi hatte Lungenkrebs, die Metastasen hatten bereits seine oberen Atemwege stark eingeengt. Er habe sich auf Höhe der Auspuffrohre der Automobile befunden und eine viel zu hohe Giftgaskonzentration eingeatmet, hatte der Arzt gesagt, »der Volldepp«, wie Iris sagte. Poldi musste eingeschläfert werden.

Poldi war sein einziger Freund in der Familie. Friedrich wollte es nicht wahrhaben, dass er bald nicht mehr sein würde. Er sah ja, dass es Poldi schlecht ging, aber weshalb schläferte man das wehrlose Tier ein? Es gab Wunder. Wieso war eigentlich Iris nicht eingeschläfert worden, das wäre für alle das Beste gewesen? Friedrich lächelte grimmig bei dem Gedanken.

Praetorius war nicht da, um seine Familie zu trösten. Er

konnte mit Gefühlen nicht so gut umgehen, hatte er einmal gesagt. Das Wochenende hatte er in einer konspirativen Wohnung in München verbracht und auf einen Anruf gewartet. Ein Diktator im Ostblock lag im Sterben. Am Montag und Dienstag war er schon früh ins Büro gegangen. Der Dienst hatte gerufen, der Kampf im Kalten Krieg. Auch jetzt war er vermutlich im Büro oder beim Dauerlauf. Friedrich hatte seinen Vater mit seiner verbissenen guten Laune und den Kaskaden an schlechten Witzen seit Wochen nicht mehr zu Gesicht bekommen. Er brachte Friedrich nicht mehr ins Bett, er weckte ihn auch nicht mehr auf. Vielleicht war er auch vor Gericht, um gegen Amalia zu kämpfen. Irgendein Kampf war immer wichtiger als seine Liebsten.

Leopold von Bismarck lag in einem kleinen Karton. Iris wollte, dass Poldi an dem Ort bestattet wurde, von welchem sie ihn gerettet hatte, aber Praetorius sollte dies allein erledigen. Friedrich wollte mitfahren.

»Da habt ihr Männer mal Zeit nur für euch, ist doch schön.«

Praetorius öffnete das geriffelte Wellblechtor, verstaute die Kiste im Kofferraum, ließ das Garagentor wieder herunter und holte einen Schraubenzieher aus dem Handschuhfach. Er nahm zwei Nummernschilder mit dem Kennzeichen RO für Rosenheim und weiter BE 371, die in dreckige Lappen gehüllt an der Wand gelegen hatten, und tauschte sie gegen die beiden offiziellen Schilder mit dem M für München und ST 507. Friedrich hatte seinen Vater noch nie dabei beobachtet, wie er die Nummernschilder wechselte. Für gewöhnlich fuhren sie mit dem Münchner Kennzeichen. Es gab noch weitere Nummernschilder nur für den Gebrauch auf dem Gelände des BND. Die Spione wechselten auf einer allseits bekannten Seitenstraße neben dem Hauptquartier ihre Kennzeichen. Das hatte Friedrich an jenem Abend erfahren, als sein Vater wie ein erstickender Laubfrosch vor ihm gesessen und offenbart hatte: »Ich bin ein Spion.«

Jetzt öffnete Praetorius das Tor ein zweites Mal, Friedrich musste auf der Rückbank Platz nehmen und sich mit dem Hüftgurt für Kinder ordentlich anschnallen. Praetorius setzte sich hinters Steuer und fuhr rückwärts auf die Straße. Friedrich streckte den Kopf und blickte über die Rückenlehne. Iris winkte ihnen mit ihrer Serviette hinterher, mitten auf der Straße, fröhlich und entspannt im gleißenden Sonnenlicht. Leider war dieser Abschied nicht für immer, das war nur Poldi vergönnt.

Praetorius schaltete das Radio nicht ein wie sonst immer. Er wirkte angestrengt und ängstlich. Er traute sich kaum, einen Lkw zu überholen, fädelte viel zu langsam ein. Friedrich fragte sich jedes Mal, wenn er Praetorius am Steuer sah, ob sein Vater wirklich eine Ausbildung zum Spion genossen hatte. Die mussten doch Verfolger locker abschütteln können. Die Richtgeschwindigkeit zwischen 80 und 100 km/h überschritt Praetorius nie, das hatte ihm das Gesundheitsministerium geraten.

Friedrich hingegen fühlte sich auf der Autobahn mittlerweile sicher. Wenn sein Vater das wüsste! Er fuhr flüssig, nicht aggressiv, aber schnell. Friedrich spürte die innere Anspannung seines Vaters, diese unbestimmte Angst. Über solch nervige Autofahrer machten er, Günter und Eckhart sich für gewöhnlich lustig. »Schwere Granatenneurose«, sagten sie dann und lachten. Die weißen Streifen auf dem Teer, die gleichmäßig auf der rechten Seite des Audi vorbeiglitten, beruhigten Friedrich. Er atmete schwer.

Praetorius sprach kein Wort. Sie fuhren auf dem Ring um München, dann auf der A9 in Richtung Nürnberg. Praetorius hielt am Rastplatz Nürnberg-Feucht. Sie wollten sich ein wenig die Beine vertreten. Am Parkplatz stand eine zehn Meter hohe Miniaturausgabe der Mondrakete. Ob Friedrich wusste, dass er ein Mondlandekind war, fragte ihn sein Vater. Er nickte. Sie fuhren schweigend weiter bis Coburg. Auf einem bewaldeten Berg thronte eine riesige Burg. Auf Landstraßen kurvten sie durch den Wald bis Neustadt und zwei Kilometer weiter, dann hielten sie an. Sie waren dreieinhalb Stunden unterwegs gewesen.

»Hier muss es sein.« Sie stiegen aus. Praetorius trug Poldi. Friedrich folgte seinem Vater im Abstand von zwei Schritten mit einem Spaten. Es gab viele Ameisenhügel, die aus Nadeln gebaut waren. Als sie auf einem Hügel standen, blickten sie ins Tal und sahen ein ausgedehntes, vollständig mit hohem Stacheldraht umzäuntes Gehöft, mehrere verstreute Gebäude, einen Dreiseitenhof, eine Kapelle, Rasen, einen Gülleanhänger. In etwa dreihundert Metern Entfernung entdeckte Friedrich eine Mauer, aber keine normale Mauer, eine ewig lange Mauer. Er konnte nicht erkennen, was sie einschloss.

»Vater, was ist das?«

»Das ist die Mauer.« Praetorius nahm seine Brille ab und polierte die Gläser. Er sprach, als wolle er ausspucken, beide Mundwinkel hoben sich dabei. Friedrich konnte seine Eckzähne sehen. Seit sie das Auto abgestellt hatten, schien Praetorius die Kontrolle wiedererlangt zu haben.

»Das ist die dritte Generation der Vorderlandmauer, Typ 75. Eigentlich steht Typ 75 nur in Berlin. Hier gab es so viele Überläufer, dass das ZK in Ostberlin sich nicht allein auf Stacheldraht verlassen wollte. Die Mauer hat eine Höhe von 3 Metern und 60 Zentimetern und besteht aus vorgefertigten Platten, wie die Plattenbauten der DDR. Der Fuß dieser Platten ist nach Osten gerichtet, auch wenn sie hier eigentlich nach Norden gerichtet sind – wir kommen ja auch aus dem Westen, obwohl wir aus dem Süden kommen.« Praetorius zwinkerte krampfhaft mit einem Auge.

»Dir sitzt der Schalk im Nacken, Vater.«

»Das kannst du laut sagen, mein Sohn. Ich kämpfe jeden Tag gegen diese Mauer. Für deine Zukunft.« Praetorius drehte sich zu Friedrich, streichelte über seinen Kopf, zog ihn zu sich und drückte ihn an seine Brust. Friedrich umfing sein vertrauter Geruch, er klammerte sich an seine Seiten und grub seinen Kopf tief in seinen Bauch wie in ein Kissen.

»Weißt du, was die da drüben machen?« Praetorius streichelte immer noch seinen Kopf. Er blickte starr über die Mauer. Friedrich schüttelte leicht den Kopf, ohne die Berührung mit Praetorius zu unterbrechen. »Die nehmen Regimekritikern die Kinder weg und übergeben sie treuen Kommunisten, die müssen sie wie ihre echten Eltern behandeln. Das nennt man Zwangsadoption. Kann man sich so etwas vorstellen? Die müssen sie dann behandeln wie ihre echten Eltern und zu ihren schrecklichen neuen Eltern Vater und Mutter sagen. Nicht zu fassen!« Praetorius wackelte mit dem Kopf.

Meinte sein Vater das ernst? Friedrich fühlte sich von Iris auch zwangsadoptiert. Und Praetorius hatte das angeordnet. Friedrich war plötzlich derjenige, der in der Todeszone stand. Wollte sein Vater ihn zur Strecke bringen? Genau dort, wo das Unglück seinen Anfang genommen hatte, an der Grenze zum Niemandsland? Iris war das Niemandsland, mit der Zwangsadoption gab es kein Zurück mehr. Nicht mal in den Gerichtssaal. Dabei war es Iris, die in den Todesstreifen gehörte. Friedrich musste sie zur Strecke bringen. Es galt, keine Zeit zu verlieren. Schließlich ging es um seine Zukunft. Er löste sich aus der Umarmung und blickte Praetorius von unten in die Augen:

»Sitzt dir immer noch der Schalk im Nacken?«

»Keineswegs. Hinter der Mauer siehst du einen 300 Meter breiten Streifen gerodeten Landes. Das ist der Todesstreifen, vermint und mit Stolperdrähten ausgestattet, die zu Selbstschussanlagen führen. Das hier ist eine riesige Todesmaschine. Wüsstest du, wie man da rauskommt?«

Friedrich hatte eine Idee, die er aber besser für sich behielt: Einfach über die Leiche von Iris laufen. Ohne Iris würde es auch keinen Todesstreifen mehr geben.

»Über den Todesstreifen geht es, aber die Mauer hat obendrauf so eine Röhre.«

»Das ist eine Asbeströhre, die soll das Überklettern unmöglich machen, aber es gibt Türen, weil die Grenzer in regelmäßigen Abständen die uns zugewandte Seite sauber machen. Es gibt immer Türen.« Praetorius holte tief Luft. »Lass uns graben.«

Das ließ Friedrich sich nicht nehmen, er war in letzter Zeit kräftiger geworden und er wuchs 1,2 Zentimeter pro Monat. Beim Ausheben des Hundegrabes dachte er an die Worte seines Vaters. Was wollte er ihm wirklich sagen? Denn wenn sein Vater das Gesagte ernst meinte, müsste das bedeuten, dass er nicht erkannte, dass er ihn, seinen Sohn, quälte. Niemand hörte Friedrich schreien, weil er nicht schrie. Niemand sah sein Leiden in der Nacht, wenn er vor Angst die Decke über den Kopf zog und betete, dass alles vorbei sein möge. Lag es an der Geheimhaltung, dass Praetorius sich so widersprüchlich ausdrückte? Daran, dass sie abgehört werden konnten, auch im Wald? Praetorius hatte ihn vor Gericht gegen Amalia in Stellung gebracht, dann aber behauptet, dass seine Mutter ihn verstoßen hatte. Er hatte ihm gesagt, dass er ihn vor seiner echten Mutter beschützen würde, gab diesen Schutz aber auf und überließ Iris das Feld, die ihn kontrollierte, einsperrte, schlug und überwachte. Wie ein kleiner Bauer musste er sich durch das Niemandsland schlagen, über den Todesstreifen, um sich dann in eine Dame zu verwandeln. Und dazu musste er die nächsten Züge seines Gegners erahnen.

Friedrich hörte auf zu graben und richtete sich auf. Sie waren doch keine Gegner! An einem Strang zogen sie aber auch nicht. Er dachte an das Neujahrsfest. Er wurde einem Geheimbund geopfert. Vielleicht konnte er aber auch selbst etwas opfern? Wie wäre es mit der Dame, Iris? Friedrich begriff, dass der Ort für Poldis Beerdigung kein Zufall gewesen war. Sein Vater hatte ihm die Mauer zeigen wollen. Hatte zeigen wollen, dass seine Eltern geteilt waren wie das Land, wie Deutschland, in zwei Hälften, die BRD und die DDR. Praetorius hatte eine Mauer mit Todesstreifen zwischen ihn und Amalia gebaut. Wie hatte er nur Amalia und den Lügenbaron dazu gebracht, sich wie die kapitalistische BRD aufzuspielen, in der sie doch alle lebten? Hing die Wiedervereinigung also von seinem, Friedrichs, Verhalten ab, und konnte er im Umkehrschluss die nächsten Schachzüge seiner Eltern vorhersehen, wenn er die DDR und BRD studierte?

Praetorius schaffte es ja noch nicht einmal, ihn, Beatrix und Amalia wieder zusammenzubringen, da konnte er als Geheimagent für die Wiedervereinigung auch keine große Leuchte sein. Friedrich musste endlich mehr über seinen Vater herausfinden. Aber wie? Er konnte ihn nicht einfach fragen. Praetorius antwortete sowieso meistens nicht.

Friedrich grub weiter, wütend und ergiebig. Neben ihm türmte sich die Erde auf. Er schwitzte stark, und der mit Erdreich vermengte Schweiß juckte in seinem Gesicht. Der andere, der kleine Friedrich in Lederhosen, mit den kurzen Haaren, den großen Zähnen, mit den abstehenden Ohren und dem traurigen Blick und den Tränen in den Augen, mahnte zur Vorsicht, man dürfe den wahren Feind nicht aus den Augen verlieren – und der war Iris. Praetorius war ein Held, der Held, der Deutschland rettete, er wusste aber nicht, wie schrecklich Iris war.

Halt die Schnauze, sagte Friedrich in Gedanken zu sich. So etwas durfte er nicht denken, nicht jetzt, da er Iris' einzigen Freund zu Grabe trug. Friedrich sah aus wie sein Vater, derselbe verbissene Ausdruck um den Mund, ein verkrampftes, angespanntes Lächeln. Er seufzte mehrfach, laut und tief.

»Das reicht.« Praetorius senkte die Kiste in das Loch, Friedrich schippte den Aushub darüber. Der kleine Sarg war gerade so bedeckt.

»Das wird so doch von wilden Tieren gefunden.«

»Ich verrate dir etwas, ich habe dieses Viech gehasst. Als er zu uns kam, hat er mich gebissen und mir ans Bein gepinkelt. Er war nicht aus dem Bett zu vertreiben, und er hat mich nachts angegriffen. Es ist mir egal, wenn die Tiere ihn fressen. Wir gehen.«

»Nein.« Friedrich legte den Spaten ab und sammelte ein paar Äste und Grünzeug, legte beides auf das Grab und stellte sich an das Kopfende. Praetorius zog seine schmalen Augenbrauen hoch.

»Zunächst gilt es, die Gefallenen zu ehren.« Friedrich faltete die Hände und senkte den Kopf. »Poldi, wie wir ihn kannten, eigentlich Leopold von Bismarck, war eine gute Seele, ein Jäger, der die Schnauze immer in den Wind hielt. Er war der Einzige, der Iris verstand. Er war der Einzige, den Iris liebte. Er war Frieden, und er war weich. Man konnte mit ihm schmusen. Doch er war alt. Poldi hat sein Leben gelebt. In seiner Jugend streifte er durch die Wälder, im Alter verteidigte er seine Iris. Poldi, dein Leben war nicht umsonst. Wir werden dich vermissen. Amen.«

Im Auto pfiff Praetorius immer wieder dieselbe Melodie, und sang: »We are caught in a trap, and we can't get out, because I love you too much baby.« Er blickte in den Rückspiegel auf Friedrich. »Das ist von Elvis, dem King. Früher hatte ich sogar eine Elvis-Tolle, als ich noch Haare hatte, und ich konnte seinen Hüftschwung. Der King hat den Swing …« Er kicherte hoch und ätzend.

Friedrich verdrehte die Augen und murmelte: »Der King hat den Swing, du Rentner.«

11

Drei Wochen später rief Iris' Mutter während des Abendessens an und sagte, man solle sofort den Fernseher anmachen, der Onkel Paul sei im Fernsehen. Iris war ganz aufgeregt, sie lachte hysterisch. Friedrich hatte seine falsche Großmutter nur einmal gesehen. Sie kam zum Antrittsbesuch, als Praetorius und Iris offiziell ein Paar wurden. Dann war der Kontakt einseitig beendet worden. Iris' Vater galt als verschollen. Praetorius hatte sich darüber öffentlich nicht ausgelassen. Es war ihm zu vulgär. »Nicht unsere Klasse.«

Friedrich durfte mit in den Hobbykeller. Jetzt war auch er aufgeregt. Er brachte das Abendessen die enge Treppe hinab, auch die Teller und das Besteck. Der Hobbykeller befand sich gegenüber dem Heizkeller, der neben einer Waschmaschine von einem Buderus-Öl-Heizkessel ausgefüllt wurde. Friedrich empfand diesen Gang wie das Hinabsteigen in ein U-Boot. Manchmal musste er etwas aus dem Vorratskeller holen, der zwischen Hobby- und Heizkeller lag, aber sofort wieder oben in der Küche auftauchen. Jetzt ging es zum ersten Mal auf große Fahrt. Jetzt kam er endlich zu den Torpedos. Friedrich öffnete die Tür des Hobbykellers. Wofür das Wort »Hobby« stand, hatte er bis heute nicht verstanden. Auf einem Schrank stand das Schwarz-Weiß-Fernsehgerät und an einer Wand eine alte Heißmangel-Bügelmaschine von Siemens aus dem Jahr 1950. Seine richtige Großmutter, Ilse-Erika, die Mutter seines Vaters, hatte sich nach dem Krieg mit polnischen Flüchtlingsfrauen im Ruhrpott mit einer Wäscherei selbstständig gemacht. Unter den Kellerfenstern stand ein großes Sofa, über Eck noch ein kleines, davor ein flacher Tisch. Iris kam lachend mit zwei Flaschen Erdbeer-Krimsekt in einer Hand herein. Die Flaschen hatten dieselbe Farbe wie ihre Haare. Sie setzte sich und klopfte auf den Platz neben sich. »Komm, setz dich.« Sie entkorkte die erste Flasche, goss sich ein und nippte, ohne zu warten, an dem Glas. Das Glas für Praetorius hatte sie auf den flachen Tisch gestellt.

»Ist das nicht unglaublich, der Onkel Paul!«

Praetorius stand auf, schaltete den Fernseher ein. Er wusste nicht, welches der drei Programme er wählen sollte, Iris auch nicht. Es lief *Aktenzeichen XY*, Herr Eduard Zimmermann, ein DDR-Flüchtling, stellte die neuesten, besonders brutalen Fälle vor. Iris fuchtelte mit einer Hand. »Jaja, genau, *Aktenzeichen XY*, das war's.«

Im ersten Fall ging es um einen Serienmörder, der Prostituierte tötete. Name und Telefonnummer der zuständigen Landespolizeidirektion wurden eingeblendet, es war die LPD Neustadt bei Coburg. Onkel Paul Hirte wurde gesucht, es gab weder eine Leiche noch den flüchtigen Täter. Die LPD Neustadt hatte einen Hubschrauber mit Wärmebildkamera angefordert, der ein Grab im Wald gefunden hatte. Die Kamera filmte den Weg, den Praetorius mit Friedrich gegangen war.

»Ist das nicht der Wahnsinn? Meine Familie?« Iris lachte laut. Ihre Wangen waren stark gerötet, genau wie ihre Nase.

Eine Kiste mit der Aufschrift Leopold von Bismarck wurde freigelegt. Iris öffnete die zweite Flasche Erdbeersekt. Sie roch süßlich aus dem Mund. Friedrich war außer Gefahr, sie würde ihn nicht betatschen. Sie zog die Beine an die Brust, hielt ihr Sektglas in der Hand und begann von Onkel Paul Hirte zu erzählen, über die blecherne Stimme des Moderators hinweg. Friedrich beäugte Iris und Praetorius, so, wie man sehr gefährliche Tiere beobachtet. Sie kümmerten sich nicht um ihn, sie hatten ihn fast vergessen. Eines wurde Friedrich in diesem Moment klar: Die Familie Hirte war nicht Namensgeber von Poldi. Iris war nicht adelig. Seine Stiefmutter redete sich um Kopf und Kragen, Praetorius schaute auf den Fernseher und zeigte sein regungsloses Verhörgesicht. Er hörte sowohl Iris als auch dem TV-Sprecher genau zu. Hirte war Leiter der Wohltätigkeits- und Bildungsgesellschaft Könne, auch »Das Fränkische Dorf« genannt. Man hatte dort eine Sekte mit missbrauchten und traumatisierten Kindern entdeckt sowie in einigen Stallungen spezielle Maschinen zur Beatmung von Kindern mit einer Erbkrankheit, die durch Inzest hervorgerufen wurde, hier war die Tante auch zugleich die Großmutter. Friedrich blickte zwischen Iris und Praetorius hin und her. Es hörte sich schrecklich an. Mit einem ordentlichen Stammbaum, wie er im Wohnzimmer und in den Schlössern der Verwandtschaft hing, hatte das nichts zu tun. Iris blieb aufgedreht. Sie schien sich selbst unendlich lustig zu finden. Friedrich fragte sich, ob sie nicht in Wirklichkeit die ärmste Sau im Dorf war. Ihm wurde übel. Er kniff sich in den Handballen, dieser Augenblick mit den Eltern im Keller musste ausgekostet werden, das durfte er sich jetzt nicht versauen. Er mahnte sich, nachzudenken, während der Gegner seine Züge machte. Es galt das Schachwort, den Gegner nie dabei zu unterbrechen, wenn er Fehler machte. Er musste in der Situation bleiben und später seine neue Strategie umsetzen.

Iris erzählte, dass ihre Familie im Fränkischen Dorf jahrelang ihren Urlaub verbracht hätte.

»Der Hund hat dich gerettet, nicht du ihn.« Praetorius' Stirn schwoll an.

»So viel Einfühlungsvermögen hätte ich dir nicht zugetraut, mein Lieber.« Sie streichelte sein Kinn. Friedrich sah zum ersten Mal eine liebevolle Geste zwischen den beiden, es ekelte ihn, das war nicht normal. Iris war normalerweise gefühlskalt, und sein Vater war ein Gefühlsdieb.

»Er hat mich bewacht, wenn mein Vater sich nachts mal wieder in der Tür geirrt hat. Mit sechzehn bin ich weggelaufen, habe getanzt. Stange, Go-Go, nebenbei auch noch was angeschafft. Mein Vater wollte mich da rausholen, aber mein Typ hat ihn dann gründlich umgeschminkt. Es war der Horror im Fränkischen Dorf. Der absolute Horror.«

Die Stimme im Fernsehen erzählte weiter: Hirte war so wütend auf seine Schützlinge gewesen, weil diese nicht einsehen wollten, dass es den Weihnachtsmann nicht gab, dass er zwei Schauspieler angeheuert hatte. Einer verkleidete sich als Weihnachtsmann, der aus dem Bus vor dem Lager ausstieg, um dann vom zweiten Schauspieler vor den Augen der entsetzten Kinder erschossen zu werden. Friedrich begriff nun, woher Iris diese Geschichte haben musste. Es war ihre Wahrheit, die sie auch ihm aufzwang. Er dachte: Mensch, wenn du wüsstest, wie sehr du mich ankotzt!

»Der Weihnachtsmann ist nicht tot? Echt?«

»Sieht ganz so aus.«

»Es gab dort zwei elende Gesellen, Flüchtlinge aus dem Osten, denen hat der Drecksack die Dokumente abgenommen und sie als Sklaven gehalten, wie Hunde. Er hat sie angekettet, wenn sie nicht arbeiten mussten. Sie mussten aus demselben Napf fressen.«

Das Einhorn war wieder da. Praetorius war hochrot und kaltschweißig. Er schwoll vom Hals aufwärts an. Er rülpste und furzte. Es stank nach modrigem Laub und verfaulendem Fleisch. Friedrich saß in einem Alfa 1600 Speziale und raste auf einer gleißend hellen Ebene auf schneebedeckte Berge und türkisblaue Gletscherseen zu. Iris wollte Eis holen, um die Ader zu kühlen, aber Praetorius wischte sie weg wie ein nerviges Insekt.

»Es gibt keinen Bismarck. Du bist eine Bürgerliche!« Praetorius schaltete die Wäschemangel ein. Er drückte zwei Knöpfe, Friedrich prägte sich die Reihenfolge gut ein. Die Maschine drehte sich auf einem großen Eisenteller zur Seite, eine Tür öffnete sich in der Tapete, ähnlich der Tür des Campingwagens im

Eis. Praetorius verschwand dahinter. Iris und Friedrich hielten die Luft an und machten keinen Mucks. Praetorius fluchte, er wäre zu alt für den Scheißdreck. Er kam wieder heraus und hielt eine schwarze Pistole mit goldenem Abzug in der Hand.

»Wohin gehst du mit dem dicken Ding?«

»Ich hole nur Zigaretten.« Er lachte, voll und wie ein Irrer. Friedrich erkannte seinen Vater das erste Mal so, wie er war. Er verschränkte seine Arme vor seiner Brust.

»Wo hat er die Flüchtlinge versteckt, wenn es mal eng wurde?«

»Ganz klassisch. In die Jauchegrube gehängt.«

Praetorius ging noch einmal zurück in den geheimen Gang und kam mit einer Plastikplane wieder. Schwarze Handschuhe aus dünnem Plastik lugten aus seiner Jacketttasche.

»Wartet nicht auf mich. Ich bin zum Frühstück wieder da.« Er drückte die beiden Knöpfe auf der Mangel, als wolle er ein Morsezeichen eingeben. Die Mangel drehte sich mitsamt der geheimen Tür wieder zurück.

»Das kannst du nicht machen!« Iris saß mit verknoteten Beinen da. Sie hatte den Kopf schief gelegt, ihre großen Augen schienen zu sagen: Wenn du jetzt gehst, dann gehst du für immer. Sorgenquerfalten zeigten sich auf ihrer Stirn, sie seufzte. Friedrich löste sich aus seiner Anspannung, beugte sich zu Iris und umarmte sie steif, einen Abstand zwischen den Oberkörpern wahrend. Er klopfte ihr umständlich auf den Rücken. Sie griff tränenerstickt nach Friedrich.

Plötzlich war er wieder der kleine Junge mit der Lederhose und den lieblos geschnittenen Haaren und sah sich zusammengekrümmt auf dem Boden liegen. Er wusste, dass es sich um eine Wahnvorstellung handelte, aber er lebte trotzdem darin, achtete nicht darauf, ob Iris ihm zuhörte oder nicht. Der kleine Friedrich hörte auf zu weinen.

»Wir haben die Tatwaffe.« Er lächelte schniefend. »Dann

müsste ich Praetorius auch erschießen und es als Selbstmord darstellen.« Er versuchte, ernst zu bleiben.

»Praetorius hat Iris erschossen, weil sie ihn angelogen hat. Sie war eine Bürgerliche. Der Wachhund war tot. Ein Verbrechen aus Leidenschaft.« Friedrich sprach im Tonfall des Moderators von *Aktenzeichen XY*. Er sah die blutüberströmte Leiche von Iris in Samtlaken, ölig verschmiert, daneben Praetorius klinisch sauber, als würde er schlafen. Jetzt lächelte auch der große Friedrich.

Am nächsten Tag kam es in den Nachrichten: Zwei verschollene Nuklearphysiker aus der DDR waren nach 21 Jahren wieder aufgetaucht, zwei undeutliche Fotos, eine Randnotiz. Und ein handfester Skandal: Der beste Freund von Ministerpräsident Franz Josef Strauß, Paul Hirte, war erschossen aufgefunden worden. Die Indizien ließen auf das Werk eines Profis schließen. Hirte hatte sich auf dem Hof versteckt gehalten, erst der Killer hatte ihn aufgespürt. Er hatte zunächst aus nächster Nähe drei Schüsse in den Brustkorb abgegeben, war dann an die Seite des liegenden Opfers getreten und hatte breitbeinig stehend einen weiteren Schuss in den Kopf gefeuert. Der Gründer einer christlichen Foltersekte sei vermutlich vom KGB hingerichtet worden. Strauß steckte in Erklärungsnot. Friedrich verstand nicht, was der beliebte Landesvater damit zu tun hatte, und die Männer vom KGB töteten mit Giftkapseln in Regenschirmen und nicht mit Schusswaffen. Er hatte einen Verdacht und grinste säuerlich. Im Bericht kam ein harter Schnitt, man sah einen aufgeschwemmten, kleinen Mann, offensichtlich Ministerpräsident Strauß, der im Bayerischen Landtag hinter einem Pult polterte und mit einer Hand in der Luft herumhämmerte. Friedrich fand das komisch, der Mann sah gar nicht aus wie ein Strauß, er ähnelte eher einem Uhu mit wachen, aggressiven Augen.

Seine Familie war eine Lüge, die sein Vater mit allen Mitteln verteidigte. Friedrich wusste nur zu gut: Der Mörder kam nicht aus dem Ostblock. Es war eine Lüge, dass der Feind im Osten saß, und Praetorius war bereit, dafür zu töten. Dafür wurde er als Held gefeiert. Praetorius hatte nicht nur Iris' Lüge gedeckt und sie von ihrem Dämon befreit, er hatte auch die Wissenschaftler befreit. Ihm war es wieder nur um den Kampf gegen Ostberlin gegangen, nicht um Iris oder ihn. Er beschützte seine Familie vor der Wahrheit.

Friedrich beschloss, nach dem Abendessen damit zu beginnen, über seinen Vater Buch zu führen, so wie es das Kommando Hoeneß im Campingwagen im Sadistenheft tat. Friedrich dachte Gedanken zu Ende, das hatte er durchs Schachspielen gelernt. Er nannte es »systematisch«. Er konnte die grausamsten, quälendsten Dinge denken. Reine, abstrakte Gedanken, ganz ohne Gefühle und ohne Angst. Dieses systematische Denken erledigte er als Holub, Informationsoffizier der Kreuzritter. Er konnte es einfach nicht ausschalten, dieses zwanghafte Zu-Ende-Denken. Friedrich beobachtete seinen Vater jetzt systematisch.

Er nahm ein liniertes Schulheft aus der Tasche und setzte sich an seinen grünen Schreibtisch mit den Aufklebern, dem roten Herz der *Bildzeitung* »KEIN HERZ FÜR INDER« und dem Totenkopf »Rauchen hält jung!«. Friedrich brachte keine Zeile zu Papier. Er wusste nicht, wo er anfangen sollte.

Ein unbestimmter Drang trieb ihn an den Schreibtisch seines Vaters. Praetorius rannte nach dem Abendessen auf dem neu angelegten Trimm-dich-Pfad durch den Forstenrieder Park, das zog sich stundenlang hin, er trainierte für einen Marathon. Bald wäre er zu alt, er wollte wenigstens einen in seinem Leben gelaufen sein. Vor 2500 Jahren war ein griechischer Bote nach dem großen Krieg gegen die Perser von Athen nach Sparta gelaufen, hatte ausgerufen: »Wir haben gesiegt«, und war tot zusammengebrochen. Friedrich verstand nicht, weshalb man das einmal in seinem Leben gemacht haben musste, aber es verschaffte ihm ein Zeitfenster, während Iris sich in ihre Gemächer zurückgezogen hatte. Wenn alles glattlief, würde sie aus dem Elternzimmer erst wieder auftauchen, wenn Praetorius zurück und auf dem Weg in die Badewanne war.

Friedrich wartete fünf Minuten nach dem Zähneputzen und ging dann die Treppe hinunter, an Terror und Friedrich dem Großen vorbei ins Wohnzimmer.

Im Schreibtisch von Praetorius suchte er nach Schreibpapier, stattdessen fand er in der linken Schublade des schlanken Holztischs 147 Briefe in Umschlägen, mit der schmalen Seite nach oben nach Datum geordnet. Die Briefe waren von seiner Mutter. Er nahm einen Umschlag. »Lieber Friedrich, mein geliebter Sohn. Ich habe so lange nichts von dir gehört.« Sie schrieb mindestens einmal pro Woche an ihn. Friedrichs Blick verschwamm. Er steckte den Brief zurück in den Umschlag und griff nach einem kleineren Brief mit einer Kinderschrift. »Lieber Papi. Wieso darf ich nicht zu dir?« Das war von Beatrix. »Ich vermisse Friedrich.«

Er ließ den Brief fallen und stieß sich den Kopf, als er ihn vom Boden wieder aufhob. »Ich brauche sofort etwas zu schreiben«, zischte er leise mit verkniffenen Lippen. Er war eingesperrt, weggesperrt, vom einzigen Menschen, der ihn liebte, getrennt. Obwohl Beatrix ihn bestimmt auch lieb hatte, so wie er sie. Er steckte die Briefe fein säuberlich an ihren Platz. In der rechten Schublade fand er Endlosausdrucke mit Börsennotierungen, hauptsächlich vom Index der Börsenzeitung, Abkürzungen und Zahlenwerte mit Pfeilen entweder seitwärts oder nach oben oder nach unten. Das Papier war dünn und an beiden Seiten ausgestanzt, Spezialpapier für den Drucker im Geheimdienst, vermutete Friedrich. Er verstand die Zeichen nicht und bemühte den Brockhaus, um herauszufinden, was der Index der Börsenzeitung war. Er setzte sich auf den Perserteppich mit den verschlungenen und gebrochenen Linien, die Raubtiere, Fasane und Tulpen abzubilden schienen, und beugte sich über einen der dicken Bände mit goldenen Rand. Friedrich war vollkommen ruhig. Praetorius handelte also in der Arbeit mit Aktien und in seiner Freizeit ermordete er Sektenführer, die seine Frau gequält und in den Wahnsinn getrieben hatten. Praetorius hatte Iris diesem Irren weggenommen und ihn selbst, Friedrich, seiner Mutter entfremdet, um Iris und ihn aufeinanderzuhetzen und sie in Armut zu halten, während Praetorius in der Arbeit einen Geldspeicher hatte und Dukaten zählte wie Onkel Dagobert. War das wahr? Sein Herz pochte bis in den Hals.

Da fiel ihm ein, dass Praetorius seine Iris durch eine Anzeige im *Adelsblatt* kennengelernt hatte, sie hatte also eine Identität vorgetäuscht. Friedrich schlug wieder im Brockhaus nach: Das *Adelsblatt* war eine Zeitschrift der adeligen Vertriebenen aus Sudetenland, Schlesien und Pommern. Es gab Bekanntmachungen und Anzeigen zum Verkauf von Zuchtpferden. Friedrich hörte Schritte auf der Treppe. Ein Schauer lief ihm über den Rücken, und ihm wurde übel. Er schluckte den bitteren Magensaft herunter. Iris betrat das Zimmer, sah Friedrich auf dem Perserteppich mit drei Bänden des Brockhaus, einem Stapel Endlospapier und dem Montblanc-Füllfederhalter von Praetorius in der Hand.

»Was machst du da? Du musst sofort ins Bett. Morgen ist Schule.«

Er räumte nicht auf und ging direkt auf sie zu. Sie schlug ihn nicht und trat zur Seite. Er hob sein Kinn und lächelte.

12

Seit zwei Jahren besuchte Friedrich das Gymnasium, es war der 19. September 1981, der erste Schultag der 7. Klasse. Im Würmtal war das Feodor-Lynen-Gymnasium fertiggestellt worden, ein weitläufiges, helles Ensemble aus Holz und Glas, das sich selbst erwärmen, also weniger Energie verbrauchen sollte. Das Gymnasium und das neue Haus der Lichters ähnelten einander, standen sie doch beide für eine neue Zeit nach der Ölkrise 1973. Selbst die Autos sollten wenig Sprit verbrauchen, die Partei Die Grünen gründete sich, und Frau Lichter galt plötzlich nicht mehr als Kräuterhexe. Von Neuried aus war ein Fahrradweg zwischen Straße und Waldsaum errichtet worden. Hinter dem Wald kamen ein paar Felder, das neue Max-Planck-Institut für Neurologie und Psychosomatik, dann eine große Kiesgrube bis zur modernen Sportanlage der Schule mit roter Tartanbahn. Die fünf Jungen des Kommando Hoeneß fuhren den Schulweg gemeinsam. Die beiden Halbstarken Günter und Eckhart waren nicht dabei. Sie steuerten in einem in den Sechzigerjahren errichteten Betonklotz von Schule, der nur als »Bunker« bezeichnet wurde, in Fürstenried West auf das Abitur zu.

Friedrich schweifte während des Fahrens immer wieder in Traumwelten ab, während die anderen aufpassen mussten, dass es nicht zu Karambolagen mit dem Gegenverkehr kam. Er war im Wilden Westen, im Alten Rom, Abenteurer im Kongo, Uli Hoeneß im Dress des FC Bayern München. Er raste als Walter Röhrl in einem aufgebohrten Rallye-Auto auf der Autobahn. Er war Holub und Terror. Er stahl das Einhorn in Istanbul, hackte auf der Alhambra einer schwarzen Frau die Arme ab und rettete

Friedrich den Großen zu Pferd. Das Kommando Hoeneß wechselte sich ab. Sie kniffen ihn, erschreckten ihn, er hingegen fuhr gnadenlos freidrehend auf die Gegengerade, jagte fluchende und die Faust ballende Menschen in den Wald oder auf die Straße. Friedrich träumte davon, in einem großen Mercedes Benz zu einer fantastischen Villa mit Jagdhunden, Rennpferden und vielen Süßigkeiten zu fahren. Seine Mutter wartete auf ihn in der Küche und sie sang: »Wenn du denkst, du denkst, dann denkst du nur, du denkst«.

Seine Freunde sangen den aktuellen Hit der Spider Murphy Gang: »Unter 32-16-8 herrscht Konjunktur die ganze Nacht«, und sie lachten.

Die gelbe Ente von Iris stand auf dem Schulparkplatz. Sie hatte sich als Aushilfslehrerin im Fach Latein an Friedrichs Gymnasium beworben, um ihm weiterhin nahe zu sein. Friedrich sah das Auto. Das war seine Chance, im Keller nach der Waffe zu suchen. Er drehte sofort um.

Den Rückweg schaffte er in konzentrierten fünfundzwanzig Minuten. Die Tür zur Terrasse war gekippt, es würde ein Leichtes sein, einzusteigen. Er hatte immer noch keinen Hausschlüssel, im Gegensatz zu seinen Freunden. Seine Eltern behielten die absolute Kontrolle über sein Leben, auch bei Kopfschmerzen oder Übelkeit musste er in der Schule bleiben. Täglich hatte Friedrich schwere Schmerzen in einer Kopfhälfte, die Nase triefte, ein Auge lief rot an, und er musste sich erbrechen, dann ging es wieder.

Er setzte seinen Schulranzen ab und machte sich an der Tür zu schaffen. Seine Arme waren muskulöser geworden. Friedrich zog einen Liegestuhl heran, um von oben in den Spalt greifen zu können. Er blickte durch die Wohnzimmerscheibe auf den Schreibtisch seines Vaters, die Artefakte der Familienhelden und die Bücherregale. Die Tür zum Flur stand offen und die zum Esszimmer auch. Iris saß da, eine Zigarette in der Hand, und blickte durch

Friedrich hindurch. Er erstarrte in seiner gebückten Haltung. Wie war sie so schnell nach Hause gelangt? Weshalb hatte er die Ente nicht gesehen? Sie musste nach Hause gekommen sein, sich den Aschenbecher aus einem Versteck geholt und angefangen haben zu rauchen. Oder aber, Iris gab es in mehreren Versionen gleichzeitig, wie bei Autos. In der traurigen, verzweifelten Version, die sie wirklich war, versteckte sie sich, und in einer öffentlichen, aggressiven Variante verfolgte sie ihn, zugleich war sie immer noch in der Schule. Die Asche ihrer Zigarette bröckelte zu Boden. Die kleine Bewegung reizte ihre Wahrnehmung, jetzt sah sie ihn. Sie stand auf, nahm über den Tisch gebeugt einen tiefen Zug, drückte die nur angerauchte Zigarette aus und kam auf ihn zu. Nun hatte nicht er sie, sondern sie ihn ertappt. Friedrich widerstand dem Impuls, wegzurennen. Dafür war es zu spät. Für Schläge war er zu kräftig, er würde zurückschlagen. Er verbesserte sich: Er würde sie wegschubsen und bocken, nichts sagen.

Sie öffnete die bodentiefe Glastür. »Was machst du da? Komm rein.« Sie setzten sich an den Esstisch und betrachteten beide den Aschenbecher.

»Zigarette?«

»Da sage ich nicht Nein.« Friedrich nahm mit geübtem Griff eine Camel, sie gab ihm Feuer, dann zündete sie eine für sich an. Beide sogen den Rauch ein. Friedrich biss auf die Camel wie Günter. Er legte den Kopf in den Nacken und blies den Rauch gegen die Decke. Er aschte ab, indem er die Spitze der Zigarette am Rand des Aschenbechers drehte.

»Schule ist die Hölle.« Iris' Finger zitterten. Sie starrte gedankenverloren aus dem Fenster.

Sie schwiegen für einen Moment.

»Ich geh dann mal in mein Zimmer.« Friedrich drückte seine Zigarette mit dem Daumen aus und stand auf.

»Wenn du mich verpfeifst, sage ich ganz einfach, dass du mit dem Rauchen angefangen hast.« Sie hielt ihn am Unterarm fest.

»Hast du mich verstanden?« Sie blickte ihm mit schmalen Augen von unten ins Gesicht.

Friedrich sah immer noch die verzweifelte Iris, die für Praetorius eine Lüge am Leben hielt, damit sie ihre Lüge leben durfte. Er durfte jetzt keine Schwäche zeigen. Er musste seine Züge schneller als die anderen machen, dann hatte er die Lage unter Kontrolle.

»Jetzt sage ich dir mal, wie das läuft. Du fasst mir nicht mehr an den Sack, und ich sage Praetorius nicht, dass du heimlich rauchst und die Schule schwänzt. Klar?«

»Glaubst du, mir macht das Spaß, deine Vorsteherdrüse zu testen? Praetorius hat mir das befohlen.«

»Wenn du nichts sagst, sage ich auch nichts.« Er hörte sich ihre Ausreden gar nicht erst an. Da konnte sie ihm gleich etwas vom Weihnachtsmann erzählen. Er gab hier das Tempo vor. Das wussten die meisten Menschen nicht, beim Schach ging es um das Tempo.

Iris nickte.

»Den Rest besprechen wir je nach Situation. Du schlägst mich nicht mehr im Krone-Center oder sonst wo.«

»Ich habe dich nie geschlagen. Das bin nicht ich.«

Friedrich löste sich von Iris. Sie biss die Zähne zusammen. Er freute sich, weil er so hart war, er hatte sich selbst unter absoluter Kontrolle. Deshalb konnte ihn niemand anders kontrollieren.

»Wenn das nicht klappt, gehe ich zu meiner richtigen Mutter, und dann kannst du ja sehen, wo du bleibst.«

Friedrich wurde in der Schule von seinen Klassenkameraden gehänselt, weil er ein verschrobener Schachspieler war, der sich in andere Welten träumte. Iris kaufte in Billigläden und Secondhandshops Kleidung für ihn ein, die alles andere als angesagt war, und Friedrich musste den Ramsch tragen. Seine Schuhe hatten an der Spitze Löcher und waren zu klein. Seine hässlichen Hemden waren verschlissen und rochen nach Mottenkugeln. Er wusste, dass seine richtige Mutter zu Weihnachten und Geburtstagen schöne T-Shirts und Turnschuhe schickte. Friedrich sah also nicht nur wie ein armseliger Außenseiter aus, er konnte auch nicht mitreden. Außer der Spider Murphy Gang kannte er keine lokale Band und hatte keine Ahnung, welche Mode ihm gefiel. Er wusste nicht, wie die anderen ihre Zimmer eingerichtet hatten. Nur die Mitgliedschaft im Fußballverein rettete ihn, aber dann war da noch seine Stiefmutter als Lateinlehrerin. Es war nicht auszuhalten. Friedrich besorgte sich Krankschreibungen und übte die Unterschrift von Iris. Das Kommando Hoeneß ließ ihn vor dem Unterricht die Hausaufgaben abschreiben und erstellte in den Prüfungen eine Version in Druckschrift für ihn mit. Er schrieb deshalb nur noch in Druckschrift. Er lernte keine eigene Handschrift, bis auf die verkünstelte Schönschrift für die Namensschildchen auf den Empfängen des Familienverbandes Rittersgruen. In seinem Tagebuch vermerkte er in Druckbuchstaben, wie sein Leben aussehen würde, wären seine Eltern noch zusammen: Er wäre ein interessanter Teenager. Alle wollten mit ihm weggehen und so aussehen wie er. Alle hatten lange, ungepflegte Haare. Er durfte die Geschenke seiner Mutter behalten. Er hatte eine Freikarte für den Tierpark Hellabrunn und war mit den Tieren und dem Direktor des Zoos befreundet. Seine Klassenkameraden durften ihn kostenlos in den Zoo begleiten und die Tiere füttern. Das verdankte er seiner Mutter. Er verfügte immer über die neueste Technik und hatte selbstverständlich einen eigenen Fernseher im Zimmer. Das Schreiben bereitete ihm die größte Freude. Er wollte so gut sein wie Hermann Hesse, den er so gerne las, weil er sein eigenes Leiden so gut in dessen Büchern wiederfand.

Friedrich ging zum Fenster des Esszimmers neben der Gästetoilette und dem Eingang, das zur Hecke hinaus lag, also schlecht einzusehen war. Er sah sofort, Iris war dieses Mal in der Schule geblieben. Er stieg auf den Fenstersims und ließ seinen Arm von oben in die Spalte des gekippten Fensters gleiten, bis er unter leichten Schmerzen zum Griff gelangte, mit dem er das Fenster aus seiner Verankerung löste. Er hielt den Rahmen fest und schob das Fenster langsam nach innen, wobei er einen Gipskopf von Friedrich dem Großen und mehrere Flaschen und Vasen in Preußischblau ebenso langsam verschob, damit sie nicht auf den Boden fielen. Dann stieg er ein, stellte das Fenster wieder auf Kipp und rekonstruierte die präzise Ordnung vom Blau des Glases und Friedrichs weißem Kopf.

Er stieg direkt hinab in den Hobbykeller, die Türen waren offen. Er schaltete die Mangel ein, drückte die beiden Knöpfe. Die Geheimtür ging auf, und Friedrich stand vor einer zweiten Tür aus massivem Holz, auch diese Tür war nicht abgeschlossen. Sie diente dem Schallschutz, auf der Innenseite war sie dick gepolstert. Friedrich tastete nach einem Lichtschalter, er befand sich in einem Schießstand. Zur Rechten stand eine weiß lackierte Kommode, über ihm führten zwei Drähte zu einem Stahlquadrat, in welchem Zielscheiben mit einem Schwarz-Weiß-Bild eines Kopfes in einem Fadenkreuz vor einem Schusstrichter hingen, dahinter befand sich ein Sandhaufen. Friedrich öffnete die Kommode. Darin fand er mehrere Paar dünner schwarzer Plastikhandschuhe, einen aufsetzbaren Schallschutz für die Ohren und einen kleinen quadratischen Metallkoffer auf einem Brief von einer US-amerikanischen Spezialeinheit, dem »Detachment Alpha«. Auf dem blauen Briefkopf prangte der US-Weißkopfseeadler, der in seinen Krallen goldene Blitze hatte. Der Text war maschinengeschrieben und mit einem knappen Kürzel schwungvoll unterschrieben. Es gab keine persönliche Anrede oder eine Beschreibung des Anlasses für dieses Geschenk:

»Auch wenn die eigentlichen Waffen eines Spiones das gesprochene Wort und der Kugelschreiber sind, gibt es leider Einsatzsituationen, die weitergehende Einwirkungen erfordern. Wir sprechen dann von Maßnahmen des unmittelbaren Zwangs.

Diese sind eindeutig im § 41 des Geheimdienstgesetzes (GehdG) der BRD geregelt. Dort heißt es in Absatz 1: Unmittelbarer Zwang ist die Einwirkung auf Personen oder Sachen durch körperliche Gewalt, durch Hilfsmittel und durch Waffen. Wir alle hoffen, dass diese Waffen nur im Training und auf dem Schießstand zum Einsatz kommen. Wer den Frieden will, muss sich auf den Krieg vorbereiten.«

Friedrich öffnete das Köfferchen, darin lagen in drei Aussparungen eine Pistole, Reinigungswerkzeug und ein Ersatzmagazin sowie eine Bedienungsanleitung. Er nahm die Pistole und machte sich mit der Waffe vertraut, es war kinderleicht, die Sicherung und der Abzugshebel, der Auswurf des Magazins – es war leer. Unten in der Kommode standen Hunderte Schachteln mit Hohlspitzmunition, 9 mm Luger, wie es in einer Anleitung hieß: »Die 9 mm Luger ist als angenehm zu schießende Patrone weltweit verbreitet. Die militärische Vollmantelmunition hat zwar eine hohe Durchschlagskraft, aber nur eine geringe Stoppwirkung, weshalb für Sondereinsatzkommandos des Bundes für diese Patrone früh deformierende Geschosse entwickelt und auch eingesetzt wurden.«

Friedrich setzte den Schallschutz auf. Er lud das Magazin, führte es zurück in den Schaft im geriffelten Griff der Walther P5. Er drehte sich mit beiden Händen an der Waffe um neunzig Grad und schoss sofort dreimal auf die Zielscheibe. So hatte er sich das in seinen Träumen tausendmal vorgestellt. Das Schwarz-Weiß-Bild zeigte drei Löcher – nicht schlecht für das erste Mal. Zwei schnelle Schüsse, dann zur Seite treten und einen konzentrierten Schuss aus nächster Nähe. Er nahm den Schallschutz vom Kopf und ging durch den Gang aus unverputzten roten Ziegelsteinen und betrachtete die Zielscheibe von Nahem. Das Bild hinter dem Fadenkreuz erinnerte ihn an irgendjemanden. Es handelte sich um eine Frau mit glatten braunen Haaren. Die linke Gesichtshälfte war verdunkelt mit hellem Auge, die rechte war weiß mit dunklem Auge. Die Nase war gerade, das Lächeln natürlich und einnehmend. Das war doch seine Mutter! War das Bild alt oder sah sie heute so aus? Friedrich hatte seine eigene Mutter nicht erkannt, er hatte auf sie geschossen. Sie hatte drei Punkte auf der Stirn. Er nahm die Zielscheibe ab, klickte eine unverbrauchte in die Halterung. Er wusste nicht, wie seine Mutter aussah, er wusste nichts von ihr. Das war nicht witzig.

»Nix kannst du! Nix!« Er schlug sich dreimal mit der Faust auf den Oberarm, bis der Schmerz seine Gedanken übertönte. Er gab sich einen Ruck und ging nach oben und dann weiter in den ersten Stock. Er stellte sich vor die Tür zu Beatrix' Zimmer, beide Hände an der Waffe, dann machte er mit einer Hand die Tür einen Spaltbreit auf und trat zurück. Friedrich stellte sich vor, es sei die Doppelschwingtür eines Saloons.

»Es ist ein neuer Sheriff in der Stadt.«

Er kickte die Tür auf, betrat den Saal mit den Whiskey trinkenden Pokerspielern und dem Klavier und den Animierdamen, die mehrere Röcke übereinander anhatten. »Es ist ein neuer Sheriff in der Stadt.«

Er schoss einhändig in die Decke, wobei der Schuss nicht senkrecht nach oben ging. Der Rückstoß riss seine Hand zur Seite. Das hätte im wahrsten Sinne des Wortes ins Auge gehen können, dachte er. Und noch mal. Es knallte laut, ein hoher, surrender Ton hallte nach. Er hatte Abschürfungen auf der Handinnenseite.

Er drehte um, ging auf den Flur, schloss die Tür hinter sich und holte tief Luft. Zunächst der Spruch, dann das Spektakel. Und dann wieder und wieder, insgesamt sieben Mal, er wurde immer besser, war zufrieden. Es war ein neuer Sheriff in der Stadt. Gips und Steinbrösel lagen auf dem Boden, Staub hing in der Luft. So musste es sein. Das hohe Surren tönte weiter in seinen Ohren. Friedrich wusste, das war nur Einbildung, in Wirklichkeit vibrierten seine Gedanken. Er zwang sich, an seine

Schwester und seine Mutter zu denken. Irgendetwas musste er sich klarmachen, aber was? Er konnte das Zimmer seiner Schwester ungestraft verwüsten, und es machte Spaß, und sie hatte es verdient, und seine Mutter hatte verdient, dass sie ihn nicht sah. Er wollte seiner Mutter vergeben, was sie seinem Vater angetan hatte, aber jedes Mal, wenn er so weit war, hatte er eine unheimliche, überwältigende Angst, dass dann sein Vater tot wäre. Er stellte sich jetzt vor, wie er am Grab seines Vaters stand und eine ungeheuer bewegende Rede hielt. Diese Gedanken musste er verscheuchen. Er dachte daran, dass er nicht an Amalia und Iris denken wollte. Was tat er hier?

Er war wie hypnotisiert die Treppen hochgelaufen. Wie durch ein Kaleidoskop betrachtete er seine Gedanken, ganz wie die zerbrochenen Kacheln, die die Portugiesen für die Alhambra benutzten, wo der Nachrichtenoffizier des Kreuzzuges gegen die schwarze Frau Schach gespielt hatte. Die schwarze Frau war seine Mutter. Friedrich strengte sich verzweifelt an, den Gedanken an Amalia zu vertreiben. Doch gerade jetzt hörte er ihre Stimme. Sie sang das Lied, das sie bei ihrem letzten Treffen geträllert hatte: »Wenn du denkst, du denkst, dann denkst du nur, du denkst.« Jetzt verstand er das Lied. Er dachte daran, wie er das Kommando Hoeneß von seinem Fenster aus beobachtete, wie er Fußballschach spielte. Wir bewegen uns wie ferngesteuert und suchen uns später einen Grund dafür. Wir sind einbeinige Piraten, und das Bewusstsein ist der Papagei auf unserer Schulter, der sich Ausreden ausdenkt.

13

Friedrich durfte das Zimmer bis zum Abendessen nicht verlassen. Rasend schnell erledigte er seine Hausaufgaben, dann spielte er gegen den Schachcomputer. Das Telefon klingelte um 15:07 Uhr, das konnte nur für ihn sein, aber er durfte nicht ans Telefon. Er öffnete die Tür zum Flur im ersten Stock. Iris rannte wie von der Tarantel gestochen aus dem Schlafzimmer und stürzte die Treppe hinab. Ihre hochtoupierten Haare wippten wie der Höcker eines rennenden Dromedars.

»Ach, das ist ja nett, dass Sie uns mal wieder anrufen. Kommen Sie doch mal vorbei. Uns geht es sehr gut, nur der Bengel macht Probleme, ich kriege ihn nicht in den Griff.« Friedrich hörte Iris bis ins Treppenhaus, obwohl sie im Wohnzimmer am Schreibtisch von Praetorius stand. Ihre Stimme hatte etwas Kreischendes. Sie klang verlogen, honigsüß schmeichelnd und dann wieder ätzend böse. Nach einem fünf Minuten langen Monolog sagte sie: »Aber Sie wollen sicherlich Friedrich sprechen. Ich schaue mal, ob ich ihn finde.«

Sie ging, stöhnend unter ihrer eigenen Last, die Treppe halb hoch, rief nach Friedrich, der schnell zurückgerannt war und die Tür wieder öffnete.

»Günter will dich sprechen.«

Sie lächelte Friedrich zu, der sie hasserfüllt ansah.

»Hast du morgen Zeit? Wir müssen üben.« Günter kam ohne Umschweife zur Sache. Es konnte nur der Vormittag gemeint sein. Friedrich hatte lange gewartet, fast schon aufgegeben, an seinem zwölften Geburtstag vor zwei Tagen kurz daran gedacht. Günter wusste ebenso wie Friedrich, dass das Telefon abgehört wurde.

»Ja.« Friedrichs Herz schlug wie wild. Es hatte begonnen.

»Der Spion, der mich liebte.« Günter legte auf.

Friedrich schüttelte den Kopf, das hatte er nicht ganz verstanden, wie einen Geheimcode, den er nicht kannte. Er wusste, Praetorius leerte hin und wieder einen toten Briefkasten, aber wer bitte schön war der Spion, der Günter liebte? Oder war das ein Passwort? Er war schließlich erst zwölf Jahre alt, durfte nicht ohne Begleitung Erwachsener ins Kino, und es gab weitere Hürden auf dem Weg in die Freiheit. Er lebte unter Beobachtung seiner Stiefmutter im Dorf der Spione. KGB, Stasi, BND und die Polizei wachten über ihn und seine Familie. Am weitaus bedrohlichsten aber war die Tatsache, dass seine Mutter und ihr zweiter Mann immer wieder von einem Team der Internen Überprüfung in Neuried gesichtet wurden. Sie wollten ihn entführen. Friedrich wäre das recht gewesen, er träumte davon, von Außerirdischen auf die Venus gebracht und dort wohltuenden Eingriffen in seinem Gehirn unterzogen zu werden. Leider löschten die Außerirdischen jedes Mal seine Erinnerung und brachten ihn wieder zurück auf die Erde. Friedrich fiel die Geschichte der Erdmännchen ein, die sich in abgestreiften Hautfetzen der Königskobra wälzen, um den Geruch ihres Todfeindes anzunehmen, und sich damit vor Verfolgung schützten. Er würde sich mit den Kleidungsstücken von Iris als Frau verkleiden.

Am nächsten Morgen sagte Friedrich, er habe vergessen, sein Pausenbrot zu schmieren. Praetorius und Iris fuhren schon mal zur Arbeit, Friedrich blieb allein. Das war einfach gewesen, diesmal musste er nicht zu Hause einbrechen. Er ging ins Elternschlafzimmer und öffnete die Doppeltür zur linken Hälfte der Schrankwand. Dazu musste er die kleinen Schlüssel aus Falschgold-Messing drehen. Er zog einen davon aus dem Schloss, er hatte eine ähnliche Größe wie der Echtgoldschlüssel für den Schreibtisch der Zarin, der immer um den Hals von Iris hing. Friedrich drehte den Schlüssel in der Hand, statt eines Barts wie bei dem Schlüssel um den Hals seiner Stiefmutter hatte jener ein Quadrat. Das Metall war weich, er kratzte daran, drei tiefe Rillen erschienen silbrig durch das Gold. Er stand hier nicht nur vor einem Kleiderschrank, er stand vor einem neuen Leben. Heute würde sich alles ändern, und die Wahl der Kleidung erschien ihm übermäßig wichtig. Aber wie die richtige Auswahl treffen, wenn man ins Ungewisse aufbrach? Iris hängte ihre Kleidungsstücke an Klemmbügeln auf. Friedrich nahm eine Jeans und probierte sie an. Die Hose war so weit, er fühlte sich wie in einem großen Sack. Er schnürte sie mit einem von Iris' breiten Glitzergürteln ab, aber es gab keine Einstellung, die eng genug für seine schmalen Hüften war.

Friedrich wuchs, und seit er im Fußballverein, dem TSV Neuried, mitspielen durfte, wurde er auch deutlich kräftiger. Seinen Vater sah er nur beim Abendessen, und mittags war Iris oft noch in der Schule. Seit er mittags allein essen konnte, aß er mehr. Er konnte dabei entspannen. Praetorius nickte die Urteile gegen Friedrich stets ab, jeden Tag gab es neue Sünden und neue Strafen. Das Strafmaß legte Praetorius fest. Für Nichtigkeiten setzte es schon drei Monate Hausarrest, sodass Friedrich nur dann freie Zeit hatte, wenn er die Schule schwänzte oder wenn Iris erst nachmittags von der Schule nach Hause kam, weil sie einen Lehrer vertreten musste. Zu seiner großen Überraschung fiel es nicht auf, wie oft er nicht in der Schule war, das interessierte seine Eltern augenscheinlich nicht, ebenso überraschend war das Kommando Hoeneß nicht verboten, die Familien sämtlicher Mitglieder dieser Truppe seien vom Geheimdienst überprüft und für politisch korrekt befunden worden. Frau Lichter war ohnehin tadellos, für Friedrich wurde immer ein Teller mitgedeckt, Iris war auch häufig dort. Sie klagte, dass das Kommando Hoeneß es erschwere, Friedrich zu überwachen. Den Fußball fand sie vollends unmöglich, aber Praetorius erzählte, dass er früher nicht mit der Dorfjugend am Weiher spielen hatte dürfen, weil das alles Kinder von Nazigrößen gewesen seien. Speer, Woyrszch und Lammers zum Beispiel, die hatten seine Eltern auf dem Kieker. Er sei der kleine Prinz gewesen, so wie Friedrich heute, und er wollte seinem Sohn das Leiden, das Eingesperrtsein ersparen. Friedrich wusste, dass das Gegenteil richtig war. Und so musste das Kommando Hoeneß bei der Familie Rittersgruen vorstellig werden, um ihn zum Training am Dienstag und Donnerstag sowie dem Spiel am Samstag abzuholen. Die vier Jungen standen am Tor, klingelten, Iris trat auf den Balkon im ersten Stock:

»Haut ab, ihr Arschlöcher! Es ist Mittagsruhe.«

Für die Jungen gab es mit dem Übertritt aufs Gymnasium plötzlich eine ferne Welt aus älteren Jugendlichen, es ging um Kleidung, vor allem Turnschuhe, die neuen Adidas Superstar. Es ging um Sex, man wusste nicht, was das war, aber es kam auf sie zu. Friedrich konnte nicht mitreden, er hatte Angst vor Sex, interessierte sich stattdessen für Schach und für die Teilung Deutschlands in BRD und DDR. Er fuhr regelmäßig Auto, dank seiner Körpergröße von nunmehr 1,64 Metern sogar mit Zwischengas, er las Bücher und er vermisste seine Mutter. Die Schwester fehlte ihm nicht so sehr, denn er konnte ja ihr Zimmer verwüsten. Er ließ sich die Haare nach dem Vorbild von Dschingis Khan lang wachsen, lange Haare schützten dem Glauben nach vor bösen Geistern. Er versteckte sich hinter seinem Vorhang, blies die Strähnen scheinbar gelangweilt weg.

Friedrich war kräftiger geworden, aber er war nicht fett. Iris war fett. Diese Jeans konnte er bestenfalls als Ballonhose tragen, wenn er seinen eigenen Gürtel verwendete und die Hosenbeine weit nach oben krempelte. Doch auch das klappte nicht, da seine Unterschenkel zu kräftig waren. Er probierte Iris' Sommerschuhe an, französische Bastsandalen mit hoher Plateausohle, die passten wie angegossen.

»Jetzt ist der Groschen gefallen. Endlich.« Er schüttelte den

Kopf, schlug sich gegen die Stirn. »Mann-o-Mann-o-Mann.« Er tauschte die Hose gegen ein kurzes Sommerkleid von Iris, hell, bunt bedruckt. Seine Schultern trugen das Kleid gut, es reichte Iris bis knapp über die Knie und Friedrich bis zu den Knöcheln. Er ging ins Bad, stellte sich auf einen Schemel und begutachtete sich im Spiegel.

Friedrich trug den Lippenstift vorsichtig auf, presste die Lippen nach innen gerollt aufeinander. Gut sah das aus. Er trug penibel Nagellack auf, pustete auf seine Finger und schüttelte die Hände. Der getrocknete Lack glänzte tomatenrot. Er überlegte, ob er sich noch die Haare waschen sollte. Doch er hatte schon zu viel Zeit vertrödelt. An die Haubenfrisur traute er sich nicht heran, er sprühte schnell und mit geschlossenen Augen Wella-Gold auf seine Korkenzieherlocken, die bis auf die Brust reichten. Er nieste, es roch streng nach billigem Parfum.

Die Querstange des Herrenfahrrades war ein Problem. Das Kleid rutschte über die Hüften, legte den Blick auf die weiße Feinrippunterhose frei. Er fuhr durch den Wald im Norden von Neuried, am riesigen Klotz des neu errichteten Klinikums Großhadern vorbei in die Stadt. Der 8. Oktober 1981 war ein heiterer, leicht bewölkter Spätsommertag, mit über 20 Grad Celsius in der Sonne, im Wald war es frisch, ideal für den wilden Ritt auf dem Fahrrad. Zweimal hupte ein Auto, aber die Fahrer waren nicht böse, sie pfiffen aufreizend aus dem Fenster. Friedrich dachte an seinen pfeifenden Vater, an Weihnachten.

»Liebe kann man nicht kaufen.« Praetorius deutete auf die Carrerabahn. »Die andere Partei versucht genau das, deine Liebe zu kaufen, aber wir durchschauen das natürlich. Wir schicken das alles zurück. Return to sender.«

Was hatte Iris erzählt? »Liebe kann man nicht kaufen«, war es nicht gewesen, denn beim Anblick der Carrerabahn musste jedem klar sein: Liebe kann man sehr wohl kaufen. Friedrich musste lachen und konnte dabei nicht mehr so fest in die Pedale treten. Er atmete durch und ließ sich von den Hügeln bei Laim ins Isartal hinabgleiten. Friedrich war noch nie so weit mit dem Fahrrad gefahren, er kannte den Weg nicht, aber er hatte den Stadtplan von München genau studiert.

Das James-Bond-Kino am Stachus hieß so, weil jede Woche ein neuer Bond-Streifen lief, ein Sehnsuchtsort für Friedrich, aber die Filme waren ab dreizehn.

»Der Spion, der mich liebte.«

Friedrich klatschte sich mit der flachen Hand gegen die Stirn, als er das Plakat mit dem Schriftzug sah. Es war kein Geheimcode gewesen. Auf dem Plakat sah man im Vordergrund einen Mann im Anzug und mit der Walther PPK in der Hand, im Hintergrund halb nackte Frauen, einen riesigen Mann mit Stahlgebiss, ein tauchendes Auto, eine Unterwasserstadt und Rennboote, Hubschrauber, U-Boote, Atomraketen, Explosionen. Friedrich versank in dem Bild. Es war großartig. Am Einlass fürchtete er den Blick der Kassiererin, aber die nahm ihn kaum wahr und gab ihm sein Ticket. Es war 10 Uhr, außer Friedrich, Günter und Eckhart saß nur ein weiterer Gast in den leeren Reihen, mehr konnte Friedrich nicht sehen, die Werbung lief schon. Es ging um Eiscreme, eine Frau mit großen Brüsten joggte mit ihrem Mops am Strand, dazu erklang ein Lied: »Like ice in the sunshine, I'm melting away on this sunny day.« Und eine Frau spielte Saxofon.

Friedrich setzte sich neben seine Kumpels. Dann begann der Hauptfilm, ein weißer Punkt wanderte auf der Leinwand, dazu das Bassthema, der Mann vom Plakat drehte sich auf die Zuschauer zu und gab einen Schuss ab, Blut lief vor dem Auge des Betrachters hinab, er raste auf Skiern zu schneller Musik auf den Abgrund zu, die bösen Russen hinterher, erschoss den Liebhaber der russischen Topspionin Triple-X mit einer Rakete, die in einem Skistock untergebracht war, sprang in den Abgrund, nach langer Zeit ging der Fallschirm mit der Flagge des Britisch

Empire auf, die Musik wurde süßlich, nackte Frauen sprangen als Scherenschnitt auf Trampolins und vollführten turnerische Kunststücke am Schaft einer Pistole. Friedrichs Mund stand so weit offen, dass Speichel auf seinen Rock tropfte.

»Lass uns gehen.« Die beiden gingen vor, Friedrich hinterher. Er tippte rechts und links auf jede Sessellehne.

»Titten-Billy und Tripper-Toni warten.« Eckhart sprach weiter, während sie nach draußen traten. Friedrich schob sein Rad. Sie sprachen zwar miteinander, aber eigentlich verstanden sie sich ohne Worte. Sie fragten nicht nach seiner Maskerade als Frau. Sie sagten, dass er zu breitbeinig ging für den Scheiß.

»Titten-Billy ist das Gehirn, Toni ist ein ganz gewöhnlicher Gewaltverbrecher. Der redet nicht. Von Titten-Billy hängt jetzt alles ab, den kannst du nicht hinters Licht führen. Der ist ein hochintelligenter Psychopath und Perverser.« Günter musterte Friedrich lächelnd von oben bis unten. »Aber damit solltest du klarkommen. Der hat als Kind Schlimmes erlebt und will uns irgendwie retten. Und er spricht fünf Sprachen fließend, auch Altgriechisch. Das ist eine tote Sprache.«

»Klar. Wie Latein.«

»Ja.« Günter nickte bewundernd. Er hatte Respekt vor Friedrich. Eckhart und Günter hatten Friedrich empfohlen. Friedrichs Herz schlug ein wenig schneller als normal. Sie gingen am inneren Ring über das Sendlinger Tor ins Glockenbachviertel, in den zweiten Stock eines Hauses über einem holzgetäfelten Restaurant mit Augustiner Bier. Die Tür war mehrfach repariert und mit Holz verstärkt worden, man hatte sie eingetreten. Ein Aufkleber verdeckte den Spion: »Hilf der Polizei – schlag dich selbst!«

Ein dicklicher Mann in schwarzer Hose, schwarzen Lederslippern und einem dreckigen weißen Hemd öffnete. Er sah aus wie ein Kellner nach einer Sechzehn-Stunden-Schicht, die schwarzen Haare klebten am Schädel, Flecken von Tomatensoße sprenkelten das Hemd. Er bat in die gute Stube, vorbei an einem versifften Bad mit einem großen Haufen dreckigen Geschirrs in der Wanne, in das verqualmte Wohnzimmer, wo Tripper-Toni im T-Shirt stehend seine Tattoos zeigte. Er trug einen Kopfhörer, nickte hektisch. Die Musik war auch so ohrenbetäubend, Metal von Motörhead. Er nahm den Hörer nicht ab, stattdessen eine Gabel vom Tisch und spickte sie durch ein Straßenschild, das an der Tür zu einem weiteren Zimmer hing. Sie setzten sich in tiefe Veloursessel und aufs Sofa.

»Du weißt, wieso du hier bist?«

»Nein.«

»Du bist keine vierzehn Jahre alt. Bis zum dreizehnten Lebensjahr ist man nicht strafmündig. Weißt du, was das heißt?«

»Ich komm nicht in den Knast?«

Tripper-Toni klatschte in die Hände. Friedrich runzelte die Stirn.

»Auch wenn ich – sagen wir – meine Stiefmutter umbringen würde?«

»Das wäre aber nicht so gut für uns. Was treibt denn das Stiefmonster so?«

»Sie ist übel.«

»Und dein Vater?«

»Der ist bei der BVV. Der verwaltet das Vermögen von Thurn und Taxis, glaube ich.«

»Er ist nicht da. Hat euch allein gelassen, und deine Stiefmutter dreht am Rad.«

»Wenn du das sagst …«

»Wo ist denn deine Mutter?«

»Ich habe sie seit drei Jahren nicht gesehen.«

»Ist sie verschwunden?«

»Nein.«

»Was hat er dir versprochen und was hast du dafür bekommen? Ich sehe ja, wie du aussiehst.« Sie fragten nicht nach seinem Namen.

Friedrich wäre liebend gerne ohne Namen gestorben, ein blanker Grabstein, vor dem keine Rede gehalten wurde. Rittersgruen war eine Bürde, irgendwann kämen dann die Fremden und würden ihm mitteilen, dass er auf der Babystation versehentlich vertauscht worden war. »Du gefällst mir. Du beschäftigst dich mit Fragen, die sich Kinder nicht stellen sollten, du hast Erwachsenenfalten um die Mundwinkel und um die Augen, dein Blick ist wachsam und unstet, am Gesprächspartner vorbei. Du bleibst standhaft. Ich wette, du lebst in der Hölle auf Erden. Ich wette, dein Vater hat dich gegen deine Mutter aufgehetzt.«

»Wirklich?«

»Ja.«

»Dein Vater ist ein Spinner.«

»Wenn du meinst.«

»Du willst wissen, weshalb ich frage?«

»Ja.«

»Ich habe meine Kids aus dem Heim. Die reden nicht. Redest du auch nicht? Ich muss sicher sein.«

»Ich sage bestimmt nichts.«

»Glaube ich. Keine Sorge. Wir machen ein paar Wohnungen leer, du musst nur anpacken. Ist eintönige Arbeit, ein Tauschgeschäft, das niemandem wehtut.«

Friedrich versuchte sich vorzustellen, worum es ging. Er tauschte Schachfiguren ab, Springer für Springer, das tat keinem weh. Tripper-Toni nahm die Kopfhörer ab, sprang auf, holte ein Glas mit Wasser aus dem Bad. Das Glas war von außen dreckig, das Wasser klar. Die Hardcore-Musik wurde lauter. Friedrich trank das Glas in einem gierigen Zug aus, gab es in Tonis ausgestreckte Hand, und Toni holte ein neues.

Titten-Billy beugte sich nach vorne, griff ein paar Polaroids vom Tisch und hielt sie Friedrich vor die Nase, der kaum erkannte, was abgebildet war. »Dafür mache ich das. Kannst du auch haben.«

Friedrich nahm ein Bild und hielt es etwas weiter weg. Er sah einen erigierten Penis zwischen zwei prallen Brüsten.

»Das bin ich. Urlaubsfoto, verstehst du?«

»Tittenfick.« Eckhart und Günter grinsten.

»Ist das von einer Polaroid F-70?«

»Das ist richtig. Du bist gut.« Die anderen drei nickten anerkennend. Friedrich hatte sich unter Normalen wie Frau Lichter oder dem Kommando Hoeneß nicht so aufgehoben und erkannt gefühlt wie bei diesen perversen Fremden. Er befühlte das Polaroid und roch daran. Er war in einem Déjà-vu, wieder im Prozess und er stieg wieder zur Richterin und machte ein Foto mit der Kamera von Beatrix, einer Polaroid F-70. Beatrix war winzig und süß. Sie spielte keine Rolle als Kleinkind, das verstand Friedrich jetzt, sie war verzweifelt. Da war eine Uhr an der Wand, mit Datumsanzeige, aus Falschgold. Es war 15:37 Uhr, der 23.08.1978. Die Richterin hatte eine schwarze Robe übergeworfen, die anderen hatten weiße Hemden an. Friedrich spürte hinter sich den großen menschenleeren Raum mit der Zuschauertribüne und den Stühlen aus Holz und Metall. Der gebohnerte Linoleumboden roch penetrant. Die langen Vorhänge waren zugezogen, diffuses Licht fiel von der Decke.

Er bildete sich ein, in einer unterirdischen, von Fackeln erleuchteten Kammer zu sein, gefangen von den drei Weisen aus dem Morgenland, allerdings mit einer schwarzen Anführerin – das war die Richterin. Er würde sie verschleppen, ihr die Arme abhacken, nachdem er sie im Schach besiegt hätte. Der Prozess war ein Spiel, wie Schach, es ging um Strategien und darum, recht zu haben. Die Wahrheit ist die beste Lüge.

»Ihre Mutter sagt, Sie werden von Ihrem Vater manipuliert«, sagte die Familienrichterin in aufgesetzt fröhlichem Ton.

»Ich lebe bei meinem Vater, da lässt sich das doch kaum vermeiden. Der Mensch lernt durch Nachahmung.«

Die Richterin beugte sich nach vorne, zog ihre schwarzen Augenbrauen hoch, die langen Haare waren blond gefärbt: »Du bist aber ein kluges Kind!«

Er blickte auf das Polaroid und sah nicht seine Schwester, sondern einen erigierten Penis und er war wieder bei Tripper-Toni und Titten-Billy, im Hier und Jetzt. Praetorius hatte ihm beigebracht, wie man sich unter Folter verhält, dieses Training hatte James Bond bestimmt nicht durchlaufen. Er war stolz auf sich gewesen, weil er seine Schwester mundtot machte, weil Praetorius nur sie geschlagen hatte, dieses stolze Gefühl, das ihm die Brust sprengte, für die richtige Sache zu kämpfen, in der Armee Gottes, die Welt für seinen Vater zu retten. Was für ein Schwachsinn! In Wirklichkeit hatte er sein eigenes Grab geschaufelt. Praetorius hatte ihm eiskalt verschwiegen, dass er seine Mutter nie wieder sehen würde, er hatte ihn nicht vom Prozess abgeholt, dafür auf den Friedhof geschleppt. Eines war mal klar: Praetorius hatte ihn sauber verarscht. Friedrich saß wie erschlagen da und seufzte. Er dachte an den lieben Poldi, wie Praetorius seine Nase wieder und wieder in die Scheiße drücken musste, damit der Hund lernte, nicht mehr in die Wohnung zu machen. Jetzt hatte er das verstanden.

14

Anfang 1983 wollte Friedrich seine Schießübungen fortsetzen, aber die Kellertür war abgeschlossen. Lange hatte es gedauert, nun aber waren sie ihm wohl auf die Schliche gekommen. Der Schutt in Beatrix' Zimmer war nicht zu übersehen. Friedrich wartete auf das Strafgericht, aber es kam nicht. Er rechnete mit Hausarrest für ein Jahr und absolutem Freundesverbot und kein Fußball. Nichts geschah. Er ging in Beatrix' Zimmer und räumte den Dreck vom Boden selbst auf. Sein Schatz unter der Matratze schien zumindest sicher, denn offensichtlich wurde der Raum nicht betreten. Friedrich wunderte sich über seine Eltern. Sie überwachten ihn, sperrten ihn ein, aber das geheime Leben, das er direkt vor ihren Augen lebte, sahen sie nicht. Friedrich fühlte sich unbekümmert und frei, wenn er die Schule schwänzte, ein vergessener Mensch.

Er musste seine Mutter sehen, auch wenn er auf sie schoss. Amalia bedeutete Liebe und Unterstützung, egal was er tat. Das Gegenteil von seinem Vater. Er vermisste Amalia, er hätte sie auch vermisst, wäre sie ein böser Mensch gewesen, eine schlechtere Mutter als Iris. Amalia war seine Mutter, und er brauchte sie.

Es war noch recht früh am Vormittag und Friedrich wollte herausfinden, ob sich weitere Dinge im Keller finden ließen. Er probierte die Schlüssel anderer Türen im Haus aus, keiner passte, und das galt bisher nur für die Tür zum Keller. Wie es im Keller aussah, konnte er nur ahnen. Die Schlüssel waren zwar einfach geformt, aus schwerem schwarzem Stahl, aber nicht einfach nachzumachen. Das Schloss war kein gerader Spalt, es war geschlängelt. Er schraubte den Verschlag und den Türgriff ab, aber er kam nicht an den Türzylinder und die Verriegelung heran. Terror hing an der Wand im Eingangsbereich und beobachtete seine Bemühungen in aller Ruhe und Gelassenheit. Manchmal bildete Friedrich sich ein, dass Terror mit den Augen rollte, weil er so ein Schwächling war. Früher hatte er gedacht, dass die Augen ausgeschnitten waren und sein Vater ihn heimlich durch die Schlitze beobachtete. Friedrich ließ von der Kellertür ab. Es hatte keinen Zweck. Er ging ins Wohnzimmer. Dort war es wohlig warm. Die Tanne im großen Vorgarten war groß geworden und mit Raureif bedeckt, silbrig glänzend. Im Februar 1983 streckte Väterchen Frost seinen sibirischen Kältefinger für eine Woche bis nach Süddeutschland aus, bevor es kaltmatschig auf den Frühling zuging. Die Briefe seiner Mutter und seiner Schwester waren verschwunden, Praetorius' Schreibtisch gab nichts mehr her. Es blieb die Regalwand. Zunächst schlug Friedrich im Brockhaus nach, was »Nassauer vom Stamme Nimm« bedeutete. So beschimpfte ihn Iris seit Jahren. Neu war »Hessenschwein«. Friedrichs Recherchen ergaben, dass ihn Iris wohl nur um des Schimpfens willen beschimpfte.

Hessenschwein gab es gar nicht, das hatte wohl tatsächlich damit zu tun, dass er Hermann Hesse so gerne las. Aber woher wusste sie das? Er hatte Hesse im Regal von Lothar Lichter neben der Bergliteratur entdeckt. Er las heimlich bei den Lichters und stellte die Bücher stets zurück. Nur seinen Geheimwelten im Tagebuch vertraute er dies an. Niemand durfte wissen, dass er empfindsam war, gerne las und schrieb. Das gehörte zur Welt seiner Mutter Amalia, da liebte man die Kunst und das Schöne. Mit Hesse verachtete er seine christlichen Eltern. Hesse war als Kind von einer christlichen Sekte von Südindien nach Baden-Württemberg gebracht worden und hatte stark an Deutschland gelitten. Friedrich fühlte sich in seinen Höllenqualen sehr gut von ihm verstanden. In der Schule lasen sie so etwas nicht. Das war sein ganz eigenes Geheimnis, das ihn auf besondere Art mit seiner Mutter verband.

Das Telefon klingelte. Friedrich ging zum ersten Mal in seinem Leben ans Telefon. Es stand auf dem Schreibtisch des Vaters, neben dem goldenen Brieföffner und einem Ding zum Trocknen von Tinte auf Papier. Eine halbe Minute lang hörte er leises Atmen. Er betrachtete die Wählscheibe mit den Zahlen von 0 bis 9 hinter den Löchern für die Finger und sagte keinen Ton.

»Friedrich, bist du es?« Es war die vertraute Stimme Amalias, seiner geliebten Mutter, der richtigen.

Friedrich legte hastig auf. Wusste sie denn nicht, dass die Telefone abgehört wurden? Vielleicht machte der Dienst das nicht vierundzwanzig Stunden am Tag, dass da jemand saß und wartete. Vielleicht spielten die vom BND, der CIA und dem KGB gerade miteinander Skat. Sein Puls schlug so heftig, dass er es in den Augenhöhlen spürte. Seine Aufregung war Friedrich nicht anzusehen. Sollten irgendwo Kameras versteckt sein, es wäre nichts zu erkennen. Friedrich strengte sich an, nicht zu lächeln. War das der Telefonterror? Rief seine Mutter seit Jahren verzweifelt an? Wie sagt man jemandem, dass man nicht mit ihm reden kann, weil man dann den freien Westen an die grausamen Kommunisten verrät, weil alle zuhören? Friedrich fiel ein, dass Praetorius seinen Nebenbuhler, den Babysitter, als Baron Münchhausen, den Lügenbaron, bezeichnet hatte. Friedrich übte sich in Geduld. Seine Mutter würde wieder anrufen. Das war sicher. Er beschloss, von jetzt an häufiger im Wohnzimmer den Brockhaus und die Bücher von Praetorius zu studieren und auf den nächsten Anruf zu warten.

Am nächsten Morgen holte ihn ein Junge wie verabredet vor der Kinokasse am Stachus ab. Friedrich war wieder in den Kleidungsstücken von Iris unterwegs, hatte sich sogar die Haare mit Spray befestigt, damit sie ihm nicht ins Gesicht fielen. Die Fingernägel glänzten tomatenrot, er hatte präzise und schnell gearbeitet. Er fühlte sich wie ein Superheld. Sie gingen ein paar Straßen weiter, bogen in eine ruhige, gepflegte Seitenstraße ohne Ladengeschäfte und mit Kirschbäumen. Vor dem freistehenden Neubau mit großen Balkonen und Garten stand ein Umzugswagen mit dem Schriftzug »Buchbinder« auf der Plane. Einige Jungen in Friedrichs Alter oder etwas älter standen davor und rauchten. Sie sahen den Jungen und Friedrich, schnippten ihre Zigaretten auf den Boden und fingen an, die Plane des Lkw zu lösen. Sie holten einige Decken und Werkzeug und betraten den Garten, das Tor stand offen, dann das Haus, im zweiten Stockwerk öffnete Titten-Billy die Tür. Er steckte zwar in der altbekannten Kellner-Uniform, aber alles, auch die Haare, war sauber und gepflegt, wie das Gebäude und die Wohnung. Sie hängten große Bilder ab, zwei Matisse und einen kleinen Picasso. Die Bilder von Matisse waren bunt, blau, gelb, grün und rot, aber auch pink. Die Formen und Figuren und die Flächen waren einfach mit Farbe ausgefüllt, schroff in der Abgrenzung, aber insgesamt friedlich und harmonisch. Der Picasso zeigte eine kleine Gesichtszeichnung aus einem Strich. Sie schlugen die Gemälde und Bilder und einige afrikanische Statuen in Stofftücher ein. Tripper-Toni war mit dem modernsten Werkzeug der Firma Bosch ausgerüstet. Er hängte Kopien an die Wände, der Akkuschrauber fiepte, er strich eine kleine Wand vollkommen neu, wo er kein Ersatzbild hatte, dann stellte er Kopien der Holzstatuen auf die Beistelltische. Das Appartement wirkte wieder steril. Es gab keine Fotos, keine privaten Gegenstände. Die Wohnungen wurden an reiche Menschen für ein oder zwei Monate vermietet. Titten-Billy war bei der Hausverwaltung angestellt. Tripper-Toni half als Hausmeister aus, arbeitete ansonsten nach einer Karriere als Söldner in der französischen Fremdenlegion für drei Bordelle mit Bezug nach Ostasien: das TaiGer, das Taifun und das Mytai.

Friedrich war enttäuscht, er hatte gehofft, sein Job würde ihm Möglichkeiten aufzeigen, wie er in den Keller gelangen könnte. Titten-Billy streichelte ihm über den Kopf. Es widerte Friedrich an.

»Hier, dein Geld.« Er drückte Friedrich 200 D-Mark in die Hand, zwei große Scheine mit dem Porträt vom Kosmologen Münster, einem schlecht rasierten, alten Mann mit komischer Mütze.

Friedrich hatte noch nie so viel Geld gesehen. Er befühlte das Papier. Wahrscheinlich hatten die damals noch keinen elektrischen Rasierapparat gehabt. »Was ist denn so ein Picasso wert?«

»Das ist alles schon auf dem Schwarzmarkt verkauft, der Picasso für 15000, die Matisse für 25000. Ich wandere aus, nach Brasiland, wenn meine drei Eigentumswohnungen in Nürnberg abgezahlt sind. Sind dir 200 zu wenig? Du musst an meine Auslagen denken, vor allen Dingen die Kopien. Die lasse ich in so einem Kaff in China produzieren, die fälschen alles, und wirklich gut.«

»Nein, nein.« Friedrich prüfte immer noch nachdenklich das Papier und den feinen Druck. Er war unzufrieden, aber mit dem, was er hier gelernt hatte, hatte ihm Titten-Billy geholfen. Der verfügte vollkommen legal über die Schlüssel zu einigen Wohnungen, die man nicht nachahmen konnte. Friedrich war klar geworden, dass es unmöglich war, die Schlüssel für sein Zuhause zu kopieren, sonst hätten dies diverse Geheimdienste schon getan. Sein Zuhause wirkte nach außen normal und unscheinbar, auch wenn es in Wirklichkeit ein Hochsicherheitstrakt war. Friedrich kam über seine Enttäuschung nicht hinweg. Dieser Job war langweilig. Es gab keine Verfolgungsjagden mit der Polizei oder wenigstens eine knifflige Kletterpartie auf einen Balkon. Oder sich einsperren lassen und nachts mit Taschenlampen alles ausräumen.

»Ich gebe euch nur große Scheine, die kriegt ihr nicht gewechselt, und dann gebt ihr auch nichts aus. Das Geld darf niemand sehen. Verstanden?«

»Verstanden.« Friedrich nickte und blickte Titten-Billy mit großen, offenen Augen ins Gesicht. Für einen Moment gefiel ihm der Job doch. Er bekam kein Taschengeld, nun konnte er vielleicht auch mal mit seinen Klassenkameraden in die Stadt.

Eckhart hinterlegte das Geld mit einem väterlichen Augenzwinkern als Vorauszahlung für ihn beim Kolonialwarenladen an der Gautinger Straße in Neuried, gegenüber der Kirche St. Anton. Nun kaufte er sich seinen eigenen Schatz an Süßkram, mindestens so groß wie die Süßigkeiten in Beatrix' Hutschachtel, den er in ihrem verwaisten Zimmer versteckte und hin und wieder glückselig betrachtete. Er hielt sich aber an Titten-Billys Anweisung und fiel nicht durch Verschwendungssucht auf. Er kaufte keine Musik oder gar Kleidungsstücke. Seine Schuhe hatten weiterhin Löcher. Aber er führte die Jungen vom Kommando Hoeneß zum Kolonialwarenladen, und sie durften sich Süßigkeiten zum halben Preis kaufen.

Friedrich baute im Geiste das Personal seiner Schachfiguren neu auf, aber das nahm der Sache nicht ihren Schrecken. Praetorius und Iris waren Monster, die sich versteckten und sich zugleich in einem Umfeld von Monstern bewegten, die hinter dem Eisernen Vorhang lebten oder auf Denkmälern und Gemälden, wie Friedrich der Große und Terror, die alle bereits tot waren.

Plötzlich fiel Friedrich ein, weshalb Iris ihn als Hessenschwein bezeichnete. Sie las sein Tagebuch. Friedrich markierte es mit einem seiner langen Haare und stellte fest, dass er recht hatte, das Haar war eine Woche später verschwunden. Also versteckte er das Tagebuch hinter seinen Kleidungsstücken im Schrank. Iris durchwühlte seine Sachen. Sie entdeckte das Buch, gab sich auch keine Mühe mehr, dies zu verheimlichen. Seine Mutter Amalia rief nicht mehr an, oder er verpasste sie. Friedrich vertraute sich seinem Tagebuch nicht mehr an. Er stellte sich nicht mehr vor, ein lässiger Typ mit Geschmack und Freunden zu sein. Er ritzte sich wieder und riss sich die Haut um die Fingernägel auf. Und dann war das Tagebuch verschwunden. Er durchsuchte das ganze Stockwerk und entdeckte das Journal in der Besenkammer bei den Putzsachen. Da Iris die Kammer nie betrat, war sie wohl davon ausgegangen, dass er dies auch nicht tat, dachte er grimmig. Nun steckte er das Heft in die verschließbare Schublade seines Schreibtisches mit dem Aufkleber KEIN HERZ FÜR INDER. Sein letzter Eintrag lautete: »Nicht vergessen. Mutterbriefe finden, später mit Minox fotografieren.«

Er schrieb einen Zettel, den er auf seine Schreibtischplatte legte: »Bitte nicht noch einmal klauen!«

Zwei Tage später stand darunter auf demselben Zettel in schwungvoller Schrift mit einem teuren Füller geschrieben: »Was bleibt mir denn anderes übrig!«

Auf dem Boden lag gesplittertes Holz. Sie hatte den Schreibtisch von hinten aufgebrochen und in die Schublade gegriffen. Friedrich suchte wochenlang vergeblich nach dem Heft, es musste wohl im Schreibtisch der Zarin sein.

Beim Abendessen bat er Praetorius zu einem Vieraugengespräch. Es war der 7. Juli 1983, Friedrich war 169 Zentimeter groß und wog 63 Kilogramm, wobei das Hauptgewicht in seinen enormen Oberschenkeln lag. Er war ein gefürchteter Sprinter, insbesondere die ersten 15 Meter ein Kugelblitz. Er rannte die 100 Meter in 12,8 Sekunden, womit er immer noch nicht an die Bestzeit seines Vaters herankam, der die Sprintstrecke im Jahr 1954, mit neunzehn Jahren, in 11,00 Sekunden bewältigt hatte. Damals war Praetorius freiwillig zur Bundeswehr gegangen und hatte die Goldmedaille bei der Weltmeisterschaft der Elitesoldaten der freien Welt in Amerika gewonnen: Leichtathletik, Biathlon, Einzelkampf. Friedrich würde seinen Vater niemals überholen, aber er fühlte sich kräftig genug, seinen Mann zu stehen.

Praetorius willigte zu seiner Überraschung ein. Nach vielen Jahren waren sie das erste Mal zu zweit allein im selben Raum. Friedrich saß auf dem Sofa, die Familienerbstücke des Einhorns und des Heiligen Grals waren verschwunden, als seien sie nie da gewesen, die ganze Last der Vergangenheit eine Einbildung. Praetorius wartete darauf, nach Indien auf den Posten eines politischen Beobachters versetzt zu werden. Im Dienst gab es Probleme. Zwei Untersuchungsausschüsse im Bundestag beschäftigten sich mit ihm, mehr durfte er zu einem laufenden Verfahren nicht sagen. Einhorn und Gral waren an die Hohenzollern in Wien übergeben worden. Praetorius saß auf seinem Arbeitsstuhl am Schreibtisch, Friedrich dahinter, als sei er beim Arzt in Erwartung einer schlimmen Diagnose. Praetorius hatte den Stuhl nicht gedreht und blickte Friedrich nicht an. Friedrich schilderte den Sachverhalt. Er wolle sein Tagebuch wiederhaben.

»Sie sagt, das Hessenschwein schreibt da so böse Sachen über sie.« Praetorius putzte seine Brille.

»Das mag sein, aber es geht nicht, Praetorius. Das macht man nicht. Ich will es wiederhaben.« Friedrich dachte, dass sein Vater eingestanden hatte, zu wissen, dass Friedrich unter Iris litt, dass sie ein Scheusal war. Andererseits war dieser Tagebuchvorgang als solcher schon Beweis genug, oder?

»Ich rede mit ihr.« Praetorius setzte sich die Brille auf, erhob sich und reichte seinem Sohn die Hand. »Vielen Dank. Wir sprechen uns in zwei Wochen.«

»Vielen Dank.« Friedrich schlug ein. Praetorius war der Handschlag zu innig. Er zog seine Hand schnell zurück.

Zwei Wochen später ließ Praetorius seinen Sohn nicht mehr in sein Arbeitszimmer. Friedrich klopfte, die Tür öffnete sich einen Spalt, er sah einen Teil seines Gesichts.

»Und?«

»Sie will es nicht hergeben.« Praetorius schloss die Tür.

Friedrich blieb stehen, legte ein Ohr an die Tür. Auf der anderen Seite waren die schweren Atemzüge seines Vaters zu hören. Praetorius hielt vermutlich auch sein Ohr an die Tür, um mitzukriegen, wie Friedrich die Treppe hochging und endlich verschwand. Friedrichs Kopf schmerzte, weil er die Zähne so stark zusammenpresste. Er stand im Flur und fragte sich, wie lange das hier dauern sollte. Das Einzige, was ein Gefangener hatte, war Zeit. Er musste das Schloss im Schreibtisch von Iris knacken, das sollte zu machen sein, im Gegensatz zu den Kellerschlössern. Friedrich dachte an die Worte von Amalia, dass sie die Schlüssel im Haus nachgemacht hatte. Für den Schreibtisch der Zarin sollten die Falschgoldschlüssel im Kleiderschrank im Elternschlafzimmer ausreichen.

Friedrich ging zum filigranen Sekretär mit acht schlanken Beinen, wie ein brauner Oktopus, der seine Arme mitsamt Schwimmhäuten über sein Opfer stülpte. Er nahm einen Schlüssel aus der Schrankwand und hielt ihn an das Schloss der mittleren Schublade. Der Schlüssel passte sogar. Friedrich drehte den Schlüssel, aber mit seinem quadratischen Bart stieß er sofort auf Widerstand. Er holte sein Schweizer Taschenmesser, das er für das Pfadfinderleben bekommen hatte, und prüfte das Metall. Es ließ sich schon fast zu leicht bearbeiten, wie gehärtetes Gummi. Im Wohnzimmer klingelte das Telefon. Er hörte eine Weile nur Atmen, dann die Stimme, deren Klang ihm bedeutete, dass alles gut werden würde, weil am Ende immer alles gut wird.

»Friedrich, bist du es?« Die Wörter waren in die Länge gezogen. Amalia sprach mit belegter Stimme, der Klang berührte sein Herz. Diese Trägheit, als würde eine Tonbandaufnahme zu langsam abgespielt, beunruhigte ihn.

»Friedrich? Bitte sprich mit mir. Ich denke immer an den Tag, als ich dich geboren habe. Es war ein sonniger Tag. Ich habe die ganze Zeit auf den Kirchturm gestarrt.«

Er legte schnell auf und ging wieder nach oben. Das Telefon klingelte erneut, als er sich im Treppenhaus auf der Höhe Friedrich des Großen befand. Er ließ es klingeln, denn er musste sich genau erinnern, wie der Schlüsselbart für den Schreibtisch der Zarin aussah, irgendeine geometrische Form, die zu der eleganten Strenge des Tisches passte. Der erste Schlüssel brach nach zu rabiater Behandlung vorne ab. Friedrich steckte ihn in die Schranktür, konnte diese auch verschließen und öffnen. Er schnitzte bedächtiger am nächsten Schlüssel – es gab insgesamt sechs Rohlinge – und wartete auf den nächsten Anruf. Er hatte Angst, dass er sich das Telefonat mit seiner Mutter nur eingebildet hatte. Handelte es sich etwa um einen Geist? Er überlegte, wie er das herausfinden konnte. Man muss einem Geist eine Frage stellen, die man nicht beantworten kann. Das Telefon klingelte nach gar nicht allzu langer Zeit tatsächlich wieder. Friedrich rannte zum Telefon.

»Mami, wieso hast du Papi verlassen?« Friedrich war schwindelig, er sah Sternchen. Er setzte sich auf den Stuhl mit den kleinen Löwenköpfen am Ende der Armlehnen.

»Ich habe deinen Vater nicht verlassen. Er hat mich vom Hof gejagt. Ich wollte zurückkommen, doch da war er schon neu verheiratet.«

Das war ganz klar seine Mutter, kein Geist. »Wir können nicht reden.«

»Können schon – dürfen nicht.«

»Ich will zu dir.«

»Dann bringt Praetorius mich um. Er hat Angst, ich will dich entführen.« Das hatte Friedrich auch schon gehört. Den Geistertest hatte sie endgültig bestanden. Da war auch nichts Falsches oder Drängendes in der Stimme, sie war tonlos, frei von Emotionen. Er fühlte sich beruhigt und sicher.

»Aber jetzt wissen wir, dass du das nicht willst. Du hast mich also zurückgelassen.« Friedrich betrachtete die Finger seiner freien Hand eingehend und knabberte dann sorgfältig an der Hornhaut um die Fingernägel.

»Für Praetorius ist seine Angst real.«

»Heißt das, ich kann nicht zu dir?«

»Nein – das heißt: ja.« So schnell konnte aus einem aufgedrehten Anfang wieder das träge, tieftraurige, belegte Lallen werden.

»Trinkst du? Ich meine Alkohol?« Er dachte an die Bauern im Biergarten, wie Praetorius die bayerischen Ureinwohner nannte.

»Nein.« Sie weinte langsam und lallend. Sie trank ihre Tränen und erstickte beinahe daran, so hörte es sich an. Friedrich legte auf, bevor er auf Praetorius' Thron zusammenbrach.

Der letzte Schlüssel aus dem Wandschrank passte endlich zum Zarinnenschreibtisch, die anderen waren verkorkst. Friedrich hatte sieben viereckige Aussparungen geschnitzt, die wie Orgelpfeifen auf eine sehr lange Lücke in der Mitte hinausliefen.

Der Schlüssel drehte sich im Schloss, wobei er einen Widerstand verschob. Zunächst öffnete Friedrich die Hauptschublade in der Mitte, aber darin befanden sich, wie erwartet, nur die Abrechnungen des Haushaltsgelds, die Friedrich für Iris durchführen musste. Das Tagebuch fehlte. Jetzt konnte es nur noch im Keller sein, wo er im Schießstand üben würde, das Problem als Ganzes zu lösen. Er wurde ganz offen unterdrückt und gequält, und sein Vater konnte auch nicht so tun, als wüsste er von nichts. Friedrich probierte seinen Dietrich – tatsächlich, der Schlüssel ließ sich im Kreis drehen. Oben links sprang ein kleines Fach auf. Er zog eine Lade heraus und blickte hinein: Mehr als lange Streichhölzer und einige bunte Gasfeuerzeuge sah er nicht. Er seufzte enttäuscht. Er zog die Lade vollständig heraus, fühlte in den leeren Schacht, der nicht bis zur Rückwand des Tisches reichte, und ertastete einen kleinen Knauf: Er hatte das Geheimfach entdeckt. In der verborgenen Schublade fand er den altbekannten Glasaschenbecher mit Gebrauchsspuren und die beiden schwarzen Schlüssel für den Keller. Er schob die Schublade zurück, versetzte den Tisch in seinen Urzustand und öffnete ihn wieder. Er war sicher, den Bogen rauszuhaben, und steckte den Messingschlüssel an seinen Platz ganz links in der Schrankwand.

Es war kurz vor 1 Uhr mittags, Iris käme in Kürze aus der Schule. Friedrich würde es am nächsten Tag erneut wagen. Er war nur noch selten in der Schule, die gefälschte Unterschrift seiner Stiefmutter wurde nie angezweifelt, und sie bekam nichts von seiner Abwesenheit mit.

Es war 7:30 Uhr morgens, ein freundlicher Novembertag 1983. Friedrich öffnete die Tür zum Hobbykeller und stand vor einer Schatzkammer. Das Einhorn lag auf dem Boden, darüber der Heilige Gral. Daneben lag eine aufgebaute Carrerabahn mit Überholfunktion und zwei Controllern und einem Porsche-959-Modell und einem Modell des Mercedes C-111 Concept Car mit Flügeltüren, beide mit Gebrauchsspuren, ein Bonanzarad und ein Paar Adidas Allround, die er sich so sehr gewünscht hatte, und eine Münzsammlung in viereckigen, mit Samt ausgeschlagenen Münzkassetten.

Bis jetzt hatte er geglaubt, seine Stiefmutter und sein Vater hätten kein Gewissen. Aber sie hatten den Keller abgesperrt, offensichtlich wussten sie also, dass ihre Taten falsch waren. Friedrich sah eine Fliege, die sich auf eine orange Blüte setzte, sich in einen glitzernden Wassertropfen verwandelte und wie in einen Trichter in den Blütenkelch kullerte. Amalia betrat den Raum mit dem Weihnachtsmann aus der Coca-Cola-Werbung, in roter Kluft, mit weißem Rauschebart. Sie brachte eine neue Türklinke an der Kellertür an.

»Irgendwann schenke ich dir eine Jacht, dann kannst du über die sieben Weltmeere schippern.«

Friedrich lachte gegen seinen Willen. Das war alles Einbildung. Er bildete sich Gefühle ein und konnte sich sogar dabei beobachten. »Wirst du gerade wahnsinnig?«, fragte er sich. Das Auge wurde rot und tränte stark. Es war, als würde ein bunter Kolibri seinen langen Schnabel durch die Linse tief in den Kopf schieben. Friedrich erbrach sich auf das Einhorn. Er stützte sich auf, atmete durch, drückte sich jammernd die rechte Hand aufs

Auge, dabei ging er im Stechschritt im Kreis. Der Bewegungsdrang war so zwingend wie der Kopfschmerz. Nach einer halben Stunde war der Spuk vorbei. Friedrich ging die Treppe hoch, er musste schnell sauber machen.

Er entdeckte seine verloren geglaubten Asterixhefte und seine ebenso verloren geglaubte Tim-und-Struppi-Sammlung. Die Münzsammlung mit dem 10-DM-Olympiagedenksatz war in Kassetten gestapelt, weiter unten entdeckte er eine Kassette mit Goldmünzen aus dem Kaiserreich. Ein Billardtisch lehnte gekippt an der anderen Wand, die Queues wiesen Gebrauchsspuren auf.

Friedrich sperrte den Hobbykeller und die obere Tür zum Treppenhaus wieder ab und verstaute die Schlüssel im Geheimfach der Zarin.

Später tauschte er die edlen 10-DM-Olympiamünzen »polierte Platte« gegen die ganz normalen 10-DM-Münzen aus. Seine Eltern würden den Unterschied nicht erkennen. Die gewöhnlichen Münzen besorgte Titten-Billy, der Friedrich einen Deal unter Freunden verschaffte und ihm 25 000 DM gab. Friedrich war enttäuscht, aber Titten-Billy hatte Auslagen gehabt, also das war fair.

»Ich mag's nicht, dass du nebenbei Geschäfte machst, aber du bist eh vierzehn. Du bist Privatier.« Tripper-Toni lachte bitter.

Friedrich bemerkte in dieser Zeit, dass er vergaß, sich zu waschen, so sehr, dass seine Unterhose in der Pospalte festklebte und bitter roch. Auch unter den Achseln stank er wie ein Moschusochse, wie Iris anmerkte. Der Vorteil lag darin, dass sie ihm nicht mehr zu nahe trat. Er legte einen Zettel vor sein Bett: »Waschen: 1. Dich 2. Klamotten.« Er vergaß auch dies, er vergaß, dass er vergaß. Er hatte den Schießstand und sein Tagebuch vergessen. Er musste schnell handeln, bevor er auch das wieder vergaß.

15

Zwei Wochen später prüfte er die Gegenstände in seinem schwarzen James-Bond-Aktenkoffer, insbesondere die Taschenlampe, und ging in den Keller, schnurstracks durch die Schatzkammer in den Schießstand. Er fand dort weder sein Tagebuch noch die Briefe seiner Mutter. Er hatte auch keine Lust mehr zu schießen, denn da war eine gut gepolsterte Tür auf der linken Seite des Schießstands, die er beim letzten Mal nicht gesehen hatte, und davor stand eine kleine Umzugskiste. Er öffnete sie und fand zwei gebündelte Pakete von Journalen, die mit dem Titel »Der Plan I« und »Der Plan II« beschriftet waren. Daneben lagen 365 abgestempelte Tickets für den öffentlichen Nahverkehr in einer durchsichtigen Hülle für Spielkarten. Friedrich wusste, was das war, Praetorius hatte sich darüber lustig gemacht: Die Stempel enthielten weder Wochentag noch Jahreszahl. Sein Vater hatte also vor vielen Jahren jeden Tag ein neues Ticket entwertet und fuhr seither kostenlos.

Was wusste er eigentlich von seinem Vater? Nichts. Friedrich kratzte sich nervös am Unterarm, die Luft war trocken. Er wandte sich den verschnürten Paketen mit den Schulheften zu. Die Aufzeichnungen begannen im Jahr 1974. Praetorius hatte vermutlich mit seinem Montblanc-Füller geschrieben, mit dem eingravierten Namen von Rittersgruen und Täuber sowie dem Familienwappen auf der goldenen Feder. Seine Schrift war rund, gleichmäßig und pedantisch klein. Das Ganze sah aus wie sorgfältig abgeschriebene Noten, die Partituren einer gigantischen Oper, die freudlos und haargenau abgespult zu werden hatte. Friedrich blätterte im »Plan II«, er wollte unbedingt herausfinden, was Praetorius seiner Mutter angetan hatte, erfuhr aber nur, was in den Gerichtsprozessen gegen seine Mutter geschehen war. Das verstand er nicht, es langweilte ihn. Auf diesen Konflikt hatte er keine Lust, da stand nichts zu irgendwelchen Machenschaften seitens seines Vaters.

Friedrich las quer, er suchte nach Informationen zu seiner Mutter und nahm sich dann das Heft mit der Aufschrift »Der Plan I« vor. Die Aufzeichnungen fingen 1974 an. Vom Jahr her passte es ungefähr zum Zeitpunkt der Trennung.

Zwei Mitarbeiter aus der »Internen Überprüfung« schätzten Praetorius noch aus seiner aktiven Zeit im Außendienst als »Handelsreisender« und davor, als er 1956 in Ungarn so viele Menschen vor dem Stalinismus gerettet hatte. Da stand:

»Sie haben auch in der Causa Amalia hervorragende Arbeit geleistet.« Sie hatten das Privatleben seiner Mutter überprüft, sich mit einem Privatdetektiv in die Haare gekriegt. Amalia und Victor hatten sich gestritten. Er gab zu viel Geld aus. Sie durchsuchte seine Post. Victor schickte sie zu einem Therapeuten, der vom BND kontaktiert wurde. Es folgte ein hektisch geschriebener Abschnitt, die Schrift größer, kein schlängelnder Fluss, eher ein Gewitter. Praetorius hatte sich 1962 in Amalia verliebt, die Genehmigung seiner Vorgesetzten erhalten, »die Familie war überprüft und trotz einer in der damaligen Zeit durchaus normalen Nähe zum Nationalsozialismus als ungefährlich eingestuft worden«. Amalias Vater hatte seinen Segen gegeben, und Praetorius hatte den alten Job als Haudegen und Handelsreisender gegen die stereotype und angenehme Arbeit als Analyst in Pullach eingetauscht.

»Wir kannten uns vielleicht seit drei Wochen, und ich regte einen Wochenendausflug an, damit man ein wenig Zeit allein verbringen könne. Ich kannte da ein nettes kleines Nest bei Hinterzarten im Schwarzwald und nach den turbulenten

Festivitäten mit unseren reizenden Freunden in Monaco und Paris wäre das jetzt genau das Richtige.
Von Hinterzarten im Hochschwarzwald aus wanderten wir zu Fuß durch das Höllental und dann zur Pension, vor welcher ein alter Mann in Latzhose mit einer Bierflasche in der Hand auf einer Holzbank saß. Die Sonne stand schon tief im Tal. Die Hausfrau erinnerte sich an meine Mutter, die immer mithelfen hatte wollen. Und sie zeigte uns das Zimmer mit dem Holzbalkon und dem Doppelbett, obwohl die ›Dame‹ ja wohl noch nicht volljährig war, und sie zwinkerte mir zu, und die Kissen waren dick und die Bettdecken auch.
Amalia machte kurzen Prozess mit mir. Ich war reichlich überfordert. Sie trug einen Rock, und der Schlüpfer war schnell heruntergezogen, und sich mit dem Rücken aufs Bett zu legen war auch nicht so schwierig, und dann ging es noch schneller, aber ansonsten wie gewünscht, nur dass ich einen stechenden Schmerz in der Vorsteherdrüse spürte und sie vermeintlich unglaublich feucht war. Ich biss mir auf die Unterlippe, um nicht zu schreien. Als ich mich vom Bett schob und die Hose wieder hochziehen wollte, bemerkte ich die Katastrophe: Das ganze Bett war voller Blut. Meine Vorhaut war gerissen, und aus der Arterie am Vorhautring spritzte ein dünner, pulsierender Strahl blassroten Blutes. Ich setzte mich, die Hose immer noch über den Knien, aufs Bett und jammerte in meinen Blutstrahl: ›Und wir sind noch nicht mal verheiratet. Ich habe eine Affäre!‹
Amalia rannte in die Toilette, gab kaltes Wasser auf ein Handtuch. Ich rief etwas zu laut: ›Lass uns das hier betrachten wie eine Blutsbrüderschaft von Old Shatterhand mit Ntscho-tschi, du weißt schon, der Schwester von Winnetou!‹ Sie wickelte das Handtuch um die verletzte Stelle. ›Du hast dich wirklich für mich aufgehoben. Spürst du denn keinen Schmerz?‹

›We are caught in a trap. And we can't get out. Because I love you too much baby!‹
Sie sagte: ›Es tut mir leid.‹
Ich dachte, dass sie bei meinem Stammhalter, dem zukünftigen kleinen Prinzen, ebenjenen genauestens auf seine Funktionsfähigkeit zu überprüfen habe. Das wäre dann Aufgabe der Mutter …«

Friedrich las angespannt und fasziniert. Er saß gebeugt und hatte die Welt außerhalb des Schießstands vergessen. Das prickelnde Gefühl, etwas Verbotenes und überraschend Unanständiges zu lesen, war dem nackten Horror gewichen. Es dauerte eine Weile, bis er ahnte, was der Schluss zu bedeuten hatte. Praetorius hatte ein kleines Lied gesungen, ob für sich oder für seine Mutter, hatte er wohl selbst nicht gewusst. Iris hatte nicht gelogen, weder was den Weihnachtsmann anging und auch bei dem anderen nicht. Praetorius hatte hier pedantisch Notizen aufgeschrieben, war um einen gefühllosen Tonfall bemüht, und dann plötzlich dieser Vulkanausbruch, weil ihm das Schlimmste und Gefährlichste widerfahren war: Sein Vater hatte sich verliebt. Einmal davon abgesehen, dass in diesen Aufzeichnungen ein grauenvolles Verbrechen ohne Leidenschaft beschrieben wurde, die Erpressung der Ex-Frau und ihres Mannes, so war auch bemerkenswert, dass so kein normaler Mensch schrieb, insbesondere das Aus-sich-Heraustreten als ichbezogene Selbstwahrnehmung. Sein Vater war ein Psychopath, der Iris als Biest hielt, um ihn, Friedrich, zu quälen und sie im Gegenzug zu beschützen. Sein Vater bildete sich auch Gefühle ein, wie er selbst, nur war Praetorius wahnsinnig, denn er hatte gar keine Gefühle. Friedrich hingegen hatte Gefühle, da war er sicher, er spürte Ekel, Schmerz, Übelkeit, Verlorenheit. Und er spürte immer noch Liebe gegenüber seiner Mutter Amalia, gerade jetzt. Wie musste sie unter diesem Eisklotz gelitten haben. Friedrich erinnerte Besuche im Zoo und in der Pinakothek – riesige Gemälde von fallenden Engeln –, klassische Musik und die Bücher seines Großvaters. Schnell weiterlesen, bevor er den Faden verlor …

»Die Funktionsfähigkeit der Vorsteherdrüse hat Mutter als Kriegskrankenschwester bei mir auch überprüft. Die Uniformhosen waren doch viel zu eng. Und wir wollen alle kleine Königstiger. Für unsere Sache ist der Stammhalter geradezu entscheidend.«

Das klang wahnsinnig. Friedrich war auf Verlangen seines Vaters von seiner bösen Stiefmutter sexuell missbraucht worden. Das war Familientradition, weitergegeben von den Müttern, eingedenk einer christlichen Geheimorganisation der Tempelritter.

»Das ist ja ganz wunderbar«, sagte Friedrich im Tonfall von Amalia.

Er musste nicht seine Stiefmutter ermorden, sondern seinen Vater.

Er biss sich auf die Unterlippe, wie sein Vater zwanzig Jahre zuvor. Er wollte gar nicht daran denken, schloss das Heft No. 1, steckte es zu dem Bündel mit der Aufschrift »Der Plan I«. Sein eigenes Tagebuch hatte er nicht gefunden.

Friedrich fühlte einen kühlen Luftzug. Er bekam eine Gänsehaut. Der Luftdruck in seinen Ohren veränderte sich, und er hörte ein sanftes Surren wie von einem Elektromotor. Friedrich warf das Heft in die Kiste, schloss geistesgegenwärtig den Deckel, löschte das Licht und presste sich gegen die Wand. Die gepolsterte Tür war dabei, sich wie von Geisterhand zu öffnen. Pit, der Nachbar und Freund von Praetorius erschien, griff sich die kleine Umzugskiste und verschwand wieder durch die Tür, die offensichtlich in den Keller des Nachbarhauses führte. Friedrich atmete mehrfach tief ein und aus. Er machte das Licht an und nahm die Kamera, verließ eilig den Keller und versteckte sie wieder unter der Matratze in Beatrix' Zimmer.

16

Es war ein Traum. Er lag auf einer weißen Luftmatratze, aus deren Kopfende ein weißes Einhorn mit bunter Regenbogenmähne sprang. Seine Sonnenbrille färbte die Welt orange. Der Pool war ein azurblauer Edelstein in einer parkähnlichen, tadellos gepflegten tropischen Gartenanlage. Die Farben waren grell, Miami-Chic. Friedrich war super-stoned, das Dope kam aus Manali im Himalaja, es war leicht halluzinogen und voll psychedelisch. Das Lied »Hotel California« von den Eagles tönte aus Lautsprechern, die wie Steine geformt auf dem giftgrünen Rasen neben dem Pool standen. »You can check out any time you like, but you can never leave«. Drei Mal die Woche kam eine elastische, fröhliche Fitnesstrainerin vorbei und vollführte zu dieser Musik witzige Verrenkungen mit Praetorius und Iris, eine Mischung aus Dehnungsübungen, Tanz und Yoga. Es war der 20. Oktober 1986, Herbst in Indien, also 34 Grad Celsius am späten Nachmittag. Friedrich lebte hier jetzt seit fast achtzehn Monaten. Der graue Himmel lag wie eine Wärmeglocke über Neu-Delhi. Eine apokalyptische Sonne schimmerte pinkfarben durch die Ruß- und Eisenpartikel aus den Chemiefabriken und dem ungefilterten Kohlekraftwerk der Hauptstadt. Friedrich nahm diese Umweltverschmutzung gerne in Kauf, war doch in Europa ein ganzes Kernkraftwerk explodiert, und er war dem Fallout nach dem Super-GAU von Tschernobyl entkommen. Er war siebzehn Jahre alt und sah mit seinen langen Haaren, der glatten, unbehaarten Haut, dem durchtrainierten Körper und der knappen Badehose wie ein Stripper der California Dream Boys aus.

Die Mädchen von der American Embassy School und seine Lehrerinnen nannten ihn »Sexy Jesus«. Sie schrieben ihm Liebesbriefe und blieben in Scharen nach der Schule, um ihm beim Fußballtraining zuzuschauen. Nachdem er das internationale Schachturnier gewonnen, in der siegreichen Fußballmannschaft beim internationalen Turnier in Pakistan gespielt und dabei auch die persönlichen Titel des Most Valuable Player und des Topscorers abgesahnt hatte, waren die Frauen nicht mehr aufzuhalten gewesen, sie machten ihn unentwegt und offen an.

Friedrich hatte Angst, vor allem davor, beim Sex keine Erektion zu haben. Er wachte schweißüberströmt auf und schämte sich, dass er keinen Steifen hatte. Er war verträumt, verschüchtert, ein Nerd, ohne Geschmack. Er wusste nicht, was er mochte, weder auf dem Teller noch am Leib, er hatte Angst gehabt, nach verschwommen nachhallenden Jahren des Eingesperrt- und Der-Welt-entrückt-Seins, wie in der Schachnovelle an der Wirklichkeit zu scheitern. Er passte nicht in diese Welt, er passte in keine mögliche Welt, aber die Frauen wollten für ihn kochen und ihn retten. Sie schmachteten nach ihm, und die Jungen wollten ihn als Freund. Er hatte keine Wahnvorstellungen mehr, nur drogeninduzierte Halluzinationen. Praetorius war geflohen und hatte ihn mitgenommen. Die Flucht aus seinem Gefängnis in Neuried war vollzogen, aber er war immer noch gefangen, jetzt in einem goldenen Käfig, Amalia noch immer unerreichbar. Dadurch waren aber Praetorius und Iris viel entspannter. Es war besser als vorher, er taute auf, und das gefiel ihm.

Friedrich paddelte mit einer Hand träge zum Beckenrand, wo sein Longdrink mit Schirmchen, Strohhalm und Eiswürfeln eine kleine Wasserpfütze auf dem weiß-rosa Marmor produzierte. Hinter der mit bunten Glasscherben bewehrten Mauer in 200 Metern Entfernung ging ein wildes Getöse los. Männer schrien, Frauen und Kinder jammerten, es wurde getrommelt, Trillerpfeifen ertönten. Hinter der Mauer lebten einige Hundert

Menschen in elenden Baracken, die sie aus Blech, Holz und Plastiktüten gebastelt hatten, verschmutzt, unterernährt, krank, im ständigen Wettkampf mit fetten Müllschweinen und großen Affen. Manchmal verirrte sich eine Giftschlange in diesen Slum, und dann ging die Jagd los. Dieses Mal war es eine fast ausgewachsene Königskobra, über 2,50 Meter lang, schätzte Friedrich träge. Sie war so dick wie sein Unterschenkel und glänzte olivgrün. Das Tier quälte sich über die Mauer, schlitzte sich dabei an den Scherben auf, fiel herunter, richtete sich einen Meter hoch auf und züngelte, wobei die hellgelben Abschnitte auf seinem Vorderleib deutlich sichtbar wurden, dann schlängelte es schnell an den von unten beleuchteten Palmen und Bananenstauden vorbei auf den Pool zu. Der hauseigene Wächter-Pfau kam halb gerannt, halb fliegend herbei und hackte der Kobra zunächst wie ein Specht auf den Kopf, um dann das bewusstlos liegende Tier zu zerfetzen. Er nahm sie in den Schnabel, hüpfte zum Pool und schmiss sie zum Einhorn ins Wasser. Die Kobra biss im Reflex weiterhin zu, immer noch todbringend über ihren Tod hinaus. Der Pfau hüpfte direkt vor das Einhorn, machte sein prachtvolles Balzrad mit den Pfauenaugen in schimmernden Grün- und Blautönen. Er war verliebt. Die Musik wechselte. Nun spielte La Traviata.

»A-A-Arschbombe!« Iris flog in einem perfekten Salto über Friedrich. Ihre roten Locken bildeten dabei einen flammenden Kreis. Sie trug einen weißen Bikini, war braun gebrannt und eingeölt. Ihre Muskeln zeichneten sich an den Oberschenkeln, am Bauch und auf dem Rücken ab. Ihre Augen und ihr Mund waren weit aufgerissen. Sie klatschte aufs Wasser, auf die leblose Kobra, deren Beißmuskeln immer noch aktiv waren. Die fünf Zentimeter langen Giftzähne verfingen sich in der wilden Mähne von Iris. Sie gestikulierte hektisch und stieß spitze Schreie aus.

»Was ist das?«

»Eine Schlange.« Friedrich drückte seine Sonnenbrille auf der

Nasenwurzel zurecht. Bei dem Seegang musste er aufpassen, dass er seinen Drink nicht verschüttete.

»Du willst mir wohl die Fotze lecken!« Iris sprang aus dem Wasser, riss sich die Schlange rennend und fluchend mit einem dicken Haarbüschel vom Kopf und schleuderte die Kobra gegen eine Palme, wo sie sich verhakte und hängen blieb. Friedrich kicherte, verschluckte sich und lachte dann brüllend los.

»Diese blutjunge Tänzerin kann fluchen wie eine Hafennutte!« Sein Vater lag lächelnd auf dem Liegestuhl unter der Markise auf der Veranda und las die *FAZ*. Die Gläser seiner selbsttönenden Brille waren dunkelbraun. Seit der Dalai-Lama seine Glatze mit einem spirituellen Heilöl eingerieben hatte, wuchsen auf seinem Kopf graue, dünne Haare, die er ordentlich mit einem feuchten Kamm nach hinten gekämmt hatte. »Woher sie das bloß hat?« Praetorius blickte weiterhin breit grinsend über den Rand der Zeitung, schnalzte mit der Zunge, zuckte kurz mit dem Kopf. »Komm, Schatz, massier mir die Schultern.« Er zog sein kurzärmeliges, weißes Hemd aus und stellte die Lehne seiner Liege steiler auf. Sein Körper war weiß bis zum Hals und den Oberarmen, und er war innerhalb der letzten anderthalb Jahre, seit er zum Attaché an der Deutschen Botschaft in Neu-Delhi ernannt worden war, vollkommen aus dem Leim gegangen. Die Kröte hatte gesiegt, seine Beine und Arme waren dürr, der Bauch durch zu viel ungesundes Fett und Alkohol aufgeschwemmt, die Augen wässrig und blutunterlaufen. Er hatte ein freundliches Mondgesicht.

»Frauen haben auch Bedürfnisse, mein Hasi, vergiss das nicht.« Sie lachte, stellte sich hinter ihn. »Gut so?«

»Jaaa. Danke, Schatz.« Praetorius schloss den Mund und fuhr sich mehrfach von innen mit der Zunge gegen die Backen, die kurz ausbeulten, dann kippte er seinen Kopf tiefenentspannt nach vorne. Mit dieser Art von Zärtlichkeit seiner nicht mehr aggressiven und verbissenen Eltern konnte Friedrich umgehen.

Er träumte weiter, wissend, dass es sich nicht um eine Einbildung handelte. Es war schön.

Die Terrassentür hinter Iris und Praetorius öffnete sich. »Die Russen kommen.« Die kleine Exil-Tibeterin, die den Haushalt führte, trat auf die Veranda. Das war der einzige Satz, den sie auf Deutsch konnte.

»Jetzt schon?« Praetorius blickte auf seine fette Rolex Yacht Master.

Friedrich rollte von seiner Luftmatratze ins erfrischende Nass und ging über die Veranda in das riesige Wohnzimmer, wo die Tibeterin ihr Baby einpackte, um es in den kleinen Raum über der Garage zu bringen. In einer Ecke dieses Raumes befand sich ein Loch, das war die Toilette, aus Sicht von Friedrich ein Elend, aber die Tibeter waren unendlich dankbar, dass sie aufgenommen worden waren, und solange keine internationalen Gäste da waren, benutzte die Familie das Haus der Familie Rittersgruen mit.

Iris ging ins Haus, gab die notwendigen Anweisungen und machte sich hübsch. Der Ministerpräsident der UdSSR, Gorbatschow, hatte den Alkohol in Russland verboten. Seitdem pilgerten die hart getroffenen Diplomaten aus Russland zu ihren westlichen Kollegen und tauschten Alkohol gegen Staatsgeheimnisse. Praetorius soff für den Frieden und ein vereintes Deutschland, dabei schöpfte er unbezahlbare Informationen ab, das Ende des Kalten Krieges war nur noch eine Frage der Zeit. Praetorius war gezeichnet fürs Leben, und Friedrich wollte die nun abgehaltene, absolut würdelose Veranstaltung nicht miterleben, mit weiteren Arschbomben und einer sexy aufgetakelten Iris, die zu später Stunde an einer Säule Poledancing betrieb.

Friedrich ging zum Telefon im Eingangsbereich. Er dachte wieder einmal an die unglaubliche Geschichte von dem Komiker, der sich als Dalai-Lama ausgegeben hatte, um mit Friedrich über ihr gemeinsames Schicksal als auserwählte Heilige im Kampf

Gottes zu sprechen. Das Kennenlernen war wie in einem James-Bond-Film gewesen: »Hallo, mein Name ist Lama. Dalai-Lama.« Es war wie bei den Anrufen seiner Mutter gewesen, zunächst schwer atmendes Schweigen am anderen Ende, dann die Offenbarung und die Enttäuschung. Er hatte seinem Vater von diesen Anrufen erzählt, dann hatten sie aufgehört. Friedrich rief kurz einen seiner Freunde von der deutschen Schule an:

»Vishnu, die Russen fallen schon wieder bei mir zu Hause ein, bitte rette mich.« Er weinte unvermittelt, heimlich, leise und mechanisch. Dünne Tränen liefen ihm warm über die Backen, er leckte die Flüssigkeit weg, schmeckte das Salz. Er mochte es, in seinen Gefühlen zu baden. Er würde nicht so ein Eisklotz wie sein Vater oder so eine durchgeknallte Nutte wie seine Stiefmutter werden. Seit Praetorius und Iris entspannten und er ein Teenager geworden war, den seine Familie langweilte, ließ er Tränen wieder zu. Seit Monaten hatte er den gefürchteten Delhi Belly, Durchfall und Übelkeit. Die Ärzte kannten seinen Darminhalt besser als seine Seele, aber sie hatten nichts gefunden. Friedrich ertrug die Schmerzen. Er ging zur Toilette und erledigte sein tägliches Geschäft, einmal am Tag, öfter gestattete er sich diesen Gang auch bei starken Krämpfen nicht. Auf dem Klo befanden sich eine Kerze, Weintrauben und ein gutes Buch. Die Sitzungen dauerten lange, manchmal fiel der Strom aus, oder er musste sich bei Durchfall zwischen seine Beine erbrechen. Der Kampf mit seinen Innereien bereitete ihn auf eine viel härtere Zeit vor. Wahrscheinlich würde ihm dieser Kampf später das Leben retten, malte er sich erheitert aus.

Friedrich fühlte sich wohl in diesem Leben und konnte sich ungestört in sein angrenzendes Zimmer zurückziehen. Einige FC-Bayern-Poster und Fotos vom Kommando Hoeneß hingen am hölzernen Wandschrank. Es gab eine Klimaanlage und eine Doppeltür zum kleineren Garten zur Straße hinaus. Der Pfau stolzierte gerne bei der Wasserpfeife aus goldenem Messing herum, Eidechsen und Streifenhörnchen trieben es doll in den Bäumen. Zwei Stühle und Sitzkissen lagen neben der Wasserpfeife auf der kleinen Veranda. Friedrich öffnete die Tür nach draußen, vom Pool tingelte leise Musik. Er zündete die Tabakmischung an, blies auf die Glut und saugte. Es blubberte.

So hing er ab, bis Praetorius' Gäste eintrudelten. Am Eingang schüttelte er ihnen flüchtig mit tiefer Verbeugung die Hände, auch, damit sie seine geröteten Augen nicht sahen. Der wichtigste Grund aber war ein besonderer, die Russen sahen haargenau so aus wie die Menschen, die er in der Nähe seines Hauses in Neuried gesehen hatte, an der Bushaltestelle, beim Bäcker und auf dem Friedhof, als wäre dies ein Film, in dem die Schauspieler einfach die Kostüme gewechselt hätten, um in neuer Rolle wieder aufzutreten. Die Herren trugen weiße Hemden, die obersten beiden Knöpfe geöffnet, zu marineblauen Anzügen, die Damen hohe Absätze, viel Strass, starke Schminke. Friedrich war wieder einmal stoned und verunsichert. War dies ein Traum, eine Wahnvorstellung oder eine Hypnoseshow? Er mühte sich ab und zappelte auf der Bühne, bis der Hypnotiseur mit den Fingern schnippte, er erwachte und alle ihn auslachten?

Friedrich ging wieder auf die Veranda vor seinem Zimmer, vom Wohnzimmer aus sah er den üblichen Aufbau am Pool: die Rittersgruen-Bowle aus dem Zweiten Weltkrieg, jetzt wieder mit ein wenig Pervitin, das enthemmte besser, der Tibeter als Toastmaster, seine Frau mit Tablett, ein paar Liegen und Stehtischchen. Darum gruppierten sich die Russen und Iris im roten Flamencokleid und Praetorius im Zweireiher mit den Anstecknadeln der Rittersgruens und mit der deutschen Fahne am Revers. Das Event verlief gesittet, Friedrich vernahm Gläserklirren und Heiterkeit. Nach ungefähr drei Stunden ertönte »Total Eclipse Of The Heart« von Bonnie Tyler und Iris lieferte ihre Showeinlage. Ein Russe klopfte an Friedrichs Tür und steckte, ohne abzuwarten, seinen Kopf durch den Spalt. Er sah süß aus, mit kaviargrauem Borstenschnitt, spitzer, glänzender Nase, runden wachen Augen und kleinem, sinnlichen, um die Mundwinkel brutalen Mund, wie ein Igel.

»Darf ich?« Er sprach akzentfrei Deutsch.

Friedrich nickte. Der Igel trank keinen Alkohol, war blass und still, er hörte zu, so viel wusste Friedrich. Der Russe ging seelenruhig durch Friedrichs Zimmer und die geöffnete Tür auf die Veranda.

»Das ist ja mal wieder nicht auszuhalten.« Der Mann seufzte und setzte sich zu Friedrich und der Wasserpfeife.

»Ich bin Vladimir.« Er reichte Friedrich die Hand.

Friedrich zog an der Pfeife und reichte gleichzeitig seine Hand. Er wollte seine Gedanken sortieren. Der Russe war bestimmt vom KGB, dies war ein Anbahnungsgespräch.

»Das ist also das Ende des Kalten Krieges. Wir verdanken es dem Orangensaftminister Gorbatschow, oder Gorbi, wie ihr ihn nennt.«

Friedrich hörte genau hin, da versuchte jemand, ihm mitten im Kampf zu sagen, dass der Krieg vorbei war, ein bisschen so, als böte der Gegner Remis an, obwohl er klar auf Verlust stand. Das war die klassische Methode, er war schon vor langer Zeit darauf vorbereitet worden, im Kampf gegen seinen größten Feind, und der hieß Mutter. Vladimir war dagegen eine kleine Nummer, er hatte keine Chance. Im nächsten Schritt würde er seinen Vater in den höchsten Tönen loben, um dann zu sagen: »Aber eins verstehe ich nicht, vielleicht kannst du mir helfen, als sein Sohn?«

»Gorbi verbietet den Alkohol, und meine Stiefmutter zieht ihr rotes Flamencokleid an.«

»Ich habe gesagt, *wir* verdanken es Gorbatschow. *Ihr* verdankt es deinem Vater, dem größten Spion aller Zeiten.« Vladimir beobachtete Friedrich aus den Augenwinkeln.

»Wie bitte?«

»Du brauchst nicht so zu tun. Ich beobachte deinen Vater seit dreißig Jahren, seitdem er 75 000 Ungarn gerettet hat, ein Husarenstück sondergleichen.«

»Und die anderen haben auch in Neuried gelebt?«

»Ja.«

»Ich dachte, mein Vater hätte den langweiligsten Job der Welt.« Friedrich bekam einen Lachkrampf. Er ließ sich zur Seite fallen und lag japsend da, wie ein Fisch an Land. Das war irre, das durfte nicht aufhören. Vladimir dachte, sie spielten »Dame«, er durfte nicht bemerken, dass Friedrich immer Schach spielte, auch wenn kein Brett da war, mit echten Menschen ging das auch. Wenn Vladimir seinen Vater seit dreißig Jahren beobachtete, dann wusste er, was Praetorius seiner Mutter angetan hatte.

»Die Stasi führt ihn als ›Nostradamus‹, in Pullach hat er die Legende ›Roter Baron‹, und ich bin sicher, er ist auch ›Der King‹. In Indien nennt man ihn ›Man Eater‹, Menschenfresser, wie diese Tiger im Delta des Ganges, die sich an Menschenfleisch gewöhnt haben, weil sie die nach einem Monsun angeschwemmten Leichen fressen.« Vladimir sprach über das Keuchen von Friedrich hinweg. »Dein Vater hat die DDR gekauft. Sobald die Mauer fällt, geht das alles an den Westen.«

Friedrich fing wieder an, aus vollem Hals zu lachen. Der Menschenfresser, er konnte es nicht fassen. Eigentlich war Praetorius genau das, ein Menschenfresser, der seine Opfer wie eine Spinne genüsslich in seinem Netz aus Lügen und geheimen Wahrheiten gefangen hielt und wartete, bis der geeignete Zeitpunkt gekommen war, sie zu verspeisen. Es würde schnell gehen. Praetorius war ein Hangtäter, wie die meisten Psychopathen. Im Fernsehen war stets von sadistischen Psychopathen und Triebtätern die Rede, aber Sadisten haben Einfühlungsvermögen. Ein Psychopath konnte also kein Sadist sein, er beging seine monströsen Taten ohne Plan, das Opfer war ihm egal, solange er nur als Held dastehen konnte. Das war viel gefährlicher, diese Täter wurden oft nie entdeckt. Friedrich ließ sich nicht vom Gold in seinem Käfig blenden. Er war auf der Hut.

»Es gibt ein Finanzinstrument zum Warenaustausch zwischen verfeindeten Nationen, den ›Swing‹. Von der DDR aus wurde das koordiniert von Herr Schalck-Golodkowski.«

»Man kann also sagen: ›Der King hat den Swing.‹« Friedrich richtete sich auf, holte tief Luft und wischte sich die Tränen aus den Augen. Es wurde immer absurder.

»Du glaubst, ein Mann allein kann nicht einfach so ein ganzes Land kaufen? Da gebe ich dir recht. Dein Vater hat angeblich Tagebuch geführt, ›Der Plan I‹ und ›Der Plan II‹. Die Geheimdienstwelt schließt Wetten ab, wer diese Hefte als Erstes in die Hände bekommt. Ich bezahle dir 200000 US-Dollar für die Fotos auf deiner Minox.« Friedrichs Mund stand weit offen, dann lachte er wieder los, hielt sich die Hand vor den Mund.

»Ich habe jeden Tag in Neuried euren Müll durchsucht. Deine Mutter hat dein Tagebuch entsorgt.«

Das stimmte. Der Witz war vorbei, der Traum musste weitergehen. In seinem Tagebuch stand, dass er Fotos von den Briefen seiner Mutter machen wollte, aber er hatte keine Fotos gemacht. Welchen Zug sollte er als Nächstes machen? Wo führte das hin? Friedrich wurde bleich, und zugleich lief ihm ein wohliger, eiskalter Schauer den Rücken hinab, besser als jede Klimaanlage.

Auf der Straße wurde lang anhaltend gehupt, Friedrich ging zum Tor, grüßte den aufgeschreckten Torwächter. Vladimir seufzte und stand auf. Es war Zeit für sein Abschiedslied am Pool: »Blueberry Hills«. Er sang es für gewöhnlich mit einem herrlichen russischen Akzent, feuchten Augen und bei dem Wort »Thrills« hob sich die Oberlippe, und seine Nasenlöcher blähten sich kurz auf, der Igel war ein Fleischfresser. Auf der Straße stand der Lancia Evoluzione des Rallyefahrers Walter Röhrl aus dem Jahr 1984, original weiß lackiert, mit den Werbeaufklebern für die italienische Wermutmarke Martini in Rot und Blau. Als

Zeichen, dass ihn Vishnu im Rückspiegel entdeckt hatte, betätigte er die Zündung der Maschine, der Lampenbaum leuchtete grellrot auf, die zwei Herzkammern des Monsters brüllten im unrunden Leerlauf los, aus dem Auspuffrohr tropfte Wasser: 1,7559 Liter Hubraum im Turbo, bei 250 PS. Friedrich summte gelassen zu den dezenten Klängen, die vom Pool über das Flachdach klangen: »I found my thrills in Blueberry Hills. I found my thrills, when I found you.« Vladimir und sein Team hatten Praetorius also dreißig Jahre lang beobachtet, den Gedanken wollte er sich auf der Zunge zergehen lassen. Man muss einen Weg immer bis zu Ende gehen. Er lächelte und ging wiegenden Schrittes weiter.

»Du hast angerufen.« Vishnu stieg in voller Montur und mit Helm auf dem Kopf aus dem rotzenden Wagen. Sein Visier war aufgeklappt. »Wir bringen dich auf andere Gedanken. Die anderen warten schon.« Er reichte Friedrich einen Rennanzug mit Schuhen und den Originalhelm von Walter Röhrl, der Rallyelegende. Bevor er den Anzug anzog, zog er zwei schnelle Lines Kokain auf dem unter seine Nase gehaltenen Rückspiegel.

Es war ein Kindheitstraum, der immer wieder wahr wurde. Das Herz ging ihm auf, sein Puls raste im muskulösen Körper. Er hatte Kraft und Mumm, er würde die Fährnisse des Lebens mühelos meistern. Friedrich schlüpfte in die Montur, setzte sich in den Fahrersitz und schloss den Sechs-Punkt-Sicherheitsgurt, der mit Stahlstreben verbunden war. Er war wieder im Käfig, in völliger Sicherheit. Vishnu auf dem Beifahrersitz neben ihm tat dasselbe. Sein Vater betrieb die einzige moderne Autowerkstatt in Delhi. Die Botschaften und die großen Clans der Familien Tata und Modi kauften ihre Luxusschlitten und Supersportwagen bei Vishnus Vater und ließen sie dort reparieren. An einigen Wochenendabenden nahm Vishnu ein Gefährt seiner Wahl, einige Hundert Eier, Feuerwerkskörper und Plastikrohre und fuhr zu Friedrich, dem ultimativen Piloten. Sie trafen sich mit den anderen Rich-Kids in ihren Ferraris, McLarens und Porsches. Einer hatte sogar einen alten Hitler-Benz in goldener Lackierung. Sie schossen mit Raketen und Böllern in die Menge, warfen Eier auf Taxis und Polizeiautos, niemand konnte ihnen was, sie waren durch Diplomatenpässe und ihren Status immun, ihren Feinden und Verfolgern in minderwertigen indischen Marutis und Ambassadors überlegen. Sie waren übermotorisiert. Sie verhielten sich nicht wie Teenager, sie verhielten sich wie grausame Kinder, die dachten, sie seien erwachsen. Es war wie in einem abgefahrenen Videospiel, ein Heidenspaß, nur dass er dieses Spiel nicht nur spielte – er war das Spiel. Friedrich wusste, an Röhrl kam er nicht heran, aber mit Zwischengas schalten, das konnte er, und er gab Gas. Die Beschleunigung drückte sie in die Sitze. Sie rasten durch die Gassen der Reichensiedlung Panchsheel Park, vorbei an den Torwächtern und Hecken, den beleuchteten Bäumen und Swimmingpools, auf die Hauptstraße, spärlich beleuchtet im Smognebel. Sie rasten auf die Innenstadt zu, ein Fünfsternehotel, wo sie sich immer trafen.

Vishnu sagte die Höchstgeschwindigkeit für die Kurven an. Jeder Gedanke an Unstimmigkeiten in Friedrichs Leben war wie weggeblasen. Sie schrien vor Freude. Das Monster stellte sich mit kreischenden Reifen quer.

17

Acht Monate später, am 17. Juni 1987, fand die große Jahresabschluss-Gala der American Embassy School New Delhi statt. Der Vizepräsident der USA, George Bush, war als Hauptredner, Iris und Praetorius als Ehrengäste geladen, Friedrich wusste auch nicht, wozu. Die Familie Rittersgruen kam mit ihren zwei Mercedes-Benz-Limousinen. Die Männer fuhren. Beide Automobile wurden vom Staat bezahlt, der weiße /8er aus dem Jahr 1972, mit 160 km/h Höchstgeschwindigkeit von der deutschen Botschaft und der moderne, also leichte, unansehnliche, graue 200er D der Baureihe W 124 mit Automatikgetriebe und einer Höchstgeschwindigkeit von 187 km/h vom BND. Zwei Kostenstellen, zwei Mercedes, und alle wussten, dass Praetorius für den Geheimdienst arbeitete, denn die anderen Mitarbeiter der Botschaft hatten nur ein Auto. Friedrich betrachtete die staubige Welt mit Rikschas, Elefanten, Kamelen, Pferden, Bussen, Autos, Bettlern, Friseuren, vielen heiligen Kühen, Palmen, Ständen. Die permanente Lautstärke der Stadt kam gedämpft bei ihm an, die Luft wurde von der Aircon gereinigt. Ein Mensch spuckte roten Betelsaft aus einem Bus, er musste aufpassen. Das Leben auf der Straße war weiterhin wie eines dieser simplen Videospiele, wo man Gegenständen ausweichen musste, von rechts, von links, und manchmal eben auch von oben. Alle Menschen hier schienen Betel zu kauen, es galt als Betäubungsmittel, Aphrodisiakum und gut für die Verdauung. Es war das perfekte Mittelchen für Hunderte Millionen, die eng zusammengepfercht in einer Art Apokalypse in der Wüste mit einer Unzahl von Chlamydien, Durchfallbakterien und Viren lebten.

Plötzlich fiel Friedrich der Keller wieder ein. Sein Vater war nachgewiesenermaßen wahnsinnig und gefährlich. Wie hatte er das vergessen können? Ganz einfach, das war unglaublich, es musste ein Traum sein, sonst konnte die augenblickliche Realität ja auch kein Traum sein. Blind manövrierte er durch das Verkehrschaos in Delhi.

Friedrich blickte wieder über den Rückspiegel auf das unbewegte, weiße Mondgesicht seines Vaters mit Kassengestellbrille, der die Russen ebenso fertiggemacht hatte wie seine Mutter und der von seinem Sohn erwartete, das Spiel mitzuspielen und später den Krieg in der Armee Gottes weiterzuführen.

Es war also nicht so, dass Praetorius diese Muster in seiner Arbeit brauchte, er brauchte das Geheimnis. Die Weltgeschichte hatte sich in Praetorius' Körper und somit auch in seinen Geist geschrieben und zwang ihm diese Handlungen auf. Wenn das so war, dann bedeutete dies, dass auch Friedrich die Zukunft vorhersagen konnte, genau wie sein Vater.

Er schüttelte den Kopf und seufzte. Wie wahnsinnig konnte man sein und dennoch ein Auto sicher durch das Chaos führen? Und was sollte der Irrsinn mit dieser Umzugskiste und dem Nachbarn im privaten Schießstand hinter einer Schatzkammer? Friedrich schüttelte wieder den Kopf, schnaubte laut und rieb sich die Augen.

Die beiden Mercedes der deutschen Botschaft und des deutschen Geheimdiensts hatten das ruhige Botschaftsviertel erreicht und reihten sich in eine Karawane von weitaus teureren Limousinen mit Standarten und Chauffeuren ein, die am Straßenrand vor dem Eingangstor der AES zum Stehen kam. Auf der gegenüberliegenden Seite befand sich die Botschaft der USA. Hier durften die Schüler der AES aus sechzig Nationen der freien Welt in der großen Schulpause Billard oder Baseball spielen, bowlen und sich mit den Special Forces der USA am Pool aalen. Auf dem Schulgelände waren Autos nicht erlaubt, dennoch wurde jedes einzelne von den Torwächtern auf Bomben untersucht. Sie stellten sich auf beide Seiten der Autos am Straßenrand und hielten große Spiegel unter die Wagen. Erst dann durften die Gäste aussteigen. Im Hintergrund standen Elitesoldaten in grün-grauem Tarnfleck, die halbautomatischen Waffen auf der Armbeuge abgelegt, die Finger am Abzug. Sie trugen schwarze Sonnenbrillen und hatten einen Knopf im Ohr, wie auch die Scharfschützen auf den runden Dächern. Der Vizepräsident der USA war da und Indien das Land mit der mit Abstand größten Zahl an Terrorakten weltweit, deutlich vor Israel.

Die drei standen auf dem Bürgersteig. Es war heiß, schwül, und ein plötzlicher Schweißausbruch löste den Dreck des Tages in einem ölig-schwarzen Film von der Kopfhaut, der ihnen aus den Haaren den Hals hinablief. Praetorius überprüfte sein Bargeld, das aus der Brusttasche seines weißen Hemdes lugte. Iris zog an Friedrich, der keine Lust auf diese Veranstaltung hatte. Sie gingen langsam an den beiden großen Schwimmbecken mit den Sprungtürmen, der Bibliothek mit Mikrofilmen und Videos aller Nachrichtensendungen von CBS seit dem Jahr 1937 und einer Mehrzwecksporthalle vorbei auf die große Sporthalle mit einem Fassungsvermögen von 9000 Zuschauern zu. Das Gebäude erinnerte an eine Beton-Backstein-Lotosblume und war in den Gerölluntergrund gebaut, organisch mit diesem verwachsen, so schien es. Auf dem Dach wehten die Flaggen Indiens, das Chakra auf den Farben Safran, Weiß und Grün, und der USA, die Sterne und Streifen in Rot, Weiß und Blau. Zwei riesige Sikhs standen als Torsteher rechts und links des Haupteingangs. Friedrich und seine Gang bezeichneten die Angehörigen dieser Kriegerethnie augenzwinkernd als Turban-Cowboys. Die Torwächter trugen ihre Turbane aus weißem Tuch mit großen, hellblauen Saphiren darin, Brillis in den weißen Zähnen, Uzis in der Armbeuge und goldene Krummdolche, die am roten Hosenband befestigt waren und fast bis zum Brustkorb reichten. Sie hatten ihre Bärte hochgebunden, winkten wichtig wie Flugeinweiser auf dem Rollfeld, als sie die Familie von Rittersgruen erblickten, die Edelsteine glitzerten im Sonnenlicht.

Praetorius zückte die gedruckten Eintrittskarten, aber die Torwächter verbeugten sich tief. »Endlich sind Sie da, der Man-Eater und seine Familie, Sie sind Ehrengäste, wir haben nur auf Sie gewartet, bitte treten Sie ein.« Die Torwächter wedelten die Familie Rittersgruen in die Halle, wo eine Dame in zu engem Rock die drei zur ersten Reihe vor einer sehr großen Bühne mit einem kleinen Rednerpult darauf führte. Die Bühne war beleuchtet, der Zuschauerbereich nicht, sehr gut, Friedrich konnte sich wegducken. Die Gäste in ihren teuren Abendkleidern standen auf, ließen sie passieren, bis sie zu ihren Sitzplätzen direkt vor dem Pult gelangt waren.

»So, jetzt können wir anfangen.« Die Frau ging eine kleine Treppe hoch auf die Bühne und verschwand. Friedrich blickte sich um. Praetorius saß da wie ein russischer Diktator nach dem Urlaub auf der Krim, feist lächelnd, nun mit Sonnenbrille, das weiße Hemd oben weit offen über dem Wanst, das Programmheft in der Hand.

»Wir müssen ja verdammt wichtige Leute sein. Huiuiuiuiui!« Iris auf seiner linken Seite zuckte mit den Augenlidern, riss die Augen auf, blinzelte und gab aufgeregte Laute von sich. Dabei streichelte sie hektisch Friedrichs Oberschenkel. Ihre Hand rutschte immer weiter nach oben. Friedrich rührte sich nicht, aber er merkte es sich. Sie brach ihre Abmachung.

Die Halle war ausschließlich und an jeder freien Stelle in den Farben der USA geschmückt: Rot, Weiß, Blau. Die Zuschauerränge waren mit allen Schülern und Schülerinnen der AES sowie deren Familien und weiteren Angehörigen gefüllt. George Bush trat hinters Rednerpult. Das Publikum erhob sich. Sie sangen die amerikanische Nationalhymne, einige legten dabei die Hand auf das Herz, die Familien aus Saudi-Arabien standen auch, blieben aber stumm.

»Meine Damen und Herren, liebe Amerikaner …« George Bush war groß und schlank. Er trug einen dunkelblauen Anzug, weißes Hemd, rot-weiße Krawatte und eine unauffällige Brille. Wie der Praetorius von früher war er hager, mit asketischem Gesicht, und wie jener war er Soldat gewesen und lange Chef der CIA, wie Friedrich wusste. Er sprach mit trockener, ein wenig schnarrender Stimme. Es ging um Werte und wie man diese in der ganzen Welt vertrat, auch gegen die unfreie Welt.

»Wir sind ja keine Man-Eater.« Der Vizepräsident der USA blickte direkt auf Praetorius. »Wir, die wir das spüren, wissen, wovon ich spreche.« Er zwinkerte Praetorius zu. »Ich bitte hiermit einen hervorragenden Vertreter dieser Werte der USA, dieses Kampfes für die freie Welt, einen Bannerträger des menschlichen Fortschritts zu mir.« Er streckte die Hand aus. »Darf ich Friedrich von Rittersgruen bitten, zu mir zu kommen? Wir sind alle aus Sternenstaub gemacht, aber es gibt nur wenige Stars.«

»Na los!« Iris kniff Friedrich in den Oberschenkel, der nicht bemerkt hatte, dass er gemeint war. Sie stand auf, schubste ihn die kleine Treppe zur Bühne hoch, etwas in Friedrich brach, er hörte einen quietschenden Summton, als würden seine Nerven im Kopf vibrieren und gleich zerreißen. Er sah sich wieder in Neuried, Iris trieb ihn die Treppe hoch, die sich wie eine Hüfte um die Geschichte der Familie Rittersgruen und damit auch um die Deutschlands wand. Er fror ein, konnte sich nicht mehr bewegen. Die langen Haare standen ihm wirr zu Berge. Er sah aus wie Struwwelpeter, blutete an den Fingerspitzen, weil er sich gerne die Nägel mit einer Rasierklinge schnitt, blutete an den Schultern und Oberarmen, weil er sich nachts Knutschflecke mit Zahnspange verpasste. Er kratzte sich die Unterarme auf, Blut lief ihm aus den Schuhen. Er blieb auf der Treppe stehen, wippte unter den Augen Friedrichs des Großen und Terrors hin und her, stöhnte tief. Iris drückte ihn mit der Hand am Hals mit festem Griff nach vorne, seine Augen traten weit aus den Höhlen, und er hatte Schaum vor dem Mund.

»Ich bin ein Soldat in der Armee Gottes!« Friedrich scheute, er musste die Verkrampfung lösen. Dafür hatte er diesen Schrei, den er gepresst ausstieß, um danach heftig zu atmen, dann ging es wie geschmiert in sein Zimmer.

Friedrich beugte sich wie für den Moonwalk von Michael Jackson nach vorne, ohne es zu merken. Der Vizepräsident versprach ihm gerade das Präsidentenstipendium an einer Ostküstenuni, Harvard oder West Point, im Wert von einer Million Dollar.

»Das können wir nicht zulassen, keiner nimmt uns den kleinen Prinzen weg.« Iris sprang auf, ihre Haare loderten. Sie rannte die Treppe hoch zu Friedrich.

»Ich bin ein Soldat in der Armee Gottes.« Friedrich schrie laut und gepresst, erwachte und stolperte in eine gerade Position. Das Publikum lachte gelöst, konnte sich nicht mehr beruhigen. Iris stellte sich neben ihn, legte ihm einen Arm um die Schultern und reckte den anderen in einer Siegerpose nach oben. Das Publikum tobte, klatschte. Die Frau in dem zu engen Rock kam, brachte eine grau-rote Jacke und ein riesiges rotes »A« für All-Star, das auf die Jacke genäht werden sollte, einen Championship-Ring und einen weiteren, weil er Torschützenkönig geworden war, mit einem Tore-Schnitt von 2,25 in der Endrunde, sowie einem Montblanc-Füller für den Sieg im internationalen Schachturnier. Das Klatschen hallte in seinen Ohren, das vom Vater geerbte Ader-Einhorn wuchs pulsierend aus seiner Stirn. Der Hypnotiseur hatte mit den Fingern geschnippt, und Friedrich wusste, er musste fliehen.

Praetorius stand am Ausgang und winkte Iris und Friedrich herbei, der Terminkalender war mal wieder prall gefüllt. Der Botschafter von China hatte zum Abendessen geladen. Friedrich musste bei jeder Einladung der Chinesen dabei sein, da diese ihre Kinder in China lassen mussten. So stellte Peking sicher, dass die Eltern nicht Asyl in Indien beantragten und wieder nach China zurückkehrten. Die Kinder mussten auf ein Internat, in Wirklichkeit waren sie Geiseln, das wusste jeder. Friedrichs Anwesenheit öffnete emotionale Schleusen bei der gegnerischen Partei, er war eine Waffe im Kampf der Systeme, für die Allianz der Länder der freien Welt gegen den Kommunismus. Er war nicht mehr in Trance wie bei der Anfahrt zum Galaabend, er war so ruhig wie noch nie, wie ein bedrohtes Tier, als hätte er eine Menge Kokain in sehr guter Qualität gezogen, mit weit aufgerissenen, irren Augen, den Mund offen. Er nahm den Straßenverkehr und das Botschaftsgebäude nicht wahr, obwohl er die Architektur der Botschaften am Shantipath liebte, die anlässlich einer Weltausstellung errichtet worden waren. Die deutsche Botschaft war zum Beispiel im Bauhausstil gebaut, flach, eckig, funktional. In der chinesischen Botschaft saßen sie in einem spärlich beleuchteten Raum mit so hohen Decken, dass man sie nicht sah. Aus dem Nichts fielen schwere, goldene Vorhänge vor den Fenstern herab, sodass die Scheiben nach außen spiegelten und auch keine Vibrationen an den Scheiben ablesbar waren, die Amerikaner hatten nämlich entsprechende Abhörgeräte entwickelt. Der chinesische Botschafter hieß Xi, was wie Schi ausgesprochen wurde, er war groß und dick, sein lächelndes, glänzendes, glattes Gesicht mit den dichten schwarzen Haaren darüber sah aus wie eine dieser Plastikmasken, die von Bankräubern im Film so gerne verwendet wurden.

Sie saßen um einen runden weißen Porzellantisch, der wie ein Pilz auf einem Fuß stand, wie der Fernseher der Marke Braun bei seiner Mutter. Im Porzellan waren detailgetreue Darstellungen bunter Vögel zu sehen. Auf dem Tisch befand sich eine drehbare, runde Platte, die von aus dem Dunkel lautlos erscheinenden Lakaien ganze sechsundzwanzig Mal vollkommen neu eingedeckt wurde. Die meisten Speisen waren mit vielen starken Gewürzen fein abgeschmeckt und lecker, nur wenige entsprachen so gar nicht Friedrichs Anspruch an das Äußere, glibberig wie eine Qualle, vergoren oder ätzend, sie ekelten ihn an. Es gab Wein, Bier, Pflaumen- und Reisschnaps für die Erwachsenen und Coca-Cola für Friedrich. Sein Kopf brummte, Gedanken hämmerten im hohen Puls, er dachte, er würde platzen. Zugleich machte er sich über sich lustig, da musste also erst der Fußball kommen, die rote Linie für den deutschen Jungen, da verstand er keinen Spaß mehr, während jahrelanger Hausarrest, psychischer Missbrauch, der totale Hass auf den eigenen Körper und den eigenen Geist gerade noch so durchgingen, aber wenn er aus Angst vor dem kompletten Kontrollverlust die totale Kontrolle über seinen Geist und seinen Körper erlangte und ihm ein Schachstipendium und ein Leben als Fußballstar in Aussicht gestellt wurden, schnelle Autos, schnelle Mädels, dann hatte der Vater dies zu unterstützen, das war der deutsche Gesellschaftsvertrag. Er saß kerzengerade, der Rücken durfte die Stuhllehne nicht berühren, die Arme nicht zu weit über den Tisch ragen. Friedrich war nicht in der Lage, einen klaren Gedanken zu fassen.

Der chinesische Botschafter fragte wie immer lächelnd nach den vielen Besuchen von Praetorius beim Dalai-Lama im Himalaja. Man sah das in Peking nicht so gerne. Praetorius erwiderte freundlich betrunken, dass man in Peking aber das Geld sehr wohl zu schätzen wisse, welches man aus der Free-Tibet-Kampagne generiere, zum Beispiel durch die massenhafte Produktion und den Verkauf dieser bunten Free-Tibet–Fahnen.

Friedrich war damit beschäftigt, festzustellen, dass er auftauchte, nach Luft schnappte, dass er vergaß und nicht mehr sagen konnte, als dass er nicht wusste, was er nicht wusste. Er öffnete die Augen und stellte fest, dass er im Dunkeln tappte. Irgendwo dachte aber ein kleiner Friedrich, der Schachspieler, heimlich Dinge zu Ende, und dieser kleine Friedrich sagte dem

Teenager nun, dass es kein Komiker gewesen sein konnte, der sich am Telefon als Dalai-Lama ausgegeben hatte, das konnte nicht sein. Es war der echte Dalai-Lama gewesen. Friedrich hörte weder dem chinesischen Botschafter noch dem kleinen Jungen richtig zu, wusste nicht, worum es ging, auf jeden Fall nicht um Free Tibet, das war diplomatischer Talk. Er war die ganze Zeit auf der falschen Fährte gewesen. Schalk im Nacken. Er dachte nicht mehr das Undenkbare, sondern das einzig Mögliche, und das besagte, dass Praetorius der Führer eines Ordens der Tempelritter war, der Vettern von Walstatt. Walstatt hieß: »Das Feld der Toten«. Wenn man also dem Dalai-Lama trauen durfte, dann war Friedrich der neue Auserwählte, dazu bestimmt, der neue Heilige des Ordens der Vettern von Walstatt zu werden. Praetorius hatte mit den Tempelrittern – insbesondere seinem Freund Pit und dem Geld der Familie von Thurn und Taxis –, den Habsburgern und dem Vatikan die DDR gekauft, der BND war nur ein Türöffner gewesen. Dafür hatte man das Einhorn und den Heiligen Gral an die Schatzkammer des Hauses Habsburg in der Hofburg zu Wien gegeben, wo sie nun als unveräußerliche Erbstücke ausgestellt wurden. China und wahrscheinlich auch Russland hatten das durchschaut, und sie wollten vermeiden, dass dieser Bund sich in Tibet auch noch einmischte. Friedrich war in Alarmbereitschaft. Er spürte nichts, er erinnerte nichts oder wirr, er durfte sich nichts anmerken lassen. Weshalb hatte Praetorius nicht bemerkt, dass er jahrelang nicht zur Schule gegangen war? Friedrich wurde zum König eines Landes erzogen, das nicht existierte, er erhielt gerade eine Ahnung von der Existenz dieses Königreiches, aber da er nie gewusst hatte, wie dieses Land aussah, hatte er sich auch nie richtig benehmen können.

Ein Diener trat an den chinesischen Botschafter heran, beugte sich zu seinem Ohr und hielt seine weiß behandschuhte Hand zwischen seinen Mund und dessen Ohr. Der chinesische Botschafter nickte, tupfte sich den Mund ab.

»Da ist ein Herr Vishnu vor dem Tor.« Er wandte sich an Praetorius. »Ich nehme an, Sie schicken Ihren Sohn auf das Eliteinternat in Hinterzarten und dann zur Bundeswehr. Da sollte sich der Junge vorher vielleicht noch mal die Hörner abstoßen, oder?«

Praetorius nickte kauend und wedelte Friedrich wortlos aus dem Raum. Der wollte sich unbedingt zweimal bitten lassen. Er wollte ganz sicher sein, dass jeder das hier und jetzt verstand: Die Chinesen waren vernarrt in die Freiheit des Westens, ließen sich ihn, Friedrich, als Beweis dafür vorführen, und seine Eltern spielten dieses Idiotenballett nur zu gerne mit, wie um sich selbst zu beweisen, dass sie gute Eltern waren. Er fragte bitter: »Soll ich mir jetzt die Hörner abstoßen?« Er sprach deutsch.

»Frag nicht so scheinheilig«, antwortete Praetorius schnodderig. Er versuchte, sich seinen Missmut nicht anmerken zu lassen, aber Friedrich spürte, dass er ihn verärgerte.

»Einerseits soll ich immer die glückliche Familie vortäuschen und schön den Schein wahren, andererseits willst du mich los sein.« Friedrich deutete einen Angriff am Königsflügel an, dann ginge es aber der Dame an den Kragen. Er hatte ihn in der Falle. Praetorius konnte die Tür nicht einfach geschlossen halten. Er musste Rede und Antwort stehen. Friedrich hatte den Braten gerochen. Er sollte im Schwarzwald von Neuem eingesperrt sein, ganz wie früher Hermann Hesse. Friedrich würde sich wegducken und heimlich seine Flucht planen. Er musste Praetorius in Sicherheit wiegen, die weite Entfernung von Indien dazu nutzen, seine Mutter sehen. Vielleicht konnte er zu ihr ziehen?

»Ich verstehe gar nicht, was das jetzt soll. Ich liebe euch doch alle.« Praetorius wirkte tatsächlich ahnungslos und verwirrt. Das reizte Friedrich nur noch mehr. Es war doch unfassbar, dass sein Vater ihn wie einen Häftling behandelte und sich zugleich über die Zustände in der DDR, der unfreien Welt, aufregte.

»Du verbietest mir, das Stipendium für die Eliteuni in den

USA anzunehmen, aber den Chinesen soll ich Freiheit demonstrieren. Schon komisch.« Die Chinesen taten so, als verstünden sie kein Wort, aber sie kriegten genau mit, dass etwas nicht stimmte. Später würden sie die geheimen Tonbandmitschnitte des Familienstreits übersetzen lassen. Das dachte Friedrich auch mit. Er war das Schachgenie mit dem Präsidentenstipendium. Dieses Mal wäre er es, der Praetorius hinters Licht führte, und er wusste auch schon, wie.

»Wollte ich ja nur mal gesagt haben. Ich liebe euch doch auch alle.« Friedrichs Stimme troff vor Zynismus.

»Jetzt muss ich mal dazwischenfunken. Du bist wirklich unerhört. Du bist undankbar. Was dein Vater alles für dich getan hat. Denk mal da dran.« Iris wollte offensichtlich etwas nachholen. Sie hatte zu wenig Aufmerksamkeit bekommen.

»Mein Vater ist ein schlechter Vater. Er hat mir meine echte Mutter weggenommen und mir stattdessen so ein Arschloch wie dich vorgesetzt. Denk mal da dran.«

»Praetorius, also jetzt sag du auch mal etwas.« Die Chinesen schwiegen. Iris warf ihre Serviette auf den Tisch.

»Friedrich, du gehst jetzt besser.« Praetorius hob sein Glas zu einem Kellner und verlangte einen weiteren Schluck.

Friedrich stand auf, ging um den Tisch zu Iris und gab ihr eine gepfefferte Ohrfeige.

»Ihr habt beide den Deal gebrochen.« Sein Herz tat einen Sprung. Er stakste ungelenk mit aufgeblähtem Brustkorb und muskulös abstehenden Armen aus dem Raum. Es war ein langer Marsch, er spürte alle Augen auf seinem Rücken.

»Ich glaube, wir müssen schnell zum Arzt. Jemand muss dir dieses Grinsen aus dem Gesicht operieren. Was ist denn passiert?«

»Danke, dass du mich hier herausholst, Vishnu, aber heute habe ich keine Lust, die Stadt zu terrorisieren.« Er nahm das dargereichte Kokain und auch das Ketamin, eine geniale und bewährte Mischung, die den Geist auf Touren hielt und zugleich ins Nirwana führte. Friedrich wollte von Vishnu wissen, ob sie auch die Autos von diesem Igel Vladimir von der russischen Botschaft reparierten. Vishnus Eltern hatten sich aus Indien über die Hippieroute in den Siebzigerjahren nach Deutschland aufgemacht, hatten das Handwerk der Automobiltradition erlernt und aufgesogen, um wieder zurückzukehren in eine aufstrebende Wirtschaft. Sie waren also aufgeklärt, aber sie blieben indische Eltern. Sie hatten sogar einen abhörsicheren Raum, da sowohl der indische Geheimdienst als auch die Konkurrenz um die Alleinvertretung westlicher Automobilhersteller keine moralischen Bedenken hatten und mit Sicherheit alle nur erdenklichen Möglichkeiten wahrnahmen, an geheime Informationen über die Konkurrenz und Technologien der freien Welt zu gelangen. Vishnu verstand den Druck einer abgehalfterten Uradelsfamilie mit christlichem Sektenhintergrund wohl besser als jeder andere Mensch auf der Welt.

»Du musst etwas für mich erledigen. Frage den Russen bitte, ob er immer noch Interesse an meiner Spionagekamera hat.«

»Und dann?«

»Dann gibt er dir 200 000 Dollar.«

»Und dann?«

»Werden wir sehen.«

»Ich lege mich nicht mit den Russen an.«

»Du brauchst eine Adresse in Freiburg. Mein Vater lässt euch sicherlich überwachen, also ein toter Briefkasten. Praetorius ist ›Königstiger‹, der Russe ist ›Fats Domino‹, nach dem Sänger von Blueberry Hills.« Friedrich nestelte an seiner Rennmontur, öffnete einen Reißverschluss, griff in den Schutzanzug und fingerte die Minox aus seiner neuen grauen All-Star-Jacke und warf sie Vishnu in den Schoß.

18

Friedrich saß in der Lobby des Parkhotel Adler in Hinterzarten und guckte RTL+, *The Twilight Zone – Unbekannte Dimensionen*. Endlich durfte er fernsehen. Das Fernsehgerät war einem Fünfsternehotel angemessen, riesig, bestimmt einen Meter tief, mit der unfassbaren Bildschirmdiagonale von 80 Zentimetern bei einem Gewicht von 75 Kilogramm. Hinter dem Fernseher befanden sich riesige Scheiben mit aufgeklebten Silhouetten von Jagdvögeln. Friedrich sah durch seine Spiegelung hindurch auf die sich schemenhaft abzeichnende Landschaft des Schwarzwalds. Natur in Hell- und Dunkelgrün, traumhaft, wie er sie fast drei Jahre lang nicht gesehen hatte. Es war nicht alles verstaubt wie in Indien, kein Friseur verrichtete sein Tagwerk auf der Straße, und auch ansonsten bewegten sich dort keine Menschenmassen im Chaos mit einer absurden Mischung verschiedenster Tiere. Alles war ruhig, gesittet und unfassbar reich, so reich, dass der Kommunismus hier an sein Ende gekommen war. Es war obszön und durch nichts zu erklären, weshalb hier die Menschen so und in Indien auf eine so andere Art lebten. Luxuslimousinen standen in Reih und Glied auf dem in kühlem Grau präzise gepflasterten Parkplatz, viele deutsche Autos, aber auch aus Norditalien und England. Soweit Friedrichs Auge reichte, war es grün und reich. Er nahm sich eine weitere, die siebte in goldene Alufolie gewickelte Nuss-Schoko-Kugel von Ferrero-Rocher, die neben seinem breiten, schwarzen Ledersofa zu einer kunstvollen Pyramide aufgebaut waren. Sein Ziel bestand darin, dieses Bauwerk für den Pharao Cheops zum Einsturz zu bringen, aber Hans, der Concierge, wachte darüber, dass dies nicht gelang. Er kam hinter seinem Tresen hervor, eine durchsichtige Plastikdose mit zwölf neuen goldenen Kugeln in der Hand. Er beugte sich über das Sofa und füllte die Lücken geschickt wieder auf. Kopfschüttelnd nahm Hans die Fernbedienung in die Hand und stellte den öffentlich-rechtlichen Sender ARD ein.

»Die Dame am Tresen hat von dir gehört, Marquis de Carmignac. Sie kommt aus Neuss bei Düsseldorf und ist zweiundvierzig Jahre alt, kein Ehemann. Welchen Vornamen darf ich nennen, wenn's genehm ist?«

Friedrich konnte sich den Namen aussuchen, das war sein Vorteil. Er betrachtete die Dame am Tresen einen Augenblick lang. Sie trug Jeans, einen weißen Pullover, keinen BH, die Brüste und die Brustwarzen zeichneten sich durch das zarte Cashmere ab. Vielleicht ein kleiner Job, aber nichts Großes, sie schämte sich ihrer Falten nicht. Pferdeschwanz, schwarzes Haar, weit aufgerissene Augen, starke Augenbrauen, volle Lippen. Sie ging nicht ins Solarium und war nur dezent geschminkt, Handtasche, Rollkoffer, 172 Zentimeter groß, 64 geschätzte Kilogramm schwer, also kein Hungerhaken, das war wichtig.

»Christian.« Friedrich nannte seinen dritten Vornamen, ohne nachzudenken. Im Fall der Fälle konnte er diesen Namen einem weiblichen Vornamen zuordnen. Wenn eine Kundin an der Rezeption nach ihm fragte, ohne ihren Namen zu nennen, so würde er dennoch wissen, wer da gefragt hatte, da sie seinen Namen nennen musste. Er durfte nur so viele Kundinnen gleichzeitig haben, wie er Vornamen hatte, das war der Plan: Friedrich, Ludwig und Christian. Den Nachnamen hatte er nach einem Pariser Investmentfonds gewählt, Hans hatte ihn für gut befunden, und so war es dabei geblieben, obwohl Friedrich sich nicht ganz wohl damit fühlte. Friedrich hatte sogar Visitenkarten gedruckt mit dem Untertitel: »Wenn er auf Sie zukommt, werden Sie schmelzen, wie Eis in der Sonne«, aber die wollte er nicht mehr verwenden. Er hoffte, dass auch Hans sich daran hielt. Hans verlangte eine ordentliche Provision von 20 Prozent, und er spielte Schach. Man konnte gut einen Nachmittag mit ihm vertrödeln. Er sprach die Dame am Tresen an, nickte kurz mit dem Kinn zu ihm hin. Sie kam mit ihrer Handtasche und dem Rollkoffer zu Friedrich und ließ sich seufzend auf die Couch plumpsen, als hätte sie gerade den Einkauf in ihre Wohnung geschleppt.

»Ich bin Sandra.« Sie streckte eine Hand aus.

»Christian.« Friedrich schüttelte die Hand und lächelte.

»Welche Musik hörst du gerne?« Er hatte sich die Frage zurechtgelegt, nachdem er sich über den Verkauf von Luxusimmobilien informiert hatte. Diese Frage war sein Brot, das er im Ofen aufwärmte, um in der Wohnung ein angenehmes Gefühl zu erzeugen. Die Frauen reicher Männer achteten darauf, dass alles perfekt war, nur wenn sie die kleinen Fehler nicht sahen, kauften sie. Friedrich trug nur Kleidungsstücke von Bekannten aus Indien oder vom Internat, in diesem Fall ein Tanktop wie Günter, das seinen keilförmigen Oberkörper betonte und die Bauchmuskeln frei ließ, deshalb war er auch nicht zur Begrüßung aufgestanden, seine Beine waren strafraumgeeignet, kurz und dick, dachte er. Er trug einen Nadelstreifenanzug, der an den Armen zu eng und zu kurz war, weiße Turnschuhe, es war ein zufällig zusammengewürfeltes Outfit, nur so fühlte er sich frei und nicht als der siebzehnjährige Friedrich, der er war. Sein Gesicht war symmetrisch, die Haare lang, zu einem Pferdeschwanz zusammengefasst. Er dachte an das dem Namen Christian zugeordnete Motto: »Hengst mit Pferdeschwanz«. Sein Lächeln wurde breiter.

»Beethovens Fünfte. Das erinnert mich an meinen Flug nach New York.« Sie blickte sich nervös um. »Machen Sie auch Hausbesuche?«

»Kommt drauf an. Nicht im Dorf. Ich habe eine Jagdhütte im Wald.«

»In Neuss, bei Düsseldorf. Die Kinder sind im Urlaub. Was finden Sie besser. Club Med oder Club Robinson?«

»Ich denke, beides wird den Kids gefallen. Der Vater fährt mit?«

»Nein. Ich bin allein.« Sie runzelte die Stirn. Friedrich machte sich innerlich Vorwürfe, eigentlich wusste er: niemals den Finger in die Wunde legen. »Ich habe nicht viel Zeit. Hans hat einen Brief.« Sie stand auf, reichte ihm wieder die Hand.

Friedrich holte den Brief an der Rezeption ab, nachdem Sandra in einem Taxi verschwunden war. Als er den Umschlag öffnete, fielen ihm sofort 2000 D-Mark in 500-Mark-Scheinen in die Hand. Er schüttelte ein wenig, und eine Postkarte mit einem Foto von der berühmten Schwarzwald-Fernsehklinik im goldenen Rahmen rutschte heraus. Sandra hatte ihre Adresse in Neuss, die Telefonnummer und einen Vorschlag für das Love-Weekend vermerkt, vom 28. bis zum 30. August 1987, also ein extralanges Love-Weekend, dachte Friedrich.

»Fünfhundert habe ich mir schon genommen, wenn's recht ist, Herr Marquis.« Hans deutete eine Verbeugung an.

Friedrich begutachtete einen der rotbraunen Scheine, ein erstaunlich glatt rasierter Mann mit Dreispitz auf dem Kopf und Fellumhang, auf der anderen Seite die Burg Eltz, ein imposantes Gebäude mit vielen Türmen und Scharten, Stammsitz einer befreundeten Familie. Friedrich hatte sich hochgearbeitet, jetzt fehlte ihm noch der Tausender, darauf der Mathematiker Schöner mit schütter-strähnigem Haar, und auf der anderen Seite der Limburger Dom, Inbegriff romanischer Baukunst.

Es klopfte an der Tür.

»Dein Vater ist am Telefon.« Friedrich hörte, wie sich Schritte entfernten. Er rappelte sich mit einem Stöhnen von seinem ungemachten Bett auf und ging über verstreute Bücherstapel durch sein sparsam eingerichtetes Zimmer mit dem Blick auf dunkelgrüne Tannenbäume. Das Internat war spartanisch, hier ging es um innere Werte, und Friedrich wollte daran nichts ändern. Er ging den schmalen, dunklen, mit Laminat ausgelegten

Gang entlang zum an der Wand montierten Telefon. Der Hörer hing an einer Kordel herunter.

»Ja.«

»Hier ist Rittersgruen.« Er hörte die sanfte, hohe Stimme seines Vaters.

»So ein Zufall, hier auch.«

»Du kannst dich ruhig mal melden, mein geliebter Sohn.«

»Ich habe nichts zu fragen.«

»Du könntest wenigstens nach deiner Mutter fragen. Iris vermisst dich. Sie lässt schön grüßen.«

»Praetorius, was willst du?«

Sie schwiegen. Friedrich verspürte nicht das Bedürfnis, das Gespräch durch unnötige Fragen oder durch die Preisgabe von Informationen weiterzuführen. Der Rektor des Internats hatte darüber schon mit ihm ein persönliches Gespräch geführt, da sich Praetorius schriftlich an ihn gewandt hatte. Friedrich hatte mit dem Thema abgeschlossen. Er war weit weg, und das war gut so. Er spürte die Hilflosigkeit seines Vaters und wollte auflegen.

»Du weißt doch, dass die Großeltern Geld für dein Studium angelegt haben?«

»Ja. Das kriege ich, wenn ich achtzehn werde.« Er war der Erstgeborene, irgendwann würde auch das Denkmal Friedrichs des Großen ihm gehören. Er würde es sofort verkaufen. Das wusste Praetorius, da hatte er schon zu viel erzählt.

»Die Großeltern haben mir die Verwaltung des Vermögens übertragen. Du kriegst das Geld erst, wenn du deinen Bundeswehrdienst abgeleistet hast.«

»Ich muss nicht zum Bund. Ich bin als Diplomatenkind in Indien gemeldet. Da werde ich nicht eingezogen.« Friedrich musste lächeln. Praetorius wusste nichts über das reale Leben.

»Oh! Gut, dass du das sagst. Und das Denkmal gebe ich dir auch nicht. Ich kann dir nicht trauen.«

»Was heißt, auch nicht?«

»Du weißt genau, was das heißt.« Praetorius hatte sich verraten. Er würde Friedrich nie sein Geld geben. Friedrich beschloss, das Gespräch zu beenden, höflich und bestimmt, wie er es immer tat.

»Die Spaghetti sind gerade al dente. Ich habe meine Spaghetti gerne al dente. Bis zum nächsten Mal.«

»Ich richte Iris schöne Grüße aus.«

Friedrich hielt den Hörer frontal vor sein Gesicht und blickte ihn stirnrunzelnd an. Praetorius rief seinen Namen. Friedrich legte wortlos auf.

Einen Tag später war wieder Praetorius am Telefon. Er hatte den Missstand mit der Bundeswehr behoben. Bald schon würde der Einberufungsbescheid kommen. Es galt, die Familientradition fortzuführen, für das Vaterland zu töten.

»Ein Mann will jagen, ein Mann will töten. Denk daran, dass du in der Tradition beider Weltkriege gezeugt wurdest, mein geliebter Sohn. Unsere Großeltern haben uns verkuppelt, weil sie auf dem Veteranentreffen der Bundeswehr festgestellt haben, dass die Kinder noch nicht verheiratet sind.«

»Das große Glück der deutschen Geschichte!« Friedrich war immer wieder fassungslos, wenn er Praetorius zuhörte. Er hätte ihn spätestens in Indien umbringen müssen, jetzt war es zu spät. Praetorius wollte ihn tatsächlich weiterhin einsperren, auch über seinen achtzehnten Geburtstag hinaus. Dabei trieb er seinen Sohn nur immer weiter von sich weg. Friedrich war ein freier Mann in einer weiten Welt. Am Internat hatte er den Sohn einer wahnsinnig reichen und bedeutenden Familie aus Ägypten kennengelernt. Hassan hatte ihm angeboten, mit ihm nach Kairo zu ziehen, dann wäre er nicht so allein. Der Onkel hatte eine Villa auf einer Insel im Nil. Jedes Zimmer verfügte über ein eigenes Bad, und es gab einen Squashcourt. Friedrich würde das Angebot nun wohl oder übel annehmen.

»Der Dienst wird dir guttun, mein Sohn. Disziplin.«

»Die Spaghetti sind al dente. Ich muss.«

»Du solltest nicht zu viel Spaghetti essen. Das kann auf Dauer nicht gut sein.«

Die Schule war um 13 Uhr beendet, er ließ das Mittagessen im großen Saal ausfallen, nahm die Regionalbahn vom Bahnhof Hinterzarten, in Freiburg einen D-Zug nach Frankfurt und einen weiteren nach Düsseldorf. Friedrich trug eine dunkelgraue feste Stoffhose und einen dunkelgrauen Hoodie mit Reißverschluss und zwei Taschen. Beide Kleidungsstücke liebte er, mit ihnen konnte er nachts durch den Wald rennen, ohne sich aufzuschürfen. In Indien hatten sie Hermann Hesse im Unterricht gehabt, Friedrich hatte eine Eins für sein Wissen und seine Textanalyse bekommen. Plötzlich wurde er für Siddharta gefeiert. Er wollte selbst Geschichten schreiben, aber die wurden ihm von den Eltern gestohlen. Friedrich spielte die Helden seiner Familienvergangenheit nach, um in einem Orden der Tempelritter aufgenommen zu werden und das Königreich zu erben. Er musste als Attentäter entweder seinen Vater oder seine Mutter ermorden. Mit seinem langen Haar und der wieder sehr bleichen Haut und in dieser Kutte hatte er etwas von einem mönchhaften Giftmörder. Er spielte den Lebensretter des Königs, der wahrscheinlich ein schwuler Liebhaber des Königs war, er spielte Terror Tartar mit Pferd, Pfeil und Bogen und Säbel, der die Tataren versklavte und abschlachtete, und er spielte zum guten Schluss Schach und rettete das Heer der Kreuzritter, indem er entweder seiner Mutter oder seinem Vater Kopf und Arme abschlug. Es waren tolle Fantasien und richtiggehende Wahnvorstellungen in dunklen Gemäuern, mit Fackeln und Rüstungen, ein Morden durch die Jahrhunderte. Friedrich zog die Kapuze tiefer. Sein Gesicht lag im Schatten, man sah seine Augen nicht. Er freute sich über seine Fähigkeit, eine Zeitspanne wie mit einem Videorekorder aufzunehmen und später wieder abzuspulen, um sich dann Gedanken dazu zu machen und seinem Leben nachträglich einen Sinn zu geben. Indien war weit weg, seine bleiche Haut der beste Beweis. Sie rasten mit 180 km/h an Weinbaugebieten und unansehnlichen Flecken vorbei, inklusive einer fetten Line auf der Zugtoilette, von dort mit der S-Bahn nach Neuss und zu Fuß zu Madame, da war die Sonne bereits untergegangen.

Friedrich blickte über ein breites schmiedeeisernes Doppeltor vor einer beleuchteten Kiesauffahrt, in der Ferne ein großes von unten angestrahltes Haus. Es war angenehm kühl, ungefähr 14 Grad Celsius nach einem bedeckten Nieselregentag. Er zog die Kapuze vom Kopf und klingelte noch einmal an der Haustür, die über drei Meter hoch und von einem Vorbau mit darüber befindlichem Balkon überdacht war. Sandra öffnete im dezenten hellblauen Bademantel, eng geschnürt, bis zum Hals geschlossen. Sie roch frisch eingecremt und sah vollkommen anders aus als bei ihrem ersten kurzen Aufeinandertreffen. Das Messer war nicht angesetzt worden, sie hatte sich schönspritzen lassen, die Haut war weich und absurd glatt, als wollte sie wie ein Kleinkind aussehen, wie mit Weichzeichner fotografiert, keine Konturen, keine Nase, keine Backen. Sie sah aus wie ein frisch gepelltes Ei. Friedrich fühlte sich schmutzig, er wusste plötzlich, dass er stank wie ein Puma im Käfig. Er hatte sich seit Wochen nicht gewaschen. Ihre Augen waren groß, die Lippen auch, aber sie lächelte nicht, die Augen blickten stumpf. Sie trug eine durchsichtige Uhr aus Plastik mit cremefarbenem Plastikarmband, das mechanische Uhrwerk sichtbar – sündhaft teurer Armen-Chic –, eindimensionale goldene Ohrringe ohne Steine, ihr glattes, langes Haar war an diesem Tag von einem teuren Friseur silbrig weiß gefärbt, geschnitten und gelegt worden.

»Christian.« Sie machte einen kleinen Knicks und trat zur Seite.

»Sandra.« Hätte sie seinen Namen nicht gesagt, er hätte sie nicht erkannt. Er trat an ihr vorbei und sah eine Frau, die ihm irgendwie bekannt vorkam. Ihre Beine waren verdreht und sie kaute an ihren Fingernägeln. Sie widerte Friedrich an, aber er hatte das Gefühl, sie vor langer Zeit einmal gemocht zu haben. Vielleicht war sie seine Mutter, und das hier war eine Falle? Ihm war eiskalt, er begann zu zittern. Es war nicht mehr angenehm kühl, es war tiefster Winter im Vergleich zu Indien. »Ich muss mal kurz wohin.«

»Den Gang hinunter, letzte Tür rechts.«

Friedrich ging mit abgewandtem Blick an der zweiten Frau vorbei ins Bad, das offensichtlich zu Sandras Schlafzimmer gehörte. Ein Porträt von ihr, hergestellt in der Fabrik von Andy Warhol, hing über dem kleinen Regal mit flauschigen Handtüchern. Schlotternd ließ er heißes Wasser in die Badewanne. Im Spiegel sah er aus wie ein nasser Hund, der sich schüttelte. Er wollte den Spiegel zerschlagen, zitterte aber zu sehr. Stattdessen verdeckte er sein Spiegelbild mit den Händen. Seine Zähne klapperten indes so laut, dass er die Hände vom Spiegel nahm und sich lieber die Ohren zuhielt. Wie von einem Presslufthammer rumorte es dumpf in seinem Kopf: Was mache ich hier, was zum Teufel mache ich hier?

Vollständig bekleidet glitt er in die Wanne, und statt weiter zu zittern, bekam er einen glühenden Kopf. Sein Herz raste. Zum ersten Mal seit der Rede des Vizepräsidenten der Vereinigten Staaten von Amerika hatte er das Gefühl, wieder klar zu sehen. Er war auf der Flucht vor seinem Vater, war in Deutschland, die Gefahr war weit weg, er konnte sein Verschwinden planen und er arbeitete als Toyboy, hatte also keine sexuellen Probleme, ganz im Gegenteil, sobald er unter einer angenommenen Identität arbeitete, konnte er Frauen als Objekt wahrnehmen, und seine Vorsteherdrüse funktionierte einwandfrei. Geld war da, was wollte er also mehr? Er lag voll bekleidet in einer fremden Badewanne. Das ließ sich nicht schönreden, Toyboy und Vorsteherdrüse hin oder her, was sollte das? Hatte er noch alle Tassen im Schrank? Wann war er falsch abgebogen? Vor seinen Augen schob sich Iris hektisch in sein Sehfeld. Er tauchte unter und legte unwillkürlich seine Füße mit den schweren Schuhen auf dem Wannenrand ab.

Die Tür ging auf. Eine Frau beugte sich über die Wanne, er sah sie gebrochen durch das schwappende Wasser, ihre langen braunen Haare mit blonden Strähnen. Der Kopf verschwand, Friedrich tauchte wieder auf. Das war nicht Iris. Die Frau saß auf der Toilettenschüssel am Fußende der Wanne. Ihre Stimme erinnerte ihn an ein wohliges Gefühl. Er bekam Angst, dieses Gefühl war falsch. Es war warm, nicht heiß wie das Wasser, sondern warm in seiner Brust. Für eine Sekunde fühlte er sich geborgen in dieser Wanne mit seiner schweren nassen Kleidung, die fremde Frau ihm gegenüber. Dann tat es weh, das heiße Wasser dampfte immer noch, ruckartig zog er seine Hände aus dem Wasser. Schmerz auf der Haut. Geborgenheit war die falsche Fährte, auf die er sich nicht locken lassen durfte.

»Was machst du hier?« Die Frau beugte sich nach vorne, ihre Augen blickten ins Nirwana.

»Baden.«

»Das sehe ich.«

»Und was machen Sie hier?«

»Ich bin deine Mutter.«

»Ich habe dich geschlagen«, sagte Friedrich erschrocken.

Seine Mutter sah ihn an. Das Gefühl von vorhin flammte noch einmal für einen Augenblick in Friedrich auf. Doch es kam gegen seine Scham nicht an. Friedrich schämte sich, damals in Hattersheim seine Mutter geschlagen zu haben und sie jetzt nicht mehr zu erkennen. Er schämte sich für alles, was er unter Wasser vor seinem inneren Auge gesehen hatte. Und plötzlich fühlte er nichts mehr. Er war leer.

»Das ist doch so lange her. Dein Vater hat dich manipuliert.« Ihr Kinn zitterte. Sie blickte ihn unablässig an, ohne zu blinzeln. Langsam schnürte sie seine Schuhe auf, zog sie von den Füßen und massierte seine Fußsohlen.

»Wieso hast du dich nicht gemeldet, seit du aus Indien zurück bist?« Sie sprach mit belegter Zunge.

Der Schock?, fragte sich Friedrich. Amalia war das Letzte, was er gerade sehen wollte, war ihr das nicht klar? Sie hatte also ihre Freundin angeheuert, um ihn nach Düsseldorf zu lotsen. Praetorius musste sie überwachen, warum sollte sie sonst so viel Aufwand betreiben, ihn zu treffen. Hatte sie wirklich so große Angst?, fragte sich Friedrich. Mit der Ohrfeige in diesem vom Nebel umhüllten Haus mit den Fliegen hatte das Unglück begonnen.

»Wieso könnt ihr mich nicht einfach in Ruhe lassen?« Friedrich hielt die Luft an und tauchte unter, bis seine Mutter den Raum verlassen hatte. Weshalb hatte sie ihn denn nicht besucht, nachdem er aus Indien wieder nach Deutschland und dort in den dunklen Schwarzwald zurückgekehrt war? Er kam hoch und spuckte einen klaren Strahl Wasser aus. Seine Mutter war verschwunden.

Am nächsten Morgen kam Sandra nackt ins Schlafzimmer.

»Das war noch sehr schön, letzte Nacht. Danke.« Sie legte sich auf Friedrich, der im Halbschlaf träumte.

»Wieso bist du nicht hier?«

»Du hast im Schlaf geschrien und um dich geschlagen.«

»Das glaub ich nicht.« Er drehte sich auf den Rücken, griff ihre Pobacken und legte sie direkt auf sich, Bauch auf Bauch. Sie küsste ihn lächelnd mit harter Zunge. Sie hatten Sex, Sandra einen süßen, schnellen Orgasmus.

»Du bist eine böse beste Freundin.«

»Ich bin ein Luder, alt und versaut.« Sie lachten. Sie blickte ihm ernst in die Augen. »Eigentlich nicht lustig, du hast schlimme Sachen erlebt, das spüre ich. Deine Mutter ist sehr traurig. Sie hat es gestern nicht mehr ausgehalten. Wir müssen …« Sie sprang auf.

»Darf ich erfahren, wohin?«

»Zum Brunch bei den Rothenbaums.« Sie warf ihm seine frisch gewaschenen und gebügelten Kleidungsstücke zu.

»Darf ich mich noch waschen?«

»Bitte nicht.«

19

Sandra und Friedrich saßen im mintgrünen Jaguar XJ-S 5.3 HE Coupé, Serie 2: 12 Zylinder unter der lang gezogenen Motorhaube, 299 PS, 240 km/h Spitzengeschwindigkeit bei einem Verbrauch von nur 18 Litern Benzin für 100 Kilometer Strecke, der Motor war reparaturanfällig, der Unterboden rostete schnell durch, aber das Design war schnittig, edles Teakholzlenkrad und Armaturenbrett mit rundem Drehzahlmesser. Sandra kippte den Sitz nach vorne und ließ Friedrich nach hinten kriechen. Sandra sprach mit zu Friedrich gedrehtem Kopf, der Chauffeur richtete den Rückspiegel so ein, dass Sandra sich nicht mehr drehen musste, wünschte kurz einen guten Morgen und schwieg. Das Reden übernahm Sandra. Frauen verbanden seiner Erfahrung nach die Wahl ihres Sexualpartners mit einem Gesprächspartner, Männer hingegen gingen zum Reden in Klubs, wissenschaftliche Gesellschaften, politische Hinterzimmer oder Sportvereine, und ganz häufig gingen sie dorthin, um in Gesellschaft von Gleichgesinnten mit ihresgleichen zu schweigen. Vielleicht hatte er recht, vielleicht auch nicht, beim Schach und beim Fußball war ihm dies aufgefallen. Statt zu reden, studierte man den Gegner, maß seine Bewegungen und seinen Blick, um ihm das Handwerk zu legen.

Sandra erklärte den bevorstehenden Brunch wie ein Kartenspiel, wo den einzelnen Blättern Werte und Zusammenhänge zukamen, die unausgesprochen verstanden zu werden hatten.

»Der Gastgeber heißt Rothenbaum, hat aber außer dem Namen wenig mit den US-Rothenbaums gemein, die das moderne

Finanzwesen erfunden haben. Herr Rothenbaum ist – wie alle seine Gäste auch – superreich, er produziert edle Accessoires, Goldfeuerzeuge, Ketten, Taschen, alles aus Gold und sündhaft teuer, und er hat soeben den Prozess gegen die US-Rothenbaums um den Markennamen verloren, womit er wohl auch diese Produktlinie begraben kann. Aber nicht darüber sprechen.«

Sandra strich sich über die Augenbrauen. Rothenbaum produzierte Filme, und man würde nicht umhinkommen, sowohl den neuen Film mit Tom Cruise, *Top Gun*, in seinem großen Privatkino zu gucken als auch einige Folgen der Fernsehserie *Weltenbummler* mit Hardy Krüger. Herr Rothenbaum hätte einen Intimfeind, den reichsten Menschen der Welt, der natürlich mit seiner Frau eingeladen war. Der reichste Mann der Welt hatte sein Vermögen durch einen Immobilienfonds gemacht, lebte gerne unauffällig, im Gegensatz zu seiner Gattin, die mit einem mexikanischen Hotelkettenbesitzer nach Belize in der Karibik durchgebrannt und nun reumütig wieder zurückgekehrt war. »Aber nicht darüber sprechen«, sagte Sandra nun zum zweiten Mal. Herr Rothenbaums Berater war übrigens Victor, sein Stiefvater. »Aber nicht darüber sprechen ...«

Friedrich ging als Sandras Neffe mit, er sollte keinesfalls den Nachnamen erwähnen, sowohl den Marquis als auch den Rittersgruen und Täuber nicht, da hatte jedermann den Adelsführer zu Hause, das flöge mir nichts, dir nichts auf. Aber da bestand keine Sorge, Friedrich kam ja aus gutem Hause, er wusste sich zu benehmen. Und jetzt hieß er wieder Christian.

Friedrich saß hinten, die Beine angewinkelt quer auf der Rückbank bis zur anderen Seite des Wagens, er fühlte sich wohlbehütet und sicher in seiner kleinen Höhle. Er setzte die Füße auf den Boden und streckte neugierig den Kopf zwischen den Vordersitzen durch. Sie fuhren ein paar Kilometer in eine andere Welt, nach Meerbusch, dem Reichenvorort von Düsseldorf. Bürgersteige, auf welchen nur vereinzelt Menschen mit Rassehunden spazierten, niedrige Mauern vor hohen Hecken, hinter gepflegtem Rasen zurückgezogene, große Wohnhäuser, aber nicht allzu protzig. Die Grundstücke hatten eine vorgeschriebene Mindestgröße von 2000 Quadratmetern, die Häuser durften nicht höher als 22 Meter sein. Friedrich hörte ein Flugzeug im Landeanflug. Nach ein paar Sekunden sah er es auch ziemlich tief über die Häuser düsen. Die Einflugschneise des Flughafens von Düsseldorf lag etwas weiter nördlich, über dem nur wohlhabenden Teil von Meerbusch, wo die Banker und Anwälte der Superreichen lebten, aber man hörte die Flieger auch hier, laut und deutlich. Die Superreichen Deutschlands liebten das Understatement, sie waren in zumeist christlichen Familienunternehmer-Verbänden organisiert, man betonte: Die Sicherung deutscher Arbeitsplätze hatte oberste Priorität.

»Die Familie Quandt aus Bad Homburg wird da sein. Sie halten große Anteile an BMW, dem zweitbesten Autobauer der Welt. Die Thyssens sind bestimmt da, Weltmarktführer in Sachen Stahl, dazu die Blaubergs aus Saint-Tropez mit einer der wichtigsten Kunstsammlungen der Welt. Die Blaubergs sind Juden, im Dritten Reich enteignet, im Gegensatz zu den Quandts und Flicks. Aber nicht darüber sprechen ... Rothenbaum hat einen Artist in Residence, den Maler Fuchs. Fuchs ist siebenundfünfzig Jahre alt, sieht sich als Vertreter des Wiener Fantastischen Realismus und als letzten legitimen Nachfolger von Salvador Dalí. Er ist der Meinung, dass der reichste Mann der Welt ein Museum für ihn errichten sollte.«

Sandra schwieg. Sie waren angekommen. Ein Mann in brauner Kordhose, mit bunten Socken in blau-rot-weißen Strandschuhen, weit offen stehendem hellblauem Hemd und Blazer mit Einstecktuch in Orange, einem wohlgenährten Gesicht mit sensibler Nase, großen, offenen Augen hinter mächtiger Brille aus Schildpatt und mit dem vollem, langen, grauen Haar eines gediegen gealterten Stardirigenten öffnete mit der Hand, die einen goldenen Siegelring trug, die Beifahrertür. Er nahm Sandras Hand und gab ihr, die zweite Hand zu Hilfe nehmend, beim Aussteigen einen Handkuss, kippte den Vordersitz nach vorne und zog Friedrich mit übertrieben kräftigem Händedruck nach draußen.

»Victor von Norweger, sehr erfreut.« Das war sein Stiefvater, den hatte er auch nicht erkannt. »Das ist meine Gattin Amalia.«

Friedrich erhaschte kurz einen Blick auf seine flüchtende Mutter – sie winkte scheu zu ihnen herüber und ging weiter – ihre geröteten, wässrigen Augen, das faltenlose, entspannte Gesicht mit den Sommersprossen, das eingefrorene Lächeln, den Cashmere-Pulli locker über die Schultern geworfen, Jeans, Reiterstiefel. Der Dresscode auf der Einladung war ausdrücklich »casual« gewesen. Friedrich wollte ihr folgen, aber Victor hielt ihn fest.

»Wir Männer sollten reden. Mit wem habe ich die Ehre?«

»Das ist mein Neffe Christian, lieber Victor. Komm, wir gehen rein.«

Sandra ging vor, schloss zu Amalia auf und hakte sich bei ihr unter, die Damen unterhielten sich vergnügt, als habe man sich lange nicht gesehen. Sandra zog einen Tablettenbogen ohne Apothekenverpackung aus der Hosentasche und steckte den kleinen Plastikstreifen mit zwanzig bis dreißig Pillen in Amalias Handtasche. Friedrich konnte das Produkt nicht genau erkennen, aber der routinierte Ablauf und der fehlende Augenkontakt der beiden deutete in seinen Augen auf ein kleines Drogengeschäft hin. Nicht nur seine Familie in Indien wollte den Anschein wahren. In Indien war es die Gewissheit, auf der Seite der politisch Guten zu stehen, als Familie gab man sich langweilig, konservativ, harmonisch. Man rettete Deutschland. In Meerbusch war man aufregend, sündigte privat und im Geheimen und hielt Deutschland am Laufen. Das hatte er begriffen, das Schachbrett hatte nun zwei Farben, zwei Aufstellungen. Normalerweise fasste Friedrich jede Figur einmal an, schob sie in das Zentrum ihres Startfeldes, bevor er den ersten Zug machte. Nun, den ersten Zug hatte er ja schon gestern gemacht, wenn man es genau nahm.

»Ich denke darüber nach, einen Fußballspieler zu kaufen.« Victor hielt Friedrich weiter fest, aber sein Gesicht war freundlich und ehrlich interessiert. »Kennen Sie sich aus?«

»Um wen handelt es sich?«

»Matthias Herget.«

»Libero bei Bayer Uerdingen. Er oder Klaus Augenthaler von Bayern München werden Abwehrchef der Westdeutschen Mannschaft bei der WM '90. Der ist gut, aber beim falschen Verein. Sie beraten Rothenbaum?«

»Ja.« Victor hob die Augenbrauen. »Da hat aber jemand seine Hausaufgaben gemacht.«

»Rothenbaum sollte nicht in einzelne Spieler investieren, sondern in Teams. Wer weiß, ob sich Herget verletzt, so beeindruckend er ist. Die Bayern werden ihn ausbooten.«

»Sie mögen die Bayern nicht.«

»Ganz im Gegenteil. Mit Uli Hoeneß als Manager sind die Bayern eine Weltmacht.«

»Every Empire is bound to fall, das wissen Sie?« Victor hatte mit Grabesstimme gesprochen, jetzt lächelte er Friedrich verschmitzt an.

»Nicht die Bayern.« Friedrich lächelte zurück.

Sie schlossen zu den Damen auf und gingen durch den Vorgarten ums Haus herum, setzten sich an einen von mehreren großen runden weiß lackierten Eisentischen am dampfenden Pool. Friedrich bediente sich am Büfett, das auf mehreren aneinandergereihten Biertischen mit weißen Tischdecken auf dem kurz gemähten Rasen stand – Toastbrot und Brötchen, Käse aus Frankreich, Schinken aus Barcelona, Weintrauben, Konfitüre in portionierten Gläsern, die für Hotels gedacht waren. Der Toastmaster bediente die Maschinen, eine zum Grillen von Brötchen und eine mit zwei Schlitzen für Toastbrotscheiben. Er bereitete auch Eierspeisen in der Pfanne oder auf einer Platte zu, Rührei mit Gemüse oder Crêpes mit Vanillecreme aus Tahiti oder mit Nutella. Es gab Champagner, frisch gepresste Fruchtsäfte, Wasser aus Frankreich, Bier aus Bayern und Franken, einen gegrillten Truthahn, Salate. Das hatte Friedrich in diversen Fünfsternehotels und Botschaften schon aufwendiger gesehen, aber da war der Reichtum nur geborgt.

Praetorius hatte bestimmt etwas dagegen, dass er hier war. Jetzt wollte er mit Amalia sprechen und durfte nicht. Er war wieder ein Fremdkörper. Sandra und er verschlangen große Portionen. Sie saßen nebeneinander, Sandra hatte ihre Hand ständig auf seinem Oberschenkel, Amalia sah misstrauisch zu den beiden herüber, aber die Sitzordnung ließ einen Kontakt nicht zu. Friedrichs Bein zitterte unaufhörlich, alle zwanzig Sekunden zuckte sein Kopf wie bei einem klopfenden Specht nach vorne, und seine Mähne aus Korkenzieherlocken wackelte wie ein Vorhang aus billigen Plastikkordeln in einem Campingwagen. Er sagte im Geist Pi auf, und als dies nicht half, »ich bin ein Soldat in der Armee Gottes«, dann war wieder Ruhe für ein paar Minuten. Seine Ticks wurden geflissentlich übersehen.

Fuchs trug einen grauen Vollbart, eine Leopardenfellmütze auf der Glatze, ein rotes Halstuch und stützte sich auch im cremefarbenen Sessel auf einen Gehstock mit silbernem Knauf in Form eines Totenkopfes.

»Die Sonnenblumen von Vincent van Gogh sind gerade für die Wahnsinnssumme von 24,75 Millionen Pfund von einer japanischen Versicherung ersteigert worden«, sagte der reichste Mann der Welt.

»Das ist kein Bild der Welt wert«, sagte seine Frau.

»Ich denke schon, dass man das bezahlen kann«, sagte Rothenbaum.

»Also, ich weiß nicht. Ist das Bild überhaupt echt?«

»Du musst es ja nicht kaufen, Schatz. Aber was heißt das,

wenn jemand so viel Geld für ein Bild auf den Tisch legt?«, sagte der reichste Mann der Welt.

»Dass er es hat.« Rothenbaum lachte, die Menschen am Tisch stießen mit Champagner an.

»Das heißt ganz einfach, dass sich der Wert von Kunst heutzutage an ihrem Preis misst.« Friedrich heischte dreist nach der Aufmerksamkeit seiner Mutter. Den Spruch hatte er von Tripper-Toni, und der musste es wissen. Die Gesellschaft widersprach empört, Amalia schwieg.

»Ich glaube, da ist etwas dran«, pflichtete Fuchs Friedrich bei. »Was wollen Sie denn studieren und überhaupt im Leben erreichen?«

»Ich will Ökonomie an der American University in Kairo studieren, und ansonsten will ich einmal eingeäschert werden.«

Die Anwesenden hüstelten gekünstelt und guckten sich fragend an, ob er da nicht ein wenig zu weit ging. Friedrich wollte auffallen, hoffte auf einen Kommentar seiner Mutter, vielleicht sogar ihren Zuspruch. Es war doch jetzt egal, ob Praetorius sie überwachte. Sie saßen hier, am selben Tisch. Das war lächerlich. Sie sagte nichts, blickte absichtlich in eine andere Richtung. Er biss sich von innen auf die Backe, denn er hätte Kairo nicht erwähnen dürfen, er hatte seinen Fluchtplan verraten, so fern und unwirklich das in diesem Augenblick wirkte. Das durfte seine Mutter nicht hören. Er musste besser aufpassen, das hier war nicht das echte Leben. Friedrich musste wieder Schach spielen, seine Züge planen.

»Ich schicke meine Kids nach Jerusalem. Von Kairo habe ich noch nie etwas gehört.«

Fuchs wandte sich wieder dem reichsten Mann der Welt und dessen Frau zu, die hinter ihrem Mann stand und ihm den Rücken massierte. Ihr Guru saß neben ihrem Mann, ganz in Weiß gekleidet, mit langen geölten schwarzen Haaren und einer Kette aus Haifischzähnen und Kokosnussstücken um den Hals. Er hatte warme, schwarze Augen. Am Tisch herrschte leicht verwirrtes Schweigen. Die Frau des reichsten Mannes der Welt blickte auf ihren Guru und dann missbilligend auf Friedrich.

»Lasst uns Bridge spielen, und die Herren unterhalten sich über Geld.« Amalia stand auf, Sandra und zwei weitere Damen folgten. Die Frau des reichsten Mannes der Welt blieb.

»Das hast du ganz hervorragend gemacht.« Victor hielt Friedrich, der Anstalten machte, hinterherzugehen, wieder fest. Er flüsterte schmunzelnd. »Du hast gerade das Geschäftsmodell aller Anwesenden zerstört. Wir dürfen dazugehören und wir wollen dazugehören. Herr Fuchs möchte, dass wir ihm ein Museum bauen, was wir auch machen, wenn es sich lohnt. Hier geht es nicht um Gewinn, es geht um Werterhalt. Der reichste Mensch der Welt kauft Kunst, stellt sie der Öffentlichkeit zur Verfügung, was den Wert seiner Kunst steigert, und im Gegenzug bezahlt er keine Steuern – null Komma null. Und der Staat bewacht im Gegenzug die Kunst, erhält sie, betreibt das Museum, das den Wert der Stadt steigert und demzufolge auch den eigenen. Dafür reicht die Leopardenfellmütze eines Herrn Fuchs nicht aus. Dalí hin oder her. Plötzlich sind wir alle nackt.« Victor zog die Mundwinkel nach unten und nickte fragend, ob Friedrich verstanden und gelernt hatte.

»Man kann uns alle kaufen?«

»Ich glaube, du hast verstanden.« Victor hatte die Augen geschlossen und nickte bedächtig.

»Es gibt eine Sache, die kann man nicht kaufen!« Friedrich sprach zischend und hektisch mit dem Kopf schüttelnd. Er blickte weit an Victor vorbei, starr auf die Frau des reichsten Mannes der Welt, durch sie hindurch.

»Und das wäre, wenn ich fragen dürfte?«

»Liebe!«

»Das ist dreist!« Die Frau des reichsten Mannes der Welt lief hochrot an. »Du hast wohl gar kein schlechtes Gewissen? Du kommst hierher, siehst aus wie ein Rock 'n' Roller von AC/DC und stinkst nach dreckigem Sex. Du könntest ihr Sohn sein!«

»Ich bin einmal mit dem Fahrrad einen Strand in Goa entlanggeradelt.« Der Guru sprach leise, ruhig und legte eine Hand auf die Hand der Frau des reichsten Mannes der Welt. Friedrich betrachtete ihren grauen Haaransatz, darüber die blassrote Färbung. Sie war gerade erst zurückgekehrt, hatte noch nicht einmal Zeit gefunden, zu ihrem Lieblingsfriseur zu gehen. Es war lange her, dass sie halb so alt wie ihr Mann gewesen war, und Sandra war sogar fast drei Mal so alt wie er. »Ich fuhr in Schlangenlinien. Als ich mich auf einen Hügel setzte und auf den Strand guckte, sah ich, dass ich etwas geschrieben hatte. Wissen Sie, was da geschrieben stand?«

Friedrich hielt seine Hand fest, damit niemand bemerkte, wie sehr er zitterte. Er wollte zu seiner Mutter. Darauf hatte er jahrelang gewartet, aber jetzt, seinem Ziel so nah, wollte er nicht länger warten. Er wollte, dass sie ihn in den Arm nahm und sein Lieblingsessen zubereitete. Er sah Dampfnudeln vor seinem geistigen Auge. Weiße, wabbelige Dampfnudeln mit süßer Vanillesoße. »Da stand: ›I love India.‹« Der Guru nickte zufrieden.

»Ich bin auch einmal auf einem Strand in Goa gefahren. Ich habe dort gelebt, eigentlich in Neu-Delhi, aber ich habe mir im Urlaub gerne die alten Dieselzweiräder, die Enfields, ausgeliehen, die fuhren 80 km/h und knatterten so toll. Dann habe ich eine Pause auf einem Hügel gemacht und auf den Strand geschaut, und wissen Sie, ich hatte etwas geschrieben, ohne es zu ahnen. Wollen Sie wissen, was?«

Der Guru und sein Schützling nickten.

»I hate Hippies!« Friedrich stand auf, stützte seine zu Fäusten geballten Hände auf dem Tisch ab, ein wenig wie ein Gorilla.

»Ich glaube, Sie wissen mehr, als Sie denken.« Der Guru tätschelte weiterhin die Hand der reichsten Frau der Welt. »Aber Sie tragen zu viel Angst und Hass in sich.«

»Vielen Dank. Sprechen Sie weiter. Es könnte durchaus sein, dass ich nach diesem Gespräch meine Meinung ändere.« Friedrich nickte, dann rannte er ins Haus.

Amalia saß mit den Damen im Salon an einem runden Kartentisch, der mit grünem Kunstleder bezogen war. Schubladen waren in die breite Rundung eingelassen, die vier Füße, die aus dem mittleren Standbein ragten, endeten in Tatzen aus Messing. Die Damen trugen roten Lippenstift, Lidschatten und ihr dezent gefärbtes Haar in Frisuren mit Volumen. Igor, der Pianist – den Rothenbaum als seinen ganzen Stolz bezeichnete, seit er ihn von einer Kreuzfahrt mitgebracht hatte –, trug einen Strohhut und eine Ray-Ban-Sonnenbrille. Er spielte das Instrument und sang in ein Mikrofon: »Sing me a song, I'm the piano man, we're all in the mood for a melody and maybe I play it alright.«

Amalia glotzte Friedrich aus aufgerissenen Augen mit geweiteten Pupillen an. Ihre Arme zitterten. Sie spielte nervös mit ihrem englischen Halstuch, die verschlungenen goldenen Muster und Pferde schienen sich zu bewegen. Friedrich setzte sich neben sie. Die Damen schüttelten missbilligend die Köpfe und steckten ihre eng vors Gesicht gehaltenen Karten um. Sie nannten reihum Zahlen.

»Haben Sie Kinder?« Friedrich guckte mit erhobenen Augenbrauen unverhohlen in ihr Blatt.

»Ich wüsste nicht, was Sie das angeht? 9 Pik ... Ich habe eine Tochter.« Stimmt! Beatrix. Friedrich erinnerte ein nörgelndes verwöhntes Püppchen mit Kleinkindstimme. Beatrix war jetzt über fünfzehn Jahre alt. Praetorius hatte kein Foto von ihr aufgehängt. Wusste er noch, wie sie aussah?

»Du hast auch noch einen Sohn.« Sandra legte ihre Karten verdeckt ab und wartete.

»Darüber spreche ich nicht so gerne. Ich habe ihn vor elf Jahren abgegeben, das bereue ich seit Jahr und Tag. Der Vater hat ihn mir vorenthalten und mit Lügen vollgestopft. Er ist böse, einfach nur von Grund auf böse. Er würde mir wer weiß was antun, wenn ich versuchen würde, wieder Kontakt zu Friedrich aufzunehmen.« Amalia schnappte nach Luft. Sie wollte mit der freien Hand über seinen Kopf streichen.

»Fass mich nicht an!« Er ärgerte sich über sich selbst. Jetzt war ihm das auf einmal auch nicht recht. Wieso konnten sie nicht offiziell machen, dass er ihr Sohn war? Und wo überhaupt war seine Schwester? Dabei machte ihm hier gerade einmal niemand den Platz an der Seite seiner Mutter streitig. Er hatte Amalia für sich. Aber was war das wert, ohne einen Gegner? Friedrich hatte sich jahrelang nach seiner Mutter gesehnt und dabei seine Schwester vollkommen außer Acht gelassen. Er hatte sie schlichtweg vergessen.

»Tut mir leid.« Jetzt legte seine Mutter endlich die Karten auf den Tisch. »Rauchst du?« Sie zündete eine Zigarette an.

»Nein.«

Sie drückte die Zigarette in einem Glasaschenbecher aus. Ihr Lippenstift zeichnete sich rot wie Coca-Cola-Werbung auf dem weißen Zigarettenfilter ab. Ihre Augen füllten sich, eine Träne floss über ihre gepuderte Wange. Praetorius hatte immer wieder erzählt, wie gerne sie weinte. Kapitalistische Nazis weinen gerne. Amalia konnte sogar auf Knopfdruck weinen, besonders vor Gericht, da hielt man immer zu den Frauen, hatte Praetorius gesagt, und Friedrich hatte zugestimmt und an seine Schwester gedacht, die konnte das auf jeden Fall auch sehr gut, das Biest.

»Ich habe angerufen, Briefe geschrieben. Ich habe mir ein Trikot von Uli Hoeneß gekauft, bin nach München gefahren und habe mich vor das Olympiastadion gesetzt und gewartet und Dosenbier mit den Prolls getrunken.« Sie schniefte und hob ihr Sektglas. »Stößchen.«

Die Damen stießen an. Amalia lächelte. »Ich wusste, dass mein Sohn im Kommando Hoeneß war.« Sie blickte Friedrich an und seufzte. Sandra beugte sich über den Tisch und nahm Amalias Hand. Der 5-Karäter an ihrem Finger schillerte Blau, ein sehr seltener Stein, nur in einer speziellen Mine in Tansania zu finden, geschmackvoll in Tausende winziger weißer Diamantsplitter eingefasst.

»Woher weißt du das?« Friedrich zuckte wieder mit dem Kopf und spitzte die Lippen. Wer hatte ihr das gesagt? Er atmete zischend ein, die nächsten Züge waren entscheidend, seine Stellung jetzt schon besser.

»Von Frau Lichter, einer Nachbarin. Ich habe ihr Geld gegeben, und sie hat mich auf dem Laufenden gehalten.« Friedrich spürte einen starken Druck auf der Nasenwurzel, bevor der Anfall kam, begleitet von einem Sirren im Kopf und verschwimmenden Farben. Dann kam der bohrende Schmerz im linken Auge, als würde ein Kolibri seinen langen Schnabel sanft durch die Linse schieben. Das Auge lief rot an und tränte. Friedrich und Amalia saßen schweigend und tränenüberströmt nebeneinander vor einem der wichtigsten Gemälde des 20. Jahrhunderts: »Selbstbildnis übermalt«. Friedrich sprang auf, ging im Stechschritt im Kreis, drückte eine Hand auf sein Auge und wütete. Er halluzinierte eine Fliege, die sich auf eine gelbe Blume setzte, dann weinte er aus vollen Kanälen. Er war nicht traurig, sondern merkte sofort, dass er sich das Gefühl nur einbildete, wie zuvor diese Fliege mit der Blume, dennoch weinte er. Diese Vorstellung von seiner Mutter, die eine Türklinke anbringt am Tor zur Freiheit war Nonsens gewesen. Sie hatte ihn ebenso überwachen lassen wie sein Vater. Friedrich war fassungslos. Und wenn Amalia gewusst hatte, dass er kam, wo war dann seine Schwester, und weshalb hatte Victor so scheinheilig gefragt, ob er sich mit Fußball auskannte? Hier lief etwas gründlich schief. Er wollte nur weg, Mutter und Vater gleichermaßen hinter sich lassen. Die durften ihren Verschwörungstango gerne ohne ihn aufführen.

»Es ist nur der Schmerz! Es ist nur der Schmerz!« Friedrich

schrie in Richtung seiner Mutter, deren Tränen mittlerweile getrocknet waren und die mit offenem Mund dasaß. Er ging aus dem Raum. Igor sang »Do you believe in life after love?«. Friedrich verkroch sich in einem Badezimmer, wo er jammernd die Fensterläden schloss und im Dunkeln im Kreis ging. Nach einer halben Stunde war der Spuk vorbei, und er ging wieder zurück. Igor sang »I will survive«. Friedrich dachte, dass dieses Gemälde und das Repertoire für ältere Luxus-Kreuzfahrtgäste wie die Faust aufs Auge passten. Er lachte übertrieben laut und fröhlich und setzte sich zurück neben seine Mutter. Er musste fliehen, und niemand durfte Verdacht schöpfen.

»Hast du das öfter?« Amalia reichte ihm eine Serviette.

»Ja. Aber meistens nachts. Mir geht's wieder gut.« Friedrich war erschöpft. Ein Kellner brachte ihm ein Glas Wasser mit Eiswürfeln. Er trank es in einem Zug aus, zerkaute knirschend die Ice-Cubes. Die Damen spielten Bridge, und er verstand jetzt das Zahlensystem.

»Wo ist eigentlich die Tochter?«

»Beatrix? Die ist in einem hervorragenden Internat untergebracht. Schloss Salem am Bodensee. Sehr schön.«

Auf dem Rückweg fuhr Friedrich nicht direkt bis Hinterzarten durch. Er verließ den Bahnhof und ging bis zu einem Baum, an dem ein buntes Bändchen in drei Meter Höhe angebracht war, was bedeutete, dass der tote Briefkasten noch nicht entdeckt worden war. Er ging einen kleinen Kanal entlang, der vor fünfhundert Jahren für Abwasser gebaut worden war, zog die Kapuze über den Kopf und setzte bleich und langsam seine Schritte, seines Ziels und des Erfolges seiner Mission sicher. Beiläufig nahm er einen Stein aus einer Mauer und griff in das Loch. Er drehte sich nicht um oder zog die Schultern hoch, all dies hätte ihn verraten. Dort entdeckte er eine Nachricht auf Papier. Vishnu hatte mit Kugelschreiber kurz notiert: »Finanzmittel sind da. Fats Domino wütend. Dicke Berta nicht genug. – Brauche Lösung.«

Friedrich dachte kurz nach. Er verfügte über ausreichende Mittel, auch ohne das Geld seiner Großeltern und jetzt auch ohne die 200000 Dollar. Zudem hatte Vishnu ihm die Treue geschworen. Sollte er nun in den Tod gehen? Für was? Er schrieb auf denselben Zettel:

»Mittel zurückgeben. Kein Problem. Nur gegen Informationen zum Königstiger. Weshalb hat er seine Kinder gefressen? Tut nicht weh.«

Er steckte den Zettel zurück, hob den Stein auf und verschloss das Loch in der mittelalterlichen Mauer.

Im Internat wartete ein Anruf auf Friedrich, er musste zurückrufen.

»Praetorius, es ist gerade ganz schlecht, die Spaghetti …«

»Mir ist zu Ohren gekommen, dass du deine Mutter siehst. Bitte verschiebe das doch, bis du deinen Wehrdienst geleistet hast.«

»Die Spaghetti sind schon mehr als nur al dente. Da bin ich äußerst penibel, Papi, wie im Bett.«

»Ein Hahn, der viel kräht, wird nicht fett«, sagte Praetorius mit Bewunderung in der Stimme, dann folgte nach kurzer Pause ein militärisches: »Weitermachen!«

Friedrich zuckte erschrocken vom Hörer zurück. Er wusste, dass sein Vater seit über zehn Jahren keinen Sex mehr hatte, dahingehend komplett gestört und zugleich obszön war und die zu enge Vorhaut wahrscheinlich für alle Probleme auf diesem Planeten verantwortlich machte, aber er war zugleich auch auf der Hut, und dieser schlechte Witz verriet Praetorius mal wieder. Er ließ ihn tatsächlich überwachen.

»Also gut, dann: Ciaosescu!«

Im Oktober legte Friedrich über ein Auslandskonto der Firma von Vishnus Vater Geld bei der Thai Farmers Bank in Bangkok an und unter seinem eigenen Namen bei der Bank of America. Er teilte sein Vermögen von 77000 D-Mark auf beide

Konten auf. Das war sein altes Geld aus Neuried und das neue Geld aus seiner Tätigkeit als Toyboy. Seine Mutter hatte einiges überwiesen. Er schloss zudem eine Lebensversicherung mit seiner Mutter als Begünstigter ab, die nach zwei Jahren Einzahlung mit einem Zins von 8 Prozent automatisch ohne weitere Einzahlungen weiterlief und im Todesfall 225 000 DM abwarf oder nach siebenundzwanzig Jahren zur Auszahlung kam. Das war ein sehr gutes Geschäft, und sein Leben würde gefährlich werden. Es war eine vorweggenommene Entschuldigung für seine Flucht nach Kairo, wo er natürlich kein Konto eröffnet hatte. Er musste seine Spur verwischen. Er war doch nicht blöd.

An den Weihnachtsfeiertagen, die er pflichtschuldigst nicht bei seiner Mutter verbrachte, dachte er wieder an den toten Briefkasten. Es gab eine neue Nachricht. Der russische Spion Vladimir alias »Fats« hatte sein Geld zurückbekommen. Er hatte geredet. Und wie er geredet hatte! Friedrich musste seine Schwester aufsuchen, ihr davon erzählen, denn nur sie konnte und musste Amalia davon berichten. Er rief Beatrix im Schloss Salem an. Sie schrie vor Freude und ließ ihn nicht zu Wort kommen.

»Ich habe so lange gebetet, dass du dich meldest. Ich versauere hier noch. Wie geht es dir? Was hast du getrieben? Hast du eine Freundin?«

»Das Telefon wird vermutlich abgehört.«

»Wie bitte?«

»Du musst heimlich aussteigen. Dann sage ich dir alles. Ich schicke einen Boten.«

Der Bote war Horst Hochzeiter, Sohn des Botschafters der Bundesrepublik Deutschland bei den Vereinten Nationen in New York. Horst war witzig, politikbegeistert und machte sich gerne über die gute alte Schule lustig, die verbissene Geheimniskrämerei der Kalten Krieger.

20

Friedrich kämpfte sich nachts durchs Unterholz am Bodensee. Sein Gesicht war zerkratzt, die Haare voller Moos und abgebrochenem Geäst, wie ein Vogelnest. Er roch nach Kiefernholz, denn er kam vom Feuer und war bereit für den Kampf. Es war der 6. Januar 1988, 1 Grad Celsius. Es war neblig, und er musste seine Schwester dringend sehen, denn er hatte etwas über Praetorius und Amalia herausgefunden, das alles änderte.

»Friedrich?«

Er kannte die Stimme, konnte sie aber nicht zuordnen.

»Beatrix? Meine Schwester?«

»Ich habe jahrelang davon geträumt, dass du mich hier herausholst.« Sie fiel ihm um den Hals, atmete tief. Sie hatte einen Rucksack dabei, bereit zu verschwinden. Friedrich schob sie von sich. Er schämte sich, weil er ihre Gefühle nicht teilte, weil er nicht an sie gedacht hatte wie sie an ihn. Sie kletterte an ihm hoch, er hielt sie fest und drehte sich mehrfach im Kreis. Ihre Haare wehten in sein Gesicht. Wie leicht sie sich anfühlte! Ein Jubel, als hätten sie das entscheidende Tor zur Fußball-WM geschossen. Er machte diesen Jubel nach, um Beatrix nicht zu enttäuschen.

»Du bist der stärkste Mann auf der ganzen Welt.«

Plötzlich spürte Friedrich all die Gefühle der letzten elf Jahre auf einmal. Niemals mehr würde er seine Schwester allein zurücklassen. Was früher zu viel gewesen und deshalb nicht gespürt und gefühlt hatte werden dürfen, brach nun über ihn herein wie ein spiritueller Blitz. Das Leben konnte schön sein, als wäre grauer Regen plötzlich bunte Farbe, die aus dem Himmel strömte. Er fühlte, dass sich seine zersplitterte Existenz zusammensetzte, dass er alles erinnerte, wie hinter einer Tür in einem geheimen Raum, von dem er nun plötzlich wusste. Er konnte die Tür verschlossen halten und das Geheimnis voller Neugierde und Vorfreude mit sich herumtragen. Er sah nicht mehr auf seine Füße, sondern auf den Horizont.

»Ich muss dir etwas sagen.« Er setzte sie ab, hielt sie an den Schultern. Sie atmeten heftig. Er suchte ihre Augen, aber es war zu dunkel.

»Hast du einen Wagen?« Sie war immer noch außer Atem.

»Ja.«

»Wo ist der?«

»Ungefähr zehn Kilometer in östlicher Richtung.«

»Spinnst du?«

»Gib mir den Rucksack.«

Sie wanderten Hand in Hand hintereinander durch den dunklen Wald. Ihre Hand war größer als seine, feingliedriger und die Finger länger. Ihre Beine waren auch länger und schlanker als seine, und sie hatte eine größere Schrittweite. Friedrich musste sie hin und wieder zurückhalten, denn mit der anderen Hand hielt er schaukelnd die Taschenlampe. Er ging geschickt über Stock und Stein und Wurzeln. Er stolperte nicht, denn er machte so etwas oft, am liebsten auf dem Weg durch das spukige Hochmoor bei Hinterzarten. Er fühlte sich frei und stark. Friedrich wog 86 Kilogramm reine Muskelmasse bei einer Körpergröße von 179 Zentimetern. Er hatte Iris nicht überholt, das nagte an ihm. Beatrix schätzte er auf 58 Kilogramm Haut und Knochen bei einer Körpergröße von 185 Zentimetern, deutlich länger als Iris und Praetorius und schlanker, vor allem, was die Hüften betraf. Sie waren schnell unterwegs. Er sah gut im Dunkeln, hielt die Taschenlampe nach einer Weile nur auf den Pfad hinter sich. Sie trug einen Minirock und dicke bunte Strumpfhosen. Beatrix ging zwar raumgreifender und schneller, stolperte aber auch oft. Friedrich bemerkte, wie sie sich Mühe gab, mitzuhalten oder ihn gar zu übertrumpfen, und er hielt sie die ganze Zeit über fest.

Der knallrote Morgan Plus Eight stand auf einem Waldparkplatz neben einer Imbissstube. Tagsüber gab es dort Kaffee, Tannenzäpfle-Bier, Schokoriegel, Limonade sowie Leckereien wie Armer Ritter, Leberkässemmel und Schinkenstulle mit Gewürzgurke.

»Weshalb diese Heimlichtuerei? Wieso hast du mich nicht einfach vor dem Schloss abgeholt? Ich habe mich ordentlich abgemeldet.« Sie stand vor der Beifahrertür und wartete, dass er einstieg und die Tür auf ihrer Seite von innen öffnete.

Friedrich hatte Angst, dass sie zu viel sprach. Iris hat mich gründlich imprägniert, dachte er. Er mochte Frauen, die den Mund hielten. Seine Schwester hatte schmale Wangen, Sommersprossen auf Nase und Stirn. Sie drehte sich schnell wie eine Balletttänzerin. Friedrich nahm sich vor, für Beatrix eine Ausnahme zu machen. Sie war zwar größer als er, aber sie war immer noch seine kleine schutzbedürftige Schwester.

»Wir werden überwacht.«

»Du spinnst doch.«

»Das sagtest du bereits. Praetorius ist beim BND. Er ist ein Spion und er spinnt wirklich. Er überwacht uns. Todsicher.«

»Der Papi ist ein Spion?«

Friedrich grinste, seit elf Jahren hörte er zum ersten Mal wieder das Wort Papi im Zusammenhang mit Praetorius.

»Du musst nicht alles wiederholen, was ich sage. Ich weiß nicht, was du nicht weißt, und andersherum. Steig ein und schnall dich an. Meine Beifahrer müssen sich anschnallen.«

»Wann hast du den Führerschein gemacht? Du bist doch gerade erst achtzehn Jahre alt geworden.« Sie kannte sein Geburtsdatum. Er wusste ihres nicht.

»In Indien. Ich habe ein paar Beamte bestochen. Aber ich

kann schon lange Auto fahren. Nur die Regeln kenne ich nicht so gut.«

»Du warst in Indien?«

»Steig endlich ein und schnall dich an!«

Friedrich öffnete von innen die Beifahrertür und setzte sich auf den Ledersitz. Dabei achtete er darauf, punktgenau in der Mitte zu sitzen, die Beine im perfekten Winkel, sodass er die Pedale schnell und präzise bedienen konnte. Er dachte an den Rennfahrerkäfig, ließ den Motor an, startete die neu verbaute Sitzheizung und den CD-Player: Goa-Trance vom Feinsten.

»Enjoy this Trip. And it is a trip«. Er drückte den runden Knopf des Zigarettenanzünders, zog den kleinen Aschenbecher auf. »Guck mal im Handschuhfach.«

Er öffnete die Scharniere des Verdecks und stieg wieder aus, um es im Kofferraum zu verstauen. Beatrix hatte die vorgedrehten Joints entdeckt und sich sofort einen davon angemacht. Mit ihr konnte man Pferde stehlen.

»Das knallt. Wo ist das her?« Sie blies den Rauch nach oben in den mit Sternen übersäten Himmel.

»Manali. Lasse ich mir in der Diplomatenpost kommen. Das hier ist ein Oldtimer, fährt aber über 200. So ein paar Schnösel von meinem Internat parken den in einem Schuppen. Ich habe ihn mir geliehen, ohne zu fragen. Schnall dich bitte an, noch mal sag ich's nicht.«

Friedrich gab Gas, steuerte auf die Landstraße und nahm die Hände vom Steuer und hielt sie über die Frontscheibe in den kalten Fahrtwind. Beatrix tat es ihm nach. Sie sahen sich an und lachten.

»Praetorius hat den Geheimdienst benutzt, um Druck auf Victor auszuüben, der hat schließlich eingewilligt, uns zu trennen, mich der Mami zu entziehen. Die Mami hat von einem Therapeuten einen Blutdrucksenker verschrieben bekommen, in Wirklichkeit Valium. Der Therapeut hat das mit Victor besprochen. Die Mami ist ohne ihre Einwilligung sediert worden. Sie ist drogenabhängig und völlig neben der Spur. Deshalb die belegte Zunge, diese verheulten Augen, die alterslose Haut …«

»Woher weißt du das?«

»Ich habe einen Mann vom KGB erpresst.«

»Klar!«

»Ich habe ihm eine Kamera mit einem Foto von einer Kuh verkauft. Die Dicke Berta. Er dachte, er kriegt Infos über Praetorius. Er hat eine Stange Geld dafür gezahlt, das wollte er wiederhaben. Ich wollte dafür alles über Praetorius. Du musst es der Mami sagen. Sie ist von Victor und Praetorius fertiggemacht worden.« Friedrich sprach mit einer Hand am Lenkrad, die andere fuchtelte in der Luft.

»Das kann ich nicht glauben!« Sie zog am Joint und legte den Kopf in den Nacken, atmete aus.

»Die haben Praetorius dreißig Jahre lang beobachtet. Das ist schwer zu glauben, diese Langeweile. Diese sich immer weiter steigernde, nicht mehr auszuhaltende Langeweile.«

»Ich meine das mit Victor.«

»Praetorius ist ein Monster. Der hat Victor beobachten lassen und ihm die Konstruktionspläne vom Leopard-Panzer untergejubelt. Dann hat der Staatsschutz ihn überprüft, weil er ja für ein Rüstungsunternehmen gearbeitet hat. Die hatten keine Wahl. Die mussten ihn entlassen. Victor hatte in der Schweiz diese Minox mitgehen lassen, die haben Nummern eingraviert, das wurde nachverfolgt. Victor war Spitzenbanker, seine Karriere war in Gefahr. Dazu hat er die Kassettenrecorder unter dem Bett entdeckt, die sich automatisch einschalteten. Praetorius war über die neu entflammte Leidenschaft unserer Mutter bestens informiert.«

Sie lachten beide, ihre zusammengepressten Zähne zeigend. Beatrix verschluckte sich, hustete und blies den Rauch zu Nase und Mund gleichzeitig heraus.

»Einfach mal weitergeben.«

»Ich glaube, das lohnt nicht, sorry.« Sie reichte ihm den kurzen Stummel und öffnete wieder das Handschuhfach, beugte sich nach vorne und kramte darin.

Er schaltete und peilte die Kurve im Lichtkegel an. Er berechnete die Drift mit ein und stellte den Wagen leicht an. »Er hat die Türen im Haus verschlossen, Mami ist misstrauisch geworden und hat Nachschlüssel anfertigen lassen. Victor wurde an der Tankstelle angesprochen, seinen Chefs wurde gedroht. Er fühlte sich wie Lord Jim von Joseph Conrad, kennst du den?«

»Nein.«

»Conrad ist mein Gott – aber egal. Er musste sich ständig einen neuen Job suchen, mit Mami und dir umziehen. Er wurde paranoid und Mami depressiv. Der Praetorius hat die voll durch die Mangel gedreht, verstehst du?«

»So langsam.«

»Und dann ist Mami zum Therapeuten gegangen, weil sie so viel geweint hat und zu Praetorius zurückwollte, und Victor fand das schon länger nicht mehr lustig. Darauf hatte Praetorius nur gewartet. Er nahm Kontakt mit dem Therapeuten auf und machte Victor ein Angebot, das er nicht ablehnen konnte. Entweder die totale Vernichtung oder die Mami wird kaltgestellt. Die Männer taten sich zusammen. Problem gelöst. Alle Prozesse wurden eingestellt. Victor musste Unterhalt für mich bezahlen, es ist nicht zu fassen, und Mami hielt es nicht aus. Victor erzählte ihr natürlich, dass er alles Mögliche unternommen hätte, aber sie hätten verloren. Mami war mich los, und dann musste sie dich ins Internat geben, weil die beiden zu viel stritten.«

»Das ist ja eine schöne Geschichte, aber ich glaube, ich muss dich enttäuschen. It takes two to tango.«

»Wie meinst du das?«

»Wir wissen schon lange, dass Mami drogenabhängig ist. Zum Aufräumen kriegt sie Speed.«

»Nein, nein. Praetorius ist komplett gestört. Der hat auf der Flucht aus Schlesien Dresden brennen sehen, und sein kleiner Bruder ist in seinen Armen verhungert. Seitdem hat er eine Berührungsfurcht. Er hat Angst, dass alles, was er liebt, stirbt. Zugleich muss er zwanghaft darauf aufpassen. Er zieht sich in immer weitere Geheimwelten zurück und sperrt seine Familie ein. Die Mami konnte fliehen und dich retten. Praetorius ist ein größenwahnsinniger Psychopath.«

»Das hast du vom KGB?«

»Vladimir. Er singt gerne ›I found my thrills on Blueberry Hills.‹ Friedrich sprach das Blueberry Hills gekonnt mit russischem Slang aus. »Vladimir sagt, er selbst sei ja schon eine harte Nummer, aber Praetorius, der spielt in einer eigenen Liga.«

»Ist ja schon gut. Der Papi hat nicht alle Latten am Zaun, geschenkt. Kannst du dir vorstellen, dass es Mami war, die dich im Stich gelassen hat, die darauf bestanden hat, dass wir getrennt werden und ich den Papi nicht mehr sehen darf?«

Friedrich schaute entrüstet zur Seite. Beatrix lief ein Faltenschauer über die Stirn, wie ein Sturm über die Oberfläche eines Ententeichs, ganz schnell, dann wanderte der Schmerz in die Mundwinkel, und sie fing an zu weinen, auch schnell, dann schob sich ihr Unterkiefer bei offenem Mund nach vorne. Friedrich fuhr rechts ran, schaltete das Licht am Rückspiegel ein. Sie sah aus wie Mutter – wie er das Wort »Mutter« liebte: spitze Nase, Sommersprossen, giftgrüne Augen, hohe Stirn, langes, glattes, braunes Haar, das sich nun auf die Stirn legte und am Schweiß festklebte. Friedrich stieg aus, ging ums Auto herum und drückte umständlich die festgeschnallte Beatrix, die regungslos zu Eis erstarrt war. Ihr Atem beruhigte sich, dann legte sie ungelenk ihre dünnen Arme um seinen Hals. Friedrich fühlte sich von Liebe für das hilflose Wesen durchflutet, er fragte sich, ob er jemals eine gesunde Beziehung zu einer anderen Frau führen würde können. Er dachte an die Gottesanbeterin in einem

Film über Insekten. Er sah, wie sie ihrem Liebhaber den Kopf abbiss und der Körper den Liebesakt weiter vollzog. Er kicherte gegen seinen Willen, schloss die Augen und schüttelte sich. Natürlich würde er keine Frau lieben können. Hier ging gerade eine Tür auf, aber es würde lange dauern, bis er würde hindurchgehen gehen können, wenn überhaupt.

Sie flüsterte: »Gleich nach dem Prozess ging es los. Victor ist hochsensibel, er konnte mich nicht leiden, und Mami wollte das Leben mit den Reichen und Schönen, das Praetorius nicht hatte leben wollen. Sie wollte ihre Post nicht öffnen, besaß kein Konto, sie ist noch nie mit den Öffentlichen gefahren, noch nie, hat noch nie in ihrem Leben Verantwortung übernommen. Victor war fertig. Ständig sollte er gegen Praetorius zu Felde ziehen. Nein, nicht für dich, sie wollte sein Geld. Sie stritten. Victor verschuldete sich, ständig kam der Gerichtsvollzieher. Andauernd zogen wir um. Victor wurde gereizt, sagte, wir seien eine Nazifamilie und er wollte zum Judentum konvertieren. Heinrich von Rittersgruen und Täuber, unser Großvater, war angeblich Schriftsteller in der Propagandaabteilung von Goebbels. Victor sagte, er habe Filmmaterial vom Großvater mit Goebbels, Göring und Hitler und diesem Kampfflieger.« Ihre Stimme hatte wieder an Kraft gewonnen.

»Der Rote Baron, nein, Werner Mölders. Das Ass der Asse.«

»Ganz genau. Aber eigentlich habe ich jetzt keinen Bock, darüber zu sprechen. Beide erzählten mir diese Sachen, da war ich sechs. Victor sagte, Praetorius täte ihm leid. Er ging mit mir in den Keller und holte seinen Revolver aus dem Safe, zeigte mir, wie man sich umbringt, nein, nicht an die Schläfe – Mund auf, Augen zu … Ich kam aufs Internat.«

»Da hast du Glück gehabt.« Friedrich fragte sich, ob alle Familien Schusswaffen im Keller hatten. Vielleicht war das in Deutschland vorgeschrieben?

»Echt?«

»Ich verspreche dir, das meine ich so, wie ich es sage.«

»Können wir uns darauf einigen, dass sich unsere Eltern getrennt haben, weil sie nicht auf ihre eigenen Fehler schauen wollten?«

»Alle Lügen sind wahr. Deshalb sollen wir uns nicht sehen. Wir dürfen das nicht herausfinden. Ich will verschwinden.« Friedrich setzte sich wieder in den Wagen. Beatrix schnallte sich ab, legte ihren Hinterkopf in seinen Schoß, blickte ihm in die Augen.

»Das kann ich verstehen. Volle Möhre.« Sie streichelte seine Wange. »Run, Rabbit run.«

»Gefällt dir die Musik?«

»Ja.«

»Ich habe eine Idee. Wir erzählen uns jetzt die besten Anekdoten.« Er öffnete das Handschuhfach, holte eine durchsichtige Plastiktüte hervor und rollte sie auf der Ablage aus. »Ich habe Special K. Hast du Bock?« Beatrix nickte. Sie kannte offensichtlich den Cocktail aus fein abgestimmtem Kokain, Ketamin und Ecstasy.

Friedrich nahm den Rückspiegel ab. Sie zogen jeweils zwei Lines. Er ließ den Motor an, das Kokain trieb den Puls ordentlich nach oben, schärfte die Sinne, das Haar flatterte im Fahrtwind. Beatrix sprach in den Tunnel aus Licht, der sich im Wald auftat. Sie brausten auf der freien Straße, sprachen gleichzeitig, lachten bittersüß, meistens gaben sie nur wirres Zeug von sich, teilten laut ihre innere Stimme mit, ohne es zu bemerken. Sie kamen zu einem Holzhaus, das von Kies umgeben war. Der Techno tackerte mit dem Motor, ihre Augen waren riesig, die Pupillen handtellergroß, wie von Tieren aus der Tiefsee. Friedrich driftete das Auto ein ums andere Mal im Kreis um das Haus, der Kies spritzte, dann kickte das Ketamin ein, das Gefühl, als hätte das Blut das Herz verlassen und das Herz wäre ein sich zusammenziehender Knoten in der Brust. Friedrich hielt den

Wagen an, ließ den Motor weiterlaufen, bereit für die Out-of-Body-Experience. Er hatte keinen Puls mehr, blickte auf Beatrix, ihre Haut war grau, die Lippen auch. Er hielt den Rückspiegel unter ihre Nase, der Spiegel beschlug. Er drehte die Musik lauter, und das Auto flog ihn mit seiner Schwester in den Himmel.

Sie fühlte genau wie er, das spürte er genau. Sie umkreisten die Erde, den leuchtend blauen Edelstein, hielten in Frieden ihre Hände, ruhten sich auf den Ringen des Saturn aus. Nie in ihrem Leben waren sie so zufrieden gewesen, im Nirwana. Sie wollten nichts mehr, bis sie gleichzeitig die Augen aufrissen, sich aufbäumten und tief stöhnend einatmeten und im Glück des nun einsetzenden Ecstasy-Rausches wieder bei der Hütte landeten.

»Willkommen in der guten Stube.« Friedrich sperrte auf. Sie waren im Wohnzimmer. Geweihe hingen an den holzvertäfelten Wänden, gerahmte Fotos vom Hamburger Rathaus über dem großen Kamin, davor lag ein Wildschweinfell. Es gab einen runden Tisch mit kurzen Beinen, zwei Ohrensessel, ein Bücherregal mit Stereoanlage, eine Eckbank um einen Esstisch, über diesem eine tief hängende Lampe mit rot-weiß gewürfeltem Stofflampenschirm.

»Was ist das?« Beatrix blickte sich um, legte ihren Rucksack auf der Holzeckbank ab und sich selbst auf das Fell der Wildsau. Sie wälzte sich, streichelte sich dann und grunzte glücklich.

»Mein kleines Liebesnest.« Friedrich schürte das Feuer an. »Stellt mir die Tochter von Bert Kaempfert zur Verfügung, der ›Strangers in the Night‹ komponiert hat.«

»War das ein Hit?«

»Du willst mich verarschen?«

»Nein.«

»Das hat Frank Sinatra gesungen, der größte Star aller Zeiten. Künstler, Mafiosi und Mitglied des ›Rat Pack‹. Den kennst du nicht?«

»Wirklich nicht.« Sie betrachtete Friedrich und brach in Gelächter aus. Er folgte ihrem Blick und griff in seine Haare, fischte einen Ast heraus. »Ich meinte eigentlich, was du mir da für ein Zeug verabreicht hast.«

»Special K.« Er sprach es englisch aus.

»Special K.« Sie äffte ihn nach.

»Kokain, Ecstasy, Ketamin. Ein Powerball.«

»Ecstasy sagt mir sogar noch etwas.«

»Das ist das Beste. Wirkt immer, noch ein paar Stunden. Ketamin ist das Schweinebetäubungsmittel der Nazis. Sorgt für Nahtoderfahrungen.«

»Schweinebetäubungsmittel der Nazis! Und das gibst du einfach so deiner kleinen Schwester? Du bist echt der Hammer!«

»Entschuldigung, du hast gesagt, dass du das kennst. Muss ich mir Sorgen machen?«

»Ich mache mir Sorgen um dich, Bruderherz. Langsam glaube ich, du gewinnst im Böse-Eltern-Quartett.«

»Gegen jeden, da kannst du drauf wetten. Jetzt hören wir weiter Musik von Außerirdischen. Aber nur noch Kokain, oder?« Er legte Techno auf, die Lautsprecher waren hervorragend, der Klang klirrte wie Eiswürfel im vorgekühlten Glas. Er holte eine Flasche Tequila und eine Flasche Champagner aus dem Kühlschrank, zwei dickwandige Gläser, einen Spiegel und eine Rasierklinge, rollte einen Hunderter, dann ging er zum Auto und nahm die Joints aus dem Handschuhfach. Er goss den Champagner ein, Tequila dazu. Sie knallten die Gläser mit einer Handfläche bedeckt auf den Tisch, sodass das Getränk hübsch aufschäumte, stürzten es herunter und auf das Prickeln in der Nase jeweils eine schnelle Line. Sie hatten Kokainschlieren im Gesicht, flackernd beschienen vom Feuer. Sie reichten die Joints hin und her und beschimpften sich endlos lachend, Beatrix als kapitalistische Nazischlampe, Friedrich als Sozialistenschwein.

»Mami hat mich immer ins Bett gebracht und mit mir gekuschelt. Dabei hat sie geweint und gesagt, du bist meine beste

Freundin, du bist meine einzige Freundin, wir müssen zusammenhalten, dein Vater ist ein böser Mann. Und ich habe gefragt: Wieso ist dir so kalt, du zitterst so?«

»Aber jetzt sind wir keine Babys mehr. Jetzt sind wir groß. Ich muss dir ein Geheimnis verraten, darfst du aber nicht weitererzählen. Ich hau ab. Ich geh nach Ägypten. Ich brauche eine Auszeit.«

»Und wann kommst du wieder?«

»Gar nicht.«

21

An der Briefausgabe vor dem großen Saal erhielt Friedrich zwei Umschläge, einer davon aus Thailand mit einer schönen Sonderbriefmarke anlässlich des zehnten Geburtstages der Asiatic-Pazific-Telecomunity, APT, im Wert von neun Baht. Friedrich guckte genau hin. Er sah vier kleine Fernmeldesatelliten vor einer Karte Asiens in Grün und Gelb, inklusive Indien, China und Australien, die über Bangkok durch schwarze Linien miteinander verbunden waren. Der andere Brief kam vom Kreiswehrersatzamt in Freiburg. Friedrich entschloss sich für die schlechte Nachricht zuerst und öffnete den Brief aus Freiburg. Er hatte sich am 22.10.1988 zur Musterung einzufinden. Es war zum Weinen, er würde seinem Vater den Gefallen nicht tun, jetzt wollte er erst recht flüchten. Der zweite Brief enthielt die Nachricht, dass deutsche Behörden sein Konto bei der Thai Farmers Bank aufgelöst und das Geld auf ein Konto in Deutschland überwiesen hatten, er möge auf nähere Erläuterungen seitens des Bundesnachrichtendienstes in Pullach warten. Da stand ganz offen »Bundesnachrichtendienst«, der BND arbeitete in seinem Fall nicht verdeckt. Offene Verfolgung diente der Einschüchterung des Verfolgten, das wusste Friedrich. Er würde die Füße stillhalten und zum richtigen Zeitpunkt in die Hand nehmen.

Dann rief Praetorius wieder an. »Hier ist Rittersgruen.«

»Hier auch.«

»Sehr witzig, mein Sohn. Ab und an ein Lebenszeichen von dir wäre schön. Iris vermisst dich.«

»Was willst du?«

»Du hast eine Lebensversicherung bei der Deutschen Herold

abgeschlossen. Ich habe sie gebeten, das Konto aufzulösen, aber sie benötigen die Unterschrift des Antragstellers.«

»Hast du nicht versucht, die zu fälschen?«

»Haben sie nicht akzeptiert«, sagte Praetorius. Friedrich kicherte gegen seinen Willen. Es war schrecklich.

»Was ist daran so lustig?«

»Nichts.«

»Aber?«

»Du bist mir ein schlechter Spion.«

»Sehr witzig.« Praetorius machte eine Pause, er dachte nach. »Du weißt doch, nicht am Telefon.«

»Was willst du?«

»Du löst die Versicherung auf und überweist das Geld auf mein Konto.«

»Die Spaghetti …«

»Al dente, ich weiß. Ich schicke dir meine Kontodaten.«

Friedrich wurde dumpf und traurig, ließ den Kopf hängen und ging mit nach vorn übergebeugtem Oberkörper. Er hatte ausgezeichnete Schulnoten, aber er sprach kaum noch, beteiligte sich weder am Unterricht noch am restlichen Internatsleben. Den Kontakt mit seiner Mutter und Beatrix erhielt er nicht aufrecht, lag tagelang im Bett, trank Unmengen harten und weichen Alkohol, nahm chemische Drogen, um aufgedreht zu feiern und nachts durch den Wald zu irren oder Liebesnächte mit den Müttern seiner Schulkameraden zu verbringen und dabei seinen Mann zu stehen. Sein eigenes Leben empfand Friedrich wie eine lieblose Nacherzählung. Er folgte den Anweisungen seines Vaters und überwies das Geld aus der Lebensversicherung auf dessen Konto. Als kleiner Junge hatte er immer auf den Schultern von Praetorius gesessen und sich in dessen Glatze gespiegelt. Er war der Schalk in seinem Nacken. Was war passiert? Friedrichs Gedanken drehten sich im Kreis. Was will Praetorius? Mich fressen wie seine anderen Feinde? Er lud seinen Vater und Iris schriftlich von der Abiturfeier aus. So viel getraute er sich doch. Er wollte Praetorius nie wieder sehen. Die Antwort ließ nicht lange auf sich warten:

»Wir kommen gerne. Geteilte Freude ist doppelte Freude.«

Friedrich kannte nur den Spruch, geteiltes Leid ist halbes Leid. Nach der Teilung Deutschlands und seiner Familie wusste er es besser. Geteiltes Leid ist doppeltes Leid. Er hatte einen Schachfreund, Horst Hochzeiter. Horst hatte dichtes, schwarzes Haar, feuchte Lippen und eine teigige Figur, die genau widerspiegelte, was er im Leben erreichen wollte: wenig. Er gehörte nicht zu den Taugenichtsen und Leistungsverweigerern, aber er hatte auch nicht vor, sein Privatleben einer Karriere zu opfern, auch wenn dies bedeutete, die Welt nicht retten zu können. Seine Mutter war Psychotherapeutin, der Bruder ein durchgeknalltes Problemkind, und alles, was Horst wollte, war nicht auffallen, keine Sorgen bereiten. Eine einzige Aufsässigkeit gönnte er sich: Er hinterließ überall mit Kreide oder Kugelschreiber einen schnell hingeworfenen oder fein gezeichneten Penis und er nannte sich »Looser«. Sein Vater, Johannes Hochzeiter, hatte es bis zum Leiter der Ständigen Vertretung in Ostberlin gebracht, was so viel war wie eine Botschaft in einem Land ohne Botschaft, wie Friedrich die DDR nannte. Da die BRD die DDR nicht als eigenständigen Staat anerkannte, mussten Hilfskonstrukte wie der »Swing« oder eine »Ständige Vertretung« her, um Kommunikationskanäle und wirtschaftliche Verbindungen aufrechtzuerhalten. Horst hatte also in der DDR gelebt, war dort zur Schule gegangen, aber wegen kapitalistischer Umtriebe von den Lehrern gemobbt worden und stattdessen auf das Eliteinternat mit der strengen Erziehung im Schwarzwald gekommen, wie die Kinder christlicher Großunternehmer und deutscher Diplomaten von Addis Abeba bis Tokyo. Friedrich konnte Horst seine erstaunliche Familiengeschichte erzählen. Keiner hatte auch nur annähernd einen Vater wie Praetorius. Friedrich war der Einzige, der gemustert werden würde, und auch der Einzige, dessen Vermögen vom Vater konfisziert wurde, der kein Stipendium auf einer Eliteuniversität in den USA oder ein Praktikum bei den Vereinten Nationen in New York in Aussicht gestellt bekam, wie dies bei Horst der Fall war. Im Gegenzug erzählte Horst Anekdoten aus der DDR. Im Palast der Republik hatte er mit Westgeld gewedelt und einen Wechselkurs von 1:1 angeboten, war daraufhin von der Stasi festgenommen und monatelang auf dem Schulweg offen beschattet worden. Daher kamen die kapitalistischen Umtriebe.

Am 3. Oktober 1988 starb Franz Josef Strauß. Horst und Friedrich waren der Meinung, dass der 3. Oktober zukünftig ein Deutscher Feiertag sein sollte, und sie begossen das Ereignis ausgiebig. Friedrich wunderte sich wieder über sich selbst, die Feinde seines Vaters waren immer noch auch seine Feinde. Praetorius seinerseits meldete sich anlässlich des Ablebens von Franz Josef Strauß bei Herrn Hochzeiter in New York, wo dieser seit zwei Jahren als UN-Botschafter der BRD arbeitete. Der Fahrer von Herrn Hochzeiter in Ostberlin hatte jedes Mal, wenn sein Chef nach Westberlin fuhr, einen Ossi im Kofferraum in die Freiheit geschmuggelt und sich damit einen Batzen Geld dazuverdient. Als das aufflog, hatte man Herrn Hochzeiter nach New York versetzt. Praetorius spielte auf das ähnliche Schicksal der zwei Kalten Krieger an, die nun ihr Lebenswerk – die Wiedervereinigung der beiden deutschen Staaten – aus der Ferne, aus Indien und den USA, zu beobachten hatten. Man könne sich ja anlässlich der Feierlichkeiten zum Abitur 1989 in Hinterzarten treffen. Herr Hochzeiter berichtete seinem Sohn davon, der wiederum gab es brühwarm an Friedrich weiter. Herr Hochzeiter kam zum Abiturfest, obwohl Horst erst ein Jahr später als Friedrich seinen Schulabschluss machen würde.

Horst und Friedrich spielten also Stille Post mit einem hochrangigen Diplomaten und dem Topspion des Kalten Krieges. Ihre Gespräche waren hoch spekulativ, und Spekulatius gab es eigentlich nur zu Weihnachten, wie Friedrich dazu bemerkte. Herr Hochzeiter erzählte fast nichts über Praetorius, seinen Counterpart vom Geheimdienst, aber über den Zustand der Welt und die politische Zukunft Deutschlands sprach er gerne mit seinem Sohn. Er hatte ein Team, das sich mit Prognosen, Hochrechnungen und Befragungen beschäftigte. Horst hatte eine erstaunliche Trefferquote bei der Vorhersage von Wahlergebnissen bewiesen. »All bases are loaded, wie man im Baseball sagt«, hatte Herr Hochzeiter vielsagend zur bevorstehenden Wiedervereinigung gesagt, die Geschichte würde sich von nun an von allein entfalten. Er strebte das Amt eines parteilosen Innenministers im neu zu schaffenden Bundesland Preußen mit Berlin als Hauptstadt an. Aber man durfte nicht darüber sprechen. Erst wenn es wirklich so weit war. Sie gingen davon aus, dass der Vollalkoholiker Boris Jelzin die Macht in der UdSSR übernehmen würde. Er war bei den Hardlinern und bei Gorbatschow in Ungnade gefallen und nun als Oppositionspolitiker aktiv. Die letzten Details würden unauffällig im Internat Birklehof im Hochschwarzwald am historischen 22. Juli 1989 zurechtgezurrt werden. An diesem Tag fand das Abiturfest für die Klasse von Friedrich statt. Johannes Hochzeiter und Praetorius flogen durch ihr Exil in New York und in Neu-Delhi gewissermaßen unterm Radar und konnten davon ausgehen, dass ihr Treffen in Hinterzarten im Rest der Welt keine weitere Beachtung finden würde. So weit die Theorie.

Friedrich fuhr mit dem Zug nach Freiburg und kam pünktlich zur Musterung. Er musste sich nackt ausziehen und am Hodensack befühlen lassen und er flippte aus. Er bekam nicht viel davon mit. Er zappelte hektisch, schlug dabei versehentlich den Arzt, fühlte sich angegriffen und schrie um Hilfe. Er versuchte zu rennen, hatte aber die Hose nicht richtig hochgezogen und schlug hin. Er beschimpfte die helfenden Hände als »Nazis« und »Kapitalisten«, »Hessenschweine« und »Nassauer vom Stamme

Nimm«. Offensichtlich hielt man ihn für einen Drückeberger, der den Wahn und die Psychose nur vortäuschte, der zuständige Beamte sagte, dass er wüsste, wie eine paranoide Wahnvorstellung aussehe, und Friedrich schrie, dass er hingegen genau wüsste, wie ein fucking Orgasmus aussehe. Er hielt sich eine Hand auf sein tränendes rotes Auge und ging fünfzehn Minuten jammernd im Kreis, dann war er wieder vollkommen hergestellt, nur etwas angestrengt. Er verlangte nach einem Glas Wasser. Er konnte sich bei diesen Zuständen selbst beobachten, also seine Paranoia erkennen, der verfolgte Geheimdienstsohn als Schachspieler, der sich selbst als viele Figuren sieht.

»Sie müssen nicht zum Dienst an der Waffe …« – der zuständige Beamte in grauer Uniform vor Panoramafenstern mit aufgeklebten Jagdvögeln, gerahmten Fotografien von Militärhubschraubern und einem Spruch von Hermann Hesse, füllte ein weiteres Glas mit klarem Wasser, eine Wohltat – »… wenn Sie nicht töten wollen.«

Friedrich fragte sich, weshalb er so sehr hasste und tobte. Er sah die Handschrift seines Vaters auf einigen Papierbogen auf dem Schreibtisch des Beamten. Im Vorbeigehen las er etwas von »… der Dienst wird meinem Sohn guttun. Er will seine Pflicht nicht tun und den Generationenvertrag nicht erfüllen. Er sollte in ein Jagdbataillon.«

»Ich will töten, da können Sie einen drauf lassen!« Friedrichs Mund spitzte sich verkrampft. »Und wie ich töten will. Meine Stiefmutter wird dran glauben müssen, und mein Vater ist danach fällig.« Er kicherte verschlagen und rieb sich dabei die Hände.

Die Musterung ergab keine Auffälligkeiten. Weshalb auch?, fragte sich Friedrich. Er wurde zu den Panzergrenadieren in Lüneburg beordert. Er hatte sich nach dem Abitur dort einzufinden. Die Heide stünde dann in voller Blüte, und es gab gutes Eis in der alten Kleinstadt mit den schönen Kanälen.

Auch Amalia meldete sich mit Victor zu Friedrichs Abitur an. Victor sollte sie unterstützen, wenn das Valium nicht reichte. Einer Family-Reunion stand also nichts mehr im Wege, was Friedrich überhaupt nicht zusagte. Beatrix hingegen wollte sich das Schauspiel nicht entgehen lassen. Die Wiedervereinigung stand kurz bevor.

Friedrich ärgerte sich, dass er zu lange abgewartet und noch das Abitur gemacht hatte, das er nicht brauchte. Er hatte nun ein Ticket für den nächsten Tag nach Kairo in der Tasche und American Express Travelers Cheques im Wert von 1500 Dollar. Das sollte für den Rest seines Lebens reichen. Er würde auf den Ölbohrinseln der Familie seines Freundes arbeiten müssen, um seinen Lebensunterhalt und das Studium an der American University in Kairo zu bestreiten, falls er dort angenommen wurde. Er hätte früher fliehen sollen.

Beatrix, noch sechzehn Jahre alt, war einen Tag früher angereist. Sie trug eine japanische Schulmädchenuniform, einen kurzen Rock und lange weiße Strümpfe, die ihre langen Beine betonten. Ihre Haare wippten in zwei Zöpfen rechts und links, die Augen kullerrund, der Mund klein geschminkt, Jackett, weißes Hemd, dicke orange Krawatte und ein kleiner Schulranzen auf dem Rücken, der ein batteriebetriebenes glitzerndes Katzengesicht darstellte.

22

Beatrix und Friedrich steckten in Erwartung ihrer Eltern nebeneinander die Köpfe aus dem Fenster des Turms im Haupthaus zum von drei Seiten eingefassten Innenhof mit dem Garten und dem am offenen Ende befindlichen Steinpavillon. Im linken Flügel des ehemaligen Gutshofes befand sich im Untergeschoss die Bibliothek mit Lesesaal, darüber die Räumlichkeiten der Gattin des Direktors, das Ehepaar lebte getrennt. Sie war eine Seele von Mensch und unterrichtete Religion. Sie hatte Friedrich im dunklen Schwarzwald mit seinen Robotermenschen unterstützt, wo sie nur konnte. Die Luft war warm, eine frische Brise wehte. Amalia fuhr mit einem roten VW Golf Cabrio direkt am Haupthaus vor, wo sie von einem Portier wild gestikulierend auf den Parkplatz verwiesen wurde.

»Das ist ihr ganzer Stolz. Golf 1.8 GLI, 112 PS, 180 km/h Höchstgeschwindigkeit. Hat ihr Victor zum zehnten Hochzeitstag geschenkt.« Beatrix lachte. »Jeans und Autofahren sind für sie der Inbegriff der Freiheit. Als Fremdsprachensekretärin fuhr sie einen Karmann Ghia. Da hat sie Praetorius kennengelernt. 1962. Spricht sie noch heute von. Sie war siebzehn und musste unter die Haube.«

»Respekt, meine Kleine. Die technischen Daten sitzen.« Friedrich legte seinen Arm um ihre Hüften und lächelte, sie legte ihren Kopf auf seine Schulter.

»Das habe ich von Victor. Der holt sich immer die neueste Technik aus Amerika und Japan. Weißt du, deine Erzählungen von Praetorius haben mich der Mami wieder nahegebracht. Wusstest du, dass sie vor dir schon einmal schwanger war? Das

Baby ist nach der Geburt von der Hebamme versehentlich ertränkt worden. Kein Wunder, dass Praetorius so vernarrt in dich ist.«

»Dann hieß es wahrscheinlich: Jetzt werden keine Gefangenen mehr gemacht, Straflager.«

Das Verdeck war heruntergeklappt, Amalia trug eine riesige Schmetterlings-Sonnenbrille, hatte ihr geliebtes englisches Halstuch um den Kopf gebunden, wie in früheren Zeiten die Menschen, wenn sie Zahnschmerzen hatten. Ihr Beifahrer Victor trug einen Panamahut, er ging ganz in Weiß, der Anzug, die Schuhe, sogar die Lederhandschuhe, das strahlende Lächeln, nur die Sonnenbrille war schwarz. Amalia stieg aus, legte sich das Tuch um den Hals und steckte ihre Sonnenbrille in die Haare. Victor rutschte auf den Fahrersitz und fuhr auf den Parkplatz oberhalb des Speisesaals. Kaum war sie im Haupthaus verschwunden, tauchten wie auf ein Zeichen zur Linken Iris und Praetorius auf, wahrscheinlich hatten sie sich hinter dem Mauervorsprung versteckt. Praetorius trug einen Aktenkoffer aus Schweinsleder.

»Sie trägt ein langes, weites Kleid, damit man ihre breiten, steifen Hüften nicht bemerkt, und die Jacke der Zarin und auch deren Fuchsstola, denn sie pflegt zu frieren und am Schmerz der Welt zu leiden, den sie im Gegensatz zur Welt ausgesprochen intensiv verspürt. Deshalb auch der steife, nach vorne geneigte Gang und die flachen Schuhe, die zweite OP hat leider die Fehler der ersten, von einem Roboter durchgeführten OP einigermaßen korrigiert. Ein schlimmer Schmerz wird sie jedoch für immer begleiten. Gott sei Dank.« Friedrich seufzte aufgesetzt tragisch. Beatrix kniff ihn grinsend.

Praetorius und Iris waren nicht die einzigen Gäste, die zum Haupteingang schlenderten, aber Iris war deutlich, wenn auch nicht vollständig, zu vernehmen: »Dieses Mal werde ich nicht … das muss ich mir nicht bieten lassen … deine abtrünnige, undankbare Tochter, wie schon deine Mutter, mit demselben Pfannkuchengesicht und den Lügen ihrer Mutter vollgestopft! Diese Brut! Dieses Natterngezücht! Dieses Gewürm! Diese Nassauer vom Stamme Nimm und dann dieses Hessenschwein! Ich habe deine Tochter schon verabscheut, als sie noch ein Kleinkind war, dieser Schlafzimmerblick, dieses Geistesabwesende! Dieses Pfannkuchengesicht! Hessenschwein!« Sie gestikulierte schimpfend auf Praetorius ein.

»Ja, ja, ist ja schon gut.« Praetorius dackelte gebeugt neben ihr her, die gereizte Antwort war an seinen Lippen abzulesen. Er trug eine Golf-Schiebermütze, unter welcher weißes Haar hervorlugte, weiße Haare an den Ohren, unachtsam rasiert, im karierten Jackett mit Lederaufsätzen, hellbrauner Hose und Adidas-Joggingschuhen mit dreifarbigen Stiften, die man aus der Sohle ziehen konnte.

»Du meine Güte! Praetorius wirkt um dreißig Jahre gealtert, wie fünfundachtzig. Und was ist das bitte schön für ein Aufzug?« Beatrix zog einen Joint aus der Hosentasche.

»Mit den bunten Stiften reguliert man die Schuhsohle nach der Härte des Untergrundes. Hinterm Ohr hat er ein dickes Hörgerät.« Nun kniff Friedrich seine Schwester. Praetorius' Mundwinkel hingen nach unten, er biss sich auf die Unterlippe, der Mund blieb offen. Seine Augen waren blutunterlaufen. »Und hier kommt Herr Hochzeiter.«

»Der lange Dürre mit regungslosem Gesicht? Geführt von Horst?« Herr Hochzeiter war leger in heller Hose, Lederschuhen, weißem Hemd, Jacke gekleidet.

»Nicht vergessen: extra aus New York angereist, um seinen Sohn zu sehen, der erst in einem Jahr sein Abitur feiern wird.«

Horst rannte die Treppe im Haus hoch, das Holz knarrte laut. »Es geht los! Sie sind in der Bibliothek!« Horst riss die Tür auf und winkte hektisch, die beiden sollten sofort folgen.

»Erinnerst du dich an den Prozess?« Beatrix hielt Friedrich fest. Friedrich drehte sich um.

»Als wäre es gestern gewesen. Es war der 23.08.1978.«

In der mit Sandstein ausgelegten Vorhalle ging es links vor dem Hauseingang an den Toiletten vorbei durch eine niedrige Tür, bei der sie die Köpfe einzogen, drei Stufen hinab in die holzgetäfelte, schmale Bibliothek. Der geöffnete, leere Aktenkoffer lag auf einer runden Tischplatte, Praetorius und Iris saßen unschuldig auf den beiden Lesesesseln um den Tisch. Der enge Raum war mit schalldämpfendem Teppich ausgelegt, die Regale aus kunstvoll geschnitztem hellem Holz, die Bücher im Ledereinband. Herr Hochzeiter nestelte auf Augenhöhe an einem Regal herum und auf der anderen Seite des Raumes, an der Tür zum Innenhof, standen Amalia und Victor. Die drei Teenager stolperten in den Raum, Beatrix schwebte an ihnen vorbei und gesellte sich zu Amalia. Friedrich spürte Iris' böse Vibrationen wie Dampf aus einem Samowar. Sie saß neben ihrem zufriedenen, eingefallenen Mann und war gespannt wie eine Sprungfeder, wann sie endlich wahrgenommen, einbezogen, zur Königin ernannt werden würde. Friedrich spürte plötzlich nicht mehr den altbekannten Hass auf Praetorius, da war ein neues Gefühl: Verachtung. Friedrichs Körper beugte sich wie Michael Jackson auf der Bühne unwillkürlich nach vorne, eine einzige Verspannung, ein Knoten, der sich zuzog. Horst begab sich zu seinem Vater und zog zwei dicke Hefte aus dem Regal.

»›Der Plan I‹ und ›Der Plan II‹. Das klingt mysteriös.« Er lächelte Friedrich an.

»Es wird Zeit, sich zu entschuldigen«, sagte Praetorius und erhob sich seufzend und sich auf der Tischplatte abstützend wie jemand, der von Jesus berührt plötzlich wieder gehen kann.

»Was ist das Wichtigste in deinem Leben?« Victor setzte sich leicht zeitversetzt zu Praetorius in Bewegung. Sie gingen aneinander vorbei.

»Ich.«, beantwortete Victor seine eigene Frage. Er berührte Friedrich an der Schulter, löste die Schockstarre.

»Was meint er?« Friedrich blickte kurz auf den Buckel seines Vaters, dann fragend an ihm vorbei auf Beatrix.

»Er meint das Ego. Das hat er in einer Therapie gelernt.«

»Macht ihr alle Therapie?«

»Die Mami nicht. Ich habe gelernt, dass Angst, wenn sie sich in den Körper schreibt, nicht mehr wahrgenommen wird. Sie äußert sich stattdessen in Promiskuität, in irrwitzigen Zwangshandlungen, die ideologisch überhöht werden, und in Schlafstörungen. Das Diktatorenproblem. Ohne Therapie führt dich das Schicksal in deinen schlimmsten Albtraum.«

»Und so etwas lernt man in einer Therapie?« Friedrich verstand nicht, was an Promiskuität so schlimm sein sollte. Heiraten stand für ihn jedenfalls nicht auf dem Plan.

Herr Hochzeiter nahm Horst die beiden Hefte aus der Hand. Alle Augen waren auf Praetorius gerichtet. Er stand vor Amalia. In die eintretende Stille hinein nahm er ihre Hand.

»Es ist an der Zeit, sich zu entschuldigen.« Halb zog er sie, halb ging sie fassungslos, verängstigt und verwirrt hinterdrein. Sie kamen bei Iris an, die sich hellwach aufrichtete, lächelnd ihre Giftzähne zeigte und neugierig züngelte, wobei sie langsam hin und her wankte.

»Bitte entschuldige dich bei Iris.«

Die Bibliothek hielt den Atem an.

»Entschuldigung.« Amalia machte einen Knicks.

In dieser Sekunde nahm Praetorius die Hefte »Der Plan I« und »Der Plan II«, steckte sie wieder in seinen Aktenkoffer und schob ihn in einer blitzschnellen Bewegung, die nur Friedrich wahrnahm, zu Herrn Hochzeiter. Praetorius hatte eine Hypnoseshow abgezogen. Die Umstehenden waren so auf Amalia und Iris konzentriert, dass sie nur noch sahen, was sie sehen wollten, während Praetorius unbemerkt etwas ganz anderes tat. Aber Friedrich hatte sich nicht täuschen lassen.

Die Bibliothek atmete aus. Beatrix und Friedrich starrten sich ungläubig an, bis Beatrix die Hand vor den Mund legte und prustend loslachte. Ihre Augen röteten sich, als hätte sie sich verschluckt. Sie ging in die Knie, hielt sich an einem Bücherregal fest.

»Das wäre geklärt«, sagte Praetorius und setzte sich. Die Journale waren wie von Zauberhand verschwunden, der Aktenkoffer auch. Die Stille wurde von raschelnden Kleidungsstücken und gemurmelten Verabschiedungen aufgelöst.

»Wenn du das sagst, Vater ...« Friedrich legte seinem Vater eine Hand auf die Schulter, während sich die anderen nach draußen quetschten. Zum letzten Mal hatte Friedrich seinen Vater für sich allein.

»Willst du wirklich vor der ganzen Welt die Hosen herunterlassen?«

»Ich verstehe dich nicht ganz.«

»Du hast die Wahrheit über dich und Amalia in diesen Heften vermerkt.«

»Woher weißt du das?« Praetorius wollte den anderen hinterhereilen, aber Friedrich drückte ihn in seinen Sessel.

»Wenn deine Tochter dich um Geld bittet, dann gibst du ihr das, und wenn deine Tochter nichts von dir wissen will, dann lässt du sie gewähren. Sollte mir da etwas zu Ohren kommen, ziehe ich dir bei lebendigem Leibe die Haut vom Gesicht. Haben wir uns da verstanden?«

»Das klingt so endgültig, mein Sohn. Jetzt gehst du erst mal zum Bund und dann schauen wir weiter. Und am 17. August ist der 203. Todestag Friedrichs des Großen. Wir sehen uns doch hoffentlich am Grab.«

»Aber selbstredend. Ich habe da schon ein paar warme Worte vorbereitet.« Friedrich verdrehte die Augen und entließ seinen Vater.

Die Abschlussveranstaltung fand im Speisesaal statt, der nach dem Diner zu einem Theater mit Bühne umgewandelt worden war. Horst, Beatrix und Friedrich hatten die große Entschuldigung gebührend mit Champagner, Tequila und Kokain gefeiert. Zitronenscheiben und Salz nicht zu vergessen. Sie feierten in Style. Jeder Abiturient musste an irgendeinem Spiel teilnehmen, Friedrich hatte sich im Abiturheft mit einer weißen Seite und dem kleingedruckten Spruch am unteren Rand verewigt: Friedrich von Rittersgruen und Täuber – ein unbeschriebenes Blatt? Er hatte sich verweigert, so weit möglich, aber an einem doofen Spiel musste er doch teilnehmen. Er lag neben sieben anderen Schülern und Schülerinnen, die auch gerne ein namenloses Grab haben wollten, und ließ seine Füße unter dem Theatervorhang hervorlugen. Die Eltern sollten ihre Kinder an den Fußsohlen erkennen. Zunächst wurde Praetorius gerufen, dann Iris und schließlich Amalia, die ihren Sohn sofort erkannte.

»Ich habe ihn schließlich gewickelt.«

Friedrich sollte vor den Vorhang treten, aber er konnte nicht aufstehen. Er sah den todtraurigen siebenjährigen Friedrich neben sich liegen, zusammengekrümmt wimmernd, mit Hasenzähnen, lieblosem Topfschnitt, in Lederhose mit Edelweiß aus Hirschhorn und weiß-blauem Pulli.

»Du musst sie noch töten. Du darfst jetzt nicht gehen. Du hast es mir versprochen«, sagte der kleine Friedrich.

»Ich werde es aber nicht tun. Ich werde dich verlassen.«

»Das kannst du nicht machen. Bitte!«

»Ich weiß, aber ich werde es trotzdem tun.«

»Bitte!« Der kleine Friedrich weinte wie ein Baby.

Friedrich wurde von seinem schlechten Gewissen überrollt, seine Zehenspitzen brannten, sein Mund und seine Nase zuckten, und er dachte, ich will nicht töten, ich bin ein guter Mensch, ich will nicht töten, ich bin ein guter Mensch, ich will nicht töten.

»Sie hat den Tod verdient.«

»Hat sie.« Friedrich täuschte für sein kleines Ich tränenersticktes Lachen vor.

Beatrix machte ein Foto mit ihrer alten Polaroid F-70 und zeigte es ihm. Von außen sah er vollkommen friedlich und fröhlich aus, entspannt, ölig glänzend wie das Selbstporträt Albrecht Dürers, welches Friedrich stets für ein Jesusbildnis gehalten hatte, mit den langen, gelockten Haaren, der komischen, gottergebenen Handhaltung und dem tiefen, pseudonachdenklichen Blick. Beatrix machte nun ein Foto von sich. Es sah lächerlich aus, wie sie den Apparat mit ausgestrecktem Arm auf Abstand hielt und eine Schnute mit Entenmund zog. Sie wedelte das Negativ in der Luft und steckte es dann in seine Brusttasche. Beatrix drehte mit einem Finger eine eingebildete Wählscheibe und hob die Augenbrauen zum internationalen Zeichen: Melde dich!

23

Friedrich ging von der Trambahnhaltestelle auf sein Wohnhaus in Masri-al-Gedida zu, das ihn mit hohen umlaufenden Balkonen an das Guggenheim-Museum in New York erinnerte. Es war 8 Uhr morgens, am 6. Oktober 1989, und er trug eine Plastiktüte mit Trinkjoghurt von Nestlé darin sowie einer 500-Gramm-Packung Eierspaghetti, einer Dose passierter Tomaten und Schmelzkäse in einer hellblauen Packung der Marke Kiri mit den besonders bei Kindern beliebten Käsedreiecken, um sich ein schönes Geburtstagsfrühstück zuzubereiten. Solange man Schmelzkäse dazutat, schmeckte alles gut, wenn es nach Friedrich ging, und heute ging es nach Friedrich. Masri-al-Gedida war als Zukunftsvision und Gartenstadt mit dem Namen Heliopolis im Jahr 1910 von einem belgischen Eisenbahnunternehmer außerhalb von Kairo angelegt worden. Es gab Kirchen und Tempel für alle Glaubensrichtungen, auch für indische Sekten. Mittlerweile war die Stadt über den Vorort hinausgewachsen, der internationale Flughafen lag um die Ecke. Eine Moschee befand sich auf der Straßenseite gegenüber, und der Muezzin ging Friedrich genauso auf die Nerven wie früher das Gebimmel der Dorfkirche Sankt Nikolaus in Neuried. Im Schatten der Eingangshalle grüßte er den Torwächter hinter seinem Tresen, der betrübt den Kopf schüttelte, der Aufzug funktionierte immer noch nicht, der Techniker war bestellt, es konnte jeden Tag passieren – Inshallah bokra, frei nach der Koransure: Und verschiebe niemals etwas auf morgen, ohne hinzuzufügen, dass dies der Wille Allahs ist, damit deine Taten vielleicht diesem eher zur Ehre gereichen. Was heißen sollte, dass der Gläubige stets an sich arbeitet, um ein besserer Mensch zu werden. Interessant, dass es in Deutschland heißt: Was du heute kannst besorgen, das verschiebe nicht auf morgen!, dachte Friedrich, und dann an die Worte seines Freundes Hassan, der auf Betreiben seines Onkels aus der gemeinsamen Wohnung ausgezogen war und nun im Luxusanwesen am Nil lebte. Hassan hatte Friedrich berichtet, dass der Onkel mit dem ägyptischen Geheimdienst Kontakt aufgenommen hatte, um herauszufinden, was Friedrich Ludwig Christian von Rittersgruen und Täuber, den er für einen deutschen Verschwörungstheoretiker hielt, in einer seiner Liegenschaften trieb. Der feine Herr Rittersgruen aus Deutschland behauptete, er sei der auserwählte Stammhalter eines Geheimordens der Tempelritter. Es gab prominente Vorfahren, einer hatte angeblich als Nachrichtenoffizier des Dritten Kreuzzuges die Königin der Muslime im Schach besiegt, ein anderer als preußischer Freischärler Friedrich dem Großen das Leben gerettet, und Terror hatte dem Mufti von Istanbul ein Einhorn gestohlen, den Heiligen Gral verwaltet und Friedrichs Vater Praetorius schließlich als fieser, eiskalter Spion für die BRD die DDR mit einem nebulösen Herrn Schalck-Golodkowski gekauft. Die Aufzählung ist unvollständig, dachte Friedrich weiter, aber was soll's.

Das Entscheidende war, dass der Torwächter in diesem sechsstöckigen Wohnhaus auf der Gehaltsliste des ägyptischen Geheimdienstes und von Hassans Onkel stand und ihn, Friedrich ausspionierte. Friedrich hatte die Schnauze gründlich voll davon, verfolgt zu werden. Der ägyptische Geheimdienst arbeitete mit der CIA zusammen, und die hatten bestimmt schon den BND informiert.

Friedrich nahm zwei Treppenstufen auf einmal, grüßte die am Geländer angebundene Ziege, guckte in die freimütig offen stehenden Wohnungen und staunte wie immer beim Anblick all dieser überbordenden Pracht mit goldenen Möbeln im Louis-XIV-

Stil und riesigen in Gold gerahmten Ölgemälden. Seine eigene Wohnung war hypermodern eingerichtet, mit bunten, teuren Möbeln und Stehlampen, zudem faszinierte ihn der Kontrast von prunkvoller Innen- und verwahrloster Außenwelt.

Er sperrte die Tür auf, seine Schritte knackten, und er nahm sich wieder einmal vor, die Splitter der Schellackplattensammlung von Husseins Vater aufzukehren. Hussein hatte getrunken und mit den Platten Frisbee gespielt, die in der Folge an den Wänden zerschellt waren. Tiefe Furchen zierten den Putz. Auf den schwarzen Splittern direkt am Eingang lagen mehrere ungeöffnete Briefe. Die Familie hatte zum Geburtstag gratuliert. Praetorius und Iris, wie Friedrich erschüttert feststellte, als er sich bückte, und auch seine leibliche Mutter. Beatrix hatte geredet, und Amalia hatte ihn verraten. Es war eben doch richtig gewesen, auch Amalia den Rücken zu kehren. Er hielt die Umschläge in der Hand, erhob sich stöhnend, zögerte, dann ging er auf den Balkon, blickte auf die Flugzeuge im Landeanflug und die Moschee mit ihren grün beleuchteten Minaretten und öffnete die Post. Die Sonne war vor über zwei Stunden aufgegangen. Es hatte angenehme, trockene 26 Grad. Der laute Sound des morgendlichen Rushhourverkehrs kam gedämpft bei ihm an.

Die kleine, runde und penible Schrift seines Vaters schnürte ihm die Brust zu, noch bevor er nur ein Wort gelesen hatte.

»Bitte unternimm nichts Unvernünftiges wie der Sohn der Familie Eltz, der in Marokko verschollen ist, und denke daran, was du deinen Eltern, insbesondere deiner Mutter Iris, antust.« Vom Generationenvertrag, von Pflicht und Dienst war die Rede. Friedrich möge »auch an Joachim Bernhard denken, der Friedrich d. Gr. in der Schlacht bei Kunersdorf das Leben gerettet hat, wie nach der Wiedervereinigung der beiden deutschen Staaten unschwer an dem Denkmal u. d. Linden in Berlin abzulesen sein wird.«

Friedrich ärgerte sich, dass sein Vater kein Wort über den Anlass von Friedrichs Flucht verlor, der klar darin lag, dass er es mit seinem Vater und Iris nicht aushielt. Um sie nicht zu töten, hatte er fortgehen müssen. Praetorius hatte ihm seine Würde, seine Kindheit und sein ganzes Geld weggenommen, und selbst jetzt, wo Friedrich seinen Vater endlich vor vollendete Tatsachen gestellt hatte und verschwunden war, versuchte Praetorius es mit einem Appell an seine nicht vorhandenen Schuldgefühle und die deutsche Geschichte. Siedend heiß fiel Friedrich die Wiedervereinigung ein. Der Fall der Mauer stand unmittelbar bevor, und von diesem Moment an würde sich sein Vater unweigerlich auf seinen Sohn, den abtrünnigen Thronfolger, stürzen.

Iris hatte in riesengroßen Buchstaben schwungvoll hinzugefügt: »P.S.: Wir haben vor nichts mehr Angst, außer einem: den Chinesen.«

Bis zum heutigen Tag hatte er das, was seine Eltern von sich gaben, als Schwachsinn bezeichnet, jetzt aber fühlte es sich zum ersten Mal gefährlich an. Jetzt war nicht die Existenz der Familie in Gefahr, diesmal war es seine eigene. Ich muss weiter fliehen. Doch wohin? Wie weit muss ich gehen, um sicher und wirklich frei zu sein? Friedrich dachte angestrengt nach. Sein Blick schweifte von den Briefen zur breiten Fensterfront. In der Ferne sah er das nächste Flugzeug im Landeanflug, wie in Meerbusch.

Er hatte sich die Haare schneiden lassen, seine Locken waren weichgespült wie das blondierte Haar George Michaels, und er parfümierte sich mit einem Flakon der Marke Etruscan, die mit dem Spruch »Mut zum Gefühl« warb. Friedrich lachte jedes Mal, wenn er es benutzte, er lachte ohnehin viel mehr als früher, aber das änderte nichts daran, dass er sich jetzt dem Ernst des Lebens stellen musste. Er machte den Fernseher an. Im Frühstücksfernsehen liefen mit stolzem Sprecherton unterlegte Bilder, die das massenhafte Morden für Gott und Vaterland glorifizierten, und zwar sowohl jenes im Krieg von Ägypten gegen Israel am 6. Oktober 1973 als auch das bevorstehende vom Sudan gegen die USA. Vor drei Monaten hatte sich General Bashir mit seinem Militär und der Unterstützung des Iran in Khartum an die Macht geputscht und den revolutionären Kommandorat zur Errettung der Nation (RCC) gegründet, eine radikalislamische Republik ins Leben gerufen, die mit den revolutionären Garden im Iran einen Heiligen Krieg gegen den Satan USA führen wollte. Zu diesem Zweck hatte der Sudan den Sohn eines saudischen Bauunternehmers, Osama bin Laden, ins Land eingeladen. Er sollte Ausbildungslager für Selbstmordattentäter und Anlagen zum Bau chemischer und biologischer Waffen errichten. Das war das beherrschende Thema in den Nachrichten in Ägypten. Die Menschen auf der Straße brachten einem authentischen Machthaber, der den Amis eine lange Nase drehen würde, durchaus Sympathie entgegen, die Familie von Friedrichs Freund Hussein dagegen war entsetzt.

Plötzlich hatte Friedrich eine Eingebung: Wenn ein von der CIA gesuchter Terrorist wie Osama bin Laden im Sudan frei herumlaufen kann, dann sollte Praetorius dort auch keinen Zugriff auf mich haben.

Nach dem Frühstück fuhr er vollgestopft mit einer zähen Masse aus Spaghetti, Tomatensud und Schmelzkäse in die Innenstadt bis zur Statue von Ramses II. unter der Autobahn, die mit der Brücke des 6. Oktober über den Nil führte. Er ging an den Taxis und Kleinbussen vorbei zum zentralen Platz, dem Tahir, wo er eigentlich an diesem Tag nicht hinwollte, aber hier stand nun mal das Museum für Ägyptische Kultur, und das liebte er, es erinnerte ihn an schöne Augenblicke in seinem verhassten Zuhause in Neuried. Er besuchte dieses Museum fast täglich, um zu entspannen und neue Ideen zu entwickeln. Es handelte sich um ein großes Gebäude aus rosa Sandstein, das direkt zum Tahir hinaus ging. Auf dem Platz sah Friedrich aufgebaute Gerüste und Tribünen für die Feierlichkeiten zum Sieg über Israel. Eine Unzahl Militärs marschierte auf. Die Sonne stand bereits hoch und schien fahl, wie ein von Wolken verschleierter Nachtmond, durch den apokalyptischen Himmel über Kairo auf das Mogamma Building, einen riesigen, schmucklosen Klotz. Friedrich hatte hier bereits zwei Mal sein Aufenthaltsvisum verlängert. Die Beamten hatten die Stempel nicht gefunden, er hatte dennoch kein Bakschisch bezahlt, bis sie sich erbarmt hatten. Friedrich dachte an die Beamten und den Himmel in Neu-Delhi. In Kairo rührte die Milchsuppe von einer gigantischen Düne her, die erhöht über der Stadt lag und Tonnen von Sand in die Atmosphäre entließ. Der riesige Schriftzug von Coca-Cola auf einem Hochhaus leuchtete so rot, als handele es sich um ein nachgefärbtes Detail auf einer alten Schwarz-Weiß-Fotografie. Friedrich betrat das Museum. Hier stapelten sich die wunderbarsten und mit Mythen überfrachteten Gegenstände auf engstem Raum: Mumien, Skarabäen, Kunstwerke aus Glas, der Schatz des Tutanchamun aus Gold, Glas und Edelsteinen. Darum drängten sich Touristen. Friedrich dachte an das Einhorn und den Heiligen Gral. Er ging weiter in den größten und verwaist daliegenden Teil des Museums. Am meisten interessierte er sich für die Skarabäen, Nachbildungen der Käfer aus grüner Jade aus den Steinbrüchen von Afghanistan, die Peking und Ägypten vor 2000 Jahren gleichermaßen ausgebeutet hatten. Sarkophage aus bemaltem Holz und schwerem Granit standen gestapelt, und die Skarabäen befanden sich achtlos hingeworfen in Regalen und Ecken in riesigen muffigen Räumen, die, so schien es, außer Friedrich nie jemand betrat. Er fühlte sich aus der Zeit gefallen, im Frieden mit sich und der Welt. Er umschiffte drei schwarz vergilbte, mumifizierte Leichen mit eingefallenen Gesichtern, einen fetten Sarkophag und stand vor einem Regal. Es sah aus, als lebten die Käfer in Klumpen. Er berührte einen davon. Ein Punkt leuchtete grün, sein Finger hatte eine dicke zusammenhängende Staubschicht auf der Spitze. Er wischte einige Käfer ab, benutzte sie als Handschmeichler, wie Kastanien, und steckte unauffällig einen in seine Hosentasche. Es war wie auf dem Dachboden eines der

Schlösser seiner Verwandtschaft oder wie im Keller seines eigenen Zuhauses. Dies hier war seine feine Art der Rache an Praetorius. Sein Leben lang war er der Mistkäfer, der die Kugel der Familiengeschichte weiterrollen sollte, doch damit war von nun an Schluss. Kein Gedanke mehr an Terror Tartar oder den Lebensretter des Königs oder Holub, den Schachspieler beim Kreuzzug. Und wo er schon daran dachte, etwas nicht zu denken, so ging es auch um die ständigen Wiederholungsschleifen. Diese Gedankenschleifen, die sich ins Nichts tasteten, würde es künftig nicht mehr geben.

Friedrich hatte einen kleinen roten Botschaftskalender dabei, in den er seine Erlebnisse stichpunktartig eintrug. Das Ergebnis von zwei Monaten schreibenden Nachdenkens las sich so: »Was mache ich, wenn es nicht mehr um Flucht geht, sondern darum, wer ich eigentlich bin?« Friedrich war geradezu überrascht von der Antwort gewesen, die ihm unter Wasser in Dahab am Roten Meer gekommen war, beim Anblick von Korallen und Rotfeuerfischen und der Unmöglichkeit, zu sprechen. Der Schachspieler in ihm, der die Dinge heimlich zu Ende dachte, hatte den Videorekorder im Kopf laufen lassen, alles aufgezeichnet, um es später wieder abzuspielen und dem Ganzen nachträglich einen Sinn zu geben. Diese Art, durchs Leben zu tauchen, war besser als das Untertauchen in der Badewanne, er musste nicht mehr auftauchen, konnte sich mit Handzeichen seinem Tauchpartner mitteilen, und an der Oberfläche tauchte er einfach weiter, hier in Ägypten, ohne Arabisch zu sprechen, im Historischen Museum, ein ruhiges gemächliches Gleiten. Eine englische Beschreibung am Regal erläuterte, dass der Skarabäus im Pharaonenreich das Symbol für die Zukunft darstellte. Es ging um Wiedergeburt und den Körper. Der Mistkäfer galt als heiliges Tier in Ägypten, das die Zukunft vorhersagen konnte. Und es ging um die zwei altägyptischen Gottheiten Ba und Ka. Ba war der Gott der Seele. Die Seele reitet am Tag auf der Sonne und nachts, wenn die Sonne durchs Reich der Toten wandert, vereinigt sie sich mit dem Körper, um wiedergeboren zu werden. Ka galt als Gott des materiellen Lebens, der Körper, der Lebenskraft und Nahrung spendete und sich nach dem Tod im Grab von den Opfergaben der Lebenden ernährte. Der Käfer rollte die Mondscheibe über den Nachthimmel, bis er von einem roten Stern getötet und schließlich von der Sonne verschluckt wurde. Aber der Käfer hatte seine Kinder in der Mondscheibe abgelegt, und am nächsten Abend erstand er wieder in Form seiner Kinder auf.

Im echten Leben steckte der Mistkäfer seine Larven in den braunen Ball aus Dung, den er vor sich herrollte. »Es ist tatsächlich die einzige Möglichkeit, die Zukunft materiell vorherzusagen«, notierte Friedrich im Tagebuch. »Man steckt die eigene Brut in die Scheiße Fremder und lässt sie davon zehren.« Friedrich erinnerte sich an seine Wahnvorstellung, die Zukunft vorhersagen zu können, wie er sie im Autoverkehr von Neu-Delhi gehabt hatte.

Der Sudan vergab keine Visa. Bashir wollte Krieg gegen die USA führen und nicht den Abkömmling eines West-Spions beherbergen. Friedrich ging wieder auf den Tahir. Dort fand mittlerweile eine Militärparade zur Feier des Sieges über Israel im am 6. Oktober 1973 begonnenen Jom-Kippur-Krieg statt, die ägyptische Fahne wurde tausendfach geschwenkt, Einpeitscher heizten den Massen ein, Parolen und Schreie war deutlich zu hören. So wollte er seinen Geburtstag am heutigen Tage nicht begehen. Er war im Andenken seiner Großväter und der beiden von Deutschland ausgehenden Weltkriege gezeugt worden, es hatte nicht an Erinnerungen an diese Tatsache gemangelt. Friedrich empfand Abscheu. Für ihn gab es nichts zu feiern, keinen Krieg der Welt und auch keinen Geburtstag.

Friedrich lebte sparsam, er verfügte noch über 1300 Dollar in Traveler Cheques zu jeweils 50 Dollar. Damit würde er nicht weit kommen, aber je länger er wartete, desto weniger weit würde er kommen. Hassan unterstützte ihn und hatte ihm den Tauchschein in Dahab am Roten Meer geschenkt. Er konnte jedoch nicht ewig auf Kosten seines Freundes ein Leben führen, das früher oder später aus all dem erneut einen goldenen Käfig werden ließ. Er musste seinen eigenen Weg gehen. Hinzu kam der Geheimdienst. Sein Leben sollte anders sein, irgendwie echt, irgendwie wahr. Er wollte nicht wie Praetorius im stillen Kämmerlein grübeln und sich vor der Welt verstecken, er wollte sie berühren, fühlen und schmecken, sich selbst mitten hineinstellen und sagen: Seht her, da bin ich! Er hatte zwei Jahre lang depressiv in den Seilen gehangen und die letzten zwei Monate nachgedacht und geträumt, jetzt fühlte er sich bereit für den Kampf gegen die Welt. Er konnte es kaum erwarten.

Die Botschaft des Sudan war geschlossen. Friedrich sah schon aus der Ferne eine Menschentraube mit bunten, großen Plastiktüten am eisernen Tor kleben, und Torwächter stemmten sich gegen die dagegen drückende Masse. Aufregung lähmte ihm das Herz, und Friedrich handelte wie in Trance, wie er danach nahezu erinnerungslos feststellte. Er kletterte über die mit Glassplittern bewehrte Mauer, sprang auf das Gelände der Botschaft, rannte ins erstbeste Büro und verlangte ein Visum. Die Beamten richteten sich vorgeblich nach christlichen und muslimischen Feiertagen, und dazwischen war Pause. Friedrich hatte in Indien gelernt, er zeigte den Beamten seinen Pass, welchen Stempel er benötigte, wo sie zu unterschreiben hatten. Sie waren so überrumpelt, dass sie, ohne nachzudenken, taten, was ihnen Friedrich auftrug. Dann geleiteten sie ihn nach draußen, an der jubelnden Menschentraube vorbei.

Er griff die erstbesten Dinge in der Wohnung von Hassan und steckte sie in die bronzefarbene Strandtasche eines Edeljachtklubs aus Saint-Tropez an der Cote d'Azur, legte den Schlüsselbund auf eine Ablage und zog die Tür hinter sich ins Schloss.

Der Aufzug funktionierte immer noch nicht. Die Tasche war halb voll: eine dicke hellgelbe Decke aus Alpaka-Merinowolle, ein Moskitonetz für ein Doppelbett, das man an den vier Ecken mit Aufhängern verbinden musste, seinen grauen Hoodie, ein weißes Kopftuch, eine Tube Zahnpasta aus Plastik, die nicht so schnell kaputtging wie diejenigen aus Aluminium, sowie eine Zahnbürste und ein Weltempfänger von Sony. Das war's. Er trug dunkelbraune Lederschuhe von Hassan aus London, die ihm zu eng waren, weiße Tennissocken, grelle neonbunte, psychedelische Shorts aus Goa, die bis fast an die Knie reichten, ein T-Shirt von Tommy Hilfiger. Sein grüner Reisepass, der gelbe Impfpass und das Heft mit den Traveler Cheques steckte in einem flachen Bauchgurt mit Geheimfach an der Innenseite, wo er auch das Bargeld aufbewahrte. Im rechten Schuh befanden sich 20 Dollar in Eindollarnoten.

Der sicherste Ort war offensichtlich der Sudan. Wenn sich ein von der CIA gesuchter Terrorist wie Osama bin Laden dort frei bewegen konnte, dann musste Friedrich nicht groß nachdenken. Dort hätte selbst der Topspion des Westens, sein Vater Praetorius, keinen Zugriff. Friedrich würde einfach durch die Sahara gehen und verschwinden.

24

Alle Ausländer waren aufgefordert worden, den Sudan zu verlassen. Es gab keinen Tourismus. Reisen im Land waren unter Bashir auf ein Minimum beschränkt. Friedrich fand in Khartum ein Hotel mit fensterlosem, miefigem Raum. Da war ein Bett, darüber rührte ein Deckenventilator krächzend in der eingedickten Suppe, die die Atmosphäre des Raumes bildete. Hier konnte er Wasser und harte, geschmacklose Kekse erwerben, und er bekam zwei warme Mahlzeiten aus Reis, Maniok und schwarzen Bohnen am Tag. Er hatte 100 Dollar in sudanesische Pfund gewechselt und gab fast 2 Dollar pro Tag aus. Auf der Straße öffneten verhüllte Figuren ihre Pforten, winkten ihn herbei und teilten ihre Nahrung mit ihm. Bei geschlossenem Tor wickelten sie im Hof neben Pferd und Esel ihre Köpfe aus, setzten sich im Schneidersitz um schwarze Töpfe auf offenem Feuer. Es gab ungeheuer scharf gewürztes, zähes Ziegenfleisch, verkochtes Gemüse, Reis, Kochbananen, Vermicelli-Nudeln, Maniok, Kichererbsen, alles mit Chili. Parasiten hatten keine Chance, nach heftigen Schweißausbrüchen und leichtem Taubheitsgefühl sowie Lähmungserscheinungen in den Fingern und Zehenspitzen folgten salziger Joghurt, Entspannung und sinnlose Fröhlichkeit, als hätte er wohlig gefurzt. Er lernte, Tee mit Milch zu bestellen, und er musste mit rechts essen, denn mit links wischte man sich den Hintern ab. Die Menschen waren offen, direkt, nahbar und lustig. Sie fragten erstaunlich oft nach Deutschland, ob er aus Ost oder West käme, ob er das Christentum oder den Islam besser fände. Friedrich glaubte an Gott, dies war aber seine geheime Privatangelegenheit. Er hielt sich also bedeckt, er hinge keiner Kirche an, was ja der Wahrheit entsprach. Sie sagten: »Aha! Du bist also Kommunist.« Er war der »Hawagga«, der weiße Ausländer, das Wort leitete sich angeblich von »How are you?« ab. Sie sprachen eine harte Sprache, die Sprache der Wüste, krachende und schmatzende Befehlslaute, mehr als im Deutschen.

Friedrich war bei den einfachen Leuten angekommen, ohne sich zu verstellen. Hatte er vor Kurzem noch daran gezweifelt, die richtigen Sachen auf die Reise mitgenommen zu haben, so verstand er nun. Seine Aufgabe bestand darin, als reicher Schnösel, der er nun mal war, zu den Armen zu gehen, aus dem goldenen Käfig auszubrechen. Er wollte bei den einfachen Menschen sein, sich aber nicht mit ihnen gemeinmachen. Er wollte sich als reicher Mensch fühlen, der frei auf der Straße mit den einfachen, armen Menschen ein echtes Leben lebt. Friedrich hatte die Möglichkeit, die reichsten Menschen der Welt zu interviewen und die Menschen ganz unten. Eine einmalige Chance. Er schalt sich für den Gedanken »eine einmalige«. Das war genau so blöd wie »ein Einhorn« oder »Einzelfälle«. Die Chance bestand darin, dass er als Mitglied der oberen Zehntausend, als Diplomatenkind und Münchner Kindl, zwar äußerlich verwöhnt war, aber zugleich auf unglaubliche Art misshandelt und gequält worden war. Auf dieser Ebene sollte man sich verstehen. Hinzu kam die irre Familiengeschichte, die bestens in Stammbäumen und Legenden festgehalten war.

Im Hotel gab es einen Fernseher mit krisseligem Bild. In den Spätnachrichten kam als Aufmacher ein Bericht über die Vereinbarung mit dem Land Kenia über die gemeinsame Nutzung eines Wettersatelliten, bald würde es einen Wetterbericht im Sudan geben. Die zweite Nachricht bezog sich auf die WM-Qualifikation für das Turnier in zehn Monaten, 1990 in Italien. Der Sudan hatte es nicht geschafft. Der Superstar vergangener Tage, Ali Gagarin, sagte etwas dazu. Den Namen verdankte er seinem meteorischen Aufstieg, vergleichbar dem des Kosmonauten aus der UdSSR. Friedrich sank völlig erschöpft auf einen wackeligen Stuhl aus Holz. Die dritte Nachricht hatte den Zustand von Nelson Mandela zum Thema, immer noch ein Topterrorist auf der USA-Liste unter Bush. Würde das Regime der Weißen in Südafrika weichen? Friedrich brummte der Schädel, eine Nachricht nach der anderen sickerte durch sein Bewusstsein wie durch ein Sieb. Die vierte Nachricht zeigte bleiche, weiße Menschen mit Vokuhila-Frisuren in kleinen, knatternden Autos an der Bornholmer Brücke in Berlin. Es war der 11. November 1989. Die Mauer war vor zwei Tagen, am 9. November, gefallen! Deshalb hatten ihn die Einheimischen ständig gefragt, ob er aus Ost- oder Westdeutschland käme!

Friedrich zuckte hoch. Auf einmal war er hellwach. Der Schweiß auf seiner Stirn war kalt. Er nahm das Kopftuch ab und kratzte sich an der Kopfhaut. Sein Schicksal war besiegelt. Die Wiedervereinigung machte jede Rückkehr unmöglich. Friedrich stellte sich seinen Vater vor, wie er hektisch hin und her lief, sein Kopf anschwoll, er zum Telefonhörer griff, seinen Aktenkoffer mit dem Fuß unter dem Tisch in der Internatsbibliothek verschob. Gespräche, Dokumente, Akten flimmerten vor seinem Auge. Praetorius würde sagen: »Ich bin zu alt für diesen Scheiß«, und dünne Gummihandschuhe anziehen. Praetorius würde im Augenblick voll beschäftigt sein, aber bald, sehr bald hätte er nur noch die eine Aufgabe, das Leben seines Sohnes zu zerstören. Da war Friedrich sich ganz sicher. Doch es ließ ihn vollkommen kalt. Die Nüchternheit angesichts brisanter Informationen hatte er von seinem Vater geerbt. Der Apfel fällt nicht weit vom Stamm. Seine Gefühlskälte hatte noch einen Grund. Ein Teil von Friedrich würde sein Leben lang in einer Wanne sitzen. Für einen Moment erinnerte sich Friedrich an den Gerichtssaal. Die Uhr, die Richterin und ihre Robe. »Wenn du mich von meiner Mutter trennst, mich einsperrst und quälst, trenne ich mich von dir, lieber Vater.« Die Würfel waren längst gefallen, er blickte nicht zurück.

Friedrich sah in den Fernseher, die Bilder holten ihn zurück. Er hatte nicht damit gerechnet, dass er den Sudan würde wieder verlassen müssen. Er hatte nur ein Touristenvisum für einen Monat. Er musste umkehren, nach Kairo, wahrscheinlich auch nach Deutschland. Er hatte nur noch 1200 Dollar, und jetzt weiterzureisen war schlichtweg Wahnsinn. Er wurde verfolgt, von der CIA, vom BND und von seinem Vater. Wer bis zum Horizont schwimmen will, muss das rettende Ufer hinter sich lassen. Es gab allein die Flucht nach vorn. Doch auch die gestaltete sich schwierig. Im Südsudan herrschte Bürgerkrieg, er konnte nicht einfach weiterreisen. Im Osten bauten die Chinesen als neue Feinde der USA die Infrastruktur und die Verladeterminals für Rohöl bis nach Port Sudan, das ganze Gebiet war zur geheimen Sperrzone erklärt worden. Und vor Äthiopien herrschten Clans gemeinsam mit Militärs, um Flüchtlinge zu entführen und als Sklaven und Sexspielzeug zu verkaufen. Im Westen hingegen, Richtung Libyen, Tschad und Zentralafrikanischer Republik, war der Verkehr unterbrochen, die Eisenbahn stillgelegt. Marodierende Räuberbanden überfielen die Reisenden. Die Grenze mit Zentralafrika war geschlossen, weil der Islamist Bashir dem Präsidenten der Zentralafrikanischen Republik den Überflug nach Israel verwehrt hatte. Die Regierung wollte nicht, dass Reisen stattfanden, Flüge waren verboten, Reisebüros geschlossen, Passierscheine wurden nicht vergeben.

Der Linienbus durch die Sahara war ein alter Lkw, dessen Ladefläche hinter dem Führerhaus mit einer aus einem Eisenbahnwaggon gebastelten Kabine mit Schalensitzen versehen war. Friedrich hatte einen der letzten Plätze auf einem Klappsitz im Mittelgang ergattert. Esel standen vor der Raststätte, in der ein kleines Mädchen mit zerzausten, dichten Locken und unstetem Blick bei flackernder Flamme Tee kochte und Ziegenfleischeintopf in zwei Töpfen schmorte. Der Fahrer des Lkw stieg staksig aus, ging zu dem Mädchen, bekam ein Glas Tee mit Nestlé-Babymilch in die Hand gedrückt. Er nahm ein dünnes Fladenbrot in die rechte Hand, löffelte damit aus dem Topf, trank den Tee und noch einen und schlief auf der Stelle im Sitzen ein. Die anderen Gäste rollten ein Tuch zu einem Kissen und kippten den bemitleidenswerten Gesellen vorsichtig mit dem Kopf darauf. Dann setzten sie sich in drei Kreisen um drei kleinere mit brodelnder Brühe gefüllte Töpfe und überboten sich darin, Friedrich zu sich zu bitten. Sie teilten das Brot, formten daraus Schalen und Löffel und forderten sich gegenseitig auf, noch mehr zu essen, während sie zugleich angaben, satt zu sein, all dies im scharfen Befehlston einer Kriegerethnie und lautmalerisch mit Händen und Augen dargestellt, im Sitzen getanzt. Friedrich lebte in der Pantomime, er war der Taucher, der still und unbeteiligt filmte, um dem Ganzen später einen Sinn zu verleihen. Das Fleisch war zäh, wurde gekaut und minutenlang ausgesaugt, es schmeckte süß. Nach dem Mahl rollten sie Gebetsteppiche aus, beugten das Haupt Richtung Mekka, wuschen sich mit Sand, verteilten frische Äste eines besonderen Wüstenbuschs, die sie zum Zähneputzen verwendeten. Friedrich spürte den wohltuenden, grünen Saft, der wie ein Gel aus dem Stöckchen quoll. Er stand vor dem Verschlag, blickte auf die dunkelblauen Dünen und in die schillernden Sterne im schwarzen Samthimmel. Die Mitreisenden drängten ihn, sich auf das einzige Bett zu legen, ein flaches Holzgestell, in welchem dicke Lederstreifen zu einer Matte geflochten waren. Nach kurzer Zeit dankte Friedrich ihnen, legte sich hin und schlief sofort ein. Im Traum fiel ihm die Karte wieder ein, die er in Kairo studiert hatte und in der breite Straßen eingezeichnet gewesen waren. Er hatte keine Straße gesehen. Die Kälte weckte ihn. Sie kroch von unten in ihn hinein. Friedrich wusste, dass man in der Wüste wegen der gewaltigen Temperaturunterschiede erfrieren konnte. Er holte seine Decke und wickelte sich ein.

Am nächsten Morgen erwachte er früh ohne jede Erinnerung. Er spürte seine schmerzenden Pobacken und stand vorsichtig auf. Es war noch immer kühl, der Morgen dämmerte bezaubernd über den grauen Dünen, die wie ausgeschüttet am Rande der steinharten Tonerde lagen. Friedrich hörte einen Esel schreien, das Dach des Lkw-Busses erstrahlte, während der untere Teil im Schatten lag. Ein zahnloser Mann, der sich bewegte wie ein Dreißigjähriger und mit seinen Falten und der wettergegerbten Haut aussah wie fünfzig, kam ihm entgegen und drückte ihm einen warmen Tee in die Hand. Mit einem Handzeichen zu seiner Tochter hin fragte er, ob Friedrich bereit sei, das kleine Mädchen mit den Wuschelhaaren zu heiraten und mitzunehmen in eine bessere Welt. Friedrich lächelte die Frage weg und stellte sich vor, wie sie zum ersten Mal Schnee sah, in einem zu großen Dirndl von Iris, an einem klaren Gebirgssee. Wie viele Menschen hier war sie mit symmetrischen Narben im Gesicht als Mitglied einer Sippe gebrandmarkt. Sie hatte kleine gepunktete, rote Bogen über den Augenbrauen und drei breite, schwarze Pfeile neben den Augenlidern. Die Narben sahen wie künstlerische Tattoos aus.

Friedrich ermahnte sich, das Aufnahmegerät in seinem Kopf laufen zu lassen. Diese Reise lohnte sich. Es fühlte sich gut an. Er würde in den nächsten Jahren viele solcher Reisen machen. Er würde so wenig wie möglich fliegen, lieber langsam die Erde und die Menschen spüren. Lange Zugfahrten, solange es sie noch gab. Von Kairo nach Khartum mit dem Zug und zwischendurch einer Fähre, das wollte er wiederhaben. Friedrich dachte daran, wie er im Nachtzug von Kairo aus kurz vor Assuan aufgewacht war. Es war ein Wachtraum. Die gelbe Sandwüste quetschte sich dünn zwischen das helle Blau des Himmels und das dunklere Blau des ewigen Nil, dann türmten sich die Dünen, quollen auf, und der Himmel mit den gleitenden, weißen Kuhreihern erschien wie eine Spiegelung des Flusses mit den Dreieckssegeln der kleinen Barken, die auf ihm kreuzten. Jetzt war die Wüste ein Ozean, auf welchem sie mit dem Lkw-Bus wie mit einer Nussschale trieben. Die Fahrgäste waren gelassen und zeigten auch dann keinerlei Unruhe, als der Lkw auf eine Düne zusteuerte und sich wie ein Käfer in den Sand wühlte. Da war keine Straße! War er der Einzige, dem das auffiel?

Der Bus war zu schnell angefahren. Der Fahrer schaltete, gab butterzart Gas, und siehe da, der Sand wurde von der Last des Wagens, die ausschließlich über die Räder übertragen wurde, zusammengedrückt und trug. Sobald der Sand weitere Teile des Unterbodens oder die Kühlerhaube berührte, bohrte sich das Gefährt mit der Spitze zuerst in den Untergrund. Sie waren auf dem richtigen Weg, bewegten sich im Schritttempo, schwankend wie in stürmischer See, aber in Zeitlupe. Und so ging es weiter, im Schneckentempo, bei hochdrehendem, stöhnenden Motor. Friedrich fragte sich, wie sie mit einer Tankfüllung überhaupt bis zum nächsten und auch ersten genehmigten Anlaufpunkt seiner Reise kommen sollten. Manchmal schaukelte sich das Gefährt zunächst fast unmerklich auf, um dann plötzlich heftig aufzubocken, die sechs Gäste auf der letzten Sitzbank flogen mindestens einen halben Meter hoch, sie lachten. Grub sich der Wagen ein, hielt er an, die jungen Männer rannten ins Freie, griffen geriffelte Metallplatten, rammten sie unter die Räder. Sie schippten den Sand weg, lachten und schrien, die Zähne blitzten, die Haut glänzte. Sie hielten die Metallplatten fest, der Chauffeur gab Gas, die Räder drehten durch, griffen, und mit einem Satz ging es weiter, die Männer sprangen auf den Wagen auf.

Ein dürrer Mann in einer selbst entworfenen Fantasieuniform erbot sich als Führer von Um Dafuq nach Birao. Seine Ordensspange aus buntem Plastikmüll bedeckte seinen ganzen Brustkorb, wie bei einem General in einem Operettenregime. Er verlangte sudanesische Pfund im Gegenwert von einem Dollar für seine Leistungen. Friedrich wusste, der Weg nach Birao auf der anderen Seite des Niemandslandes betrug 88 Kilometer und er willigte ein. Sie gingen an einem schmalen Holzhaus, das aussah wie ein Toilettenhäuschen, vorbei. Friedrich drehte sich um, da stand in Weiß gemalt PRISON, und darunter stand ein trauriger Mann, der sich an dicken Eisenstäben festhielt und Friedrich sehnsuchtsvoll hinterherblickte. Friedrich durfte mit seinem abgelaufenen Ein-Monats-Visum weder das Land verlassen, noch durfte er hierbleiben. Er hätte Strafe bezahlen und umkehren müssen, aber Friedrich ging weiter. Ihm war alles egal. Er konnte nicht weit genug gehen. Sie gingen an einem mit grünen Blattpflanzen bedeckten Teich vorbei, aus welchem große Augen, braunrosa Haut und große Nasenlöcher ragten: ein untergetauchtes Nilpferd. Bald war das Grün zu Ende, die Wüste wieder da, sein Führer bedeutete ihm, dass er nun den Weg nicht mehr kannte. Sie waren 150 Meter gegangen. Friedrich schüttelte den Kopf, gab ihm den vereinbarten Lohn, zog seine Badetasche an der Schulter hoch, biss auf die Zähne und ging allein weiter. Es wurde schnell heiß. Vereinzelt standen trockene Bäume, die ein wenig Schatten spendeten. Der Schweiß lief ihm in die Augen. Er setzte sich an einen Baum und dachte nach. Er hatte ungefähr einen Liter Wasser und eine Rolle Kekse dabei. Die feinen Schuhe drückten. So geht das nicht, wie Herr Pfleger, der Schachkommentator aus Deutschland, zu sagen pflegte. Man muss einen Weg immer bis zu Ende gehen. Und dass er einen Weg immer weiterging, hatte er wohl eindrücklich bewiesen. Er war zweiunddreißig Tage im Sudan gewesen, hatte die Zeit nicht mehr wahrgenommen. Es war der 20. November 1989. In dem nasalen Tonfall von Herrn Pfleger sprach seine innere Stimme weiter.

»Immer. Man geht einen Weg immer bis zu Ende.« Friedrich wischte sich den Schweiß aus den Augen. Die Szenerie sah aus wie eine Bühne für eine klischeehafte Darstellung von Afrika, als ob die bisherige Reise nicht schon voll genug davon gewesen wäre. Hohe, dürre, oben flache Bäume standen vereinzelt in der Fläche. Winzige schwarze Käfer flogen herbei und tranken seinen Schweiß. Dabei verbissen sie sich in seiner Haut. Es juckte, nach einigen Minuten war es die Hölle. Sie kreisten um sein Gesicht, tranken seine Augenflüssigkeit. Friedrich ging wieder los, er musste in Bewegung bleiben, aber er durfte nicht zu schnell gehen, zu viel schwitzen, denn dann kämen unweigerlich die Käfer und fräßen ihn auf, und er musste den Flüssigkeitsverlust ausgleichen, trinken. In der sengenden Sonne konnte er seinen Hoodie nicht anziehen, so blieben die Arme frei. Er nahm das weiße Tuch ab, faltete es zu einer dünnen, viereckigen Decke und legte es über seinen Kopf, ihm war aufgefallen, dass die Käfer nicht steil nach oben fliegen konnten. Er war sich bewusst, dass er aussah wie eine irrwitzige Stehlampe, mit den schicken Schuhen, den grellen Badeshorts und dem Tuch über dem Kopf, die vollen Locken, das Gesicht und den Hals überdeckend. Nach einigen Stunden gaben die Käfer auf, er war zu weit in die Wüste gelaufen. Sand bedeckte den ausgetrockneten Boden, hin und wieder war der getrocknete Fußabdruck eines Tieres zu sehen wie die Spur eines Dinosauriers, ganz selten ein Baum. Seine Sicht verschwamm. Er setzte sich in den Schatten, trank zwei sorgfältige Schlucke Wasser, leckte die Lippen und beschloss, es in der Nacht weiter zu versuchen. Friedrich dämmerte weg, träumte, zuckte, schlief ein. Ein spektakulärer Sonnenuntergang weckte ihn, oben war es weiß, dann blau, am Horizont dunkelrot. Friedrich ging beschwingt los. Die Luft war angenehm frisch geworden. Er machte viele Meter. Der Mond war voll, alles glänzte blau-silbrig, sein Schatten war schwarz und scharf. Er hatte keine Angst, fühlte sich wohl. Im Niemandsland, da müsste man leben! Er bewegte sich wie auf einer leeren Bühne, die ewig weit war, deren Weite er durch eine langsame Veränderung der Farben an den Rändern des Sichtfeldes von grellweiß zu dunkelblau erlebte. Er hatte das Gefühl, auf dem Mond zu spazieren. Ihm schien es, als gäbe es nur kargen Boden und das schwarze Universum und Licht.

Plötzlich stand da ein Baum, weiß verkleidet. Der Baum war eine weiße Kugel auf einem dürren Stamm, darüber der Mond, weiß der Boden, schwarz das Weltall. Der Baum sah aus wie ein riesiger, in glitzernde Aluminiumfolie eingewickelter Lolli oder das Mahnmal einer fremden Zivilisation. Friedrich klatschte in die Hände, es hallte peitschend nach. Weiße Kuhreiher erhoben sich träge und segelten in den hellen Himmel, die Mondscheibe golden. Sie flogen einige Male geordnet im Kreis über dem nun schwarzen Baum, dann glitten sie wie vereinzelte weiße Dreiecke aus der glänzenden Mondscheibe und dem schwarzen Himmel mit den Milliarden Sternen und setzten wie in einem Computerspiel oder in einem echt guten Trip die Wirklichkeit des weiß eingehüllten Baumes wieder zusammen. Friedrich wusste nicht, ob er träumte. Er spürte etwas, drehte sich und erschrak: Vier Kamele glitten lautlos hinter seinem Rücken vorbei. Sie waren mit dicken Ballen beladen, die Reiter trugen Turbane, hatten lange, dunkle Bärte und goldene Krummsäbel mit Geschmeide. Die Szene war eindringlich gezeichnet mit ihren scharfen Kontrasten von Schwarz und Weiß, Schatten und Licht. Es dauerte lange, bis er begriff, dass er wohl nicht Teil eines Schattenspiels im Theater seiner Träume war, aber ganz sicher war er nicht. Wahrscheinlich handelte es sich um Schmuggler, die den Baum als Wegmarke benutzten, dachte er. Drei weitere prächtige Karawanen glitten in dieser Nacht vorüber. Bei Sonnenaufgang rollte er sich auf dem Boden zusammen, aber nicht lange, dann juckten wieder der Schweiß und die schwarzen Käfer. Das Gestrüpp stand weit. Er verließ die Sandwüste. Die Landschaft ging gemächlich in die Savanne über. Alles hatte lange, spitze Dornen. Selbst Steine, das Gestrüpp und der rötlich-braune, körnige Boden wirkten gezackt. Es gab viele Insekten, die sich in das Muster einpassten: Wanzen, Stabschrecken, Gottesanbeterinnen,

Hornkäfer. Alles sah gleich aus, war bei näherer Betrachtung jedoch einzigartig.

Friedrich begann, sich von außen wahrzunehmen. Die Umgebung sah aus wie eine bunte, sich kaleidoskopisch verwandelnde Collage. Er selbst sah sich durch einen monströsen Kristall gleiten.

25

Friedrich ging zunächst über auf dem Boden liegende Blätter, als sei der Herbst ausgebrochen, vorbei an großen, gepflegten, mit kreisförmigen Palisadenzäunen eingefassten Grundstücken, auf denen mehrere rote Lehmhütten standen. Es wurde gefegt und geputzt und Friedrich zu seinem Erstaunen keines Blickes gewürdigt. Die Frauen trugen bunte Tücher um die Hüften und T-Shirts, sie hatten schöne Narben im Gesicht. Alles wirkte traditionell muslimisch. Es gab keinen Strom, wahrscheinlich auch kein Bier, keine Frauen zur freien Verfügung und mit Sicherheit kein Farbfernsehen. Er kam zu einem tristen Sandplatz, auf dem sich schnelle und langsame Schatten kreisend kreuzten. Raubvögel und Geier warteten auf die Lebenden und die Toten.

Mit dem offenen Sandplatz fing ein anderes Birao an. Es gab ein paar Läden, Fleisch hing dort, schwarz vor Fliegen. Eine graue, vergorene Brühe stand zum Verkauf, man konnte sie aus Kalebassen trinken, und drei grässlich entstellte, zahnlose, buckelige, junge Frauen frittierten Teigbällchen in kochendem Fett. Ein Laden hatte geschlossene Wände und einen heruntergeklappten Tresen, er führte die hundert wichtigsten Dinge wie Taschenlampen, Batterien, Kugelschreiber, Papier, Plastikeimer, Seife, Waschmittel, Toilettenpapier, Sardinen und Thunfisch in der Dose sowie einzelne Zigaretten. Es gab keine Kunden. Friedrichs Blick glitt schnell an den Verkäufern in den Läden vorbei, die ihn aus milchigen Augen ansahen. Eine Rundhütte aus Holzpfählen und Stroh stand angekokelt und verfallen, schwarze Flecken auf dem Boden deuteten an, wo Palmen gestanden hatten und dass der Ort mindestens einmal niedergebrannt war. Vielleicht waren Blitze eingeschlagen, dachte Friedrich, seit Kindertagen der Überzeugung, dass der Blitzableiter der Ursprung der westlichen Zivilisation war. Besser nicht in die Regenzeit kommen, aber das ist ja noch ein paar Monate hin, da gibt es Blitze, Tse-Tse und Moskitos, Malaria und Schlafkrankheit. Er sah die alles überragende Kirche, die die Grenze zwischen Christentum und Islam markierte.

Friedrich ging einhundert Meter weiter, an Palmen und weit ausladenden, giftgrünen Mangobäumen sowie einer Reihe schäbiger Hütten und dann ein paar Betonbungalows mit überdachten Terrassen vorbei, und stand nun vor der Kirche, auch aus grauem Beton. Sie war geformt wie eine Skisprungschanze, sah völlig fehl am Platz aus, wie der Weltraumtransporter einer fernen Zivilisation. Mit den Betonbungalows grenzte sie einen weiten, festgetrampelten Platz ein, mit einem Baum in der Mitte, darunter ein Brunnen mit einer Seilkurbel. Ein von fürchterlichen Narben entstellter Zwerg mit einem Vollbart aus Inseln von krausem Haar rannte aus einer der Betonhütten auf Friedrich zu und gab ihm hektisch zu verstehen, dass er hier unter der Aufsicht seiner Gottheit und eines Wachmannes in einer Kirchenwohnung leben würde können. Der kleine Mann war der Wachmann und er hatte eine Machete, die so lang war wie sein Arm. Er gehörte zum Stamm der Baka. Friedrich fragte pantomimisch nach, denn er dachte, er habe sich den Namen nur eingebildet. Die Baka waren Waldmenschen, lebten eigentlich im Urwald, 400 Kilometer südlich. Ihr Gott war der Wald, der sich aus den Göttern Ba und Ka zusammensetzte, Tag und Nacht, Denken und Intuition, Körper und Geist, Vergangenheit und Zukunft. Er war hierhin verschleppt worden und passte nun auf die Kirche auf, solange der Pfarrer nicht da war. Der Pfarrer würde zu Weihnachten aus Frankreich einfliegen.

Friedrich befühlte seinen Handschmeichler, den Skarabäus in der Tasche seiner Goa-Badeshorts, und dachte: Wer's glaubt, wird selig. Er ließ den Wachmann stehen, ging um die Kirche, entnahm seinen Pass und verscharrte schnell seinen Bauchgurt. Darin befanden sich sudanesische Pfund im Nennwert von 17 Dollar und Traveler Cheques im Wert von 1100 Dollar. Er hatte keine Bank gesehen und wollte auf Nummer sicher gehen.

Die Grenzstation befand sich hinter einem Holzhaus auf der anderen Straßenseite einer breiten Staubpiste, die von grau eingestaubten Mangobäumen gesäumt war. Friedrich sah in der Ferne eine Reihe von gewellten Aluminiumdächern in der Sonne glitzern. Die Menschen dort lebten nicht mehr in ihren althergebrachten Dorfstrukturen und Gebäuden. Stattdessen hausten sie in trostlosen Wellblechhütten, die fein säuberlich am Rande einer eingebildeten Straße lagen, die nie gebaut wurde.

Das Grenzwärterhäuschen war aus Holz, auf Stelzen errichtet, hier hatte mal Wasser gestanden, vielleicht in der Regenzeit. Das gelbe Harz, das unter der Hitze aus dem Holz trat, roch angenehm bitter, wie das Latschenkiefernöl von Praetorius, mit welchem er den Krampf in seiner Wade bannte. Friedrich ging mit seiner Tasche drei Treppenstufen nach oben auf die Terrasse, eingerahmt wie ein U von drei Räumen mit offenen Türen. Zur Rechten und zur Linken sah er jeweils einen Schreibtisch und einen Mann daran sitzen. Im linken Raum offensichtlich der Chef mit grauem Haar und schlecht rasiertem Bart, ihm gegenüber und fünf Meter entfernt im rechten Raum ein junger, vor allem auf dem Kopf gut rasierter Typ mit schillernden, insektenhaften Augenlidern und fruchtigen Lippen, auf einem Stock kauend. Es wurde kein Wort gesprochen, als veranstalteten sie ein Duell, oder Düll, wie sein Vater gesagt hatte, wenn er Sex mit Amalia hatte haben wollen. Friedrich grinste bei der Vorstellung: das Düll der Schreibtischtäter. Der Chef winkte ihn zu sich. Er wollte Geld für den Einreisestempel, aber Friedrich wusste, dass das Visum für Zentralafrika kostenlos war. Der Chef der Grenzkontrolle handelte sich selbst auf 10 Dollar herunter, die er schließlich noch teilen müsse. Friedrich weigerte sich, und zwar fünf Tage lang, während denen er von den Resten seiner Keksrolle zehrte und das Wasser aus dem Brunnen trank, das ihm der Wachmann in einer Kalebasse, einem ausgehöhlten Kürbis, zur Verfügung stellte. Er hatte nagenden Hunger und campierte auf der eingemauerten Balkonterrasse vor dem Gästehaus neben der Kirche, weil der Baka die Schlüssel nicht hatte. Sie waren beim Pfarrer, der an Weihnachten aus Paris eingeflogen kommen würde. Durch ein Fenster hatte Friedrich im Inneren ein Bett mit einer hervorragenden Matratze und einem Moskitonetz gesehen. Ohne Schlüssel jedoch musste er nachts auf dem nackten Beton lagern, eingewickelt in sein Moskitonetz wie in einen Kokon. So konnte er atmen und war dennoch unangreifbar für kleine und größere Blutsauger. Schließlich knickten die Grenzwächter zähneknirschend und laut fluchend ein und gaben Friedrich den Einreisestempel.

Der Kommandeur der lokalen Streitkräfte stellte sich höflich vor. Er hieß Serge und war sowohl in der UdSSR ausgebildet worden als auch vom neuen Freund, den USA. Er sprach fließend Englisch, trug Tarnfleck, war schlank und wirkte ernst, stolz und aufrichtig. Er trug eine flache aufklappbare Holzschachtel.

»Spielst du Schach?« Serge klappte die Schachtel auf und legte sie auf die Einfriedung der Veranda, auf der Friedrich schlief.

»Kann man sagen.« Friedrich entnahm das Brett, klappte es auf und er stellte die Figuren auf ihre Positionen. Er hatte wahnsinnigen Hunger und war nicht sehr konzentriert.

Serge spielte vorsichtig, sicherte seine Figuren stets ab und bewegte seine Bauern zu weit nach vorn. Er hatte weiß und gab früh das Tempo auf, indem er einen Läufer zwei Mal hintereinander zog. Er brachte keinen Offizier vor seine Bauernreihe. Friedrich lockte ihn und erzielte letztendlich ein erzwungenes ersticktes Matt. Er konnte alle Partien auswendig, die er bisher gespielt hatte. Noch nie war ein ersticktes Matt dabei gewesen. Es war sehr schön. Der König war von seinen eigenen Figuren eingemauert, um dann von Friedrichs Springer schachmatt gesetzt zu werden.

»Die Grenze ist geschlossen. Es gibt keinen Verkehr zur Hauptstadt. Es gibt nur einen Weg hier raus. Das sind die Flüge mit der Transall, die das UNESCO-Futter hierherschafft. Du musst auf eine Liste, da kommt jeder Ausländer mit Einreisestempel drauf. Der Bürgermeister entscheidet darüber. Du musst zum Rathaus.«

Das Rathaus lag 150 Meter von der Kirche entfernt, etwas zurückversetzt von der Stauballee. Er hatte das Gebäude bisher nicht gesehen, musste nach dem Weg fragen, sich führen lassen. Ein riesiges Metallschild stand davor, mit dem Schriftzug SIDA darauf. Das Haus war groß und aus Holz. Wieder roch Friedrich das Latschenkiefernöl seines Vaters. Der Geruch gefiel ihm. Er verband das nicht mehr mit seinem bösen Vater, sondern dachte an die wohligen Aufenthalte unter schaumbedecktem Badewasser. Er ging drei Stufen hoch und betrat den Raum, der die ganze Grundfläche des Gebäudes einnahm, mit hohen Wänden, an denen Elefantenstoßzähne, Karabiner und verglaste Holzkästen hingen, die eine schier unüberschaubare Anzahl unterschiedlicher Schmetterlinge und skurriler, teilweise gigantischer Insekten zur Schau stellten. Es schillerte wie Diamanten, und daneben befanden sich tote Schrecken und Hornkäfer sowie eine Gottesanbeterin. Der sehr große, breite Bürgermeister stand auf und sah ihn erschrocken, zugleich voller Mitleid an. Friedrich hatte ihn nicht bemerkt, da er ihn als Teil dieses musealen Raumes angesehen hatte. Er klappte ein breites Buch auf, ein Datum war vermerkt, der 29. November 1989, heute war der 27., noch zwei Tage bis zum Abflug. Friedrich trug sich ein, strikt wie es im Pass stand, nicht dass aus bürokratischen Gründen etwas schiefging: Friedrich Ludwig Christian von Rittersgruen und Täuber. Er gab sein letztes Geld für einen Festschmaus mit dem Baka aus. Nun war es endgültig geschafft. Niemand konnte ihn mehr aufhalten. Sie feierten bei einem Lagerfeuer. Der Baka trank selbst gebrannten Schnaps, die Lippen feucht, der Blick glasig. Er tanzte ums Feuer, zackig in den Bewegungen, die Machete schnitt die Luft. Friedrich kippte mit vollem Bauch zur Seite und kicherte. Er war immer noch hungrig. Der Baka spuckte einen Schwall Blut.

Sie rasten mit einem Pritschenwagen des Militärs über die Staubpiste und dann hinter der Reihe sauberer, verputzter, gleichförmiger Häuser mit Aluminiumdach rechts ab über rote feste Erde, die Savanne mit ihren Dornbüschen und hin und wieder einem Baum. Es war kühl und frisch. Friedrich saß hinten, bequem an sein Gepäck gelehnt. Er hatte sich mit Serge angefreundet, jeden Tag Schach mit ihm gespielt. Er war der einzige Mensch hier, der Englisch sprach. Die Geschwindigkeit des Gefährts und die Aussicht auf die Hauptstadt versetzten ihn in Trance. Er sah ein goldenes Bier vor seinem geistigen Auge. Die Landepiste lag zwölf Kilometer von Birao entfernt in der Pampa. Hochrangige Muslime und Flüchtlinge, drei Rastafaris, die er noch nicht gesehen hatte, waren schon da. Einer saß auf einer umgedrehten Schildkröte, die träge ihre mit Schwimmhäuten versehenen Flossen bewegte, und ein anderer schien die Leiche seines Kindes zu transportieren. Der Sack riss auf, und die kleine, schwarz behaarte, faltige Hand eines Affen kippte ans Tageslicht. Bald waren die großen Motoren zu hören und die Propeller, dann war der schwarze Brummer zu sehen. Das Flugzeug, eine Transall, deutsch-französische Koproduktion, wurde größer und setzte sauber auf. Bei immer noch drehenden Propellern wendete es in Richtung der Wartenden und parkte. Die Piloten stiegen aus, weiße Franzosen in der Uniform der Fallschirmjäger. Die Rotoren waren riesig. Die Luke wurde geöffnet, ein weiter Frachtraum war zu sehen. Viele große weiße Ballen mit dem blauen Aufdruck des Kinderhilfswerks UNICEF wurden entladen. Drei Soldaten der französischen Fallschirmjägertruppe kamen aus der Maschine und überwachten den Ladevorgang. Einer stellte sich neben die am Heck heruntergelassene Rampe und wies die zehn Fluggäste und ihr Gepäck ein. Friedrich musste sich noch einen Moment gedulden. Er sah, wie sich die anderen auf seitliche Sitzbänke setzten und die Gurte über die Schultern legten. Sie wirkten winzig in dieser Stahlhöhle. Friedrich stand neben Serge, der Kommandeur der Franzosen ihnen gegenüber. Der Fallschirmjäger wollte seinen Pass sehen, nachdem die letzten Einheimischen das Flugzeug betreten hatten.

»Friedrich Ludwig Christian von Rittersgruen und Täuber? Welch reizender Klang. Hugenotten?« Der Mann sprach englisch mit einem süßen französischen Akzent, das Gesicht vollkommen unbewegt hinter einer großen, schwarzen Sonnenbrille.

»Sie würden ja gar nicht glauben, welche Geschichte und welche Geschichten diese Familie zu bieten hat«, sagte Friedrich nicht ohne Stolz.

»Kennen Sie das Ass der Asse?«

»Das Buch?« Friedrich war verwirrt, legte die Stirn in Falten. Der französische Fallschirmjäger schüttelte den Kopf.

»Den Film?« Weshalb sollte er jetzt über das Buch seines Großvaters sprechen? Der Fallschirmjäger nahm die schwarze Sonnenbrille ab. Er meinte das todernst, ein kleines Gespräch über Kultur unter kultivierten Menschen.

»Jean-Paul Belmondo als lustiger französischer Boxer, der ein Kind und einen Braunbären in einem weißen Mercedes tollkühn vor den Nazis rettet. Es werden Bücher verbrannt. Eigentlich geht es um den Kampf zweier Jagdflieger: Werner Mölders und Richthofen, der Rote Baron. Kennen Sie die? Ein köstlicher Film. Aus dem Jahr 1984.« Der Fallschirmjäger schmunzelte. »Das Buch ist in der Propagandaabteilung unter Goebbels entstanden, Göring war eifersüchtig. Sie haben im Ersten Weltkrieg gegen uns gekämpft und im Zweiten, aber jetzt sind wir Freunde, denn es geht ja schließlich um den guten alten Ludwig van Beethoven und Hermann Hesse.« Der Fallschirmjäger klappte den Pass zu und gab ihn zurück. »Wir sind voll.«

Das Englisch klang noch immer bezaubernd. Friedrich verstand die Worte zunächst nicht, hörte nur laut das Blut in seinen Ohren rauschen.

»Was halten Sie von den Einheimischen?« Friedrich blickte in die unbewegliche Miene des Kommandeurs der einheimischen Streitkräfte. Er ging davon aus, dass dieser arrogante Soldat nicht annahm, dass Serge Englisch verstand, und Serge, ausgebildet im Kalten Krieg von den Russen und den Amis, hasste die Franzosen, die als brutale Kolonialmacht Diktatoren in Zentralafrika installiert hatten. Friedrich konnte einen Verbündeten gebrauchen.

»Das sind keine Menschen. Und das sind auch keine Tiere.« Der Fallschirmjäger setzte die großartige Sonnenbrille wieder auf.

Serges Miene blieb unbewegt, wie die von Friedrichs Vater Praetorius, denn es gab absolut nichts zu sagen. Der Fallschirmjäger hatte eben ein Todesurteil ausgesprochen. Er wollte, dass Friedrich starb, weil er ein Deutscher war. Der Erbfeind. Friedrich war schockgefrostet.

Die Transall drehte auf die Startbahn, die auch Landepiste war, beschleunigte laut und hob in einem beeindruckenden Steigungswinkel ab. Das war deutsche Ingenieurskunst. Friedrich aber sollte am ausgestreckten Arm verhungern. Die Welt war sein Feind. Ein Kampf fand nicht statt. Er empfand eine nie gekannte Leichtigkeit und Unbeschwertheit. Er war tot.

26

Friedrich besuchte die Militärs. Er ging mal wieder über die Staubpiste und dann weiter bis hinter die Abzweigung zum Flughafen. Da stand ein kleiner Posten aus Holz und Beton, den er zuvor nicht gesehen hatte. Er sah aus wie eine sehr kleine Bushaltestelle. Zwei Soldaten lungerten herum und kauten auf Stöckchen. Sie wiesen in Richtung des ausgetrockneten Sees. Er ging los, und nach zweihundert Metern tat sich eine Reihe von gemauerten Garagen mit Wellblechdach vor ihm auf, zu klein für den Pritschenwagen. Hier lagerten Ersatzteile, Werkzeug, die umgeleiteten Lebensmittelballen des Kinderhilfswerks UNICEF, Waffen und Munition. Und die Garagen dienten den Soldaten als Schlafplatz. In der Mauer, die den Platz vor den Garagen an zwei Seiten einfriedete, sah er etliche Einschusslöcher. Serge saß in einer Wartungsgarage aus Wellblech und spielte Dame gegen einen seiner Soldaten, der ständig eine glühende Kippe auf dem Zahn hatte, auch wenn er mit einem Trichter das einzige Automobil der Truppe, den Pritschenwagen, betankte.

»Du kannst von Glück reden, dass du Schach spielst.« Serge wirkte offen und direkt. Er diente seinem Vaterland und wusste, dass aus der Ersten Welt keine Rettung kam. Friedrich fragte, weshalb er nicht zu Fuß weitergehen durfte. Da draußen lauerten Löwen und Elefanten, wurde ihm beschieden. Er hatte nur mal gefragt, für einen Gewaltmarsch war er ohnehin zu schwach. Im Sudan würden sie ihn nicht zurückhaben wollen. In den zwei Militärlagern an den jeweiligen Enden des Dorfes wachten aufmerksame, mit Narben übersäte Soldaten darüber, dass er sich nicht einfach aus dem Staub machte. Serge zuckte mit den Schultern. Friedrich fragte sich, weshalb Serge ihm mit den Geschichten von wilden Tieren einen Bären aufband. Er war nach Birao gelaufen, er wusste es besser. Ging es darum, die dumme Landbevölkerung in Angst und Schrecken zu versetzen? Die Rastafaris waren Flüchtlinge gewesen, die da draußen in verstreuten Gemeinschaften lebten und sich gegenseitig umbrachten, aber nicht von Löwen gefressen wurden. Es gab angeblich keinen Kontakt mit der Außenwelt. Doch Friedrich war sich da nicht so sicher. Diese Posten müssten doch regelmäßig Bericht erstatten und im Ernstfall auch einen Notruf absetzen können? Friedrich zückte seinen Weltempfänger, den er zu Geld oder besser noch, Nahrung machen wollte. Serge machte das Gerät an – kein Empfang. Nur Rauschen.

Serge informierte ihn gelangweilt über die Möglichkeiten, Birao zu verlassen. In nicht absehbarer Zeit sollte ein Lkw mit Erdnüssen in die Hauptstadt fahren. Nach der Ablehnung durch die Besatzungsmacht würde kein vernünftiger Araber Friedrich, einen weißen Mann, mitnehmen. Der nächste Ort, Ndele, war 400 Kilometer entfernt. Ndele lag im Urwald. Der Weg dorthin war für einen Hungerhaken nicht zu schaffen, selbst wenn man davon ausginge, dass Friedrich keinen Wegelagerern und Halsabschneidern und sonstigen wilden Tieren begegnete. Die Grenze zum Sudan war gesperrt, man würde ihn nicht einlassen. Die regelmäßigen Flüge mit der Transall waren vorerst eingestellt. Die Ernte war schlecht gewesen, vielleicht fuhr auch kein Lkw mehr.

»Hier kommt keiner weg.«

Friedrich fürchtete, dass das stimmte, und mutmaßte: Es gibt nur einen Weg hier raus, und das ist in einem Leichentuch. Da sind wir alle gleich. Und die Welt dreht sich weiter.

Serge war der Einzige, der Englisch sprach. »Ich mag dich. Du gefällst mir.« Serge setzte sich wieder neben ihn.

»Und?«

»Ich muss dir etwas sagen, das kein Fremder je erfahren darf, aber ich gehe davon aus, dass du es niemandem erzählen wirst.«

»Ich weiß, wie man ein Geheimnis für sich behält.«

»Ich meine eher, dass du nie mehr die Möglichkeit erhalten wirst, es jemandem zu erzählen. Birao, der Teil, den wir bewachen, ist das Strafgefangenenlager von Bokassa, dem Kannibalen.«

»Interessant. Und foltert ihr auch?«

»Nicht mehr.«

»Was soll das heißen: Nicht mehr? Morgen früh um halb neun geht's weiter?«

»Ich wusste, du bist okay!« Serge lachte laut und ausgiebig.

Friedrich hatte denselben kranken Humor wie sein Vater. Er wollte das alles nicht wahrhaben. Wenn man nicht dafür gemacht ist, kann man nicht damit leben. Er war nicht dafür gemacht zu weinen, also musste er auch über seine jetzige Notlage lachen. Dieser schreckliche Humor überfiel Friedrich immer dann, wenn es am schlimmsten war. Immerhin würde er nicht verspeist werden. Niemand fütterte den weißen Mann, um ihn in einen großen Kochtopf zu stecken.

Serge erzählte weiter. Die Banza-Familie und einige Clans aus der Regierung waren vor dreißig Jahren hierher verbannt worden. Sie lebten als die Elite Biraos in den Entwicklungshilfe-Hütten mit den Aluminiumdächern.

Birao tat weiterhin weniger weh als die Zeit zu Hause, aber Friedrich erkannte, dass er sich dieses Gefühl wahrscheinlich nur einbildete. Wie hatte er sich nur so täuschen können. Er hatte sich die Unwahrheit selbst eingeredet. Friedrich schützte sich wie einst sein Vater davor, das Leid der Welt zu spüren. Er fühlte nichts, nicht die Hitze, nicht den Hunger, nicht seine Einsamkeit. Der kranke Humor führte dazu, sich vor der Welt zu verstecken und nichts mehr zu spüren. Der Menschenfresser saß derweil in einem goldenen Palast und aß von goldenen Tellern.

Die Menschen im Strafgefangenenlager Birao hatten keine geometrischen Brandzeichnungen wie im ursprünglichen muslimischen Teil der Siedlung. Sie waren offensichtlich gefangen genommen, verschleppt und misshandelt worden. Sie wiesen keinerlei ethnische Gemeinsamkeiten auf. Sie waren groß oder klein, hatten runde oder quadratische Schädel. Die meisten waren durch Verletzungen entstellt, hatten schlecht verheilte Knochenbrüche, gingen krumm und unrund. Sie fragten ihn immer: Was machst du hier? Friedrich bewegte sich nicht viel und schon gar nicht weit weg von seiner Tasche, er durfte kein Geld ausgeben, da die Leute dann gewusst hätten, dass er welches hatte, und davon ausgegangen wären, dass da noch viel mehr wäre, wie Menschen eben denken. Sie würden ihn ausrauben. Das war so sicher wie das Amen in der Kirche. Nach den Erfahrungen mit seinem Vater war Friedrich ein gebranntes Kind.

Es gab mindestens drei verstörende Gestalten, durchgedrehte oder geistig zurückgebliebene Obdachlose. Einer war jung, halb nackt und verdreckt und sah aus wie ein hängen gebliebener Weißer, der so verschmutzt war, dass er schwarz geworden war, mit europäischen Gesichtszügen und glattem, kurzem, mit einem Messer geschnittenem Haar. Er lief im Zickzack durch die Gegend und gebärdete sich, als hielte er große Reden, ohne jemals den Mund aufzumachen. Tagsüber war er auf der Suche nach weggeworfenen Kippen. Den Tabak fügte er abends zu einer Zigarette zusammen.

Dann gab es ein Wesen, das man kaum zu Gesicht bekam, vollständig mit Plastiktüten und Ballen von Unrat bedeckt, als wappne es sich mit Airbags gegen den Einschlag eines Meteoriten. Laut Serge war das der Airbag-Obdachlose. Er war seit Jahrzehnten hier, seit er gegen die Vorgängerregierung und gegen einen Staatsbesuch aus Libyen demonstriert hatte. Seine Strafe hatte er schon lange abgesessen. Er war alt, männlich, hatte lange, graue Haare und warf sich andauernd in den Staub und verfluchte die Welt, alle Götter und Politiker, eine ewige Litanei. Friedrich ging oftmals tagträumend mit hinter dem Rücken verschränkten Armen und gehobenem Kinn durch das Dorf, und zack, da schmiss sich das Wesen auch schon wieder wie aus dem Nichts neben ihn auf den Boden und fing an zu klagen. Friedrich sprang dann erschrocken zur Seite.

Der dritte Obdachlose war ein Bettler, der behauptete, lebenslänglich im Gefängnis zu sitzen und in Birao zu verhungern. Dabei sah Friedrich doch jeden Tag mit eigenen Augen, dass er lebte und nicht im Gefängnis war, die Zelle war leer.

Die Menschen fragten ihn, was er hier mache. Immer wieder: Was machte er hier? Friedrich antwortete nur: »Çe ne pas français«, was so viel heißen sollte wie: »Ich spreche kein Französisch«, aber in Wirklichkeit bedeutete: »Das ist kein Französisch.« Er durfte kein Geld ausgeben und nicht zugeben, dass er Französisch verstand.

Die Menschen antworteten: »Oui.«

Die meiste Zeit über lag er energiesparend auf der Veranda, blickte über den festgetrampelten Platz und beobachtete die jugendlichen Männer mit Kinderlähmung, die weit entfernt aus einer Pfütze, die wohl manchmal ein See war, Lehmziegel stachen. Ein kleiner Tropfen auf einem Zuckerwürfel, dachte Friedrich – was für eine Schande. Hier gab es noch nicht einmal Impfungen! Das Elend der Menschen in diesem Teil von Birao, der Strafkolonie des Menschenfressers, ließ ihn nicht kalt. Mit sich selbst hatte Friedrich kein Mitleid, er fühlte sich stark. Er war endlich bei den Menschen ganz unten angekommen, aber die Menschen hier litten völlig unnötig, und das war ihnen bewusst, was ihr Leiden nur verschlimmerte. Ihre Situation war vollkommen ausweglos. Sie waren die lebenden Toten. Dabei gab es eine bessere Welt mit Schwarzbrot und Bier.

Abends besuchte Friedrich die Soireen der feinen Gesellschaft, die in den Hütten mit Aluminiumdächern am Dorfausgang der Allee zur Rechten lebte. Nach Sonnenuntergang verließen sie ihre Häuser und stolzierten bei Fackelschein in Ausgehkleidung, Zylinderhüten und Ascot-Kreationen mit Federn, Lackschuhen und Sonnenschirmchen auf und ab, grüßten sich und taten im Allgemeinen so, als seien sie auf den Champs Élysées in Paris. Frankreich war die Schutzmacht, man sprach altertümliches Französisch, die Währung war an den Franc gekoppelt und nannte sich CFA. Alle waren von Gräueltaten gezeichnet, entstellt, verkrüppelt. Stolz und ziellos flanierten sie jeden Abend umher. Man kannte und grüßte sich. Man hatte etwas zu besprechen. Diese Menschen hielten sich an ihrer Wahnvorstellung fest, um nicht vor die Hunde zu gehen. Friedrich kannte das Drehbuch nicht.

In Birao stolperte und torkelte Friedrich wie ein armseliger Schauspieler, von dem man nie wieder etwas hören würde, über eine Bühne, die eng und begrenzt war, deren Grenzen und Ausmaße ihm aber nie bewusst wurden. Sein Aktionsradius betrug ungefähr achthundert Meter, aber nach zwanzig, dreißig Metern verlor er die Orientierung.

Der Bettler sprach ihn an: »Je suis très avide!« Er führte die spitze Hand zum Mund, streckte beide Hände flehend aus und ging mit Dackelblick in die Knie. Er sah aus wie Robinson Crusoe mit stumpfen, schlecht geschnittenen Haaren, ausgefranster Jeans, Sandalen und langen, verwachsenen Fußnägeln. Friedrich kannte das schon. Er drehte sich weg.

Der Bettler sprang auf, zupfte an seiner Schulter. »Çe ne pas.«

Er sagte, soweit Friedrich das verstand, dass er hier im Gefängnis saß und dass man ihm nicht ausreichend Nahrung zur Verfügung stellte, um nicht zu sagen, gar keine Nahrung. Friedrich fragte die Leute. Der Mann war tatsächlich Prisonnier, oui, oui. Er hatte Menschen in Kühe verwandelt. Menschen in Kühe. Ein Zauberer, Magicien? Non, Lachen, eher ein Dämon. Die beiden Grenzbeamten liefen ihm über den Weg, gaben zu verstehen, wie sehr sie es bedauerten, dass er immer noch nicht weitergekommen war und wie unmöglich es doch von den Arabern sei, ihn nicht mitzunehmen. Was sollte mit dem Bettler sein? Der behauptete, im Gefängnis zu sein, weil er Menschen in Kühe verwandelt hatte – Friedrich gab sich Mühe, die Worte der Leute von der Straße identisch mit Wort und Körperspiel abzubilden. Die Grenzbeamten lachten, nein, nicht in Kühe verwandelt, sondern viele Menschen getötet, ein hochintelligenter Serienkiller und sadistischer Psychopath.

»Aber dann müsste er doch im Gefängnis eingesperrt sein!«

»Ist er doch! Für immer!«

»Aber er läuft doch frei herum!«

»Hier kommt keiner weg.«

Dieser Satz hallte nach. Er bedeutete immenses Grauen. Friedrich hatte sich diese Suppe selbst eingebrockt. Dann würde er eben in diesem Absurdistan sterben. Dass Menschen so leben mussten, machte ihn fertig. Man musste Obdachlosen helfen, egal, ob man sie mochte oder Angst vor ihnen hatte. Das Leben in Birao war würdelos, einfach nur schrecklich. Im Schwarzwald nach Indien hatte er es schon gespürt, die Unterschiede in der Lebensqualität auf der Erde waren ein Skandal, der die Menschenwürde betraf und nichts mit Gerechtigkeit oder irgendwelchen Ideologien zu tun hatte, wie es die Generation seines Vaters aufgefasst hatte. Kein Kapitalismus oder Kommunismus konnte ihm helfen.

Mit Einbruch der Dunkelheit wurde es so kalt, dass Friedrich sich in seine Decke einwickelte wie in einen Leichensack. Der Mensch verliert die meiste Energie über den Kopf. Nachts weckte ihn ein Esel, der vor Kälte herzzerreißend schrie. Jeden Morgen zündeten die Kinder Teile ihrer Hütten und leere Hühnerställe an und ärgerten die Köter mit brennenden Stöcken. Sie bewarfen die Hunde mit Steinen, bis sie jaulten und Friedrich zum zweiten Mal weckten. Sieben junge Frauen mit glatter Haut und unschuldigem Blick kamen, schlossen die Kirche auf und sangen über das Geheule der Hunde hinweg: »Feliz Navidad, prospero ano y felicidad. I wanna wish you a Merry Christmas, from the bottom of my heart.« Sie trällerten glockenhell und kristallklar, so schön, dass Friedrich so tat, als schliefe er noch, während die Damen für die Weihnachtsmesse übten. Aber er hatte seinen Kopf schon längst ausgewickelt und lugte heimlich über die Kante der Brüstung seiner Terrasse hinweg durch die Tür auf die unbeschwerten Frauen. Er fühlte sich wohl. Der Pfarrer sollte an Weihnachten zur Messe einfliegen und den Schlüssel mitbringen. Wer's glaubt, wird selig, dachte Friedrich.

27

»Inshallah bokra«, sagte der Geldwechsler, den der Händler im Laden mit den hundert wichtigsten Dingen geholt hatte.

Friedrich hatte gefragt, wann der nächste Lkw zur Hauptstadt fuhr. Es gab drei Familien in Birao, die den Handel kontrollierten, alle aus dem muslimischen Teil, der rund an den ausgetrockneten See gewachsen war. Der christliche Teil erstreckte sich zu beiden Seiten der Allee.

»Was machst du hier?« Der Geldwechsler legte die Stirn fragend in Falten. Er sah gesund aus, hatte gute Zähne, klare Augen, trug eine feine Dschellaba.

Er gehörte zur Familie Garba, die auch die Lkw-Flotte betrieb, mit der Erdnüsse, Kürbisse und Kalebassen aus Birao in die Hauptstadt gebracht wurden. Die Felder wurden von der Familie Haussa betrieben, die Familie Hammadou war für den Handel/Schmuggel mit dem Sudan und anderen muslimischen Clans im Sahel zuständig, erläuterte der Mann. Friedrich war nicht sicher, ob er alles korrekt verstand. Die Oberhäupter der Familien teilten sich einen Jeep Cherokee, worin sie sich auch hin und wieder im christlichen Teil der Stadt blicken ließen, denn dort befanden sich der Sitz des Bürgermeisters, die öffentliche Verwaltung und das Militär. Die Araber gaben auch den männlichen Krüppeln aus Birao Arbeit – schlecht bezahlt, aber immerhin. Die Christen hatten offiziell das Sagen. So war das geregelt. Eine geteilte Stadt, kulturell, klimatisch, ethnisch, geografisch, politisch.

Friedrich folgte dem Geldwechsler aus der Stube, drei Stufen nach unten, über den Platz und durch die schwarzen Schatten in Richtung des altehrwürdigen Teils von Birao. Friedrich war neugierig, vielleicht gelang ja dort das Leben. Zwei große Soldaten im Tarnfleck und mit breiten Kiefern tauchten plötzlich auf. Sie kreuzten ihre halbautomatischen, schwarz glänzenden Maschinengewehre und schüttelten die Köpfe. Der Geldwäscher bückte sich, ging unter den Waffen durch. Die Soldaten der Armee des Landes Zentralafrika geboten mit wackelndem Zeigefinger, bis hier her und nicht weiter! Friedrich blieb stehen. Fünfzig Meter hinter ihnen ging der Mann durch eine Tür neben einer gemauerten und verputzten Toreinfahrt, die mit grünen Vierecken, blauen Dreiecken und oben mit dunkelbraunen Kreisen verziert war. Die schwarz bemalten Metalltore für die Lkw waren geschlossen. Das war der Hof der Garba. Hinter den Toren wurde wahrscheinlich gerade der nächste Lkw beladen, dachte Friedrich und drehte um. Am nächsten Tag ging er wieder zum Laden mit den hundert wichtigsten Dingen, die unglaublich teuer waren. Eine Rolle Klopapier kostete umgerechnet sechs Dollar, ein Kugelschreiber drei. Die Dinge wurden aus Paris eingeflogen, hieß es. Die Menschen in Birao sagten sich, wozu für viel Geld einen Eimer kaufen, wenn ich doch eine Kalebasse umsonst haben kann. Wahrscheinlich erzielte der Mann den größten Teil seines Gewinns mit den Flüchtlingen, die man nicht sah. Der Geldwechsler wurde gerufen, gefragt, ob er wüsste, wann der nächste Lkw nach Bangui führe. Nein, wusste er nicht, aber: »Inshallah bokra.« So ging das eine Woche lang. Friedrich erinnerte sich nicht daran, etwas gegessen zu haben. Er sah Schwarzbrot und Bier in seinen Tagträumen, wenn er auf der Veranda lag. Der Baka gab ihm abends einen widerlichen Schleim mit so etwas wie Spinat und stinkenden Fisch. Friedrich hatte Hunger und er wurde schwächer, hatte Kreislaufprobleme, aber er raffte sich mehrfach am Tag zum Platz mit den Schatten auf. Immer wieder sah er einen Menschen im verbotenen, weil muslimischen und funktionierenden Teil von Birao herumlaufen, der mit den Schultern zuckte und rief: »Inshallah bokra.« Also kam er am nächsten Tag wieder. Er kam jeden Tag, mehrfach, voller Angst, dass während seiner Abwesenheit seine Tasche gestohlen würde.

Friedrich hatte Ohrwürmer, ständig summte er »Feliz Navidad, I wanna wish you a Merry Christmas, from the bottom of my heart«, und von den Entgegenkommenden hörte er: »Was machst du hier« und »Inshallah bokra«. Zwischendurch sagte er sich im Geheimen: Wenn ich so meinen Blick schweifen lasse, wäre es doch schön, wenn ich auch meinen Schweif blicken lasse. Dann kicherte er und lehnte sich am nächstbesten Halt an. Er klebte vor Dreck, der von schwarz geränderten Schweißspuren durchzogen wurde, und er hatte einen Sonnenbrand, da er irgendwo im Schatten eingeschlafen, der Schatten aber gewandert war. Der Sonnenbrand zog sich quer über seine Arme und Beine, wie mit dem Lineal gezogen. Trotzdem fühlte er sich wohl und sagte sich immer wieder, dass es so viel besser war als zu Hause bei seinen widerlichen, abscheulichen Eltern. Und nicht nur als da, besser auch als in einem teuren Eliteinternat, als im hübschen München und in Meerbusch bei den Superreichen. Er fragte sich, weshalb er hier überhaupt wegwollte. Die Antwort war: Bier. Er nahm sich ein kühles Bier zu Weihnachten als Ziel. Wenn ich hier so meinen Blick schweifen lasse, wäre es doch schön, wenn ich auch meinen Schweif blicken lasse. Er kicherte. Feliz Navidad.

Friedrich machte Inventur. Er hatte das Geld aus seinem Strumpf gewechselt und CFA im Nennwert von zwanzig Dollar ausgegeben. Wofür? Er konnte sich nicht erinnern. Er hatte geprasst. »Geld macht verschwenderisch«, sagte er laut und lachte. Ab sofort wurde gespart. Er leistete sich vier Teigbällchen am Tag, als der Hunger zu groß wurde, nur drei und eine Zigarette, die vernichtete für kurze Zeit das Hungergefühl. Das hatte er von seinem Großvater Heinrich gelernt, der an Lungenkrebs gestorben war. Die Familie hatte Hunger gelitten auf der Flucht aus Schlesien, immer westwärts, west-west hatten sie gesagt. Der

Bruder von Praetorius war damals gestorben, und wenn man dem KGB trauen durfte, dann hatte dies die Berührungsfurcht seines Vaters zur Folge gehabt, diese Angst um seinen Erstgeborenen, den Zwang, ihn einzusperren, um ihn vor allem Übel dieser Welt zu bewahren, und zugleich seinen totalen Rückzug, dieses habituelle Desinteresse. Friedrich ging in sich, auch darüber konnte er nur schmunzeln. Er stellte sich vor, man ließe die verwöhnten Deutschen mal so richtig hungern. Dann würden sie plötzlich erkennen, was wirklich zählte im Leben, und würden nicht mehr nur die ganze Zeit Angst haben und müssten nicht mehr Exportweltmeister sein und unter Arbeitswut leiden. Friedrich durchschaute, dass sein Vater ein grausamer Haifisch war, der seinem kleinen Bruder, der noch nicht sprechen konnte, das Essen weggegessen hatte. Der kleine Bruder war verhungert. Das war 1945 auf der Flucht gewesen. Friedrich spürte, dass sich seine Gedankenschleifen wieder in das Unendliche drehten, das hatte er doch beenden wollen.

Die eine Zigarette rauchte Friedrich gegen Abend auf dem trostlosen Platz mit den Schatten der Geier und Jagdvögel, vor der verkokelten Rundhütte. Im Licht der tiefer stehenden Sonne, das sich wie Honig über das afrikanische Idyll in der Provinz Vakaga in Zentralafrika ergoss, tänzelte der schweigsame, europäisch aussehende, schwarze Obdachlose an Friedrich heran und schließlich um ihn herum, bis dessen Zigarette zu zwei Dritteln geraucht war und Friedrich diese in Wildwest-Manier wegschnippte, bevor sie Funken sprühend auf dem Sand aufkam. Dann schnappte sich der Obdachlose mit flackerndem Blick die noch immer glühende Kippe und rauchte sie eilig zu Ende.

Die Zeit in Birao war langweilig, das Einzige, was aus sich selbst heraus mehr wurde. Friedrich lag eingewickelt auf der Betonveranda und starrte auf einen tristen Platz, und die Jugendlichen mit Kinderlähmung, die aus dem Schlamm Ziegel stachen, sahen im späten Licht unter Palmen und diesen hohen, oben abgeflachten Bäumen friedlich und authentisch aus. Friedrich fragte sich, wie es kommen konnte, dass er das tatsächlich so idyllisch fand, dass er hier nicht mehr wegwollte, dass er es hier immer noch besser fand als zu Hause und sich dies immer wieder bestätigte. Er hatte keine Angst. Seine letzten Reserven waren irgendwann aufgebraucht, er stolperte durchs Dorf, die paar Meter die Staubpiste entlang bis zu den Wellblechhütten der Elite und wieder zum trostlosen Platz vor der Kirche und dann weiter zum noch trostloseren Platz mit den Läden und Schatten.

Friedrich bekam Schmerzen im Brustbein, sie strahlten in Arme und Hände aus. Er hatte das Gefühl, mit stinkender Luft gefüllt zu sein. Er war Schmerzen gewohnt, sein Körper schüttete Opiate aus, die ihn sinnlos lächeln ließen. Doch die Brustschmerzen wurden unerträglich. Er hatte Würmer, er sah sie wimmeln, nachdem er im Kirchgarten seinen Stuhlgang erledigt hatte. Jetzt wird es wirklich eng, dachte er. Er durfte sich nicht aufregen. Das kostete Kraft. Er produzierte kein Sperma mehr. Er musste die Larven sein, nicht der Käfer. Vier Frauen in Lumpen suchten ihn heim. Sie tanzten singend um ihn herum und schlugen auf Töpfe. Sie legten gelbe Blumen im Kreis auf den Boden um seine Füße. Ein Bus mit fotografierenden Touristen kam und fuhr ohne Friedrich weiter. Er konnte nicht mehr mit seinem Freund, dem Kommandanten, Schach spielen, weil er Angst hatte, dass ihm dann kein Essen mehr zugesteckt werden würde. Er war ein Fremdkörper. Er gab den Obdachlosen auf den Champs Élysées, er bettelte. Über den dafür besten Platz geriet er in eine Rauferei mit den anderen Obdachlosen, ein würdeloser, kraftloser, schnell sich erschöpfender Kampf. Er versteckte sich vor der Sonne. Wenn er im Schatten war, rief sie ihn. Der Kommandant kam und gab ihm die Schwarte eines Stachelschweins. Friedrich vergrub sein Gesicht darin. Er grunzte selig.

Friedrich schlief wie ein Stein. Er wachte auf, weil seine Hüftknochen schmerzten. Er hatte kein Fettpolster mehr, brüchige

Haut. Er lag sich wund. Die Wunden produzierten einen gelblichen Schleim. Die Zeit des Selbstverzehrs war angebrochen. Es surrte im Kopf, aber er hatte keine Kopfschmerzen. Das Eiweiß seiner Nerven im Gehirn wurde verspeist, um Energie zu liefern. Das Gehirn spürt keinen Schmerz, aber nur mit Gehirn spürt man Schmerz. Er verlor die Kontrolle und die Erinnerung, später auch die Gegenwart und stieß nur noch kurze Flüche und Schreie aus. Er lag herum und wickelte sich nicht mehr aus.

Am 17. Dezember 1989 rief ihn der Geldwechsler. Die Tore des Hauses Garba hatten sich geöffnet. Drei Lkw standen da, mit weißen prallen Säcken im Design von UNESCO bis über den Rand vollbepackt. Eine Gruppe Araber stand darum, wartete, aufsteigen zu dürfen. Friedrich fiel seine Tasche ein, der vergrabene Bauchgurt. Er musste sich auf dem Sandplatz auf seinen Knien abstützen und Atem holen. Als er zurückkam, saßen die Mitreisenden mit schönen Tüchern auf dem Kopf bereits auf der Ladung. Einige Bedienstete zurrten die Fracht fester, prüften den Reifendruck, indem sie darauf klopften. Friedrichs Verbindungsmann wich seinem Blick konsequent aus und sprach mit einem königlich stolzierenden Mann mit geöltem Pharaonenbart. Der stolze Mann hatte eine hervorstehende Unterlippe, ein lang gezogenes Gesicht, eine lange, gebogene Nase, klare, große braune Augen. Er trug eine teure Dschellaba mit goldenen Stickereien und ein Seidenkopftuch. Der kleine Friedrich war vom Gehabe dieses Mannes angewidert. Was bildete der Typ sich ein? Alle Augen waren auf ihn gerichtet, und er war nicht nur daran gewöhnt, er schien dies auch zu erwarten. Er stolzierte im Hof herum und ging niemandem aus dem Weg. Die anderen hatten zur Seite zu springen, achtzugeben. Man brachte ihm einen Tee mit Zucker im Glas. Dem großen Friedrich lief der Speichel im Mund zusammen, so viel, dass er ihm über die Lippen schwappte und übers Kinn lief. Er geiferte wie ein Hund. Der Mann trug den Tee zu einem alten, gebeugten Mann im Plastikstuhl mit weißer runder Kappe auf dem Kopf, der mit einer Gebetskette spielte. Friedrichs Magen schnürte sich zusammen, er sah Kunstspeiseeis aus der Zweiliterpackung. Bald war Weihnachten, er in der Hauptstadt, ein kühles Bier in der Hand. Dann würde er über Birao lachen. Der Mann beugte sich zu dem alten Mann, sprach in sein Ohr. Der alte Mann schüttelte den Kopf.

»Ich glaube, die nehmen uns nicht mit. Dürfen die nicht.« Friedrich sprach ernst und blickte freundlich von oben auf sein kleines Ich.

»Ich glaube, ich lasse mal meinen Blick schweifen.«

»Das ist nicht witzig! Wir müssen nachfragen. Die Motoren laufen bereits.«

Friedrich ließ die Hand des kleinen Friedrich los. Obwohl er sich sein kleines Ich nur einbildete, hatte er beide Stimmen laut gesprochen. Was machte der Kleine hier? Sie hatten sich zum letzten Mal an seinem Abiturfest gesehen, und da hatte er sich verabschiedet, ja, er hatte ihn sogar verraten. Friedrich wartete ruhig. Hinter dem kleinen Friedrich hörte er weitere Stimmen ohne Körper.

Sein Kontaktmann rannte auf ihn zu: »Wir dürfen dich nicht mitnehmen.«

Friedrich sank vor dem Mann in den Staub, weinte und bettelte.

»Man ergibt sich nicht in sein Schicksal.« Der kleine Friedrich blickte voller Verachtung auf ihn herab. Friedrich wusste, der Kontaktmann hatte nichts zu melden, der Alte auch nicht. Sein Sohn führte hier die Geschäfte.

»Ich spreche mit dem arroganten Typen. Ich will es hören.« Der kleine Friedrich ging zu dem Mann, sein Mund verkniffen, mit schmalen Augen.

»Ich möchte es hören.«

Er sprach weiterhin mit Friedrich. Friedrich spürte, dass hier etwas gründlich schieflief. Er sprach mit sich selbst, in heftiger Diskussion.

Die andere Stimme sagte: »Schachmatt!«

Der Typ sprach vornehm englisch, mit einer hochnäsigen Art, wie Iris, wenn sie in einem Geschäft für Bürgerliche einkaufen musste, »… dann zeigen Sie meinem Sohn mal das Angebot, meine Dame.« Das Kinn gehoben, abfällig mit der Hand wedelnd. Der kleine Friedrich hatte einen verletzten Zug um den Mund und sein Kinn gehoben. Der junge Garba verdrehte nur verwirrt die Augen. Er hatte überhaupt nichts gesagt.

Friedrich wandte sich schnell zum jungen Garba. Vielleicht konnte er noch etwas gutmachen. Er bettelte wieder auf den Knien, die Hände gefaltet, die Augen geschlossen, wie der jammernde Obdachlose. Garba streichelte seinen geflochtenen Bart, nickte gnädig.

»Zweihundert Dollar.«

»Das ist nur fair.« Friedrich nickte und wollte seine Tasche nehmen, aber der kleine Friedrich hatte diese bereits auf den Schultern, drehte sich um und ging.

»Was hast du getan? Was hast du getan?« Friedrich stolperte schwach rufend hinterher, kein Wunder, er trug die Tasche.

»Man hat mir genug genommen, mein Geld, meinen Körper, mein Zuhause. Meine Würde nimmt mir keiner!«

28

Weihnachten kam, der Pfarrer aus Frankreich nicht. Am 24. Dezember wurden drei Rinder mit langen gedrehten Hörnern und dunklen tiefsinnigen Augen unter dem großen Baum beim Dorfbrunnen geschlachtet. Die Kehlen wurden mit einem Ritualmesser durchtrennt. Das weinrote Blut schoss in einem dicken, pulsierenden Strahl auf den Boden, färbte das hellbraune Fell unter dem Hals schwarz. Die Tiere gingen in die Knie, streckten ihre Zungen heraus. Der Boden war wie mit Lava bedeckt. Friedrich warf sich in den Staub. Ein Ozean von Speichel ergoss sich in seinen Mund. Er unterdrückte den Schluckreflex, um keine Sandkörner in den Mund zu saugen. Seine Kiefer mahlten.

»Dank sei dir, oh Herr, der du stets einen Brosamen übrig hast für den reuigen Sünder!« Eine klare, innere Stimme sprach ihn an. »Hallo, wir wissen nicht genau, wie wir es sagen sollen. Wir wissen auch nicht genau, was wir sagen wollen. Und dennoch ist es möglich, dass wir dein Bewusstsein überschreiben. Wir haben dir da etwas eingebrockt, und daran ist Gott schuld, weil Gott dich ärgern will, aber jetzt wird ja alles wieder gut, oder?«

Friedrich blieb seelenruhig liegen und sprach kontrolliert und ohne seine Überraschung zu zeigen. Ihm war von Anfang an klar, dass er sich in Acht zu nehmen hatte. »Ja, alles wird gut. Was wollt ihr?«

»Frohe Weihnachten wünschen.«

»Ist erst morgen so weit. Ihr habt doch etwas angestellt?«

Eine Gruppe von Menschen in Tüchern zerlegte die Tiere rasch und geübt mit blitzendem, scharfem Werkzeug und verteilte das Fleisch auf eine Vielzahl rußgeschwärzter Töpfe, dann auch die Knorpel und Knochen und sonstiges Gedärm. Wasser wurde hinzugegeben. Feuer wurden entfacht, und die Frauen rührten. Friedrich drehte sich auf den Rücken und schob sich mit den Füßen über den Staub. Er schluckte den Speichel herunter und wischte über seinen Bauch, um die Krämpfe und die erwartungsvoll wimmelnden und sich in seiner Bauchwand verbeißenden Maden zu beruhigen.

»Erinnerst du dich an das Lied ›Wenn du denkst, du denkst, dann denkst du nur, du denkst‹? Man kann nicht wissen, dass man nicht weiß, man kann aber sehr wohl wissen, dass man nicht weiß, dass man nicht weiß. Verstehst du?«

Friedrich schüttelte den Kopf, es tat weh, aber es tat gut.

»Glaube ja. Vielleicht.« Er nickte.

»Das ist die perfekte Antwort.«

Die Tonlage der Stimme erinnerte Friedrich an das Spiel Topfschlagen, wenn man blind und von allen beobachtet herumkriecht.

»Ich will dich zu einer Frau umformen.«

»Hört sich gut an.«

»Dann wirst du Sex mit deinem Nazi-Opi haben und eine neue Herrenrasse begründen.«

Friedrich kicherte und wälzte sich im Dreck. Das war ein ganz großartiger Witz, geradezu unwiderstehlich, fand er. Er wusste, dass er wahnsinnig geworden war, aber er folgte dennoch zwanghaft den Befehlen der von ihm selbst produzierten Lüge und versteckte sich im Schatten.

Irgendetwas war zu Hause gewesen. Er war damals benebelt und träge, hielt sich aber im Gegenteil für ganz frei und klar, so wie jetzt. Und er hatte einige Alter Egos entwickelt. Er sprang auf wie ein Klappmesser, dachte er, und rannte zu seinen Sachen auf der Veranda am Guesthouse. In Wirklichkeit dauerte es einige Minuten, bis er die hundert Meter zurückgelegt hatte. Er nahm den Reisepass, öffnete ihn und las den Namen: Friedrich Ludwig Christian. Er wurde nicht verfolgt. Ihm saß nur der Schalk im Nacken, und er kicherte selig. Jetzt nahm er den Fall langsam ernst. Er war seinem Herzen gefolgt. »Das Herz lügt«, sagte er. In Wirklichkeit folgte er seinen paranoiden Wahnvorstellungen, und die hatte er nicht erst, seitdem er hier in Birao war, hier war dieser Zustand nur nicht mehr zu übersehen. Der Araber war nicht arrogant und selbstgerecht gewesen, er war einfach nur der Chef eines Lkw-Fuhrparks, der bereit war, ihn entgegen den Vorgaben der hiesigen Standortkommandanten mitzunehmen, wenn auch gegen einen sehr hohen Preis. Der kleine Friedrich hatte den großen in die Scheiße geritten. Tief in die Scheiße.

Friedrich musste diesen kleinen Quälgeist loswerden. Ich bin ich! Das war die Rache an seinem Vater. Er stand auf den Schultern seines Vaters. Friedrich begriff auch, dass er einen weiteren Quälgeist hatte, den Schachspieler, der die Dinge heimlich zu Ende dachte. Er wusste nicht, wie alt der Schachspieler war, wie er aussah. Die Quälgeister waren der kleine Friedrich, der gegen alles war, der Terrorist, der sich im eigenen Leid suhlte, und der Schachspieler, der aktiv wurde, nach vorne dachte, jederzeit bereit, in den Tod zu gehen, wenn dafür der Terrorist die Welt in Schutt und Asche legen konnte. Friedrich war noch eine dritte Person, die darum bemüht war, sich zusammenzusetzen, und es nicht schaffte.

Friedrich wickelte seinen Hoodie aus, den er bisher als Kissen verwendet hatte. In den Seitentaschen fand er den Geburtstagsbrief seiner Mutter. Das Selbstporträt seiner Schwester fiel aus der Innentasche und sein handlicher roter Diplomatenkalender aus Neu-Delhi. Er sah das Abbild eines Penis, fein gezeichnet, professionell. Horst hatte ihn mit der Zeichnung zu Weihnachten überrascht. Darunter stand: »Greetings from Looser!«

Friedrich seufzte und lehnte sich an die Einfassung der Veranda. Er war auf einer Kamikaze-Aktion ins Nirgendwo. Zunächst hatte er gehofft, dass er sich auch Birao nur einbildete, aber da lag der triste Platz vor seinen Augen, und es wurde Gulasch zubereitet. Plötzlich gab es Hoffnung. Er nahm das Foto seiner Schwester, befühlte zärtlich die glatte Oberfläche. Er fand das Duckface, das sie für das Foto aufgesetzt hatte, nicht mehr lächerlich, er vermisste sie und sie ihn bestimmt auch. Wann machte sie ihr Abitur? Ob er bei der Party dabei sein würde? Die ganzen Reichen und Wichtigen und Herr Augstein vom *Spiegel* und die *Bildzeitung* und das Fernsehen und der Geheimdienst und ihre superheißen Freundinnen. Grüne Augen wie die Mami, langes, braunes Haar und immer ein Grund zu lachen und zu feiern, kölsches Gemüt halt. Friedrich steckte die Andenken schnell weg. Das Foto zerknitterte. Er fluchte.

Friedrich nahm sein letztes Abendmahl am 25. Dezember in Anwesenheit der fein herausgeputzten Elite von Birao ein. In der Kirche saßen die Frauen rechts, die Herren auf der linken Seite auf Holzbänken. Die gepeinigten Menschen aus den Hütten mit den Aluminiumdächern standen in den vordersten Reihen. Sie trugen gebügelte Stoffhosen und Lederschuhe mit Socken, die Kinder Samtjacketts und Bändchen im Haar. Die Erwachsenen drehten ihre Hüte verloren in den Händen. Friedrich entdeckte drei Rastafaris, die er hier noch nie gesehen hatte. Ihre langen Dreads waren deutlich zu sehen, denn der Baka hatte auch ihnen geboten, ihre Kopfbedeckung abzusetzen. Daneben folgten ungefähr 200 Soldaten in sauberen Uniformen der Zeremonie, mit beigen, hohen Schuhen, die Kappen und Sonnenbrillen in der Hand. Das waren echt viele, da musste er nachforschen. Die Familie des Bürgermeisters sah Friedrich auch zum ersten Mal. Der Bürgermeister war ein Riese mit grauem Haar, sein Schädel eckig und groß wie ein Umzugskarton. Seine Stirn glänzte. Die beiden Grenzbeamten hatten sich sorgfältig den Kopf geschoren – wahrscheinlich gegenseitig, dachte Friedrich. Die Obdachlosen waren nicht da.

Der Gottesdienst fand ohne den Pfarrer statt. Die Gemeinde sang harmonisch »Feliz Navidad, I wanna wish you a Merry Christmas, from the bottom of my heart«. Der Baka hielt die Predigt in einem kringeligen Französisch, das keiner verstand. Am Ende trällerte der Mädchenchor inbrünstig und ergriffen. Danach saßen sie im weiten Kreis um den Mangobaum und den Brunnen. Jeder Teilnehmer erhielt eine Kalebasse mit Reisgulasch. Friedrich stopfte sich voll. Die anderen Teilnehmer starrten ihn unverhohlen an. Als er fertig war, stand einer auf und gab ihm seine Portion. Nachdem er auch diese verschlungen hatte, stand der nächste auf und gab ihm, was er sich vom Munde abgespart hatte. Friedrich blickte nicht auf und schaufelte alles in sich hinein. Er musste nicht mehr in genau bemessenem Abstand zur Tischplatte sitzen, wie damals zu Hause. Es war das schönste Weihnachten seines Lebens. »Caught in a trap« und kein »Return to sender«.

Serge und seine Leute eilten im Pritschenwagen herbei. Sie befahlen dem Baka, das Guesthouse der Kirche zu öffnen. Er kramte in seinen Taschen und förderte wie durch ein Wunder die Schlüssel zutage. Die Soldaten legten Friedrich auf eine Federkernmatratze, wickelten ihn in Tücher. Sie gaben ihm Vermox. Die Tabletten töteten alle Würmer. Er bekam Fleisch, Gemüse und eine graue, alkoholische Suppe von den verstümmelten Weibern, die Essen in Kalebassen auf der Straße verkauften. Es gab Eistee von den Soldaten. Friedrich stieß sich an seinen Hüften, er lag eingewickelt, die Blasen seiner verheilenden Wunden sah er selten. Nach einer Woche war da nur noch ein fließendes Fleckenmuster, wie die Maserung von Marmor. Das Laken musste gewechselt werden, es triefte vor Blut und weißem Schleim. Eines Tages rollte sich Friedrich allein aus dem Bett und stakste halb ausgewickelt ins Bad, wo das Wasser nicht lief und die Glühbirnengewinde leer waren, wie im ganzen Haus, aber da gab es einen mit Patina überzogenen Spiegel. Bei seinem Anblick fiel er wie vom Blitz getroffen in Ohnmacht und brach sich dabei Elle und Speiche im rechten Arm. Er war nur Haut und Knochen, die Hüftpfanne wölbte sich hohl, die Rippen zeichneten sich unter gespannter Haut ab, er hatte kaum noch Zahnfleisch, und seine Augäpfel traten so weit hervor, dass es wie ein Wunder erschien, dass sie nicht herausfielen. Seine Haut sah aus wie vergilbtes Papier. Nur seine Haare waren glänzend und lang gelockt, wie ein Beweis, dass sie nach dem Tod weiterwuchsen. Friedrich biss die Zähne zusammen, stand auf, hielt seinen stark schmerzenden Arm und sah wieder in den Spiegel. Das Grauen der letzten Monate wurde ihm jetzt erst bewusst, die wahnwitzige Selbsttäuschung, die eingebildete Kraft. Er sah aus wie der Prototyp eines humanoiden Roboters ohne Namen und Identität. Ein kindischer Gedanke zuckte durch sein Gehirn: Fortan stehen alle Ampeln auf Grün. Glück gehabt!

Am 7. Januar 1990 wurde Friedrich auf einen Lkw gepackt. Die Soldaten von beiden Seiten des Strafgefangenenlagers trafen sich auf eine Zigarette auf dem Marktplatz und überwachten den Transport. Serge trichterte ihm unter vier Augen ein:

»Du meldest dich bei der deutschen Botschaft, reservierst ein Flugticket und ein Taxi; und erst dann hebst du Geld ab und bezahlst die Fahrt!«

Friedrich nickte, auch dann noch, als er oben auf der Ladung neben einigen Muslimen saß. Er sprach kein Wort, blickte misstrauisch hin und her. Der Konvoi fuhr die Allee entlang, vorbei an der für immer eingesperrten Elite des Landes. Dann wurde die Piste wild, nahezu unpassierbar. Der Fahrer musste vorsichtig fahren, nicht zu schnell und nicht zu langsam. Nach der Regenzeit war der Boden ausgehärtet. Sie passierten einen Lkw, der bis zum Dach der Fahrerkabine vom Erdboden verschluckt worden war. Einige Fahrgäste sprangen vom Fahrzeug, um ihn auszubuddeln. Sie fuhren durch wilde Flüsse, die Brücken waren eingefallen, die Stoßdämpfer gaben den Geist auf. Die

Metallklammern, die sie zusammenhielten, zersprangen mit lautem Knall, die Mitreisenden zuckten jedes Mal. Pro Stoßdämpfer gab es sechs Klammern. Sie führten Ersatzteile mit. Bei einer Reparatur gab es Tee für den Fahrer, der schweißnass ins Nirgendwo stierte. Der Kühler platzte. Sie schmolzen eine Kurbelwelle und gossen den Kühler im Lehm nach. Friedrich traute seinen Augen nicht. Der gewählte Weg hatte keine Schlaglöcher, das waren Gruben, so tief wie der ganze Lkw. Friedrich fühlte sich, als würde er auf einem Elefanten eine Wendeltreppe hinabsteigen. Das Gefährt stöhnte und ächzte, es gab Explosionen, es knallte, es kippte vorne nach rechts und zugleich hinten nach links, es knirschte und fiepte. Dann ging es wieder bergauf. Abends wurde der schlafende Fahrer aus dem Lkw gezogen. Nach fünf Tagen erreichten sie Ndele. Inmitten dichter Vegetation stand ein Bier auf einem Tisch. Die Mitreisenden hatten für ihn zusammengelegt. Friedrich weinte vor Freude. Die Flasche war kalt, das Glas perlte, die Sonne schien durch den goldenen Saft. Ich produziere Tränenflüssigkeit und Sperma. Ich trinke Bier. Ich bin wieder da!

29

»Dein Ex-Ex-Mann Praetorius, der Rittersgruen, hat also zunächst seine Frau Iris, eingebildete Bismarck, erschossen und dann sich selbst gerichtet«, fasste eine der beiden Freundinnen von Amalia zwischen zwei Bridgezügen zusammen. Friedrich war Ersatzmann in der Frauenrunde, da eine der Damen auf Kur weilte, wie man bei den oberen Zehntausend den Aufenthalt in einer Entzugsklinik nannte.

»Sieht ganz so aus.« Amalia steckte zwei Karten in ihrer Hand um. »Wahrscheinlich hat er das ständige Nachmaulen einfach nicht mehr ertragen.«

Friedrich blickte sich erschrocken um, so kannte er seine Mutter nicht, aber er lernte sie ja auch gerade erst kennen. Es war der 21. Juli 1990, und Friedrich saß wiedervereint mit Amalia am runden Wohnzimmertisch in ihrer neuen Villa im Bergischen Land bei Köln. Sie spielten nicht allzu konzentriert, es wurde viel geredet.

»Obwohl – man sollte nicht so über die Toten sprechen. Zumal es sich um seinen Vater handelt.« Sie nickte mit dem Kinn zu ihm herüber.

Friedrichs Blick schweifte durch die Panoramascheiben über den großen Garten und die dahinterliegenden goldgelben Felder, und seine Gedanken bis in die Schweiz, genauer zu seinem letzten Telefonat mit Praetorius in dessen vom Vatikan bereitgestellten Luxusanwesen in Lausanne bei Genf. Noch einmal hatte er die dünne Stimme seines Vaters gehört. Praetorius klang schwach, die Konzentrationsspanne war kurz, das Gespräch ebenso. Sein Vater interessierte sich nicht für ihn. Keine Frage nach dem Strafgefangenenlager des Menschenfressers oder danach, wie es ihm jetzt ging. Friedrich der Große sollte umgebettet werden, der Kanzler der Einheit, Helmut Kohl, würde vor dem Sarg hergehen, Praetorius daneben eine Fackel halten, die *Bildzeitung* in einem doppelseitigen mit den Farben Schwarz, Rot und Gold eingerahmten Artikel über die Familie Rittersgruen und Täuber berichten. Praetorius würde einen Stahlhelm tragen. Feierlichkeiten dieser Art hatten des Nachts begangen zu werden, mit Stahlhelm und Fackel. Der König hatte neben seinem Lieblingspferd in Sanssouci zu liegen. Praetorius hatte den Telefonhörer nicht richtig aufgelegt. Im Hintergrund hatte Iris gefaucht: »Dieses elende Pfannkuchengesicht. Dieser Nassauer vom Stamme Nimm. Hessenschwein. Ich erinnere mich noch, wie deine Tochter zu uns kam, total verschüchtert. Dieses Geistesabwesende, dieser Schlafzimmerblick, dieses Pfannkuchengesicht! Hund! Schlechte Würste! Kriminell!« »Ja, ja. Ist ja schon gut.« Praetorius klang gereizt, aber verbissen ruhig.

Friedrich hatte den Hörer weit weg gehalten, angewidert auf die Sprechmuschel geschaut und seinerseits aufgelegt.

Praetorius lebte zuletzt in einem Haus nicht unähnlich diesem hier im Bergischen Land, mit spitzem, rotem Schindeldach und grün gestrichenen Fensterläden aus Holz. Die Fassade war in der Farbe Hellelfenbein gehalten, nur war es viel größer, mit Parkplatz, einem Wald aus Nadelbäumen und mit Nebengebäuden, einem beheizten Swimmingpool, der 200 Meter von der Hauptterrasse entfernt über einen Schotterweg zu erreichen war. Vor dem Haus erstreckte sich eine Apfelplantage, wo das Gras zwischen den Bäumen einmal die Woche vom Personal gemäht wurde. In seinem Arbeitszimmer hatte er einen Abschiedsbrief getippt, in dem er sich schwer besorgt über die Lage der Welt zeigte und vor den Chinesen sowie einem atomaren Holocaust gewarnt hatte. Dann war er ins Arbeitszimmer seiner Frau gegangen und hatte Iris mit dem Revolver von Victor – »dem Ex-mann, dem Norweger«, wie es am Kartentisch geheißen hatte – erschossen. In einem Anfall von schlechtem Humor hatte er auf dem offen daliegenden Scrabblebrett neue Wörter gelegt, die einerseits »Alle meine Entlein« ergaben, andererseits »Mir sitzt der Schalk im Nacken«.

Das erschien Friedrich immer wieder und auch jetzt bei Nachmittagslicht – Sommersonnenlicht am Tag nach dem Endspiel um die Fußballweltmeisterschaft – ausgesprochen unglaubwürdig. Iris hatte bei den allabendlichen Partien stets lateinische Wörter verwendet oder griechische Ausdrücke, Hauptsache es kam ein teures »X« darin vor oder ein wertvolles »Q«. »SPQR« war erlaubt gewesen – »Senatus Populusque Romanum«, der Spruch auf den Standarten der römischen Armee, oder »Xenophobie«, »Xantippe«, »Olympia«. Praetorius hatte seine treudeutschen Wörter im Zweifel – also wenn Iris sie nicht gelten lassen wollte – im bereitgehaltenen Duden nachgeschlagen. Am liebsten legte er zusammengesetzte Wörter, wie »Schienenersatzverkehr«. Humor war nicht angesagt, eher gutbürgerliche Selbstgefälligkeit und Langeweile. Der einzige Gag, den sich sein Vater jemals geleistet hatte, war die Sammlung von Fahrkarten gewesen, die er jedes Jahr wieder verwendet hatte, da nur der Tag des Jahres darauf zu lesen gewesen war, er hatte noch eine Ersatzsammlung für Schaltjahre gehabt – ab Tag 59, dem 28. Februar. Ansonsten war da ein trauriger Schüttelreimhumor gewesen – »Rüttelschleim« hatte Praetorius gesagt, und sein im Verrat die Wahrheit tarnender politischer Humor, den er niemals aufs Bett gebracht hätte. Es musste natürlich »Brett« heißen. Friedrich schüttelte nur den Kopf. Er wurde seine kleinen und auch großen Marotten nicht los, wachte mehrfach nachts schreiend um sich schlagend auf. Praetorius hätte einen noch so trockenen Abschiedsbrief niemals mit der Schreibmaschine getippt. Er hätte mit seinem Mont-Blanc-Füller geschrieben mit dem eingravierten Wappen derer von Rittersgruen und Täuber, Ausweis der

Mitgliedschaft in einer Sekte der Tempelritter, Wächter des Einhorns und des Heiligen Grals.

Der Schachkommentator Pfleger hielt in Friedrichs Kopf die bewegende Grabrede: »Und es ist ab Zug sieben, dass wir eine völlig neue Position auf dem Brett haben, die so nie wieder gespielt wurde.« Wie dem auch sei, dachte Friedrich. Nachdem er seine Frau erschossen hatte, war sein Vater in das zehn Kilometer entfernte »Hotel der Spione« Beau-Rivage gefahren und hatte in einer zwei Wochen zuvor angemieteten Suite mit der Nummer 119/120 unter Zuhilfenahme des Todespaketes der Schweizer Gesellschaft zur Sterbehilfe Suizid in der Badewanne begangen. Ein Journalist vom Magazin *Stern* hatte sich Zugang verschafft, die Position der Leiche und andere Dinge fototauglich verändert und Bilder geschossen.

Friedrich war eindeutig der Sohn von Praetorius, das hatte er entsetzt beim Anblick der Bilder festgestellt. Die bekleidete Leiche lag friedlich im Wasser, die nackten Füße auf dem Badewannenrand abgelegt, die Augen geschlossen. »Wenn man nicht werden will, was man liebt, ist man dazu verdammt, zu werden, was man hasst«, hatte Amalia zu den Bildern gesagt. Der zum ersten Mal entspannte brillenlose Praetorius ähnelte dem dürren Friedrich, mit den hohen Wangenknochen, den weit auseinanderstehenden Augen und dem Knochenwulst darüber auf der Stirn. Der Mund war offen, hatte kein Wasser aufgenommen. Friedrich sah die Hasenzähne der oberen Kauleiste sowie die unteren übereinandergewachsenen Zähne. Mit den glatt angeklatschten dürren Haaren sieht Praetorius bleich und fein, wie ein Gipsabguss von mir, aus, auf dem ich nachts meine Perücke ablegen würde, wenn ich denn eine hätte, dachte Friedrich. Er fühlte sich befreit, endlich war der kleine Friedrich verschwunden. Er spürte sein Herz, leicht erhöhten Blutdruck, Tatendrang. Seine Augen waren aufgerissen, er ging beschwingt, federleicht, er lebte bei seiner verständnisvollen Mutter, die ihn verliebt anstarren und ihm das Haar hinter die großen Fledermausohren streichen durfte.

Er verlor seine Angst vor Berührung, sang Musik aus dem Radio fröhlich mit und lachte sich immer mal wieder eine Frau an, mit einem festgewachsenen Grinsen, das die oberen Zähne und das Zahnfleisch zeigte. Direkt nach der Nachricht vom Tod seines Vaters und seiner Stiefmutter hatte Friedrich gedacht, er habe etwas wie ein Tier im Gesicht, das sich dort verbissen hätte, aber es war dieses Grinsen. Er lachte und stöhnte nicht mehr, er ging mit wiegendem, selbstsicheren Gang und grinste, als blicke er in die Sonne. Der Reporter hatte die Augen des Toten zugedrückt und frisches Wasser in die Wanne eingelassen, ansonsten nichts verändert, aber wie konnte man vergiftet und entkräftet den Kopf über Wasser halten und zugleich die Füße auf dem Badewannenrand ablegen? Das Kinn war dasselbe wie bei Friedrich, der kräftige Kiefer, der den unbeugsamen Willen andeutete, sich durchzubeißen.

Der Fall war wochenlang in den Nachrichten rauf und runter verhandelt worden. Immer wieder kamen neue Details ans Tageslicht, stets bebildert und untertitelt oder übersprochen. Die *Bildzeitung* spürte Herrn Norweger, Ex-Mann von Amalia, in Südafrika auf, wo ein Fernsehinterview vor der spektakulären Kulisse des nebelverhangenen Tafelbergs stattfand. Victor war in Weiß gekleidet, legte sich in regelmäßigen Abständen mit der Hand, die seinen Panamahut hielt, die windzerzausten Haare zurecht. Es sei ihm ein Bedürfnis, die Wahrheit ans Licht zu bringen, gab er an, nachdem er die Fernsehmoderatorin mit Namen begrüßt und ihr einen schönen Tag gewünscht hatte, es sei doch dieselbe Zeitzone. Er gab zu Protokoll, dass er tatsächlich ein Treffen mit Praetorius, Ex-Ex-Mann von Amalia und Ex-Spion des BND, in Lausanne vereinbart hatte, er sei auch dort hingeflogen, aber ohne Waffe, und das Treffen habe nicht stattgefunden. Er war mit einem Waffenhändler aus Johannesburg von

Frankfurt im selben Flugzeug nach Genf geflogen, der auch im Beau-Rivage eingecheckt hatte, um einen U-Boot-Deal abzuwickeln. Die U-Boote waren offiziell für Frankreich bestimmt, sollten dann umgeleitet werden. Victor hatte sich sogar das Taxi vom Flughafen zum Hotel mit dem Mann geteilt, ohne zu wissen, um wen es sich gehandelt habe, da könne er auch nicht weiterhelfen, nur zur allgemeinen Verwirrung beitragen, er war sogar mit dem Mann nach Südafrika weitergeflogen, habe das Ticket aber spontan gebucht, nachdem Praetorius in der Badewanne gefunden worden sei und ihm sofort klar geworden war, dass es sich hier um eine Riesenverschwörung handele. Mit seiner eigenen Waffe, einem US-amerikanischen Revolver, bestünde keinerlei Zusammenhang, gab Victor an, der habe sicher verschlossen im Safe gelegen, wie gesetzlich vorgeschrieben. Der südafrikanische Waffenhändler hatte mit seiner Ehefrau Selbstmord begangen. Victor sagte, dass er sich verfolgt fühlte und nicht mehr nach Deutschland zurückzukehren gedenke. Die Kugeln mit dem Kaliber 45 in Iris' Kopf und Brust waren eindeutig Victors Waffe zugeordnet worden. Die Kugeln hatten auch in der Holzvertäfelung von Praetorius' Partykeller mit Südseetapete gesteckt, da hatte jemand geschossen, der sehr nervös und ungeübt war. Praetorius hatte vor seinem Ableben eine Flasche Weißwein, Mineralwasser und zwei Gläser bestellt, wahrscheinlich war darin der Giftcocktail konsumiert worden, Spuren eines starken Betäubungsmittels und des Weißweins waren von einem Toxikologen im Blut von Praetorius nachgewiesen worden. Die Flaschen und die Gläser waren nicht mehr aufzufinden gewesen, gut möglich, dass der Room-Service diese diskret entsorgt hatte, ohne die vom Reporter des *Stern* verschlossene Tür zum Bad zu öffnen. Friedrich fand: »Nicht gut möglich. Woher sollte der Reporter gewusst haben, dass es in der Suite 119/120 etwas zu fotografieren und zu verändern gab? Weshalb sollte der Room-Service frühmorgens im Gesellschaftsraum herumhantieren, wenn davon auszugehen war, dass der feine Herr Rittersgruen gerade im Bade weilte?«

»Ich brauche eine Pause.« Friedrich legte die Karten auf den Tisch. Er stand auf, verbeugte sich knapp und ging auf die im Südstaaten-Look mit Holz überdachte Veranda, die kleine Treppe hinab auf den Rasen. Er zog seine Schuhe aus, ging barfuß, spürte das Gras. Ein Bild setzte sich zusammen, und er hatte Angst davor. Amalia saß also nach der zweiten Scheidung in diesem schicken, aber nicht pompösen Haus im Bergischen Land, wo man sich vor Einbrecherbanden und dem Marder fürchtete, der die Kabel der Automobile zerbiss. Amalia verfügte über das Vermögen von Victor, die Rothenbaums halfen über die Runden. Seine Mutter hatte das Valium abgesetzt, nachdem er verschwunden war. Sie sah vollkommen verändert aus, wie eine Handpuppe mit kleinen verschmitzten Augen. Ihre Haut war faltig und hing an den Oberarmen und den Wangen herab. Zwei tiefe Falten hatten sich in die Haut neben ihrem Mund geschnitten, es wirkte, als seien die Teile ihres Körpers und ihres Gesichtes angenäht, als habe die Handpuppe einen beweglichen Kiefer. Das Haar war licht, gut und teuer mit Volumen versorgt und blond gefärbt. Der Lippenstift auf ihrem Zigarettenfilter war immer noch derselbe, endlich durfte im Haus geraucht werden, und die Gemälde waren echt.

»Mein Gott, ich muss noch mindestens eine Million ausgeben«, hatte Amalia angesichts der Steuererklärung gesagt.

»Kauf dir doch ein Bild«, hatte ihre Freundin erklärt, an ihrer Zigarette gezogen und in ihr Blatt geblickt.

»Mein Gott, du hast immer so gute Ideen«, hatte Amalia erwidert.

Friedrich konnte vom Rasen aus sehen, wie sie mit ihrer Weißweinschorle anstießen. Ein Einhörnchen sprang von der alten Kiefer, die mitten im Garten stand, umgeben von einer Steinbank und gegossenen Kunstwerken des alten Fritz von Aal. Das war das zweite Mal, dass er »ein Ein …« dachte, eigentlich hätte es Eichhörnchen heißen müssen, dieser possierliche Nager. Friedrich summte das Lied »Child in Time« von Deep Purple: »Sweet child in time, you'll see the line, the line that's drawn between good and bad, see the blind man, shooting at the world, … wait for the ricoshet.« Friedrich grüßte den schweigsamen Gärtner, gestern hatten sie gemeinsam den Sieg der Nationalmannschaft gefeiert. Lothar Matthäus, der Leitwolf, hatte Westdeutschland zum Titeltriumph in Rom geführt, und Klaus Augenthaler war Libero gewesen, nachdem er Herget im Training »umgewichst« hatte, »wie man auf Neudeutsch sagt«. Sie waren immer noch betrunken vor Freude und Restalkohol. Friedrich liebte Bier und Fußball. Kölsch war gut, bayerisch war besser, fränkisch ging auch, Hauptsache untergärig und süffig. Im kollektiven Freudentaumel der Wiedervereinigung und der Weltmeisterschaft ging der Tod seines Vaters einfach unter. Praetorius hatte gerne mit Iris im Café Beau-Rivage an der Promenade Kaffee getrunken und Eis gegessen, drei Kugeln: Erdbeere, Vanille, Schokolade, und dabei Scrabble gespielt, mit dem Duden bewaffnet, in der Nähe seiner alten Kumpane im Hotel der Spione. Er hatte nicht Hof gehalten, hatte einfach nur grau und unauffällig, getarnt mit Langeweile, am Rand des Spielfeldes gesessen. Vladimir, »der Igel«, den Friedrich von ihrer Begegnung in Indien erinnerte, Xi und der Dalai-Lama hatten zum Zeitpunkt von Praetorius' Ableben auch jeweils eine Suite im Beau-Rivage gebucht. Vladimir hatte der *Tagesschau* in einem Liveinterview auf dem Roten Platz in Moskau vor der berühmten Basilika, die aussah wie Kunstspeiseeis, zu Protokoll gegeben, dass es sich um ein Geheimtreffen gehandelt habe. Er habe zwischen Peking und Tibet vermitteln wollen und nicht gewusst, dass sein Counterpart vom BND auch dort war. »Ex-Spion des KGB in Westdeutschland wurde nach einer Befragung der Russen zum nächsten Zar auserkoren«. Die Bildunterschrift in einer großen Zeitung am nächsten Tag gab nur einen Teil der Wahrheit wieder. Die Russen waren gefragt worden, was für einen Anführer sie sich nach dem Ende des Kalten Krieges wünschten. Die überwiegende Mehrheit hatte mit »der russische James Bond« geantwortet. Es hatte den russischen James Bond gegeben, und Vladimir sah dem Darsteller aus dem Film verblüffend ähnlich, also hatte man ihn gefragt, ob er eine herausragende Stellung in der Politik eines zukünftigen Russlands spielen wolle. Friedrich schüttelte den Kopf, da war sein eigenes irres Spiel mit den Identitäten nichts dagegen. Im Beau-Rivage standen vor jeder Tür große, bewaffnete Männer. Boten in exklusiver Mission huschten über die Flure. Manche Suiten hatten Verbindungstüren. In jeder Etage wurde etwas verhandelt, sei es der Austausch von Gefangenen zwischen Palästinensern und Israelis unter Vermittlung des »deutschen James Bond«, Werner Mauss – der zeitgleich im Hotel zwei Zimmer angemietet hatte, aber nur zu konspirativen Zwecken, da er eigentlich im Nachbarhotel logierte –, oder der Frieden in Tibet, oder Praetorus' Krampf in der Wade, welcher in der Badewanne gelöst werden sollte, aber in Wirklichkeit immer schon ein Kampf um Leben und Tod gewesen war.

Ein zweites, von den Schweizer Behörden angefordertes toxikologisches Gutachten hatte in den Schuhen von Praetorius Reste von Badewasser mit Latschenkiefernöl gefunden, versetzt mit russischem Gift. Er hatte sich die Schuhe also in der Wanne ausgezogen, schlossen die Behörden, eindeutig Suizid, ein Mord konnte ausgeschlossen werden. Die Spur führte nach Moskau. Der Befund von Polizei und Geheimdiensten war politisch motiviert, das war Friedrich klar. Aber das Bild begann sich zusammenzusetzen. Wenn alles unmöglich schien, musste das Unmögliche die Ursache sein.

Frauen machen so etwas nicht, so, wie sie angeblich nicht Motorrad fahren. Das Böse wird den Frauen einfach nicht zugetraut, dachte Friedrich, und dass genauso gut seine Mutter die

Täterin sein konnte. Sie musste der Racheengel gewesen sein, der ihn befreit hatte. Sie war unbehelligt durch das Hotel der Spione gegangen, und niemand hatte sie wahrgenommen, wie bei einem Hypnosetrick, einer Illusion. Denn der Mensch denkt in Mustern.

James Bond, die Russen und die Chinesen und den Atomkrieg rechnete Friedrich heraus, wer blieb, war seine Mutter, der Beatrix alles erzählt hatte, die ihre beiden Ex-Männer zusammenführte, was nur gelingen konnte, weil sich die beiden bereits zuvor schon zusammengeschlossen und Amalia verraten hatten. Amalia hatte die Steine des Scrabblespiels gelegt, die Weinschorle vergiftet, das Latschenkiefernöl ins Badewasser gegossen und Praetorius die Schuhe ausgezogen, seine Füße massiert.

Beatrix stand plötzlich neben Friedrich und legte einen Arm schwer um seine Schultern. Sie trug Glitzerarmbändchen und -sandalen und hatte deutlich zugenommen. Die Familie machte sich im Golf Cabriolet auf ins Freibad nach Rösrath. Amalia saß am Steuer, Beatrix war die Beifahrerin, stellte das Radio ein und legte ihre nackten Füße aufs Armaturenbrett, um ihre Fußnägel konzentriert mit rotem Nagellack zu bepinseln. Friedrich saß hinten und steckte den ausgemergelten Kopf zwischen den Vordersitzen durch. Obwohl Amalia einsehen musste, dass ihr Sohn sich durchaus Mühe gab, wieder auf die Beine zu kommen, machte sie sich Sorgen. Was sollte aus dem Jungen nur werden? Er ging den Weg bis zu Ende. Immer. Friedrich möge sich doch ein Vorbild an seiner Mutter nehmen, die ihn schließlich unter großen Schmerzen mit Blick auf einen Kirchturm zur Welt gebracht hatte, und auch an seiner Schwester, die in eine rosige Zukunft steuerte. Beatrix war drauf und dran, einen reichen Mann zu heiraten, am besten im ehemaligen von Friedrich dem Großen der Familie Rittersgruen vermachten Schloss Neuhardenberg, das im Kalten Krieg Marxwalde geheißen hatte und nun zu einem Tagungszentrum der Sparkasse umgewandelt wurde. In der von Schinkel errichteten Kapelle ließe es sich doch vortrefflich hochzeiten. Friedrich gab seiner Mutter in allem recht. Er konnte ihre Sorge um ihn gut nachvollziehen, führte er doch immer noch laute Selbstgespräche und versteckte sich vor der Sonne. Er war müde, aber durchaus optimistisch, fing an zu singen, die beiden Frauen fielen mit ein, glückselig trällernd wie der Mädchenchor in Birao. Die Familie ritt in die Sonne. Der Skarabäus schlief jetzt in seinem Grab, die große Mistkugel drehte sich auch ohne ihn weiter.

Position 10°39.69' N 028°40.73' W – Course 035° –
Speed 18.4 kts – Tuesday, March 21, 2023 (11:47)

Danksagung

»Dieses Buch habe ich für meine Großmutter Ilse-Erika geschrieben. Ohne Dich und meine unverzichtbare Dramaturgin Friederike Römhild (frieda r.) wäre Skarabäus nicht entstanden.«

MIX
Papier | Fördert gute Waldnutzung
FSC® C014889

Der Umwelt zuliebe
- produzieren wir zu über 90 % in Deutschland
- achten wir auf kurze Transportwege
- drucken wir auf Papier aus verantwortungsvollen Quellen

Umschlaggestaltung und Motiv:
Hauptmann & Kompanie Werbeagentur, Zürich
Layout & Satz: Robert Gigler, München
Gesetzt aus der Sabon
Lektorat: Silwen Randebrock, Berlin
Druck und Bindung: Pustet, Regensburg
ISBN 978-3-95890-631-0